Meja Mwangi | Rafiki

P H
V

Meja Mwangi

Rafiki

Roman

Aus dem Englischen von
Thomas Brückner

Peter Hammer Verlag

Den stolzen Nanyukiern
überall gewidmet.
Hakuna kama sisi.

Kapitel 1

Für Nanyuki, unser Nanyuki, eine geschäftige Großstadt mit so … so unzählig vielen Einwohnern, war es die Story des Jahrhunderts, dass uns die jüngste Volkszählung, genau wie alle vorangegangenen, dazu trieb, uns selbst noch einmal zu zählen und uns darüber zu wundern, wie eine Regierung, der so viel Geld, so viele Autos und so viele Beamte zur Verfügung standen, nicht zählen konnte.

Wir zählten mehrere Millionen, wenn unsere Nullen richtig waren, die wir nachts im Schein des Feuers und ohne den Segen eines Computers oder eines Abakus zusammenrechneten, nachdem die Regierungsvertreter wieder weg waren. Und sie waren richtig.

Soweit es uns anging, waren unsere Nullen nicht nur belastbar, sie waren auch weniger, als sie gewesen wären, hätten wir dieselben Mittel zur Verfügung gehabt wie die Regierung. Und allein nach den Zahlen geurteilt, waren wir eine Großstadt. Egal, was andere behaupteten.

Zugegeben, wir hatten weder eine Kathedrale noch ein Rathaus, aber wir besaßen eine prächtige County Hall und so viele Kirchen und Moscheen, Bars und Fleischereien, dass wir uns Metropole nennen konnten, Megalopolis, Mega-City oder Mega-Irgendwas, weil wir, verdammt noch mal, die Voraussetzungen erfüllten. Und warum auch nicht, wenn man sich vor Augen hielt, dass zerlumpte Gemeinden nicht weit von uns, die ebenso bedürftig und staubig waren, sich als Kommunen bezeichneten, als Industrie- oder gar als Satellitenstädte. Manche sahen sich sogar als Fürstentümer, was immer das heißen mochte, und regelten ihre Angelegenheiten im Stile von Familiendynastien.

Um all dem die Krone aufzusetzen und unseren Anspruch auf Größe zu zementieren, gehörte uns nach unseren Berechnungen außerdem einer der höchsten Berge der Welt. Wir hatten einmal versucht, ihn von Nanyukis Zentrum aus zu vermessen, aber noch bevor wir auf unserem Weg den Berg hinauf den Nanyuki River überquert hatten, war uns schon das Maßband ausgegangen. Es stand außer Frage, dass er der majestätischste Anblick im Umkreis vieler Meilen war. Soweit es uns anging, stellte er tausend Kathedralen in den Schatten, weil er zugleich der zweithöchste Berg Afrikas war.

Wir hatten außerdem Anspruch auf ein Stück von unserer Hälfte des Kilimandscharo, des höchsten Bergs in Afrika, doch der musste noch zwischen den Nanyukiern, den Chagga, der Regierung Tansanias und all jenen ausgehandelt werden, die ebenfalls einen berechtigten Anspruch besaßen.

Unsere Ansprüche waren größer als unsere Möglichkeiten, und wir waren stolz darauf.

Das lag in unserer Natur, es war keine Habgier. Das hatte uns zu denen gemacht, die wir waren. Wären wir wirklich habgierig, hätten wir auch einen Teil des Indischen Ozeans beansprucht. Wegen all des Wassers, das unsere Flüsse, der Nanyuki und der Liki, in den Euaso Nyiro ergossen, der es zum Tana trug, der es seinerseits die ganze Strecke bis zum Ozean transportierte und großzügig die Welt beschenkte. Und sogar das Ereignis, das für uns eine Kapriole der Jahrhunderte sein sollte und uns, wenn er denn Erfolg gehabt hätte, einen Helden von unserem Fleisch und Blut geschenkt hätte, von dem wir für den Rest unseres Lebens singen könnten, sogar das wurde von Liebe und nicht von Habgier genährt.

Wie viele andere Missgeschicke begann es damit, dass ein Mann sich als Mann beweisen, den Erwartungen seiner Frau gerecht werden und zahllose unverschämte Forderungen und Verpflichtungen erfüllen sollte, die ihm allein dadurch aufgeladen wurden, dass er ein Mann war. Und wie viele solcher spontanen Unternehmungen ging alles, wie vorherzusehen war, gründlich schief. Das lag nicht allein am Fehlen jeglicher Planung, sondern auch am Mangel an Recherche, am Fehlen von Insiderwissen und nicht zuletzt an einem erlahmenden Willen. Der scheiternde Räuber war kein Krimineller, nicht einmal ein Amateurverbrecher. Er war einfach ein ganz gewöhnlicher Nanyukier.

Mannshoch türmten sich die Herausforderungen vor Rafiki, doch wenn es je einen Mann gegeben hat, der sich der Herausforderung stellte, in einem stetig kleiner werdenden Spielraum zu beweisen, dass er ein Mann war, dann war er, dessen Name »Freund« bedeutete, dieser Mann. Rafiki ging spät ins Bett, bereit, es mit allen Schrecken der Nacht aufzunehmen, und stand früh auf, voller Zutrauen, er könne sich allen Prüfungen stellen, die seinen Weg kreuzten, wenn er in seiner Mission unterwegs war, mit der Gitarre und seinen Songs die Nanyukier zu informieren, sie zu bilden und zu unterhalten. Nur mit diesen beiden Dingen, seinem breiten Lächeln sowie seiner Entschlossenheit, Vernunft und Weisheit unter seine Leute zu tragen, streifte er durch die Straßen, auf der Suche nach denen, die Zuspruch brauchten und das Geld besaßen, dafür zu bezahlen. Manchmal zog er seinen überwältigten Zuhörern so viel Trinkgeld aus der Tasche, dass er überzeugt war, er widme sich einer lohnenswerten Unternehmung, einer, die man guten Gewissens als kommunale Dienstleistung bezeichnen konnte.

»*Jambo, rafiki*«, grüßte er die gleichgültigen Ladenbesitzer, »Möchtet ihr meinen neuen Song hören?«

Meistens wollten sie nicht. Sie lächelten, wenn er in ihre Läden spazierte, schüttelten den Kopf und lächelten, wenn er wieder hinausging und immer noch auf seiner Gitarre klimperte, den Kopf hoch erhoben, mit dem breiten Lächeln, das nicht einen Augenblick lang unsicher wurde.

Für die wenigen, die sich die Mühe machten, seine neuen Kompositionen anzuhören, spielte er mit vollem Einsatz. Manche sagten – und er stimmte ihnen aus vollem Herzen zu –, dass seine Songs sie trösteten und ihnen Kraft schenkten, ihnen Grund gaben weiterzumachen. Wenige nur waren es und für gewöhnlich auch jene, die nicht das Geld hatten, seine Zeit und Mühen zu entlohnen, aber ihre Kommentare machten ihm Mut und bestärkten ihn darin, dass er den richtigen Weg eingeschlagen hatte.

»Ein Song für zehn, ein Song für zehn«, klimperte er sich seinen Weg in die *Pirates' Bar and Restaurant.*

An einer Wand der Bar befand sich das große Wandgemälde eines als Pirat gekleideten, lächelnden Gitarristen mit Augenklappe, extrabreitem Sombrero und Rafikis Namen darunter. Eine Handvoll Kunden war da; einige tranken Tee und aßen *mandazi,* während andere sich an ihrem Frühstücksbier gütlich taten, das ein mürrischer Kellner mit verkaterten Augen servierte. An der *mandazi*-Vitrine lehnte eine Kellnerin, die Wangen aufgeblasen wie eine *miraa* kauende Ziege.

»*Jambo, rafiki*«, grüßte Rafiki sie. »Hallo, Freunde, möchtet ihr meinen neuen Song hören?«

»Nein«, sagte der Kellner missmutig.

»Einsen für nur zehn, drei für zwanzig?«

»Nein.«

Rafiki stimmte dennoch seinen Song an, aber die Kellnerin unterbrach ihn abrupt. »Das kennen wir schon«, sagte sie, die Zähne grün vom halb durchgekauten *miraa.*

»Wirklich?«, versuchte er es trotzdem. »Aber habt ihr das schon gehört?« Er stimmte den gleichen Song noch einmal an. Es war sein neuester, so neu, dass ihm noch der süße Duft des Nachthemds seiner Frau anhaftete. Der Text war ihm während der quälenden Schlaflosigkeit der letzten Nacht eingefallen, als er neben seiner Frau gelegen und ihrem friedlichen Schlaf gelauscht hatte.

»Das ebenso wie alle anderen«, sagte der Kellner, bevor Rafiki auch nur ein Wort gesungen hatte.

Außer seiner Frau, die ihm befohlen hatte, die Klappe zu halten und weiterzuschlafen, als er damit um drei in der Früh bei ihr Eindruck schinden wollte, hatte noch niemand diese ersten Textzeilen gehört. Doch Rafiki wollte sich deshalb nicht mit ihnen streiten. Es waren seine Leute. Er kannte sie besser als sie sich selbst. Sie waren keine schlechten Menschen. Sie waren Nanyukier.

»Dann eben morgen«, sagte er auf dem Weg hinaus, und zeigte auf das Wandgemälde mit dem Gitarristen. »Der Sombrero ist zu groß.« Er hatte Gerüchte gehört, dass einige seiner Fans Reproduktionen des Bildes an den Lehmwänden ihrer Häuser in Majengo hatten. Das wärmte ihm das Herz. »Und meine Zähne sind auch nicht so groß«, fügte er hinzu.

»Das bist du nicht«, klärte der Kellner ihn auf.

»Wirklich nicht?«, fragte er lächelnd. »Ich bin kein Pirat, aber er sieht aus wie ich.«

»Das bist du nicht.«

»Er trägt meinen Namen.«

»Das bist du nicht.«

»Dann bis morgen«, sagte er und ging zur Tür.

»Mit einem neuen Song?«, fragte die Kellnerin sarkastisch.

»Wie immer«, lachte er. »Ihr kennt mich, ich bin ein hart arbeitender Mann.«

Sein Telefon klingelte. Er kramte in seiner Tasche und zog ein Nokia-Handy hervor, das schon bessere Tage gesehen hatte. Er führte es theatralisch ans Ohr und räusperte sich. »Man Guitar«, sagte er und stellte die Stimme auf Geschäftston.

»Ja, genau der. Rafiki. Was? Wer ist da? Wer sind Sie? *Ati, wewe nani? Wewe nani?* Oh, *ni wewe Sweettea? Kwani una homa?* Du bist erkältet? Seit wann? *Pole, Sweettea,* tut mir leid, aber ich habe nicht gemerkt, dass du erkältet bist. Ich war zu müde. Weil ich den ganzen Tag für dich gearbeitet habe. Ja, auch für meine Kinder. Ich hab doch gesagt, dass es mir leidtut. Ich arbeite hart, um dich zu unterstützen. Hab ich immer. Erinnerst du dich, als es dir in den Sinn gekommen war, Stadträtin für den Distrikt Majengo zu werden? Die Leute haben gedacht, ich wäre auch verrückt geworden, so wie ich dich als die moderne Wangu wa Makeri gepriesen habe. Du erinnerst dich an den Song, den ich zu deinem Lob gesungen habe. Sie, der erste weibliche Chief der Gikuyu, war auch eine gute Frau, stark und zäh. Tut mir leid, *Sweettea,* aber ich konnte nicht ahnen, dass die Leute das so auffassen würden. Ich weiß, *Sweettea,* manche Dinge sind einfach unmöglich, andere nicht für Frauen. Was für Dinge? Darüber reden wir, wenn ich nach Hause komme; ich hab jetzt zu tun. Soll ich nach der Arbeit ein paar Aspirin mitbringen?«

Schnell klappte er das Handy zu und steckte es, ein wenig verunsichert, in die Tasche, drehte sich um und bemerkte, dass das ganze Restaurant ihn wartend ansah. »Die Frau«, erklärte er ihnen. »Sie ist erkältet.«

»Stimmt es, dass sie die Hosen anhat?«, fragte die Kellnerin mit all der Ernsthaftigkeit einer *miraa*-Konsumentin.

»Hör mit dem *miraa*-Kauen auf«, riet er ihr.

Draußen auf der Straße grüßte ihn herzlich ein Blechbüchsenbettler: »*Jambo*, Rafiki.«

»*Jambo, rafiki*«, antwortete er.

Der Mann stammte aus dem alten Majengo und war in den vergangenen Zeiten, als das Brauen von illegalem Bier noch eine Kunst war, ein Braumeister einigen Ansehens gewesen. Er konnte ein Fass mit gefährlich starkem *machore*, ausreichend um ganz Mogadishu betrunken zu machen, in weniger als acht Stunden auf den Tisch bringen und verwendete dabei nur Zucker, Honig und getrocknete Aloewurzel. Mehr noch, er war so geschickt, es zu vergraben, dass die Polizei warten musste, bis er sein Gebräu ausgrub, wenn sie ihn zusammen mit seinen Kunden verhaften wollte. Und er zeigte sich der Polizei so erkenntlich, dass er und seine Kunden nie länger als eine Nacht im Gefängnis verbrachten. Seinen Kunden gefiel es, dass sie nicht fürchten mussten, in den Zellen zu verrotten, wenn sie bei ihm tranken.

»Machore kann euch neue Stiefel kaufen«, verhöhnten sie die Polizisten. »Was könnt ihr für uns tun?«

Dann, als Machore eines Nachts seinen Erholungsaufenthalt im Gefängnis genoss, wanderten alle seine Kunden und einige seiner Konkurrenten in den Wald von Liki ab und erklärten sich dort zur autonomen Stadt, in der sie brauen und trinken konnten, ohne dass sie eine Verhaftung fürchten mussten, und das Geschäft des Braumeisters ging ein. Er konnte seinen Kunden nicht in das neue Land folgen, weil ihm ein Teil des Hauses seiner verstorbenen Mutter gehörte und er deshalb ebenso verachtenswürdig wie jeder Hausbesitzer war. Im Liki Village war er so willkommen wie eine Lastwagenladung Polizisten. So auf sich gestellt, mit einem Mietshaus ohne Mieter und als Schwarzbrauer ohne Trinker, blieb Machore nichts anderes übrig, als sich nun als Blechbüchsenbettler durchzuschlagen.

»Sing mir einen Song«, bat er Rafiki.

»Hast du Geld?«

»Du etwa?«

Sie lachten. Der Mann klapperte mit seiner Blechbüchse. »*Nani kama sisi?*«, krähte er. »Wer ist wie wir?«

»*Hakuna kama sisi*«, klimperte Rafiki vor sich hin. »Keiner ist wie wir.«

Sie waren waschechte Söhne unserer Stadt. Sie könnten ohne Geld leben, wenn die Welt sie ließe.

Kapitel 2

In den alten Zeiten war das Stadtzentrum von Nanyuki in zwei Gebiete unterteilt. Das eine Viertel bestand aus der Main Street, den umliegenden Büros des Distriktchefs und der Verwaltungsabteilungen. Die Main Street war ausschließlich europäischen Geschäften vorbehalten. Hinter der Main Street begann, in gebührlichem Abstand zur Hauptstraße, das asiatische Viertel. Die europäischen Siedler konnten in beiden Vierteln einkaufen, die Asiaten hingegen durften nur in ihrem asiatischen Viertel verkaufen. Den Bewohnern von Majengo war es nur erlaubt, in den Läden der Asiaten einzukaufen. Diese Rassentrennung verlangte das Gesetz. Jeder, der dabei ertappt wurde, die Grenzen der Hautfarbe zu überschreiten, bekam das Gesetz zu spüren. Man nannte das die Rassenschranke.

Erst nach dem Mau-Mau-Krieg, als die Stacheldrahtzäune fielen, die Patels ihr Geschäft in die Main Street verlegten und jeden Kunden ungeachtet seiner Hautfarbe willkommen hießen, bekam Majengo heraus, welche Waren in den Geschäften auf der Main Street verkauft wurden.

Patels Kauf auf Raten fand man auf halbem Weg die staubdurchwehte Main Street hinauf zwischen einem Schuhgeschäft und einem geschlossenen Buchladen, der einst richtige Bücher verkauft hatte. Manish Patel, der älteste der Brüder, saß an einem riesigen alten Schreibtisch, auf dem sich staubige Akten türmten, und starrte so angestrengt auf den Eingang, dass er gar nicht bemerkte, wie Rafikis breites Lächeln hereinmarschierte.

»*Jambo, rafiki*«, grüßte er sie. »Hallo, Freunde, ich hab einen Song für euch.«

Manu Patel, der jüngere Partner, winkte ihn geschäftig weg und hämmerte mit dicken, wütenden Fingern weiter auf seinen Tischrechner ein. Rafiki bahnte sich seinen Weg um staubbedeckte Kühlschränke herum, vorbei an elektrischen und Gaskochern zu eingestaubten Couchgarnituren und weiter bis in den hintersten Winkel des Ladens, in dem Manu Patel an einem noch größeren Schreibtisch mit dem Schild »Manager« saß.

»Kostet nur zwanzig Shilling«, bot er an. »Ein sehr guter Song.«

Manu zeigte zur Tür. Rafiki lungerte herum, klimperte auf seiner Gitarre und summte den neuen Song. So lief es nahezu immer ab, wenn Rafiki vorbeikam. Manu beachtete ihn so wenig wie möglich, und Rafiki hielt aus, bis er nachgab.

»Hier«, er warf ihm ein paar Münzen hin, »jetzt gehst du, und komm ja nicht wieder und nerv mich.«

Auch das lief immer so ab.

»Erst singe ich meinen Song.« Rafiki stimmte die Gitarre. Zwei Saiten hätten schon längst ersetzt werden müssen und waren zum Zerreißen gespannt. »*Kula na kulipa*«, sagte er und drehte an den Wirbeln. »Ich esse, und ich spiele. So mach ich das.« Er drehte weiter an den Stimmwirbeln und führte Selbstgespräche, während Manu mit den Zähnen knirschte und sich am Schreibtisch festklammerte, um seine Wut zu zügeln. Dann, als Manu schon aus der Haut fahren wollte, brachte Rafiki die Gitarre, so gut es eben ging, zum Klingen, und stimmte seinen neuen Song an. Manu hielt sich die Ohren zu. Manish hingegen schien überhaupt nichts zu hören und starrte nur weiter mit grimmigem Gesicht zur Tür.

Der Song war noch unfertig, entledigte sich immer noch seines Kokons und der Dunkelheit der vergangenen Nacht. Rafiki hatte in kaum zwei Stunden Arbeit den Text verfasst, bevor seine Frau ihn gebeten hatte, den Song beiseitezulegen und wieder zu schlafen. Jetzt sang er ihn bis zum vorläufigen Ende, entschuldigte sich laut und aufrichtig bei seinem Publikum, dem nicht gerade viel daran lag, und erklärte ihm, dass der Song mit der Zeit besser werden würde. »Ist noch in Arbeit«, sagte er, während er die Münzen vom

Fußboden aufsammelte, wo sie sich verteilt hatten. »Und, zu deiner Information, ich bin Musiker, kein Bettler.«

»Auch egal«, schien Manu mit seinem Achselzucken zu sagen.

Rafiki bahnte sich seinen Weg durch die Reihen verstaubter Haushaltgeräte. In der Nähe des Eingangs blieb er stehen, um einen vierflammigen Gaskocher zu bewundern. »Mein Frau wünscht sich so einen Kocher«, sagte er zu Manu.

»Sag ihr, dass du dir den nicht leisten kannst«, riet ihm Manu.

Rafiki lächelte und ging hinaus. Ein paar Schritte von der Ladentür entfernt setzte er seinen Sombrero ab, unter dem ein weiterer Hut zum Vorschein kam, stellte den Sombrero auf den Bürgersteig und fing zu spielen an. Die Passanten ignorierten ihn rundheraus. Er spielte weiter, mit seinem breiten Lächeln, sang und verwickelte sie in ein einseitiges, unbeschwertes Geplänkel, hielt ab und zu inne, um seine Gitarre zu stimmen und die Einnahmen zu zählen. Er brauchte neue Saiten, und er brauchte neue Plektren. So wie es aussah, war er vom einen wie vom anderen weit entfernt.

Die Sonne hatte die Gipfel frei geräumt, ergoss sich jetzt in Kaskaden den Berg herab und verkündete Nanyuki einen sehr heißen Tag. Der Gehsteig heizte sich auf. Rafiki schwitzte bereits.

Im Laden hinter ihm saßen Manu und Manish Patel an ihren angestammten Schreibtischen und schlugen sich mit ihren Problemen herum, während Rafiki ihre Ohren mit einer Kakophonie malträtierte, die selbst für ungeübte Ohren ziemlich schräg klang.

»Manish!«

Rafiki hörte Manu schreien und drehte sich um. Er hatte direkt vor ihrer Eingangstür Stellung bezogen und konnte sie, wenn er über die Schulter blickte, sehen und hören.

»Du bist dran«, sagte Manu und machte eine Geste zur Tür hin.

Manish starrte zum Eingang. In Sturzfluten ergoss sich die Musik in den Laden. Manu sprang auf und stürmte zur Tür. »Du!«, fuhr er Rafiki an.

»Ja?« Rafiki lächelte ihn an.

»Ich hab dir schon mal gesagt: nicht vor dem Geschäft.«

Er war ungewöhnlich gereizt. Rafiki, der immer noch lächelte, hob seinen Sombrero auf und trat ein paar Schritte zur Seite. Sobald Manu wieder im Laden war, ließ er den Hut fallen und spielte weiter. Dann hörte er einen neuerlichen Schrei.

»Du!« Es war wieder Manu, der in der Tür stand und Feuer spie. »*Songa mbele*«, winkte er Rafiki weg. »Zieh Leine.«

»Was ist los, *rafiki*?«, fragte Rafiki ihn. »Warum heute so wütend?«

»*Potea*«, erwiderte Manu. »Verschwinde.«

Das ist ein seltsamer Tag, dachte Rafiki. Er kannte die Brüder als ruhige, freundliche Menschen, die kaum je die Stimme hoben, wenn sie sprachen. Noch nie waren sie so wütend auf ihn gewesen oder so genervt von seiner Musik.

Immer noch lächelnd hob er seinen Sombrero auf und zog ein Stück weiter vom Eingang weg. Manu ging wieder hinein. Rafiki legte seinen Hut ab. Dann kam ein weiterer Bettler vorbei, der mit seiner Blechbüchse von Laden zu Laden rasselte. Er war neu in der Stadt, sonst hätte er nicht so früh am Morgen Manus Geschäft betreten, um zu betteln. Die ortsansässigen Bettler wussten, dass die Patels, wenn überhaupt, nicht vor dem späten Nachmittag Almosen verteilten. Rafiki hörte hinter sich ein Belfern, und der Bettler kam erschreckt aus dem Laden geschossen. »Was ist denn mit denen los?«, fragte er.

»Zu früh«, antwortete Rafiki.

Der Mann linste in Rafikis Sombrero. »*Kweli utajaza hii ndoo leo?*«, wunderte er sich. »Kriegst du den Kübel jemals voll?«

»Ich bin kein Bettler«, klärte Rafiki ihn auf. »*Potea.*«

Der Bettler setzte seine Runde fort. Rafiki spielte weiter. Manu tauchte erneut in der Ladentür auf, sein graues Haar stand ihm zu Berge, die Bartstoppeln stachen als wütende Borsten hervor. Rafiki bedeutete ihm, dass er, wie verlangt, weggerückt war. Er stand auf der zentimeterbreiten Grenze zum nächsten Geschäft. Das war Niemandsland, seiner Meinung nach.

»*Kwenda kabisa*«, sagte Manu. »Verschwinde.«

»*Ati kabisa?*« Rafiki kam stattdessen näher, immer noch lächelnd, und flehte, er hätte Frau und Kinder, die etwas zu essen wollten.

»Ich bin nicht deine Mutter«, sagte Manu. »*Mimi siyo mama yako. Potea!* Hau ab!«

»Sei nicht so, *rafiki*«, sagte Rafiki. »Ich will keine Almosen von dir. Ich bin ein arbeitender Mensch.«

»Arbeite woanders«, forderte Manu ihn auf. »Such dir eine richtige Arbeit.«

Rafikis Blick wanderte an Manu vorbei in den Laden dahinter. Manish stand, mit einem Seil in der Hand, auf seinem Schreibtisch. Während Rafiki zusah, befestigte der ältere Patel das eine Ende des Stricks am Deckenventilator über sich und band das andere zur Schlinge.

»Was tut er da?«, wunderte Rafiki sich laut.

Manu drehte sich um und sah nach, gerade als Manish sich die Schlinge um den Hals legte und vom Tisch springen wollte.

»Manish«, sagte er mit ruhiger, brüderlicher Stimme, »das kannst du hier nicht tun. Was sollen denn die Kunden denken?« Dann überließ er es seinem Bruder, über die Konsequenzen nachzusinnen, drehte sich wieder zu Rafiki um und befahl ihm, er solle verschwinden, *potea*.

Das ist wahrhaftig ein seltsamer Tag, dachte Rafiki, während er seine Sachen zusammenpackte und den Sombrero aufhob, bereit weiterzuziehen. Ein Telefon läutete. Manu und er kramten in ihren Taschen. Beider Handys waren zerbeult, kaum zu hören und hatten denselben Klingelton. Rafiki zog als Erster sein Nokia hervor; es war so alt, dass es mit durchsichtigem Klebeband zusammengehalten wurde. »Man Guitar«, sagte er und stellte seine Stimme auf professionelles Timbre um. »Ja, das bin ich, Man Guitar, guten Freunden auch als Rafiki bekannt.«

Manu überließ ihn seinem Anruf und ging in den Laden. Rafiki lehnte die Gitarre ans Schaufenster und lief auf und ab, während er telefonierte. »*Ati nini?*«, sagte er. »*Kwa sababu gani? Hapana, Sweettea, wacha hiyo maneno. Usinifanyie hivyo.* Warum kommst du jetzt damit, wenn ich arbeite? Warte, bis ich nach Hause komme. Nein, du wartest auf mich, okay? Ich sagte, du wartest, hast du mich verstanden? Mach ja keinen Unsinn, bevor ich nach Hause komme. Nein, *Sweettea,* du weißt, dass ich es nicht so meine. Du wartest auf mich.«

Dünner, klebriger Schweiß rann ihm das Rückgrat hinunter, als er auflegte. In einem Wutanfall riss er sich den Sombrero vom Kopf, schleuderte ihn auf den Gehsteig und stimmte ein weiteres Mal seinen neuen Song an. Sollte nur einer versuchen, ihn daran zu hindern. Er hatte die Nase voll von Leuten, die ihm sagten, was er zu tun hatte. Er war Man Guitar, der Entertainer, und vor allen Dingen sein eigener Herr.

Verblüffenderweise floss der Song, der bisher allen Bemühungen um ein Ende getrotzt hatte, in diesem Augenblick der Entschlossenheit, im stillen Auge seiner Wut, mit einem Mal ungehindert, schien sich selbst fertig zu schreiben, da er seine ganze Wut hineinlegte. Es war so klar und harmonisch lebendig auf Fingerspitzen und Lippen; seine Wut hatte sich in Genialität verwandelt. Er unterbrach sich, um neuerlich die Gitarre zu stimmen, bevor alle Wut verbrannt war, und zog dabei einen Stimmwirbel zu fest an. Eine Gitarrensaite riss mit trostlosem Klirren, das man bis zur County Hall am Ende der Straße hören konnte.

Er hob seinen Hut auf und ging los, die Straße hinauf. Er kam bis zur Post, blieb unentschlossen stehen, drehte sich um und lief in die entgegengesetzte Richtung. Auf der Höhe von Manus *Kauf auf Raten* trat er aus einem Impuls heraus, den die Verzweiflung befeuerte, plötzlich wieder in den Laden. »Gehört euch etwa die Stadt?«, verlangte er von der Tür her zu wissen.

Manu gab sich Mühe, ihn nicht zu beachten.

»Du hältst dich wohl für Gott, nur weil du Geld hast? Ich spiele in dieser Stadt, wo ich will. Ich bin Man Guitar!«

»Raus aus meinem Geschäft!« Wütend sprang Manu auf. »Wenn du nicht sofort aus meinem Geschäft … unserem Geschäft verschwindest, rufe ich die Polizei.«

»Dann ruf auch gleich die Armee und das Überfallkommando«,

tobte Rafiki zurück. »Ich gehöre hierher. Ich bin ein waschechter Nanyukier. *Hakuna kama sisi?*«

Sie starrten einander an. Ein Telefon läutete. Sie unterbrachen die Auseinandersetzung, um in ihren Taschen nach den klingelnden Handys zu suchen. Rafiki fand seins und ging ran, während Manu immer noch damit beschäftigt war, seine Taschen nach dem seinen zu durchforsten.

»Man Guitar«, meldete er sich. »Nein, *Sweettea,* tu mir das nicht an. Du wartest, bis ich nach Hause komme. Ich arbeite. *Ati kazi gani?* Du weißt, dass ich auch für dich so hart arbeite. Ich war die ganze Nacht auf und hab einen neuen Song geschrieben. Es ist nicht meine Schuld, wenn diese Schwachköpfe gute Musik nicht zu schätzen wissen.«

Er warf einen kurzen Blick zu Manu hinüber. Der machte sich wieder an seine Arbeit.

»*Sikiza, Sweettea*«, fuhr er fort. »Hör zu, *Sweettea.* Ich weiß, dass du es satthast, wie die Dinge stehen. *Umechoka na ufukura, lakini,* was soll ich machen? Du weißt, dass ich alles für dich tun würde, wirklich alles, sag einfach, was. *Ati,* was? Kamelfleisch verkaufen? Wessen Kamelfleisch? Was meinst du damit, mir eine richtige Arbeit suchen?«

Er drehte sich um und sah, wie Manu nickte, als wollte er sagen: »*Hab ich's dir nicht gesagt?*«

»Das ist richtige Arbeit!«, brüllte er ihn an.

»Ich schrei dich nicht an, *Sweettea*«, sprach er ins Telefon. »Ich bin wütend auf den Mann hier, der mir meinen Tag kaputtmachen will. Für ihn ist das, was ich mache, keine Arbeit. Er ist nicht mit dir einer Meinung, er kennt dich nicht. Du bist ihm nie begegnet. Er ist ... einfach ein anderer Mann. Ich unterstütze dich doch auch, *Sweettea,* hab ich immer. Als du Chief von Majengo werden wolltest? Ich kann nichts dafür, wenn die Leute nicht wollen, dass eine Frau ihnen sagt, was sie zu tun haben. Männer – und Frauen auch. Ich weiß es einfach. Welche Frauen? Jetzt fang nicht wieder damit an. Du bist schuld, dass ich in der Band aufgehört habe. Ich will nicht wieder in einer Band spielen. Was würde dich glücklich machen? Sie ist auch meine Tochter. Und wo soll ich bis zum Abend das Geld auftreiben? Willst du, dass ich raube oder stehle? Was? Was meinst du damit, dich wie ein richtiger Mann unterstützen? Hallo? Hallo? *Sweettea?* Hallo?«

»Sie hat aufgelegt«, sagte er zu Manu.

Manu hatte ihn vergessen und tippte auf seinem Tischrechner herum.

»Was soll ich jetzt tun?«, fragte Rafiki laut.

Die Frage kam so unerwartet, war ein derart plötzlicher Wandel in Richtung und Geschwindigkeit, dass Manu innehalten und sie verdauen musste. Dann, als er sie verdaut hatte, wurde ihm klar, dass er nicht wusste, was sie bedeutete oder warum sie ihm gestellt worden war. Er zuckte die Schultern. Es ging ihn nichts an, und außerdem scherte er sich keinen Deut darum. Er hatte sich mit Rafiki bereits länger herumgeschlagen, als ihm an einem Tag gut tat. Er hatte genügend eigene *matata* und ausreichend eigene Probleme, die den Tag ausfüllten. Obwohl es erst zehn Uhr war, hatte er das Gefühl, als wäre die zweite Hälfte seines Lebens verstrichen, seit er heute Morgen aus dem Bett gestiegen war. Auch Rafiki fiel das anscheinend auf, denn nachdem er gesagt hatte, weswegen er gekommen war, drehte er sich um und ging.

Der Wind hatte neue Kraft gesammelt, wehte böig die Main Street herauf und trieb einen Haufen schwarzer Plastikbeutel vor sich her, die er bei den Pflanzenhändlern an der Nanyuki River Bridge aufgelesen hatte. Er brachte einen sandigen Staub mit, den er die achtzig Meilen von Isiolo herangeweht hatte, um den Nanyukiern eine Kostprobe des Lebens in den nördlichen Bezirken zu geben. Die Plastikbeutel, die den Flug über das Wasser nicht geschafft hatten, waren in den Fluss gefallen und auf eine Tausendmeilenreise zum Indischen Ozean und in die Welt hinaus gegangen. Die übrigen rasten mit den *matatu-* und den *piki-piki-*Taxis um die Wette die Main Street hinauf, aus der Stadt hinaus und Richtung Süden zum Äquator. Und wenn der Wind beharrlich blieb, reisten sie von dort die ganze Strecke zurück bis nach Nairobi, wo sie auf die Welt gekommen waren, wenn sie nicht einen großen Bogen um die Stadt machten und auf der Suche nach neuen Abenteuern südwärts flogen. Gerüchte besagten, dass einige Nanyuki-Plastikbeutel in Städten aufgegriffen worden waren, die so weit im Süden lagen wie Kapstadt, wo sie die Anti-Abfall-Gesetze verletzten, aber diese Gerüchte konnten auch auf die Nanyukier selbst zurückgehen, die sich wieder einmal übernahmen und beweihräucherten.

Rafiki stand unmittelbar vor der Ladentür, sah erst in die eine Richtung, dann in die andere, beobachtete, wie die Plastikbeutel vorbeiflogen, und Gedanken der Verzweiflung kamen in ihm auf. Leute, die ihn so sahen, bemerkten auch den dunklen Schatten an seiner Seite, ein Scheinwesen, das beinahe sein Lächeln auslöschte, und sie gingen an ihm vorüber, ohne ihn mit dem gewohnten *Jambo, Rafiki* zu grüßen. Er stand einige Minuten in der erbarmungslosen Sonne, und wilde Gedanken schossen ihm durch den Kopf. Mit diesem Augenblick hatte sein Leben den Sinn verloren. Alles, was er war, und alles, was er zu sein versuchte, war von einem einzigen Telefongespräch zermalmt worden. Was er zu sein glaubte, wer er zu sein versuchte, war durch ein einziges Telefonat demontiert und bloßgestellt worden.

»Sie will einen richtigen Mann!« Er schrie es laut genug, dass die ganze Main Street ihn hören konnte. »Ich werde ihr zeigen, was ein richtiger Mann ist!«

Erneut betrat er das Geschäft. Mit schwerem, entschlossenem Schritt ging er zu Manus Schreibtisch und lehnte seine Gitarre dagegen. Dann, ohne ein Wort zu einem der beiden Männer, bückte er sich, langte unter sein rechtes Hosenbein und zog ein Messer mit einer einen Fuß langen Klinge hervor.

Kapitel 3

Vor nicht allzu langer Zeit stand ein Nanyukier, der seiner Frau in Nakuru eine dringende Nachricht übermitteln wollte, frühmorgens auf und lief los. Er brauchte vier Tage hin und vier Tage zurück. Konnte er schreiben und sie lesen, ging er in den Laden an der Ecke, kaufte sich ein loses Blatt Papier und einen Umschlag, borgte sich beim Ladenbesitzer einen Bleistift, nahm Platz und verfasste seine Nachricht. Dafür benötigte er, in Abhängigkeit von seiner Schreibfertigkeit, bis zu einem Tag. Anschließend gab er den Bleistift zurück und machte sich auf den Weg zur Post im weißen Teil der Stadt. Dort wartete er, bis alle Weißen bedient worden waren, bevor er an den Schalter trat und eine Briefmarke kaufte. Es war eine Ehrfurcht gebietende Erfahrung, durch die ganze Stadt zur Post in der Main Street zu laufen. Zeit, Geld, Geduld und Mut brauchte es, wenn man eine Nachricht übermitteln wollte.

Für die meisten von uns spielte das alles kaum eine Rolle. Mit der Post bekamen wir nur zu tun, wenn längst vergessene Verwandte ein Telegramm oder einen Eilbrief aus einem entlegenen Winkel des Universums schickten und finanzielle Unterstützung forderten oder uns darüber informierten, dass gerade ein Verwandter gestorben war, den wir nie kennengelernt hatten, und in einer Woche unsere Anwesenheit bei der Beerdigung erforderlich wurde, sollten wir unser Erbe einfordern wollen. Barmherzigerweise kamen die Briefe für die Beerdigung und die inbegriffenen Wohltaten immer um Wochen zu spät an. Telegramme konnte man auf der Post nur abholen, wenn man einen von den Behörden ausgestellten Personalausweis sowie eine Wohnberechtigung vorwies. Doch zu der Zeit besaß kaum einer von uns diese beiden so überaus wichtigen Dokumente. So war das damals.

Der Brief, der Rafikis Frau davon in Kenntnis setzte, dass ihre Tochter zum Medizinstudium an der Universität von Daressalam zugelassen worden war, brauchte fünf Tage, bis er in ihre Hände gelangte, und weitere fünf Stunden, bis er in seinen landete. Er erfuhr davon im selben Augenblick, als er vom *piki-piki*-Taxi stieg, das ihn nach Hause gebracht hatte, und das Haus betrat. Bevor er noch seinen Sombrero abgesetzt und sein Sakko aufgehängt hatte, überfiel seine Frau ihn schon mit der guten Nachricht. Sie war so aufgeregt, dass sie kaum zusammenhängend redete.

»Daressalam?« Das war das Erste, was er mitbekam. »Ist das nicht da unten in Tansania?«

»Da unten.« Sie umarmte ihn voll Freude.

»Warum Daressalam?«, war alles, was ihm zu sagen einfiel.

»Warum nicht?«, fragte sie zurück.

»Warum nicht die Mount Kenya University?«, fragte er. »Die ist viel näher.«

»Sie ist in Daressalam zugelassen.« Auf einmal verhärtete sich ihre Stimme. »Und sie wird hingehen.«

»Was das wohl kostet?«, überlegte er. »Und wer soll das bezahlen?«

Seiner Meinung nach waren dies gute und wohlmeinende Fragen, doch sie missverstand ihn so, als wollte er damit sagen, er wünsche nicht, dass seine Tochter die beste Universität Ostafrikas besuchte.

»Geht es darum, dass sie eine Frau ist?«, fragte sie.

»Du weißt, dass ich Frauen gernhabe.«

Recht bedacht, war das die falsche Antwort. Sie starrte ihn wütend an. Er versuchte sich herauszureden. Es gefiel ihm, wenn Frauen sich gut machten und Erfolg hatten. Er mochte es, wenn Frauen glücklich und voller Freude waren. Er mochte alles an den Frauen. Er begriff, dass er die Situation nicht retten konnte, und gab auf. Dann begann sie zu reden. Sie hielt ihm sämtliches Unrecht vor, das er begangen hatte, seit sie sich kennengelernt hatten, und noch einiges aus der Zeit, bevor sie einander überhaupt begegnet waren. Sie zählte seine zahlreichen Versäumnisse als Ehemann, Vater und Mann auf. Es waren so viele, dass er beinahe darüber eindöste. Er hatte das alles schon gehört und gelernt, wie ein Mann mit seinen Versäumnissen zu leben. Sie allerdings konnte die Dinge nicht ruhen lassen. Vor Kurzem hatte sie damit angefangen, unerfüllbare Forderungen nach Wiedergutmachung zu stellen, und diesen außerdem noch unangenehme neue Aufträge hinzugefügt, für die ihm nur die dürftigsten Ausreden einfielen.

»*Sweettea*«, versuchte er es, als sie innehielt, um Luft zu holen. »Wie ich schon gesagt habe, sind einige Dinge schlichtweg unmöglich, und andere gehen Frauen nichts an.«

»Was geht Frauen nichts an?« Sie schlug die Arme übereinander und wartete, dass er es ihr sagte.

»Die meisten glauben, dass man ein Mann sein muss, um König werden zu können«, sagte er so behutsam, wie er nur konnte. »Versteh mich nicht falsch, ich stimme denen nicht zu. Ich glaube einfach, dass du dich stattdessen vielleicht zur Prophetin ausrufen und deine eigene Kirche gründen solltest. Das würde funktionieren. Und ich würde dich dabei von ganzem Herzen unterstützen.«

»Prophetin.« Sie nickte langsam und sah sich nach etwas um, mit dem sie ihm eins verpassen konnte. Der einzige Gegenstand in Reichweite war ihre Bibel, und die konnte sie nicht dazu missbrauchen.

»Prophetin.« Sie speicherte diesen Vorschlag für eine spätere Gelegenheit, wenn sie einen *mwiko*, einen langen Löffel, zur Hand hätte, nickte immer wieder und brannte ihren Blick in seine schwarze Seele. »Prophetin.«

Da er sich nirgends vor dem Feuer in ihren Augen verstecken konnte, schaute er zur Seite. Dann drehte er sich wieder zu ihr hin, weil ihm klar wurde, dass er sich besser noch einmal erklärte, und fing an zu reden. Er habe den ganzen Tag ohne Essen auf den heißen und staubigen Straßen gearbeitet und sei müde, sagte er. Vielleicht dachte er jetzt nicht schnell und logisch genug, gab er zu. Morgen früh wäre es bestimmt viel besser, versprach er.

Es war jedoch bereits zu spät. Und nur weil seine Frau, so eine gute Frau sie auch war, ihn nicht verstand, endete, was eigentlich ein freudiger Anlass war, damit, dass er einem anderen Mann ein Messer an die Kehle setzte.

»Rafiki.« Manu war mehr erschreckt als geängstigt. »Was machst du da?«

»Ich raub dich aus«, antwortete Rafiki.

Manu wollte es nicht glauben. Schon länger, als er sich erinnern konnte, zahlte er dafür, dass er Rafikis neue Songs nicht anhören musste. Und jetzt raubte der Mann ihn aus. Der umgängliche Straßenmusiker, den jeder als *rafiki,* als Freund, kannte, setzte ihm in seinem eigenen Geschäft in der Main Street vormittags kurz nach elf ein Messer an die Kehle, während draußen die Einkaufslustigen vorübergingen, ohne die leiseste Ahnung, was sich im Ladeninnern abspielte. Aber das war noch nicht das Schlimmste. Er sah die Verwirrung in Rafikis Augen. »Warum?«, fragte er ihn.

»Ich brauche Geld«, antwortete Rafiki.

»Von mir?«

»Und ihm.«

»Bist du verrückt? Wir haben kein Geld.«

»Habt ihr doch, und ich will alles.«

»Wir haben kein Geld«, wiederholte Manu. »Wir sind bankrott. Siehst du das nicht? Pleite, wir machen zu; kein Geld da.«

Rafiki kannte Manu lange genug, um zu wissen, dass er nicht viele Worte machte. Unsicher zitterte das Messer jetzt in seiner Hand. Was nun?, überlegte er. Er suchte in Manus Augen nach Anzeichen einer Lüge.

»Wir schließen endgültig.« Er klang aufrichtig, aber Rafiki war verzweifelt.

»*Haki,* ich schlitz dich auf, wenn du mir nicht dein ganzes Geld gibst«, drohte Rafiki, und die Verzweiflung festigte den Griff seiner Hand um das Messer.

Manu seufzte matt, zog seine Brieftasche hervor und gab sie ihm. Rafiki leerte ihren Inhalt auf den Schreibtisch und zählte das Geld, Kleingeld zumeist. »Reicht nicht«, sagte er.

»Das ist alles, was ich habe.«

»Was ist mit Manish?«

»Manish?«, rief Manu.

»Huh?«, brummte Manish.

»Er will Geld von uns.« Das sagte Manu auf Hindi.

Rafikis Augen verengten sich misstrauisch.

»Ich hab ihm gesagt, was du willst«, erklärte Manu.

»Und?«

»Sieht er so aus, als hätte er mehr Geld als ich? Das ist alles, was wir besitzen. Nimm es. Geh jetzt, und ich vergesse, dass du mich umbringen wolltest.«

Manu hatte inzwischen begriffen, dass hinter Rafikis irrationalem Verhalten weder ernsthafte Überlegung noch Absicht steckte. Leider. Hätte der Mann seinen hirnlosen Überfall ein halbes Jahr früher veranstaltet, hätten sie alle von seinem Wahnsinn profitieren können. Die Bank hätte nicht gemerkt, dass sie beinahe pleite waren, als der Räuber zuschlug, und die Versicherung hätte sich ihrer angenommen. Wie schade!

»Und jetzt sieh mal.« Er öffnete Schubladen, die mit zerfallenden Ordnern und vergilbenden Akten vollgestopft waren. Alles war mit Staub bedeckt. In einigen Schubladen hingen Spinnweben, und sie rochen nach alter Tinte. Während Rafiki nach einer Erklärung für die Leere suchte und seinen nächsten Schritt überlegte, nahm Manu seine Geldbörse und die Münzen an sich und verstaute sie wieder in seiner Tasche. Rafiki, der langsam in die Wirklichkeit zurückkehrte, erschien es kaum wert, ihn daran zu hindern. »Ich brauche mehr«, sagte er leise zu sich selbst.

»Dann musst du jemand andern ausrauben«, meinte Manu.

Rafiki kannte sie schon lange. Nie kleideten sie sich in etwas anderes als ihre alten Anzüge mit Krawatten. Sie trugen keinen Schmuck und teilten sich eine Taschenuhr, die Manu in seiner Brusttasche aufbewahrte. Während er sich das vor Augen hielt, zischte seine Wut davon wie die Luft aus einem erschlaffenden Ballon. Für Manu sah er mehr und mehr nach seinem alten, liebenswerten Selbst aus. Nur das Sonnenscheinlächeln fehlte.

Dann läutete das Telefon. Sie suchten nach ihren Handys, und wieder fand Rafiki seins als Erster.

»Man Guitar«, meldete er sich. »Ich bin beschäftigt, *Sweettea*. Was meinst du mit ›womit beschäftigt‹? Das Geld aufzutreiben, um das du gebeten hast. *Bado sijapata*, ich hab es noch nicht, aber ich arbeite dran.« Er blickte zu Manu hinüber und erwartete eine Reaktion. Manu starrte ausdruckslos zurück. »Ja, ich weiß, *Sweettea*«, fuhr Rafiki fort. »Bis heute Abend, und dir ist es egal, wie ich es mache. Dir ist es egal, ob ich meine Gitarre verkaufen muss oder … Hallo? *Sweettea*. Halloo?«

»Sie hat aufgelegt.« Er schien überrascht. »Sie verlangt Geld von mir und legt einfach auf.«

»Die Freundin?«, fragte Manu.

»Meine Tochter will zur Universität gehen«, erklärte Rafiki ihm. »Meine Frau ist wütend auf mich, weil ich kein Geld habe.«

»*Bibi*.« Manu schüttelte den Kopf. »Frauen!«

Erneut läutete Rafikis Telefon. »Man Guitar.« Seine Stimme brach bei dem Versuch, so zu klingen, als wäre er noch der Chef, als führte er das Kommando und hätte alles unter Kontrolle. »Ich hab gesagt, warte, bis ich nach Hause komme. Das kann ich jetzt nicht versprechen. Du weißt, dass die Musik mein Liebstes ist. Hallo? *Sweettea?*«

»Sie hat es wieder getan.« Mit wütendem Klicken ließ er das Telefon zuschnappen.

»Die Musik ist deine Liebste?«, wunderte sich Manu.

»Mein Liebstes, hab ich gesagt.« Und das Messer war wieder da. »Jetzt muss Geld her.«

»Ich hab dir gesagt, dass wir kein Geld haben«, erinnerte ihn Manu. »Frag meinen Bruder. Manish? Sag ihm, dass wir kein Geld haben. Manish?«

Manish grunzte, ohne den Blick vom Eingang abzuwenden.

»Was hat er denn?«, fragte Rafiki.

»Er will sterben.«

»Warum?«

»Seine Frau will nach Indien zurück zu ihren Eltern.«

»Warum?«

»Die Bank will sein Haus«, sagte Manu. »Die will auch mein Haus und mein Auto und sein Auto. Die will alles außer Frauen und Kindern.«

Rafikis Hand mit dem Messer fiel schlaff nach unten. Er war versucht, mit ebenso leeren Händen hinauszugehen, wie er hereingekommen war. Dann, als er darüber nachdachte, erinnerte er sich wieder, dass er und die Patels nicht im Mindesten im selben Boot saßen. Sie hatten Autos, während er nicht einmal ein Fahrrad besaß, und sie hatten *jikos* und solche Sachen, Herde und andere Haushaltgeräte, die sie zu Geld machen konnten. Alles, was er besaß, war seine Gitarre. Hatten sie überhaupt Kinder in der Schule?

Das Telefon läutete. Rafiki und Manu suchten in ihren Taschen nach ihren Handys. Es war Rafikis. »Man Guitar«, meldete er sich. »*Ati nani?* Was? Nein, *Hakuna, hiyo haiwezekani.* Sie können mein *piki-piki* nicht haben. Warum nicht? Weil ich es nicht mehr habe. Ich habe es verkauft. Weil es meins war, konnte ich es verkaufen. Ich habe Sie bezahlt, als Sie mein Land in Thingithu versteigert haben. Was wollen Sie noch? Mein Blut? Was stimmt mit Ihnen nicht? Sie können die Kühe jederzeit abholen kommen. Wie viele? Ich besitze keine Kühe. Die Viehdiebe haben sie vergangenen Monat entführt. Okay, ich hatte nie Kühe. Ich wusste, dass Sie mir den Kredit nicht bewilligen würden, wenn ich Ihnen die Wahrheit gesagt hätte. Ja, ich habe Sie belogen. Genau wie Sie mich. Welches Gesetz gebrochen? Haben Sie mit meiner Frau gesprochen? Was hat sie Ihnen gesagt? Ich sage Ihnen auch, dass Sie sich zur Hölle scheren können.« Er legte auf.

»Die Bank?«, wollte Manu wissen.

»Sie haben mir Geld für ein Motorrad geliehen, das dann einen Unfall hatte«, enthüllte Rafiki.

Manu nickte und schob seine Schubladen zu.

»Wieso hat so ein großes Geschäft kein Geld?«, fragte Rafiki verwundert. »Habt ihr keine Kunden?«

Manu wies mit dem Daumen auf das Plakat hinter sich. Es zeigte zwei indische Händler. Einer hatte Kredit gegeben, ein zweiter nur gegen Bargeld verkauft. Derjenige, der seine Waren gegen bar verkauft hatte, sah wohlgenährt aus und wie ein feiner Herr im dreiteiligen Businessanzug, während derjenige, der seinen Kunden Kredit gewährt hatte, ein dürrer, verhungert aussehender Mann in zerlumptem Anzug war und kahl wurde, weil er sich immerzu den Kopf kratzte. Der erste besaß einen Tresor voller Geldsäcke, während der Tresor des zweiten den Ratten als Spielplatz diente.

»Wie du«, erklärte Manu, »haben sie sich geweigert, uns zu bezahlen.«

»Ich habe die Bank bezahlt.« Rafiki klang beleidigt. »Ich habe jeden Monat bezahlt, wie vereinbart. Dann haben sie die Zinsen erhöht.«

»Genau wie bei uns«, meinte Manu. »Die Bank hat die Zinsen erhöht, die Kunden haben sich geweigert, das zu bezahlen.«

»Wie das?«, wunderte sich Rafiki.

Manu zeigte mit dem Daumen zu Manish hinüber. Alles war Manishs Schuld. Manish hatte nie abgelehnt, jemandem beizustehen, nicht einmal denen, die es nicht verdienten. Für ihn war es ein Dienst an der Gemeinschaft, einen Kredit zu gewähren. Wie Almosen zu verteilen oder jemandem zu helfen. Er hatte Haushaltgeräte auf Kredit verkauft, an alle und jeden, der darum bat. Dann, als Majengos Wirtschaft kurz nach der Mieterrebellion kaputtging, blieb es Manu überlassen, den Karren aus dem Dreck zu ziehen. Da hatte er zum ersten Mal begriffen, dass die meisten Schuldner nie in der Lage sein würden, irgendeinen Teil von dem zu bezahlen, wofür sie unterschrieben hatten. Manu hatte sich auf jede erdenkliche Weise bemüht, ihnen dabei zu helfen, dass sie bezahlten, doch vergeblich. Er hatte die monatlichen Raten verringert, angeboten, die Laufzeiten zu verlängern, und die Regeln nach allen Seiten verdreht und gedehnt und gebogen, damit seine Kunden ihren Verpflichtungen nachkommen konnten. Zum Schluss war das alles umsonst, weil die Kunden ihm nicht einmal zur Hälfte entgegenkamen und einfach verschwanden. Ihr Betrug an Manishs Vertrauen verletzte Manu am meisten. Am Ende musste er seine loyalen Angestellten entlassen.

»Du hast sie rausgeschmissen?«

»Gehen lassen«, berichtigte Manu. »Was sollte ich machen ohne die Mittel, ihnen den Lohn auszuzahlen?« Er hatte ihnen aber versprochen, sie wieder einzustellen, sobald das Geschäft besser lief. Doch bis jetzt konnte er, wenn sie ihn anriefen, um herauszubekommen, ob es mit dem Geschäft wieder aufwärtsging, nur sagen: *Bado*. Noch nicht. Einige erwiderten höflich: *Pole,* tut mir leid, aber die meisten legten einfach auf.

Kapitel 4

Während unserer Mieterrebellion vor … oh, vor so langer Zeit, bekam der Distriktchef zu spüren, dass die Nanyukier ein hartgesottener und unerbittlicher Haufen waren, ein hinterlistiges Volk, das nicht aufgab, bis es bekam, was es wollte. Wenn sich eine Tür schloss, öffneten wir eine andere, wenn die uns vor der Nase zugeschlagen wurde, suchten wir nach einem offenen Fenster. Waren alle Fenster geschlossen, bohrten wir ein Loch durch die Wand. Wenn alles andere versagte, traten wir die Vordertür ein. Uns verweigerte man nichts. Wir waren Nanyukier und stolz.

Langsam ebbte die Wut ab, die der Anruf seiner Frau ausgelöst hatte. Zerschellte an der Wand aus Wirklichkeit, die die Patels vor seinen Augen hochgezogen hatten, und Rafiki begann, wie ein Nanyukier zu denken. Hier ging es um Geld und auch um Menschen. Aber vor allem um Geld. Er musste bis zum Abend Geld auftreiben.

»Seid ihr sicher, dass ihr überhaupt kein Geld habt?«, fragte er sie.

»*Angalia!*« Manu lenkte seine Aufmerksamkeit auf den Tresor hinter sich, der weit offen stand und voller Spinnweben war. »Sieh doch selbst nach!«

Der Tresor war seit Langem nicht geschlossen, geschweige denn abgeschlossen worden. Wieder läutete das Telefon. Sie langten nach ihren Handys. Wieder war es für Rafiki. »Ich sagte, Sie sollen mich nicht mehr anrufen«, schrie er ins Telefon und legte auf.

Fast unmittelbar darauf läutete es erneut. Heute ging auch alles schief.

»Wer ist da?« Er wurde schon wieder wütend. »*Sweettea, ni wewe*? Bist du das? Welche Nummer ist das? Was ist mit deiner alten Nummer? Also, wessen Telefon ist das? Ich dachte, es wäre die Bank. Bank wer? Die Bank, Bank, keine Person. Kennst du jemanden, der Bank heißt? Ich nicht. Warum traust du mir nicht? Das ist lange her. Wenn du anrufst, um mir den Tag zu vermiesen, kommst du zu spät. Ich will mich auch nicht streiten. Du hast angefangen. Ich bin noch auf der Suche nach dem Geld, ich bleibe dran.«

Er warf einen schnellen Blick zu Manu hinüber, erwartete eine Reaktion. Manu starrte ausdruckslos zurück.

»Ja, ich weiß, *Sweettea*, dreißigtausend, und dir ist es egal, wo ich die hernehme. Dir ist es egal, ob ich ... Hallo? Halloo?«

»Sie hat wieder einfach aufgelegt«, sagte er ungläubig.

Manu zuckte die Achseln. Manish starrte. Rafiki sah vom einen zum andern. Er war sich noch nie so verloren vorgekommen. Er konnte sich nicht zurückhalten, er musste sich erklären. »Sie ist ein heller Kopf«, erzählte er seinen Opfern. »Sie kommt nach ihrer Mutter.«

Manu nickte. Auch seine Töchter kamen nach ihrer Mutter. Die eine studierte Medizin in Kanada, eine war Ingenieurin, und einer seiner Söhne leitete in Puna seine eigene Fahrradfabrik. Manishs Kinder arbeiteten oder studierten allesamt in Indien. In der Stimmung des Augenblicks gab Manu all diese Informationen preis.

»Könnt ihr beiden mir nicht etwas Geld leihen?« Rafiki klang wieder mehr nach seinem wahren Ich, aufrichtig und anspruchslos. »Ich zahle es zurück, sobald ich meine Kühe verkauft habe.«

»Du besitzt keine Kühe«, erinnerte Manu ihn. »Oder ist das die Lüge, die du allen Kreditgebern auftischst?«

»Die Banken sind schlimmere Lügner«, erwiderte Rafiki. »Sie haben mir gesagt, dass die Zinsrate sechzehn Prozent nicht übersteigen würde. Dann verlangten sie sechsundzwanzig Prozent. Das gibt mir das Recht, ihnen alles aufzutischen, was ich will.«

Wieder nickte Manu. Lüge gegen Lüge, das schien ein fairer Handel. Doch er und Manish hatten kein Geld, wiederholte er, nicht einmal so viel, dass sie ihr Geschäft retten konnten. Während er zusah, wie Rafiki über seinen nächsten Schritt grübelte, fragte er sich, wann er seine Gitarre nehmen und wieder er selbst werden würde.

»Ich könnte die Hälfte meiner *shamba* verkaufen, meine Felder«, dachte Rafiki laut nach. »Nur dauert das Monate.«

Wieder nickte Manu. Landverkäufe zogen sich hin. »Aber«, er breitete die Hände aus, »wie du siehst, kann ich dir ... können wir dir nicht helfen.«

Rafiki sah vom einen zum andern. Manish hatte, seit die ganze Sache losgegangen war, Rafiki weder angeblickt noch, abgesehen von seinem »huh«, ein einziges Wort gesprochen. Seine Augen blickten unverwandt auf den Eingang, und das einzige Lebenszeichen, das von ihm ausging, war das Kräuseln in seinem grauen Schnurrbart, wenn er ein- und ausatmete.

Rafiki beschloss, sich selbst zu helfen, und schaute sich nach etwas um, das er mitnehmen könnte, etwas, das sich auf den Schultern tragen und in dreißigtausend Shilling umsetzen ließ. Er ging durch den Laden und betrachtete die Haushaltgeräte, denen er zuvor nie große Aufmerksamkeit geschenkt hatte. Manu, der ihm mit seinem Blick folgte, versuchte sich vorzustellen, was in dem geplagten Hirn vor sich gehen mochte. Er sah, wie er stehen blieb und ein Gerät abschätzte, das auf einem Kühlschrank Staub ansetzte und ihm klein genug schien, dass er es transportieren könnte.

»Mikrowelle«, antwortete Manu ungefragt. »Der *jiko,* der ohne Feuer kocht.«

»Wie viel kostet der?«, fragte Rafiki.

»Du hast kein Geld«, erinnerte Manu ihn.

»Wie viel?« Er blieb hartnäckig.

»Für dich«, Manu tat, als dächte er nach, »fünfzehntausend.«

»Hast du noch einen?«

»Ah, du kannst also auch rechnen.« Manu lächelte. »Nein, wir haben keinen zweiten.«

Rafiki ignorierte den Sarkasmus. Er wanderte weiter herum und inspizierte die verstaubten Waren, als wäre es ihm ernst damit, etwas zu kaufen. Manu rechnete weiter und blickte ab und zu auf, um herauszubekommen, worauf er aus war.

»Und das?« Rafiki deutete auf ein Gerät hinter einem Kühlschrank.

Manu hatte keine Lust nachzusehen, worum es sich handelte.

Rafiki suchte weiter. »Das hier?«, fragte er.

»Spülmaschine«, klärte Manu ihn auf.

»Was kann die?«

»Abwaschen«, sagte Manu. »*Kikombe, kijiko, sahani, vote inasafisha*. Tasse, Teelöffel, Untertasse, alles.« Ein solches Gerät wäre in Rafikis Welt völlig nutzlos, fügte er hinzu, weil er fürchtete, Rafiki würde es tatsächlich so weit schleppen.

Rafiki nickte und schien ihm zuzustimmen. In seiner Welt besorgten Mütter und Frauen, Schwestern und Töchter das Abwaschen. Manche Frauen stellten andere Frauen an, die sich um ihre gesamte Wäsche kümmerten.

Er ging an dem verstaubten Motorrad vorbei, ohne einen Blick darauf zu werfen. Seine jüngste Erfahrung als Besitzer eines *piki-piki*-Taxis hatte ihn gründlich von dem Verlangen geheilt, jemals wieder eins besitzen zu wollen. Seine Karriere als *piki-piki*-Fahrer hatte genau eine Stunde gedauert, dann stieß er mit einem Baum zusammen, der nicht auswich. Sein Passagier wollte ihn wegen der Krankenhausrechnung verklagen, doch Rafiki überzeugte ihn davon, dass er bessere Aussichten hätte zu gewinnen, wenn er den Baum verklagte oder denjenigen, der ihn gepflanzt hatte. Der Baum war ungefähr einhundert Jahre alt. Der Fall war immer noch vor irgendeinem Bezirksgericht anhängig.

Da nun jede tatsächliche Gefahr unmittelbarer Körperverletzung gebannt schien, wagte Manu es, Rafikis geistige Gesundheit infrage zu stellen. »Rafiki«, traute er sich, »wenn es mir schon nicht gelingt, diese Sachen an Leute zu verkaufen, die Arbeit haben, wie willst du sie dann an deinesgleichen verkaufen?«

»An meinesgleichen?« Seine Nackenhaare standen wieder zu Berge.

»Ohne richtige Arbeit«, meinte Manu.

»Ich hab eine richtige Arbeit«, schnaubte Rafiki.

Er setzte seine Suche fort, wenn auch ohne rechte Begeisterung. Manu erkannte, dass er einen empfindlichen Nerv getroffen hatte, und machte sich wieder daran, seine Papiere durchzugehen und Zahlen aufzuschreiben.

»*Haki,* ich brauche Geld«, rief Rafiki, mehr flehend als drohend, quer durch den Laden.

»*Haki,* wir haben kein Geld«, antwortete Manu ihm.

»Ich glaube dir nicht.«

»Möchtest du die Bücher einsehen?«

»Den Tresor.«

Manu zeigte auf den eingestaubten Tresor.

»Ich bin kein Idiot«, sagte Rafiki. »Ich weiß, dass ihr *duka-Leute* nicht nur einen Tresor habt. Wo ist der mit dem Geld?«

Manu schüttelte den Kopf.

»Was ist mit der Kasse?«

Die Registrierkasse stand auf einem Tresen in der Nähe der Tür. Rafiki hatte nie sonderlich auf sie geachtet und keine Ahnung, wie man sie öffnete. Manu ließ ihn eine Weile damit kämpfen, bevor er ihm sagte, dass sie leer war. Rafiki griff nach dem Messer, um sie gewaltsam zu öffnen. Manu beobachtete ihn, wie er zustach und drehte und schob und zog und schließlich aufgab. Dann stand er von seinem Schreibtisch auf und ging langsam durch den Laden. Ohne ein Wort zu Rafiki schlug er mit der Handkante auf das Zählwerk. Es brauchte mehrere Schläge, bevor die Kasse aufsprang. Sie war leer, abgesehen vom vertrockneten Kadaver einer braunen Kakerlake. Rafikis Seele entwich ein Seufzer der Verzweiflung. »Sie ist leer«, stöhnte er.

»Wie ich es dir gesagt habe«, erwiderte Manu.

Das Telefon läutete. Sie suchten ihre Taschen ab. Diesmal war es Manus Telefon. »*Patels Kauf auf Raten*«, meldete er sich. »Wer ist dran? Wer? *Nai, nai, nai,* nein!« Er ließ das Handy zuschnappen. »Warum raubst du nicht die Banken aus?«, fragte er Rafiki. »Ich kann dir sagen, mit welcher du am besten anfängst.«

»Ich bin kein Räuber.«

»Du beraubst mich … uns.«

»Ich habe gesagt, dass es mir leidtut. Aber ich hab nun mal hier angefangen, und so werd ich auch hier aufhören. Wie viel kostet das hier?«

»Nimm's einfach und geh.«

Er schien über dieses Angebot nachzudenken. Dann machte er weiter. Manu folgte ihm. Sie gingen von einem Gerät zum nächsten, bis sie wieder zu dem Kocher gelangten, der Rafiki zu dem Gedanken veranlasst hatte, ihn seiner Frau zu kaufen.

»Rafiki«, sagte Manu, als er sah, dass er erneut über den Kocher nachdachte. »Jeder kennt dich als Gitarristen, als Musiker, wenn du so willst, aber nicht als Verbrecher. Warum trägst du so ein großes Messer mit dir herum?«

»Wir leben in einer gefährlichen Stadt.«

»Ist es so schlimm?«

»Du würdest nicht glauben, wie schlimm«, antwortete Rafiki. »Siehst du diese Narbe?« Er nahm seinen Sombrero und den Hut darunter ab und zeigte ihm die verheilende Narbe auf seinem Kopf. »Erst letzte Woche haben ein paar Schläger in Majengo versucht, meine Gitarre zu stehlen«, sagte er.

Manu nickte. Sie gingen weiter und machten die Runde, bis Rafiki alles inspiziert hatte.

»Ich kann hier nicht mit leeren Händen weg«, sagte er bei sich.

»Bedien dich.« Manu zeigte auf die übrig gebliebenen Waren. »Haben alle schon so gemacht. Sie nehmen, sie bezahlen nicht, und jetzt willst du das Geld, das deine Leute nicht bezahlen.«

»Sind nicht meine Leute«, erwiderte Rafiki. »*Kula na kulipa*, iss und bezahl, das ist mein Motto.«

»Meins auch«, sagte Manu. »Aber nicht einmal ich kann sie dazu bringen, dass sie zahlen.«

»*Kwani*, warum denn? Sind sie so wichtig?« Nach seiner Erfahrung zahlten nur die ganz wichtigen Leute nicht für das, was sie nahmen.

»Nein.« Die meisten waren kleine Leute aus Majengo, sehr kleine.

»Wo sind sie?«

»Komm mit.« Er führte ihn zu seinem Schreibtisch zurück, ließ sich schwerfällig auf seinen Stuhl sinken und langte nach einem riesigen Ordner. »Setz dich.«

Rafiki setzte sich auf den Besucherstuhl und schob sich näher an den Schreibtisch heran. Manu ließ den Aktenordner mit Staub aufwirbelndem Krachen auf den Tisch fallen und blies den Staub vom Aktendeckel in Rafikis Gesicht. »*Angalia*«, sagte er. »Sieh selbst.«

Rafiki blies Manu den restlichen Staub ins Gesicht und schlug den Ordner auf. Er war bis zum Rand mit Ratenkaufverträgen gefüllt, die Jahrzehnte zurückreichten. Manche waren so alt, dass die Tinte verblasst war.

»Kimani wa Kamau«, las er. »Ich glaub, den kenne ich. Und Maina Arap ... sowieso, der kommt mir auch bekannt vor. Und dieser Muhuni Mukora, der auch.«

Er blätterte weiter, grunzte und murmelte vor sich hin, während Manu abwartete. Als er ihm jetzt zusah, wie er so ruhig und konzentriert die Seiten umblätterte, fragte sich Manu, ob nicht alles nur ein schlechter Scherz war. »Rafiki«, wagte er es, »angenommen, du findest jemanden, dem du sein schwer verdientes Geld abnehmen kannst, um deiner Tochter die Studiengebühren für das erste Semester zu bezahlen, was geschieht, wenn das zweite Semester anfängt? Gehst du dann wieder zu ihm und beraubst ihn noch mal?«

»Mir wird schon was einfallen.« Rafiki sah weiter die Verträge durch.

»Kurzfristige Lösung für ein langfristiges Problem«, sagte Manu zu sich.

»Ich kenne alle diese Leute.« Rafiki wies mit dem Messer auf ihn. »Ich kann sie für dich ranholen.«

»Wie denn?«

»Ich habe einen Plan.«

Resignierend und voller Verzweiflung warf Manu die Arme in die Höhe. Immer, wenn er glaubte, er könne den Halunken loswerden, kam der Mann ihm mit einem Plan. »Der beste Plan für dich wäre, nach Hause zu gehen und dich bei deiner Frau zu entschuldigen«, riet er ihm.

»Wofür entschuldigen?«

»Was immer sie so sehr gegen dich aufgebracht hat, dass du anfängst, Leute auszurauben.«

»Ich hab nicht das Mindeste getan, dass sie so ausrastet.«

Manu wartete ab, während Rafiki sein Armeemesser unter dem rechten Hosenbein verstaute und mit Gummibändern befestigte.

»Ich will dir helfen, damit du zu deinem Geld kommst«, sagte Rafiki. »Aber du musst auf meine Gitarre aufpassen. Wenn mein Plan funktioniert, sind am Ende viel mehr Leute wütend auf mich.«

»Der Plan?«, fragte Manu.

»Als Erstes rufe ich meine Frau an.«

Manu sah zu, wie er wählte.

»Hallo, *Sweettea*?«, sprach Rafiki ins Telefon. »Tu jetzt nichts Unüberlegtes. Ich hab einen Plan. Einen sehr guten Plan. Du wirst glücklich sein. Nein, so was nicht. Mach dir keine Gedanken darüber. Ich erzähl es dir, wenn ich nach der Arbeit nach Hause komme. Warte auf mich, okay?« Er legte auf und wandte sich Manu zu: »Jetzt reden wir über Geld.«

»Der Plan«, sagte Manu.

»Nein, zuerst reden wir über meine Bezahlung.«

»Nein«, widersprach Manu rundheraus. »Zuerst der Plan.«

Angesichts all dessen, was an diesem Morgen geschehen war, wollte er sich nicht auf Unwägbarkeiten einlassen.

Kapitel 5

Jede stolze Metropolis besitzt ein Stadtzentrum, eine Bestie in ihrem Schoß, in der Gut und Böse, Raum und Zeit, Freude und Kummer, Leben und Tod derart miteinander vermischt und so gründlich verdaut werden, dass sie oftmals roher und grober und härter und giftiger ausgeschieden werden, als sie aufgenommen wurden.

Unsere Innenstadt hieß Majengo und war der Ort, an dem jedermann geboren wurde und aufwuchs, an dem Leben und Schicksale in Feuer, Schlamm und Staub geschmiedet wurden und unsere städtische Identität sich uns in die Stirn brannte. Niemals ist ein Volk so stolz auf seine Innenstadt gewesen wie unseres.

Zugegeben, unsere Gebäude waren baufällig, und unser Volk war langsam in seinen Bewegungen und in seiner Art so unbeugsam wie die Loldaiga Hills, aber das Leben war authentisch, die Hirne waren scharf und die Herzen so warm und offen und einladend wie unsere Laikipia Plains. Wir hatten unseren hohen Berg, kalt, achtunggebietend und schneebedeckt, der uns warnte, Abstand zu halten. Und wir hatten unser Liebe schenkendes Majengo, das uns leitete und nährte und davor warnte, es zu verlassen, obwohl kein waschechter Sohn unserer Stadt den Gedanken ertrug, er müsste zu lange dessen staubige Umarmung entbehren.

Rafiki war ein waschechter Sohn unserer Stadt, in Majengo geboren und aufgewachsen, und hatte bislang keine Gefahr für irgendjemanden dargestellt, den er kannte. Die Leute grüßten ihn von der anderen Straßenseite herüber, nur um seine Stimme zu hören und sein Lächeln zu sehen. »Man Guitar!«, rief eine Frau von der Veranda ihres Hauses.

»Was?«

Sie saß auf einem Schemel neben der Tür und rauchte ihren Joint, ohne sich um die Welt um sie herum zu bekümmern. Selbst die Büttel des Chiefs versuchten nicht, so eine Frau zu verhaften. Sie war eine waschechte Tochter unserer Stadt, so hart wie das Leben und härter noch als der *ugali* der vergangenen Woche. Rafiki ging weiter.

»Stimmt es, dass deine Frau die Hosen anhat?«, fragte sie ihn.

»Hör auf, *bhangi* zu rauchen«, erwiderte er im Weitergehen.

Er kannte sie alle, und jeder kannte ihn. Mancher hielt ihn sogar an, um ihm zu sagen, wie sehr er seine Musik mochte. Andere riefen etwas zu ihm herüber, weil sie herausfinden wollten, ob sie das Lächeln von seinem Gesicht vertreiben konnten, doch er achtete nicht sonderlich auf sie, solange sie auf ihrer Straßenseite blieben. Er wusste, was sich in ihren geplagten Leben abspielte. Er wusste sogar, was in ihren früheren Leben geschehen war.

Unter der Schirmherrschaft Seiner Gnaden des Bürgermeisters und der Stadtväter hatte Rafiki einst die erste Tanzkapelle in Nanyuki zusammengestellt. Bevor die Disco-Ära ihr amorphes Haupt erhob, hatte die Band über die Jahrzehnte hinweg jeden Samstagabend für die Nanyukier in ihrer County Hall aufgespielt. Viele ältere Nanyukier – vom Priester bis zum Politiker – hatten zu Rafikis einzigartigem Majengo-Beat getanzt. Sie kannten ihn als Mann der Musik wie der Frauen, wobei er sich schon lange bemühte, letzteren Ruf loszuwerden. Für die Discogeneration aber und für die, die mit Kopfhörern in den Ohren auf die Welt kamen, war Rafiki nur Man Guitar, der durchgeknallte Musiker, der sich wenig darum scherte, was andere über ihn sagten oder dachten. Manche von den jungen Leuten vergaßen mitunter vor Bewunderung für seinen zeitlosen Stil, dass er alt genug war, ihr Vater zu sein.

Er lief quer durch Sector E, der von der Polizei wegen des Hangs seiner jugendlichen Bewohner, illegales Zeug anzubauen, zu rauchen und zu verkaufen, den Spitznamen Jamaica verpasst bekommen hatte. Die Polizei hatte es aufgegeben, die jungen Leute wieder und wieder durch die Hinterhöfe zu jagen. Die Jugendlichen ihrerseits machten der Polizei ebenfalls keine Schwierigkeiten, solange sie sich von ihrem Territorium fernhielt. Doch ungeachtet dieses Waffenstillstands stand unverrückbar fest, dass jeder Fremde, der durch Jamaica streunte, ohne Uhr und Brieftasche wieder herauskam.

»Man Guitar«, brüllten sie von der anderen Straßenseite herüber.

»Was ist?«, rief er zurück.

»Wie steht's?«

»Was steht?«

»Was läuft so?«

»Läuft wohin?«

Sie lachten, während sie näher kamen. Es waren zwei der berüchtigtsten Schlägertypen des Viertels. Sie rauchten alles, solange es nur verboten war. Sollte die Regierung verbieten, Tee zu rauchen, würden sie Teeblätter schon rauchen, bevor die Tinte unter dem Gesetz richtig trocken war.

»Wo hast du deinen lustigen Hut?«, fragten sie.

»Meinen Sombrero?«, antwortete er. »Den brauch ich nur, wenn ich spiele.«

»Und wo ist deine Gitarre?«

»Dort, wo ihr sie nicht verkaufen könnt.«

In dem unbedachten Bemühen, sie von ihrer Angewohnheit abzubringen, heftig zu rauchen und kleinere Straftaten zu begehen, hatte er versucht, ihnen das Gitarrespielen beizubringen, bis er sie dabei ertappte, wie sie versuchten, seine Lieblingsgitarre an einen Musiker aus Meru zu verkaufen. Sie waren gut darin, Dinge zu verkaufen, die ihnen nicht gehörten.

»Und was treibt ihr dieser Tage so?«, fragte er sie.

»*Tunapoa tu*«, antworteten sie. »Einfach abhängen.« Sie spielten *mbao* auf der Veranda eines verfallenden Hauses, das sie von ihrer Großmutter geerbt hatten. Sie waren nicht gezwungen, hart zu arbeiten, brauchten nur die Miete von den übrig gebliebenen Mietern zu kassieren und sie in die Luft zu blasen. Ihr Haus sah heruntergekommen aus und befand sich in so traurigem Zustand, dass es der nächste Ol-Pejeta-Express-Wind vom Fundament reißen und quer durch den ganzen Bezirk bis in die Aberdares tragen würde. Sie lachten ihn aus, als er vorschlug, dass sie beim Abhängen eine Pause einlegen und das Dach instand setzen sollten, und, wenn sie schon einmal dabei wären, auch etwas frischen Lehm an die Wände werfen. »*Hiyo kazi ya wanawake*«, sagten sie. »Das ist Frauensache.«

»Was hast du da?«, fragte der eine mit Blick auf seine Akten.

»Ein Buch«, antwortete er, überzeugt davon, dass sie den Unterschied nicht bemerkten. »Erinnert ihr euch noch an Bücher?«

»Der Lehrer ist immer darauf rumgeritten.«

»Es gibt sie immer noch«, klärte Rafiki sie auf. »Und es wird sie noch geben, wenn ihr am Rausch vom *bhangi*-Rauchen und *miraa*-Kauen längst gestorben seid.«

»*Poa*«, meinten sie. »Nur ruhig Blut, Rafiki, früher warst du mal wie wir. Du hast geraucht, als du in der Band gespielt hast.«

»Vorher bin ich in die Schule gegangen«, meinte er.

»*Shule kwetu si tosha*«, sagte einer. »Uns genügt die Schule nicht.«

»Und was genügt euch?«, fragte er nach. »Alten Frauen die Hühner stehlen? Das soll *tosha*, cool, sein?«

»*Baite,* Kumpel«, wandte sich der eine an den andern. »Ich hab dir gesagt, wir überfallen eine Bank.«

»Und geht ins Gefängnis?«

»Wir lassen uns nicht kriegen.«

»Ihr werdet geschnappt«, versicherte Rafiki. »Da könnt ihr sicher sein. *Kwanza,* erst gebt ihr aber meiner Frau ihre Hacken zurück.«

»Wir stehlen keine *jembe*«, sagten sie beleidigt. »Wir haben für Hacken keine Verwendung.«

Sie hatten für Ackergeräte ebenso wenig Verwendung wie für Bücher. Sie waren Hausbesitzer. Sie mussten nicht arbeiten.

»Dann sagt denen, die meine Frau bestohlen haben, dass sie sie zurückbringen sollen«, mahnte Rafiki sie, »sonst komme ich sie holen.«

Sie waren die unfähigsten Schlägertypen, die Majengo je hervorgebracht hatte. Sie waren waschechte Kinder unserer Stadt, und jeder, den sie ausraubten, kannte sie. Folgerichtig verbrachten sie reichlich Zeit in Polizeigewahrsam und offenen Gefängnissen, wo sie den Rasen mähen, Müll aufsammeln und in der Main Street schwarzen Plastikbeuteln hinterherjagen mussten.

»Ich suche Kimani wa Kamau«, fragte er. »Wisst ihr, wo er wohnt?«

»Da lang!« Sie wiesen in entgegengesetzte Richtungen.

Rafiki folgte weder der einen noch der anderen.

»Rafiki?«, riefen sie ihm hinterher. »Hast du Kamau wa Kimani gesagt? Oder Kimani wa Kamau?«

»Ist egal.«

»*Huyo hatumjui*«, meinten sie. »Den kennen wir nicht.«

Möglicherweise ist das einer ihrer Mieter, dachte Rafiki, während er sich seinen Weg tiefer in das Herz Majengos hinein bahnte.

Der Mann, den er suchte, schuldete dem Laden das Geld für zwei Sony-Fernseher, die Manu zurückhaben wollte, weil sie sich leichter wieder verkaufen ließen. »Fang mit den *teevees* an«, hatte er angeordnet. Rafiki aber wollte alles, was er bekommen konnte.

Er kannte sich in den Seitenstraßen aus, den Gassen und den *vichorochoro*. In den alten Zeiten vor dem Mieteraufstand trugen die Straßen so unheilvolle Namen wie *Dead Man's Alley* oder *Muggers Close*. Tote lagen nicht mehr herum, und die Räuber waren zu sehr damit beschäftigt, alles in Rauch aufgehen zu lassen. Eine Frau, die er vage kannte, grüßte ihn von der Veranda ihres Hauses. »Man Guitar«, rief sie ihm zu.

»*Nini?* Was?«

»*Karibu chai! Kwani bibi anakufugia nyumba ka na mbuzi?* Komm auf einen Tee herein, oder pflockt dich deine Frau zu Hause an wie eine Ziege?«

»*Wee kwenda!* Geh mir aus dem Weg!«

»*Unaogopa bibi?* Hast du etwa Angst vor deiner Frau?«

»*Wacha ujinga*. Sag nicht so was Dummes.«

Sie lachte ihn aus, und er ließ sie stehen, folgte einer überwucherten Gasse zur Rückseite der Grundstücke, hinter denen eine verlassene Nebenstraße wieder zum Busch geworden war.

Anfangs besaß jedes Grundstück in Majengo eine kübelgroße Öffnung auf der Rückseite der Toilettenwand. Jeden Abend kam, so gegen sechs, ein Traktor der Stadtverwaltung durch die Seitengassen getuckert und zog einen kleinen Tankwagen hinter sich her, den die Alteingesessenen als den Honigwagen bezeichneten. Seine Zweimannbesatzung in der blauen Uniform der Stadtverwaltung zog den Toilettenkübel durch die Öffnung im Zaun, entleerte ihn in den Tank und stellte den Kübel wieder zurück. So entledigte sich Majengo in früheren Zeiten seiner Jauche. Aus Furcht, der Honigwagenmannschaft bei der Arbeit zu begegnen, vermieden es die Einwohner, in der Dämmerung die Seitenstraßen zu benutzen. Die Kübeltoiletten machten schließlich der unterirdischen Kanalisation und dem allgegenwärtigen Plumpsklo Platz. Die Nebenstraßen verschwanden unter Abfallbergen, so hoch, dass man sie besteigen musste. Mittlerweile aber waren die Kanalisationsrohre gebrochen und lagen bloß, verwandelten die Rinnsteine in Dreckströme. Wehte der Wind durch die Gassen, wirbelte er einen den Verstand betäubenden Gestank auf, welcher mit dem Geruch, der mit dem Vorbeifahren des Honigwagens einhergegangen war, nicht zu vergleichen war.

Auf seiner Suche hielt Rafiki all das aus. Er hatte angenommen, dass es leicht sein würde, an einem Ort, wo jeder jeden und den er wie sein eigenes Haus kannte, Leute ausfindig zu machen. Aber es stellte sich heraus, dass dem so nicht war. Tatsächlich kannte jeder einen Kimani wa Kamau. Aber wer er nun war oder wo er sich aufhielt, darüber konnten sie sich nicht einigen, ganz zu schweigen darüber, ob er lebte oder gestorben war. Manche glaubten, er wohnte in Sector B. Andere sagten, er wäre in Sector D, während wieder andere meinten, er wäre nach Timau oder Naro Moru gezogen. Einer behauptete, der Mann wäre Nachrichtensprecher bei Citizen Television. Andere beharrten hartnäckig darauf, dass er gestorben war. Wenn man ihnen glauben sollte, hieß das, dass der Mann gestorben und auferstanden war, um bei den Patels zwei Sony-*teevees* zu kaufen. Diese und andere Märchen beschäftigten Rafiki den ganzen Vormittag.

Vergeblich zog er stundenlang kreuz und quer durch Majengo. Als er schließlich die Seitenstraßen zugunsten der Boulevards hinter sich ließ und sich an einem Damm hinsetzte, um die Füße auszuruhen, war er beinahe trunken vom Staub und Gestank. Er zog den Schuh aus und schüttelte einen Kiesel heraus, während er seinen nächsten Schritt plante. Vielleicht hatte er sich zu viel erhofft und voreilig versprochen, Manus flüchtige Schuldner zu finden. Er war versucht, den hier zu vergessen und es mit jemandem aufzunehmen, den die Leute tatsächlich kannten. Er hatte aber nur Kimani wa Kamaus Akte bei sich, und der Ordner mit den übrigen säumigen Schuldnern lag im Laden. Er zog sein Handy hervor, um im Laden nach einem anderen Namen zu fragen. Aber er hatte Manus Telefonnummer nicht. Stattdessen rief er die Nummer seiner Frau an. Das Telefon läutete eine Weile, bevor eine weibliche Stimme ihn unterrichtete, dass die Teilnehmerin nicht erreichbar sei. Ob er eine Nachricht hinterlassen wollte?

»Hallo, *Sweettea*«, sagte er, darum bemüht, dass seine Stimme warm und freundlich klang. »Tu nichts Unüberlegtes, bevor ich nach Hause komme. Okay? Warte auf mich.«

Er blieb eine Zeitlang sitzen und sah zu, wie Majengo seinem behäbigen Geschäft nachging, sich nicht von Zeit oder Geschichte antreiben zu lassen. Ein überladener Mülltransporter rumpelte die Zentralachse entlang und über die Kreuzung und hinterließ schwarze Plastikbeutel in seinem Kielwasser. Das Fahrzeug hatte nichts mit Majengo zu tun und nutzte die Straße lediglich als Abkürzung, um den Müll anderer Leute zur Halde zu befördern. Ein Militärlastwagen voll britischer Soldaten fuhr vorüber, dann ein *matatu* und anschließend ein Wohnwagen, und keines dieser Fahrzeuge gehörte nach Majengo. Nachdem der Staub sich endlich gesetzt hatte, ging Rafiki über die Straße zu einer Frau, die, dem Staub gegenüber gleichgültig, auf der Veranda ihres Hauses Wäsche aufhängte. Auch sie meinte zu wissen, wo sein Kimani wa Kamau wohnte. »*Huko!* Da!«, sagte sie und zeigte nach Westen.

Rafiki begriff, dass der Job anstrengender werden würde, als für Kleingeld aufzuspielen. Dieses Majengo sah deutlich anders aus als das Majengo, das er zu kennen glaubte. Und es klang auch anders. In den alten Zeiten wussten die Behörden, wo jeder wohnte. Die Einwohner waren verpflichtet, einen Adresswechsel im Büro des Chiefs eintragen zu lassen, sodass der Chief und die Polizei um die besten Straßen und Gassen wussten, die sie nehmen mussten, wenn sie ihre Übeltäter überraschen wollten. Sie brauchten lediglich die Nummer des Grundstücks und des Zimmers, und ihr Opfer hatte die Handschellen schon um die Gelenke, bevor es überhaupt begriff, dass sie gekommen waren. Die Siedler hatten an alles gedacht, als sie ihr Arbeitskräftelager errichteten. Ihnen war klar, dass sie ihre Zwangsarbeiter früher oder später einfangen mussten.

Das Majengo, durch das er jetzt streifte, war ein ganz anderes Untier. Die Viereckparzellen gab es noch und auch die Viertel. Die hießen immer noch Sector A bis F und waren, zumindest seiner Erinnerung nach, nummeriert wie eh. Die Umgehungsstraßen waren geteert. Die zentralen Achsen, die Straßen der Innenstadt, die Nebenstraßen, Wege und Gassen waren mit kratergleichen Schlaglöchern vernarbt und mit Müll verstopft. Viele Häuser waren eingefallen, einige so vollständig verschwunden, dass an den Stellen, wo sie gestanden hatten, Löcher in den Häuserzeilen der Straßen und im Boden klafften. Die offenen Innenhöfe, in denen früher Kinder gespielt hatten, waren zu Müllkippen und Freilufttoiletten verkommen. Viele Lehmbauwerke mit Wellblechdächern, die man in ihrer Blütezeit als richtige Häuser bezeichnet hatte, waren Ruinen. Manche waren der Mieterrebellion zum Opfer gefallen, andere nach dem Tod ihres Besitzers zugrunde gegangen.

Grundstück F7, die letzte mutmaßliche Anschrift des Säumigen Kamau wa Kimani, gehörte zu den verlassenen Häusern. Der Müllmenge nach zu urteilen, die sich auf der Veranda türmte, war es seit langer Zeit unbewohnt. Obwohl Fenster und Türen sperrangelweit offen standen, sah es so aus, als ob seit Jahren niemand mehr im Innern gewesen war. Die Staubschicht war, abgesehen von den Spuren einiger Nager, unversehrt, und durch die Löcher im Dach fielen Lichtstrahlen, die auf dem Fußboden formvollendete Lichtkreise bildeten.

Rafiki ging mit angespannten Sinnen durch den Korridor von Raum zu Raum. Zwar war er sich sicher, dass er keine Menschenseele antreffen würde, doch er wusste nicht, was ihn im nächsten Zimmer erwartete. Die Räume waren leer, nur einer oder zwei war mit zerbrochenen Möbelteilen und kaputtem Geschirr übersät, Dingen, die eigentlich in die Gasse hinter dem Grundstück gehörten, vielleicht aber vom Ol Pejeta Express wieder hereingetragen worden waren. Der Geruch nach verlassenem Dreck war überwältigend.

Er schaffte es sicher durch die vorderen Zimmer nach hinten und trat in einen sonnenüberfluteten Hof, wo ein alter Mann Lehm auf die Wände eines der Zimmer des Anbaus auftrug.

»Rafiki«, sagte der Mann erschrocken. »Hier herein kommt niemand.«

»Warum nicht?«

»Sie mögen es nicht.«

»Wer?«

Der Mann legte einen Finger an die Lippen und arbeitete weiter.

»Ich suche nach Kamau wa Kimani«, sagte Rafiki.

»Der ist tot«, antwortete der Alte.

»Seit wann?«

»Weiß nicht.«

»Und wie steht es mit Kimani wa Kamau?«

»Auch tot.«

»Seit wann?«

»Keine Ahnung.«

»Besitzt er einen *teevee*?«

»Wer?«

Rafiki wurde klar, dass er alle Informationen erhalten hatte, die er von dem Alten bekommen konnte. Er untersuchte die Zimmer im Anbau. Sie befanden sich im selben traurigen Zustand wie die

Vorderzimmer. Das Zimmer, das der Alte ausbesserte, war ebenfalls seit Jahren nicht mehr betreten worden.

Nachdem Rafiki sich überzeugt hatte, dass niemand hier wohnte, ging er zum Loch im hinteren Zaun. Er konnte nicht riskieren, durch den dunklen Korridor zurückzugehen, wusste er doch jetzt, dass die Besitzer das nicht mochten. Dann ließ ihn eine plötzliche Eingebung innehalten. Er drehte sich um, um den Mann zu fragen, ob er Kamau wa Kimani war, doch der Mann war verschwunden, hatte sich, zusammen mit seinem Lehmkübel, in Luft aufgelöst. Auch die frischen Lehmflicken an den Wänden waren nicht mehr zu sehen. Rafiki floh.

Er legte die größtmögliche Entfernung zwischen sich und F7, bevor er stehen blieb, um Atem zu schöpfen. Er beschloss, nicht mehr an Kamau wa Kimani zu denken, damit ihn die Suche nicht an Orte führte, die kein waschechter Nanyukier betreten wollte.

Kapitel 6

Echte Oldtimer konnten sich daran erinnern, dass Queen Elizabeth nur wenige Tage nach dem Tod ihres Vaters durch Majengo gekommen war. Als sie die vielen freundlichen Menschen sah, die mit dem Union Jack winkten, hielt sie an, um sie zu begrüßen und Hände zu schütteln. Dann wandte sie sich an den Gouverneur der Kolonie und wies ihn an, dass jeder Einwohner von Majengo zwanzig Morgen Land und zwei Kühe erhalten sollte. Sie befahl der Verwaltung, ihre eingeborenen Untertanen mit sauberem Wasser und Strom zu versorgen, die Müllbeseitigung in Majengo sicherzustellen und die Eingeborenen wie Menschen zu behandeln, sonst setze es was.

Historiker mögen unsere Version anzweifeln. Sie mögen behaupten, dass sie immer noch Prinzessin war und nicht gekrönte Monarchin und deshalb weder dem Gouverneur noch irgendjemand anders befehlen konnte, etwas für uns zu tun. Unsere Kritiker mögen unsere Erinnerung daran in Zweifel ziehen, wie sie wollen, unsere Oldtimer sahen es so, und genau so war unsere Erinnerung daran. Kein echter Nanyukier würde etwas anderes gelten lassen.

Schon bald nachdem die Queen fort war, zogen ihre weißen Untertanen Stacheldrahtzäune um ihre schwarzen Untertanen und verwandelten unser Majengo in ein Konzentrationslager. Für die Tausende, die dort lebten, gab es nur einen Weg hinein und einen Weg heraus. Die Kolonialregierung erklärte, dies sei zu unserem Besten. Sie müsse uns vor den bösen Mau-Mau schützen, die sich, mit schartigen *pangas* bewaffnet, im Wald am Mount Kenya herumtrieben, von Freiheit und Gerechtigkeit faselten und Eide schworen, dass sie die weißen Menschen aus ihrem Land vertreiben würden. Die Historiker werden auch das anfechten, aber es ist durch Fotografien belegt.

Anschließend errichteten die Siedler ein riesiges Stacheldrahttor, größer als unser höchster Pfefferbaum, und stellten eine bewaffnete Wache davor. Niemand durfte ohne eine von der Verwaltung ausgestellte und vom Distriktchef persönlich unterzeichnete Erlaubnis herein oder heraus. Und jedes Mal, wenn die weißen Soldaten oben im Wald von den Mau-Mau Prügel bezogen hatten, ließen sie es an Majengo aus.

Sie weckten uns im Morgengrauen, trieben uns in Sector D in Stacheldrahtkäfige und durchsuchten unsere Häuser. Sie legten den Ort in Schutt und Asche und stahlen Geld und andere Wertsachen. Außerdem verschleppten sie unsere alten und jungen Männer, von denen wir manche nie wiedersahen. Die Oldtimer hatten Narben und Wunden von Kugeln, die sie stolz als Erinnerung daran trugen, dass sie sich im Wald den Briten entgegengestellt und für *uhuru* gekämpft hatten. Wie die Oldtimer vorhergesagt hatten, stieg *uhuru* zu guter Letzt vom Berg herab, und der Stacheldraht verschwand zusammen mit den weißen Soldaten, doch ansonsten änderte sich über die Jahre hinweg nichts. Dann kam die Mieterrebellion, und danach sah Sector D aus wie ein Kriegsgebiet voll zerbrochener Träume und verlassener, zusammenfallender Häuser.

Rafikis Telefon läutete, während er das offene Gelände im Zentrum von Sector D überquerte, ein Gebiet, das man einst unter der Bezeichnung *kaburini,* Friedhof, kannte, weil die ehemaligen Bewohner dort ihr illegales Gebräu vergruben, um es vor der Polizei zu verstecken.

»Hallo, *Sweettea*«, sagte er aufgeregt.

»Man Guitar?«, antwortete eine Männerstimme.

»Wer spricht da?«, wollte er wissen, verstimmt darüber, dass der Anruf nicht von seiner Frau kam. »Woher haben Sie meine Nummer? Nein, ich spiele nicht mehr auf Partys. Was geht Sie das an, warum nicht?«

Er war wütend, als er auflegte. Indem er sich auf das stürzte, was er tun musste, versuchte er zu vergessen, was er eigentlich tun wollte. Er kam ohne Leute aus, die sich in seine Angelegenheiten einmischten. Er wählte die Nummer seiner Frau. Das Telefon klingelte eine Zeitlang, bevor die Stimme ihn aufforderte, er möge eine Nachricht hinterlassen. »*Sweettea*«, bettelte er. »Ruf mich an, okay? Ich hab Neuigkeiten.«

Als er sein Handy verstaute, liefen ein paar Kinder auf dem Nachhauseweg von der Schule an ihm vorbei. »*Jambo,* Rafiki«, grüßten sie ihn. »Wo ist dein hoher Hut?«

»Das ist ein Sombrero«, erklärte er ihnen.

»Wo hast du deine Gitarre?«

Sie waren gewöhnt, dass sie, immer wenn sie ihm mit seiner Gitarre begegneten, mit kostenloser Unterhaltung und einer Lektion über das Leben bedacht wurden.

»Ich will auch mal so ein Man Guitar werden wie du«, sagte einer.

»Gut so.«

»Und ich werde Gouverneurin«, erklärte das Mädchen.

»Wirst du nicht«, widersprach ein Junge.

»Werd ich doch«, beharrte sie.

»Du bist doch nur ein Mädchen.« Sie lachten sie aus.

Weil er sah, dass sie unterlegen war, hockte Rafiki sich hin, um mit dem Mädchen zu reden. »Wie heißt du?«, fragte er sie.

»Anyango«, antwortete sie.

»Anyango«, begann er, »du kannst auf dieser Welt alles werden, was du nur willst, wenn du aber Gouverneurin werden willst, musst du härter als all die Jungen sein. Willst du das wirklich?«

Sie nickte, obwohl sie ihn vielleicht nicht verstand, und reduzierte den von ihm beabsichtigten Vortrag auf genau diese zwei Sätze. Er zuckte die Achseln, stand auf und wandte sich an die Jungen. »Kennt jemand von euch Arap Maina?«, fragte er sie. Der Name war ihm gerade wieder eingefallen.

»Der wohnt in B6«, antwortete ein Junge.

»Der wohnt in F7«, meinte ein anderer.

Und so ging es immer weiter, bis es so aussah, als ob er wie Kimani wa Kamau entweder überall und nirgends wohnte oder eine Vielzahl von Leuten denselben Namen trug.

»Hat einer von denen einen *teevee*?«, fragte er die Kinder.

Das wussten die Kinder nicht.

»Oder einen Kühlschrank?«

Keiner von denen, die sie kannten, besaß einen Kühlschrank. Und schließlich gab es so viele Menschen, dass sie nicht alles über jeden von ihnen wissen konnten.

»Oder ein Radio?«

»Mein Lehrer besitzt einen *teevee*«, meldete sich das Mädchen.

Sie wussten alle, wo der Lehrer wohnte, weil sie es aus Angst, ihm von Angesicht zu Angesicht zu begegnen, vermieden, an seinem Haus vorüberzugehen. Er bestrafte jeden, den er dabei erwischte, dass er auf dem Weg zu und von der Schule herumtrödelte.

»Dann geht mal geradenwegs nach Hause«, sagte er ihnen.

Der Lehrer besaß einen Fernseher, ging man von der Antenne aus, die aus dem Dach seines Hauses ragte. Er sei nicht da, teilten ihm die Nachbarn mit, und seine Frau zu einem Kurzurlaub bei ihrer Mutter. Rafiki wusste jetzt, wo eins von den Geräten der Patels zu finden sein könnte. Als Nächstes würde er mit den Unterlagen kommen und den Fernseher einziehen.

Verschwitzt, staubbedeckt und ausgehungert kam Rafiki wieder im Laden an. Manu und Manish saßen noch genauso da, wie er sie zurückgelassen hatte, und taten immer noch dasselbe. Er zog den Besucherstuhl an Manus Schreibtisch heran und erstattete einen Bericht über die Arbeit des Tages. In reichlich geschönter Version schilderte er jede Begegnung in allen Einzelheiten, als hätte er eine gewaltige Schlacht geschlagen. Er erzählte, wie er sich in den Gassen und Rattenwegen von Majengo beinahe verlaufen hätte, und gab die Scharmützel mit feindlich gesinnten Mietern zum Besten, die entschlossen waren, ihre unrechtmäßige Beute zu verteidigen. Zum Abschluss lieferte er noch einen detaillierten Bericht über seine Begegnung mit dem Geist von Kamau wa Kimani oder Kimani wa Kamau, wer immer es auch gewesen sein mochte, und wie er durch eine Gruft gekrochen war und ihn damit beschäftigt fand, Lehm auf die Wände eines verlassenen Hauses aufzutragen. »Diese *teevees* sind verloren, Boss«, schloss er.

Manu hämmerte weiter auf seinen Tischrechner ein, genau wie er es die ganze Erzählung hindurch getan hatte. Es war absolut nicht zu sagen, ob er irgendetwas mitbekommen hatte.

Rafiki stand auf und fragte sich laut, ob es für die Beinarbeit eine Bezahlung geben würde. Seine Beine wollten den Dienst aufkündigen, und er hatte kein Geld für ein *piki-piki*-Taxi nach Hause. Auch fing sein Magen schon an zu knurren, und er wusste nicht, ob seine Frau nach dem, was er im Laufe des Tages mit ihr durchgemacht hatte, für ihn etwas zu essen vorbereitet hatte. »Boss?« Er musste es versuchen.

»Was?« Manu unterbrach seine Berechnungen nicht.

»Aussicht auf einen Vorschuss?«

Manu schüttelte den Kopf.

»Und von Ihnen, *mzee*?«, fragte er Manish.

Der Ältere starrte immer noch auf den Eingang und wartete auf sein Wunder. Es sah nicht so aus, als hätte er mitbekommen, dass Rafiki zurückgekommen war.

»Manish?« Manu sah auf die Taschenuhr.

»Huh«, sagte Manish.

»Zeit, zur Frau zurückzugehen.«

»Huh«, antwortete Manish.

»Auch Zeit, dass ich zu meiner zurückgehe«, meldete Rafiki sich zu Wort.

Das schien ihnen gleichgültig zu sein. Die Beziehung zu ihm, die am Morgen in einem Augenblick des Wahnsinns geknüpft worden war, reichte nicht so tief in den Kreis der Familie hinein.

»Bis morgen also?«, meldete Rafiki sich erneut.

»*Inshallah.*« Manu zuckte die Achseln.

Rafiki langte nach seiner Gitarre und ging. An der Tür blieb er stehen, blickte noch einmal zurück und überlegte. Es war ein seltsamer und aufreibender Tag gewesen, so, wie er sich aus einem

Albtraum heraus entwickelt hatte und nun beinahe so zu Ende ging, als hätte es ihn nie gegeben. Er fürchtete sich zu glauben, dass es weitergehen könnte, dass er wieder herkommen könnte, dass er jetzt hatte, was seine Frau wollte, eine richtige Arbeit, dass ihm seine Fantasie keinen Streich spielte.

Während er die Main Street hinunter zum Stand der *piki-piki*-Taxis ging, den Kopf vornübergebeugt, die Gitarre unbeholfen über der Schulter wie ein Rekrut, der nach verlorenem Feldzug die leere Waffe nach Hause schleppt, grüßten die Leute und fragten ihn, wie es ihm ginge. Gut, antwortete er und lächelte, damit es die ganze Welt sah. »Könnte nicht besser gehen.«

»Dann sing uns einen Song«, baten sie.

Das waren diejenigen, die Anteil nahmen, die, für die seine Musik und seine Worte Bedeutung und Wert besaßen. Sie riefen ihm ins Gedächtnis, wer er war: Man Guitar, der Gitarrenmann, der waschechte Sohn der Stadt und beste Gitarrist in Laikipia. Und sogar in der ganzen Welt.

»Habt ihr Geld dabei?«, fragte er sie.

»Geld?«, fragten sie, wie immer erschreckt, zurück.

»Sogar ein Grammofon braucht Batterien«, klärte er sie auf.

»Wozu Batterien?«

»Kommt wieder, wenn ihr Geld habt«, sagte er und entfernte sich.

Das Lächeln war zurück, makellos weiß wie der Schnee auf dem Mount Kenya. Doch lag da zugleich eine Schärfe in seiner Stimme, die neu und nicht zu erklären war. Wer alt genug war zu wissen, musste den andern jetzt erklären, was ein Grammofon war.

Das blau-rot lackierte *piki-piki*-Taxi parkte an der Kreuzung am Ende der Straße. Kata Kona saß auf seinem Motorrad und schwatzte angeregt mit seinen Kollegen, gab Anekdoten zum Besten und teilte seine Erfahrungen mit ihnen. Er sah Rafiki nicht kommen, sonst wäre er schneller als ein *miraa*-Transporter davongerast. Rafiki schlich sich von hinten heran und sprang auf den Beifahrersitz, bevor der Mann noch merkte, dass er da war. »*Twende*«, sagte er. »Los, fahren wir.«

Kata Kona war der schnellste und wagemutigste *piki-piki*-Fahrer in Nanyuki und, zumindest seiner Meinung nach, auch in den Bezirken Laikipia, Isido und Meru. Wenn er auf der Straße von Nanyuki nach Timau eine Kurve nahm, legte sich das Motorrad fast flach, und sein Knie schabte über den Asphalt. Die Strecke von Maua nach Nanyuki schaffte er schneller als jeder *miraa*-Transporter. Er behauptete, er könne sein Motorrad im Schlaf fahren, und dass er, wenn all seine Kunden – Rafiki eingeschlossen – endlich all die Millionen ausspuckten, die sie ihm seiner Meinung nach an nicht gezahlten Fahrpreisen schuldeten, aus dem Taxigeschäft aussteigen und bei den Motocross-Meisterschaften Karriere machen würde. Danach würde er sich der Sache widmen, mit der das richtige Geld zu holen war: der Bezirkspolitik. Er würde Gouveneur werden. Auch ein *piki-piki*-Fahrer hatte das Recht zu träumen. Im Augenblick aber musste er sich mit jemandem wie Rafiki abgeben. »Rafiki?«, sagte er streng. »Du weißt, dass du mich sehr … sehr lange nicht bezahlt hast.«

»Ich bezahle dich, sobald wir zu Hause sind«, versprach Rafiki ihm. »Verschwende keine Zeit. *Endesha piki-piki.* Lass das Motorrad an.«

Da er bereits auf dem Sozius saß und so tat wie der Alte vom Fluss, gab es keine andere Möglichkeit mehr, ihn loszuwerden, als ihn nach Hause zu bringen oder zu dem Ort zu fahren, zu dem er wollte. Das Motorrad rollte vom Parkplatz und die Straße zur Nanyuki River Bridge hinunter.

»Ich muss tanken.« Kata Kona bog zur Tankstelle ein und hielt an den Zapfsäulen an.

»Das haben wir doch schon durchexerziert«, meinte Rafiki mit sanftem Lächeln. »Ich steige nicht von deinem *piki-piki* ab, wenn du das im Sinn haben solltest. *Weka mafuta twende.* Du bist der Fahrer, du tankst.«

»*Niweke wa nini?*«, flehte Kata Kona ihn an. »*Si utoe hata ingawa mia ya mafuta.* Gib mir wenigstens hundert.«

»Meine Frau bezahlt dich, sobald wir zu Hause ankommen.«

Kata Kona begriff, dass es Zeitverschwendung war, sich mit

Rafiki anzulegen, ließ er das Motorrad wieder an und fuhr mit wütender Geschwindigkeit Richtung Norden. Er nahm eine Temposchwelle, dann noch eine und warf dabei seinen Fahrgast beinahe auf den Asphalt.

»*Endesha kabisa*«, überschrie Rafiki das Donnern des *piki-piki*. »So wirst du mich nicht los.«

Sie flogen in rasender Geschwindigkeit über die Liki Bridge und weiter nach Timau. Auf halber Strecke nach Timau bogen sie rechts auf eine staubige, raue Straße ab, die zum Berg führte. Sie legten die drei Meilen zu Rafikis *shamba* in ähnlich wütender Geschwindigkeit zurück und kamen an, als es dunkel wurde. Rafikis Beine zitterten, als er vom *piki-piki* stieg. »*Baite*«, sagte er zu Kata Kona. »Das war eine ziemlich verrückte Fahrt.«

»Und das Geld?«, fragte Kata Kona nach.

»Ich hole meine Frau.«

»Weißt du überhaupt, wie viel du mir schuldest?«

»Meine Frau kann rechnen.«

Kata Kona seufzte verzweifelt.

Das Haus stand dunkel und still da, als Rafiki auf die Eingangstür zusteuerte. Sie war nur angelehnt, und Rafiki stieß sie auf. Er blieb gleich hinter der Tür stehen, benommen von dem, was er sah und zugleich nicht sah.

Sein Lieblingslümmelsofa war verschwunden. Seine Schreibcouch, der Ort, an dem er die meisten seiner wundervollen Schöpfungen hervorgebracht hatte, fehlte ebenfalls. Und auch sein Fernseher, seine Musikanlage, seine Vorhänge, seine Wandbehänge, seine Kaffeetischchen und die gesamten Wohnzimmermöbel. Das Vorderzimmer war so leer wie damals, als er eingezogen war.

Er brauchte ein oder zwei Minuten, bis ihm ins Bewusstsein gedrungen war, dass das Zimmer völlig leer war. Dann lief er, und der Mut verließ ihn immer mehr, von Zimmer zu Zimmer und fand seine schlimmsten Befürchtungen bestätigt. Auch aus dem Schlafzimmer war alles verschwunden, einschließlich der Kommoden, der Kleiderschränke samt Inhalt und allem, was an die

Wand genagelt gewesen war. Nur der Bettvorleger war geblieben und lag ausgebreitet mitten auf dem Fußboden.

Im Kinderzimmer stand das Bett seines Sohnes, und in der Küche fanden sich eine Pfanne, vielleicht dazu gedacht, dass sein Sohn sie benutzte, ein Teller, eine Tasse und ein Löffel. Der Kocher hingegen war verschwunden und dazu alle Nahrungsmittel und sämtliches Gemüse. Rafiki registrierte diese Tatsachen, bevor er in das leere Wohnzimmer zurückkehrte, an dessen Wand er seine Lieblingsgitarre lehnen sah, die dort, zweifellos als besondere Botschaft für ihn, stehen gelassen worden war.

Er stand da und schaute sich im Zimmer um, weigerte sich, sowohl die Botschaft als auch die Leere zu akzeptieren, war sich aber nicht schlüssig, wie er damit umgehen sollte.

»*Baite?*« Kata Konas Stimme klang weit entfernt. »Rafiki?«

Rafiki lehnte sich mit dem Rücken an die Wand und ließ sich vollkommen kraftlos zwischen seinen beiden Gitarren zu Boden sinken. Dort hockte er nun und starrte durch die offene Tür hinaus in die sich ausbreitende Finsternis. So fand ihn der Taxifahrer schließlich, als er kam, um nach seinem Geld zu fragen.

»*Baite?*«, rief der Mann. Dann warf er einen Blick auf Rafiki, wie er zwischen seinen zwei Gitarren auf dem Fußboden eines leeren Hauses saß, und erkannte, dass es für die Bitte um Bezahlung der falsche Zeitpunkt war.

Rafiki hörte, wie das *piki-piki* angelassen wurde und in die Nacht davonratterte. Er zog sein Handy hervor und rief seine Frau an. Das Telefon läutete lange, bevor ihm die vertraute Stimme mitteilte, dass seine Frau nicht erreichbar sei. Nach ein paar Minuten wählte er erneut.

»Der Teilnehmer mit der Nummer, die Sie gewählt haben, ist leider nicht erreichbar«, sagte die Stimme.

Wieder und wieder rief er an, bis die Batterie leer war.

Kapitel 7

Wenn die Nanyukier in den alten Zeiten einen triftigen Grund hatten, die vierzehn Meilen nach Naro Moru, nach Timau oder gar nach Dol Dol zurückzulegen, standen sie im Morgengrauen auf und machten sich auf den Weg. Zu Fuß. Die einzigen Fahrzeuge auf den Straßen gehörten den Siedlern oder zur Armee: Die Bezirksverwaltung hatte ein Fahrzeug für den weißen Distriktchef. Die Bezirkspolizei verfügte ebenfalls über ein Fahrzeug, das vom Polizeichef genutzt wurde, der auch ein *mzungu* war, ein Weißer. Und wenn man von einem Fahrzeug auf der Straße mitgenommen werden wollte, bestätigte man damit die Meinung der Siedler, dass die Nanyukier ein faules Volk waren, das nicht laufen mochte. Nur den Daumen rauszuhalten, um mitgenommen zu werden, zog wahllose und ungemilderte Prügel durch die Fahrer nach sich.

Das erste Fahrzeug, das je einem Einheimischen gehörte und in Majengo einfuhr, war eine derartige Sensation, dass wir uns am Straßenrand aufstellten, damit wir es uns genau ansehen und es anfassen konnten. Bis dahin waren nur die Land Rover der Polizei und die Militärlastwagen hierhergekommen, wenn sie Mau-Mau-Verdächtige und illegale Einwohner einsammelten, um sie auf Thompsons Farm und in Garba Tula einzusperren und zu überprüfen.

Dann tauchten weitere Fahrzeuge auf. Im größten saß der für alle Zeiten bedeutendste Sohn unserer Stadt, den wir auf einem Eselskarren nach Nairobi ins Parlament geschickt hatten und in einem glänzend schwarzen Auto voll hübscher, junger Frauen zurückkehren sahen. An jenem Tag wurde er unser Held. Von jenem Tag an sollte kein anderer Sohn unserer Stadt ihm je gleichkommen, egal wie groß das Auto und wie zahlreich die hübschen jungen Frauen waren. Versteht sich, dass sie es versucht haben. Sie waren schließlich Nanyukier und mussten es versuchen. Jeder waschechte Sohn unserer Stadt, den wir zur Regierung schickten, damit er unsere Sache vertrat, schloss sich als Erstes den lautstarken Forderungen der Abgeordneten an, man müsse auf Kosten der Nation die eigenen Bezüge erhöhen, und kam dann mit einem überdimensionierten Auto als Beweis für den Erfolg seiner Mission zurück. Unsere Anliegen hingegen, die Anliegen und Angelegenheiten, die sie für uns vertreten sollten, wurden nicht angesprochen.

Eines Tages aber, als wir schon glaubten, alles erlebt und gesehen zu haben, fuhr eine fremde Frau in Majengo Auto. Sie war keine Tochter unserer Stadt, sonst hätten wir zu erfahren verlangt, wie sie das geschafft hatte, damit wir allesamt losziehen und uns auch so eins besorgen konnten. Sie war die mutigste und verwegenste Frau, die wir seit dem Krieg zu Gesicht bekommen hatten. Ihr Kopftuch und ihr entschlossenes Gesicht hinter dem Lenkrad zu sehen, das war der aufregendste Anblick in unserem Leben.

Es erschütterte Majengo bis ins abergläubische Herz. Die Frauen glaubten, sie wäre eine *jinni*, eine Erscheinung, denn es war unmöglich, dass eine Frau Auto fuhr. Die Männer dachten, sie wäre ein Mann, der sich als Frau verkleidet hatte, um sie lächerlich zu machen. Das Ereignis lieferte uns monatelang Stoff für Debatten, Diskussionen und Dispute. Wir sahen sie nie wieder, aber die Auto fahrende Frau wurde in Majengo zur Legende.

Dann tauchten die Busse und *matatus* und sogar noch mehr Autos auf. Niemand musste mehr irgendwohin zu Fuß gehen, wenn er nicht wollte, solange er das Geld dafür hatte. Und dann, gerade als wir glaubten, es könnte uns nicht besser gehen, erschienen die *piki-piki*-Taxis auf der Bildfläche. Zu guter Letzt hatten wir also alles. Während die Busse und *matatus* immer nur entlang einer festgelegten Route von A nach B fuhren, wagten sich die *piki-piki*-Taxis in jeden Winkel und fuhren überall. Sie fuhren neben der Straße, über Trampelpfade, auf Rindertrassen und Tierschneisen. Sie transportierten Passagiere und Waren, oft die einen über den anderen, und es schien, als könnte keine Straße oder Ladung sie entmutigen. Keine Straße war zu holprig; keine Entfernung zu groß. Sie waren leicht zu erreichen, parkten an strategischen Punkten in der ganzen Stadt und darüber hinaus überall da, wo jemand zu einer Reise aufbrechen konnte. Der Fahrpreis war in jedem Fall Verhandlungssache und immer akzeptabel, aber das hieß nicht, dass ihn jeder Nanyukier bezahlen konnte.

Kata Kona fuhr fast aus der Haut, als Rafiki wie aus dem Nichts auf seinen Beifahrersitz sprang und sagte: »*Twende kazi*. Machen wir uns an die Arbeit.«

»Was?« Er konnte nicht glauben, dass Rafiki so schnell wieder da war.

»Ich hab jetzt einen Job«, verkündete Rafiki. »Einen richtigen Job, bei dem ich richtiges Geld verdiene.«

»Dann bezahl mich.«

»Jeder in Laikipia wird zum Ende des Monats bezahlt, das ist anders als bei euch *piki-piki*-Jungs.«

»*Hakuna*, kommt nicht infrage.«

»Kannst jeden fragen.«

»Ich bin aber ein *piki-piki*-Mann.« Er konnte nicht bis zum Monatsende auf sein Geld warten. Sein Motorrad brauchte jeden Tag etwas zu trinken. Er hatte Frau und Kinder. Und Verwandte, die von ihm Unterhalt erwarteten. Außerdem waren Rafiki und er nicht einmal entfernte Verwandte. Er kam aus Maua auf der anderen Seite der Nyambenes, und so viel Kredit, wie er Rafiki bereits gewährt hatte, würde er seinem Cousin nie gewähren.

»*Baite*, hab dich nicht so«, sagte Rafiki in der Hoffnung, seinen weichen Kern als Nanyukier zu treffen.

Jeder, der so lange wie Kata Kona in Nanyuki gelebt und gearbeitet hatte, musste diesen weichen nanyukischen Kern besitzen.

»Ich bin mehr als ein Cousin«, tastete Rafiki sich heran. »Ich bin dein Bruder. Denk dran, wie oft ich dich beim Tanz hereingelassen habe, ohne dass du Eintritt bezahlen musstest. Wie oft habe ich Prügel eingesteckt, wenn ich dein Fell vor deinen Freunden retten wollte? Wie oft habe ich dich vor der Band bewahrt, als sie dich dabei erwischte, dass du mit ihren Freundinnen rumgemacht hast? Wie oft?«

»Zweimal.«

»Dreimal.«

»Aber, *Baite*«, flehte Kata Kona, »das ist lange her. Jetzt bin ich verheiratet. Ich habe Kinder, die zur Schule gehen. Und dann muss ich noch das *piki-piki* abzahlen.«

»Du hast nicht dafür bezahlt?«

»Noch nicht ganz.«

»Hast du es von Patel?«

»Von Sohan.«

»Dann musst du dir keine Gedanken machen«, meinte Rafiki. »Sohan ist ein guter Mensch. Ich bin mit ihm zur Schule gegangen.«

»Wo?«, fragte Kata Kona ein klein wenig skeptisch nach.

Als sie in Majengo die Grundschule aus Lehm und Stroh besuchten, hatten die asiatischen Kinder jenseits der Main Street ihre eigene große Grundschule aus Stein. Die weißen Kinder gingen in eine noch bessere, ein Stück den Berg hinauf.

»Ist lange her«, antwortete Rafiki. »*Twende kazi.*«

»Aber du wirst doch heute wenigstens eine Kleinigkeit zahlen, *toa*, bitte«, bettelte Kata Kona.

»Sobald wir meine Frau gefunden haben«, versprach Rafiki.

»Sie ist nicht zurückgekommen?«

»Noch nicht.«

Er startete das Motorrad und rollte los. Er fragte nicht, wohin sie fuhren. Mit Rafiki konnte es überall in Laikipia hingehen.

»Majengo«, verkündete Rafiki.

Kata Kona wendete scharf, sodass er ihn um ein Haar abgeworfen hätte. Er donnerte die Main Street hinauf, den *matatus* und den Plastikbeuteln hinterher. Er nahm die Bodenwellen, zwei auf einmal, überholte die *matatus* und die Plastikbeutel auf der falschen Straßenseite, bog an der County Hall rechts ab, wobei sie um ein Haar von einem Militärfahrzeug gerammt wurden, und raste nach Majengo hinunter.

»Bieg hier ab!«, wies Rafiki ihn an.

Sie tauchten in den aufgewühlten Schoß der Stadt hinab und rasten durch mehrere unbefahrbare Nebenstraßen, die Müllberge hinauf und hinunter, durch defekte Abwasserkanäle, ohne dass Kata Kona sich ein einziges Mal beschwerte. Auch er war ein waschechter Nanyukier. Das hier war auch seine Welt. Er fürchtete weder den Ort noch dessen Bewohner. Alles war so, wie es immer gewesen war und immer sein würde. Nur Neulinge mussten dazu ihren Kommentar abgeben.

Sie fuhren durch Trench Town, schnitten durch den Nebel aus Marihuanarauch und landeten ohne Angriff auf ihr Leben oder ihre Brieftaschen in der relativen Geborgenheit von Mogadishu.

Nach der Mieterrebellion hatten viele befürchtet, und manch einer hatte sogar darauf gehofft, dass Majengo starb, damit man die ganze Schweinerei mit dem Bulldozer plattwalzen und neu anfangen könnte. Manche konnten es gar nicht erwarten, die Lehmgebäude zu zerstören und durch Steinhäuser zu ersetzen. Doch aus irgendeinem Grund überlebte Majengo und blieb, abgesehen von den Verheerungen durch die Zeit, mehr oder weniger intakt. Einige behaupteten, dass es von den Geistern derer beschützt wurde, die dort geboren worden waren, geliebt hatten und umgebracht worden waren.

»Halt«, sagte Rafiki zu seinem *piki-piki*-Fahrer.

Sie befanden sich tief im Sector D, der auch Bagdad oder *The Pit* genannt wurde. Hier unten war jeder ein Braumeister, Schmuggler oder Schläger, besagten die Gerüchte. Alle anderen schliefen mit einem Gewehr oder einer *panga* unter dem Kopfkissen.

»Warte hier.« Rafiki sprang vom *piki-piki*. »Makonyango ist zu Hause.«

»Makonyango? Wer?«, fragte Kata Kona.

»Du kennst ihn nicht; er ist Lehrer.«

Rafiki merkte an den Geräuschen, dass Premier-League-Wochenende war. Als er sich näherte, waren ihm Zweifel gekommen, ob er an einem Fußballwochenende bei jemandem den Fernseher beschlagnahmen sollte. Er atmete tief durch, bevor er anklopfte. Er klopfte mehrmals und donnerte schließlich an die Tür, damit man ihn über den Fußballkommentar hinweg hörte. Ein unheimlich großer Mann in einem Manchester-United-Mannschaftstrikot, das ihm mehrere Nummern zu klein war, öffnete.

»Wer hämmert da wie ein Polizist an meine Tür?«, wollte er wissen. Dann erkannte er Rafiki, und seine Stimme änderte den Tonfall, nicht aber die Lautstärke. »Rafiki«, brüllte er. »Ohne deinen lustigen Hut habe ich dich gar nicht erkannt.«

»Du meinst meinen Sombrero.«

»Wo hast du ihn?«

»Zu Hause.«

»Schön, dich zu sehen«, sagte er.

Rafiki war sich sicher, dass er dem Mann nie förmlich vorgestellt worden war, doch war er im Augenblick und angesichts dessen, was ihn hierhergeführt hatte, glücklich, dass der Mann sich freute, ihn zu sehen.

»Was treibt dich her?«, fragte Makonyango.

»Ich bin wegen ... *teevee* hier.«

»*Kwani bibi alitotoka hata na teevee?*«, fragte er. »Hat sie deinen *teevee* auch mitgenommen?«

Er hatte offensichtlich gehört, dass sie fort war. Rafiki machte sich nicht die Mühe zu fragen, woher er das wusste. Das war Majengo, und hier war Mogadishu.

»*Karibu ndani*«, sagte Makonyango. »Komm rein.«

Er schwang die Tür auf und schob Rafiki in ein rauchgeschwängertes Wohnzimmer. Dort saß eine ganze Fußballmannschaft Fans in ungewaschenen Mannschaftstrikots, trank Bier und feuerte Zwischenrufe auf die gegeneinander spielenden Mannschaften ab. Mit Gewalt schuf Makonyango zwischen zwei schwitzenden Chelsea-Anhängern Platz auf dem Sofa und drückte Rafiki nieder.

»Gebt Rafiki ein Bier«, sagte er. »Seine Frau hat ihm seinen Sombrero weggenommen. Er will mit uns *teevee* schauen.«

»*Kwani*, sie hat also auch seinen *teevee* mitgenommen?«

»*Ogopa bibi*, Joe«, meinte einer. »Fürchte die Frau.«

Dass seine Frau den *teevee* mitgenommen hatte, schien sie

mehr zu beschäftigen als die Tatsache, dass sie Rafiki verlassen hatte. In Mogadishu waren die Besitztümer eines Mannes wichtiger als seine Frau.

»Ich hab gesagt, gebt ihm ein Bier«, ließ sich Makonyango hören.

»*Hakuna,* kein Bier mehr da«, antwortete ein Fan, der schon kurz vor dem Blackout stand.

»*Kwani mnakunywa pombe kamamaji?*«, fragte der Lehrer. »Holt ihm Bier.«

»*Kwisha*«, sagte der betrunkene Fan. »Das Bier ist alle.«

»Das Spiel hat gerade erst angefangen«, erwiderte Makonyango. »Was wollt ihr in den kommenden neunzig Minuten trinken?«

Niemand schien das zu wissen.

»*Basi fanyeni harambee.*« Er war diese Art der Organisation gewöhnt. »Sammelt was und geht Bier holen.«

Er selbst trank nicht, aber er wollte, dass seine Besucher sich wohlfühlten. Sie leerten ihre Hosentaschen und zählten die Münzen. Als die Sammlung Rafiki erreichte, sagte er ihnen, er müsse noch woandershin.

»Tut mir leid mit deiner Frau«, sagte der Lehrer zu Rafiki. »Meine Frau mag Fußball auch nicht, deshalb ist sie heute zu ihrer Mutter gegangen. Übrigens, ich will, dass alle hier raus sind, bevor sie wiederkommt.«

»*Ogopa bibi*«, wiederholte der betrunkene Fan.

»Ich habe keine Angst vor meiner Frau«, erklärte ihm Makonyango bestimmt.

Rafiki schätzte, dass es zum Streit kommen würde, wenn das Spiel zu Ende war, egal, wer gewann. Zum Glück war der Lehrer kräftig genug, damit fertig zu werden. Genau in diesem Augenblick schoss Chelsea wieder ein Tor.

Während sie darüber stritten, ob der Spieler im Abseits gestanden hatte oder nicht, trat Rafiki zum Fernseher hinüber und überprüfte die Seriennummer. Niemand merkte, wie er das Zimmer verließ und die Tür hinter sich zuzog.

Kapitel 8

Kata Kona saß auf seinem Motorrad und sprach übers Handy mit jemandem in Maua. Rafiki musste warten, während er ein verzwicktes Geschäft regelte, bei dem es um Waren und Leute mit Namen ging, die er nicht entschlüsseln konnte. Mit dem wenigen Kimeru, das er sprach, reimte Rafiki sich zusammen, dass Kata Kona ein *miraa*-Feld besaß oder Anteile daran oder dass seine Frau sich mit jemandem traf, der ein *miraa*-Feld hatte. Offensichtlich sprach er nicht mit seiner Frau, der Tatbestand war aber der, dass es aufgrund der Trockenheit mit der Frau zu Hause nicht gut lief und sie vorhatte, mit einem *miraa*-Händler nach Moyale durchzubrennen. Kata Kona sah verbittert aus und führte Selbstgespräche, nachdem er seinen Anruf beendet hatte. »*Hakuna hiyo*«, fluchte er. »*Haki,* niemals. Nie.«

Rafiki sprang hinten auf das *piki-piki* auf. Kata Kona setzte den Helm auf. Er atmete schwer.

»*Baite*«, versuchte Rafiki die Stimmung zu heben, »*sasa wewe ukiyaa ndoo kwa kichwa, na mimi sina, tukianguka ni nani atafariki mele?* Wenn du einen Eimer auf dem Kopf trägst, ich aber nicht, wer stirbt zuerst, falls wir zusammenstoßen?«

»*Si nin wewe*«, gab Kata Kona zurück. »Du stirbst zuerst.«

»*Haya, twende*«, erwiderte Rafiki. »Fahren wir.«

Sie fuhren den Weg zurück, den sie gekommen waren. Das Telefongespräch hatte Kata Kona allen Humor ausgetrieben, und er führte, während er Müllhaufen und Abwasserpfützen umkurvte, weiter Selbstgespräche in Kimeru.

»*Kanyanga chuma*«, drängte Rafiki. »Gib Gas.«

Sie sausten die Straßen ins Zentrum von Majengo hinunter,

hinein in das stille und verführerisch friedliche Auge des Tornados. Das war der Ort, an dem der Norden auf den Süden, der Osten auf den Westen traf, mit augenscheinlich keinem anderen Ziel als dem, Ränke zu schmieden, wie man Majengo mit sandigem Staub und teuflischen Winden und den Plastikbeuteln, die zu ihrem Vergnügen auf ihnen ritten, weiter erschüttern und in Aufruhr versetzen könnte.

»Links«, wies Rafiki ihn an.

Das Motorrad rollte den Ost-West-Boulevard hinunter. Kata Kona zögerte, als sie die Umgehungsstraße erreichten.

»Hab ich anhalten gesagt?«, fragte Rafiki.

Das Motorrad schoss aus Majengo heraus und zum Dol Dol Highway hinunter. An der Kreuzung zögerte Kata Kona erneut. »*Baite?*«, fragte er.

»Links«, antwortete Rafiki.

Sie bogen links nach Thingithu ab und rasten an der Flugplatzstraße vorbei, aus der Stadt heraus und weiter, bis der Asphalt endete. Weiter westwärts war Kata Kona noch nie mit Rafiki gefahren, und ihm kamen Zweifel, ob der auch wusste, wohin sie unterwegs waren. »*Sasa?*«, fragte er sich laut. »Was jetzt?«

»*Sasa endesha kama wazimu.*«

»Was?«

»Fahr wie der Teufel.«

»Warum?«

»Zeit ist Geld.«

»*Kwani tunaenda wapi?*«, fragte er mit wachsendem Unbehagen. »Wohin fahren wir?«

»Das sag ich dir, wenn wir angekommen sind«, antwortete Rafiki. »Fahr, wie ich dir sage.«

Kata Kona beschleunigte den Dol Dol Highway hinunter. Die Straße war uneben und staubig und weit davon entfernt, sich als Highway bezeichnen zu dürfen, aber Nanyukier, die wir waren, priesen wir sie lauthals als solchen. An der Stelle, wo der Asphalt in Staub überging, hatten wir ein Schild aufgestellt, das sie zum Projekt des Staatlichen Entwicklungsfonds für Laikipia erklärte und rechtzeitig vor dem Ende des laufenden Finanzjahres fertiggestellt werden würde, in welchem Jahr das auch sein mochte. Das Schild war alt und ausgeblichen, und man musste sich den Rest der Botschaft zusammenreimen, weil die Schrift unleserlich geworden war.

Unser Gouverneur, ein Mann, stolz darauf wie je ein Nanyukier, dass er im Staub dieser Stadt aufgewachsen war, fuhr häufig diese Straße entlang, um seinen Herrschaftsbereich zu vermessen und seine Wähler zu grüßen. Er versprach oft, in naher Zukunft dafür zu sorgen, dass Teer auf den Staub kam. Wir waren gespannt, wie dick der Asphalt sein würde. Der letzte Gouverneur war aus dem Amt geschieden und hatte uns ein halbes Inch Teer auf zwei Fuß Staub zurückgelassen. Wir trauten ihm nicht mehr als jedem seiner Vorgänger, hatten aber unsere Meinung zu diesem Sachverhalt sehr deutlich gemacht. Sollte er oder irgendein anderer auch nur davon träumen, auf unserem Dol Dol Highway seine Wahlurnen aufzustellen, wäre es mit seiner politischen Laufbahn vorbei. Wir konnten nicht kontrollieren, wie viel oder wie wenig Asphalt sie auf unsere Straßen kippten. Wir würden einfach nicht dafür bezahlen. Wir duldeten keinen Nonsens von Politikern. Sie arbeiteten für uns, ob sie das wahrhaben wollten oder nicht. Wir waren es, die sie einstellten und auch feuern konnten.

Sollten der Gouverneur oder einer seiner Spießgesellen je davon träumen, auf unserem Dol Dol Highway oder einer unserer Landstraßen Mauthäuschen aufzustellen, wäre es mit seiner politischen Laufbahn vorbei. Wir waren Nanyukier. Und stolz.

»Diese Kiste hat nicht mehr genug Benzin«, kündigte Kata Kona an, als sie über den Highway rasten und hinter ihnen der Staub aufwirbelte.

»Wenn du schneller fahren würdest«, brüllte Rafiki zurück, »wären wir am Ziel und wieder zurück, bevor das Benzin ausgeht. *Kanyanga!* Gib Gas.«

»*Heya, shauri yako*«, antwortete Kata Kona resigniert. »Auf deine Verantwortung.«

Das Motorrad fuhr bereits schneller, als auf der steinigen Oberfläche zu verantworten war. Jetzt sprang es vorwärts und jagte eine

Staubwolke nach Dol Dol. Rafiki klammerte sich an seinen Sitz. Sie flogen von Bodenwelle zu Bodenwelle, wichen Schlaglöchern aus und entgingen nur knapp dem Abgeworfenwerden. Acht Meilen außerhalb der Stadt forderte er Kata Kona auf, langsamer zu fahren und rechts abzubiegen. Sie holperten über einen Feldweg, überquerten eine alte Brücke und fuhren über Feldwege quer durch die Äcker, bis Kata Kona sich wieder laut fragte, ob Rafiki überhaupt ein richtiges Ziel im Sinn hatte.

»*Wewe endesha*«, mahnte Rafiki. »Fahr einfach.«

Sie brachten zwei weitere raue Meilen hinter sich. Wieder murrte Kata Kona, dass sie es nie dahin schaffen würden, wohin auch immer sie unterwegs sein mochten, oder gar zurück in die Stadt. Man könne sich auf seine Tankanzeige nicht verlassen, gab er zu, und bezweifelte, dass das restliche Benzin sie in die Stadt zurückbrächte.

»Bieg hier ab und halt am Tor an«, sagte Rafiki schließlich. Er stieg ab und ging zu dem Eisentor. Dahinter erstreckte sich ein riesiges Anwesen, das von Stacheldraht und einer Kei-Apfel-Hecke eingeschlossen wurde. Das Tor war mit einer Kette verschlossen, die innen von einem Vorhängeschloss zusammengehalten wurde. Das Schild am Tor trug die Aufschrift *Marura Estate.*

»*Piga honi*«, sagte Rafiki. »Hup mal.«

Kata Kona hupte. Sie warteten.

»*Piga tena.*«

Kata Kona hupte erneut. Sie warteten. Sie mussten mehrmals hupen. Dann tauchten zwei Männer auf, beide mit Knüppeln bewaffnet und in Begleitung zweier angeleinter Wachhunde.

»*Jambo,* Simon«, grüßte Rafiki. »*Jambo,* Karanja.«

Die Männer antworteten nicht.

»*Si mfunguwe*«, sagte er. »Macht das Tor auf.«

»*Unatata nini hapa?*«, fragte Simon. »Was willst du?«

»Ist meine Frau hier?«, fragte Rafiki.

Sie waren nur zwei seiner zahllosen Schwager oder Schwiegercousins, ohne dass Rafiki wusste, wie genau sie mit seiner Frau verwandt waren. Der eine hatte in der Armee gedient, der andere im Gefängnis gesessen, und Rafiki musste erst noch herausfinden, wer welcher war. Und sie mussten ihrerseits, wie viele andere in der Familie auch, ihm erst noch vergeben, dass er in ihren Clan eingeheiratet hatte.

»Du darfst hier nicht herkommen«, sagte Simon.

»Ich will nur mit ihr reden.«

»Kannst du aber nicht«, beharrte Karanja. »Wir werden dir wehtun, wenn du es versuchst.«

»Sie ist meine Frau, gekauft und bezahlt«, erinnerte er sie.

Sie lachten ihn aus. Offfensichtlich wussten sie über seine Schulden beim Clan Bescheid. Er probierte, durch das Tor auf das Grundstück zu gelangen. Sie stießen ihn zurück.

»Ihr könnt mich nicht von ihr fernhalten«, sagte er.

»*Jaribu*«, erwiderte Simon. »Versuch es durch das Tor, und du wirst sehen, was passiert.«

»Sollen die Hunde ihn packen«, schlug Karanja vor.

Wahrscheinlich war er derjenige, der wegen etwas so Schrecklichem im Gefängnis gesessen hatte, dass die Familie nie darüber sprach. Der Clan war für extreme, vernunftwidrige Gewalt bekannt. Nicht für jene explosive Art von Gewalt, die rasend ausbrach, sondern für die kalte und berechnende, bei der man Widersacher auf den Kopf hieb und sie anschließend unter dem Bett verscharrte.

»*Wewe enda ama tuachilie mbwa*«, sagte er. »Aus dem Weg, oder wir prügeln euch windelweich.«

»Hau ab, oder wir lassen die Hunde los«, drohte ihm Simon.

Rafiki sprang wieder auf den Sozius des *piki-piki*. »*Twende*«, sagte er zum Fahrer.

»*Wapi?*«, fragte Kata Kona. »Wohin?«

»*Endesha.*«

Das *piki-piki* fuhr die Straße hinunter. Unweit des Tores ließ Rafiki anhalten.

»Warum?«

»Halt einfach an.«

Kata Kona hielt, schielte dabei aber unruhig über die Schulter.

»Warte hier.«

Nervös ließ Kata Kona den Motor aufheulen.

»Wenn du mich hier sitzen lässt, mach ich Jagd auf dich und beschlagnahme dein *piki-piki*«, warnte Rafiki ihn.

Kata Kona stellte den Motor ab. Er beobachtete, wie Rafiki sich über den Zaun schwang, und hörte ihn schwer auf der anderen Seite landen. Rafiki hatte erst wenige Schritte in Richtung Haus gemacht, das er jetzt durch die Bäume erkennen konnte, als sie plötzlich den Lärm von Hunden hörten, die durch das Maisfeld auf ihn zustürmten. Rafiki kletterte über den Zaun zurück, landete plump auf der Außenseite und rannte zum *piki-piki*. »Fahr«, schrie er. »Fahr wie der Teufel.« Wohl hatte er für den Augenblick die Schlacht mit seinen Schwiegerleuten verloren, doch der Krieg war noch lange nicht vorbei, dachte er.

Zweieinhalb Meilen vor der Stadt ging ihnen das Benzin aus. Als sie das *piki-piki* den Rest des Wegs schoben, lachte ein zahnloser alter Mann sie aus und fragte, ob das ihr erstes Motorrad wäre.

»*Hyo mnyama hawezi kwenda bila petroli*«, rief er ihnen zu. »Dieses Tier läuft nicht ohne Benzin.«

»*Nyamaza!*«, entgegnete Kata Kona. »Halt den Mund!«

Den Rest des Wegs legten sie in wütendem Schweigen zurück. An der ersten Tankstelle gab es kein Benzin. Als sie bei der zweiten ankamen, wurde Kata Kona bewusst, dass Rafiki tatsächlich kein Geld hatte. Er musste einen *piki-piki*-Kollegen auftreiben, der ihm aushalf. Danach wollte er nie wieder mit Rafiki reden und schwor, er würde ihn niemals wieder, niemals wieder, irgendwohin fahren. Außerdem wollte er bis zum Monatsende das restliche Geld, andernfalls …

Rafiki hatte solche aus der Hitze des Augenblicks geborenen Drohungen schon von Hausbesitzern und Barkeepern, von Freunden und Bandmitgliedern zu hören bekommen. Er schluckte sie herunter und schaffte es sogar, einen schlechten Witz zu reißen: über Motorräder, die wie *bibis* nur schwer zu befriedigen waren. Das kam bei Kata Kona nicht gut an. Seine Miene verriet, dass er selbst ernsthafte *bibi*-Probleme hatte.

»Oh, na ja«, meinte Rafiki, »mach dir keine Gedanken, *Baite*, Männer haben schon Schlimmeres erlebt.« Was nicht dazu beitrug, seinen *piki-piki*-Fahrer zu besänftigen.

»Wenn du Benzin auftreibst, findest du mich im Laden«, sagte Rafiki. Er war durchgeschwitzt und hatte Durst, und als er den Laden betrat, sah er aus, als hätte er eine Schlägerei verloren.

»Boss«, er schlängelte sich zu Manus Schreibtisch durch, »ich brauche einen Lohnvorschuss.«

Manu zeigte auf den leeren Tresor, als wollte er sagen: Bedien dich.

»Kann ich wenigstens die Fahrtkosten haben?«

»Du hast nichts transportiert, soweit ich sehe«, erwiderte Manu.

»Ich bring dir bald etwas«, versprach er.

Manu zuckte die Achseln. Er glaubte ihm nicht, und es war ihm egal, solange Rafiki nicht vergaß, dass im Laden kein Geld war, für das sich zu töten lohnte.

Rafiki griff zu seinem Ordner und blätterte ihn durch. Dabei überlegte er so laut, dass Manu es hören musste, ob er überhaupt einen richtigen Job hatte. War der die ganze Hetzerei wert, wenn man bedachte, dass seine Frau ihn trotzdem verlassen hatte, noch bevor er ihr die gute Nachricht mitteilen konnte? Manu ließ ihn meckern und hämmerte weiter auf seinen Tischrechner ein.

»Rafiki«, sagte er mit einem Mal. »Manish hat den ganzen Tag nichts gegessen. Nimm das Geld hier, und kauf ihm ein paar *bhajia*-Snacks.«

»Bringt ihm seine Frau nichts mehr?«, fragte Rafiki.

»*Wachana na bibi*«, erwiderte Manu. »Lass die Frauen aus dem Spiel.«

Ein Stück weit vom Laden befand sich die Boulangerie, der Laden mit französischem Namen, in dem man beinahe alles kaufen konnte. Rafiki kaufte ein paar Beignets und eine Flasche Mangosaft für Manish. Er war versucht, von Manus Geld auch etwas für sich selbst zu kaufen, doch dann fiel ihm ein, dass daraus die Idee entstehen konnte, ihn für seine Arbeit mit Essen zu entlohnen.

Abgesehen davon, handelte es sich hier um einen Gefallen und nicht um seine eigentliche Arbeit. »Boss«, sagte er, als er in den Laden zurückkam. »Nur damit wir uns verstehen; ich bin kein Botenjunge.«

Manu nickte und rechnete weiter. Rafiki wandte sich wieder seinen Akten zu. Während er den Ordner mit den zahllosen zerfallenden Verträgen durchblätterte, wurde ihm klar, welch beängstigende Aufgabe er sich gestellt hatte. In diesem einen Ordner allein befanden sich Hunderte Verträge, und hinter Manus Schreibtisch standen Dutzende weitere Ordner. Er hatte den Aktenordner zur Hälfte durchgesehen, als ein feiner indischer Gentleman in den Laden stürmte, dem er regelmäßig auf der Straße begegnete. »*Jambo, rafiki*«, grüßte Rafiki.

Der Mann ignorierte ihn und eilte zu Manus Schreibtisch. Er trug immer einen Geschäftsanzug, eine goldene Kette und goldene Armbänder und roch streng nach Kölnisch Wasser und Betelblättern.

»Wer ist der da?« Er zeigte mit dem Daumen nach hinten auf Rafiki.

»Rafiki«, antwortete Manu gleichgültig.

»Wessen *rafiki*?«, fragte er.

Manu zuckte die Achseln. Die alles umschließende Geste, die von »Ich habe keine Ahnung« bis zu »egal« alles bedeuten konnte.

»Ich dachte, ihr Jungs wärt bankrott«, sagte der Mann.

Manu hielt inne, die Hände schwebten über seinem Tischrechner. Endlich blickte er auf. »Mahesh«, sagte er gedehnt. »Was kann ich … können wir für dich tun?«

Rafiki hatte bei mehreren Gelegenheiten beobachtet, wie der Gentleman den Laden betrat und, immer in Eile, wieder herauskam. Nun konnte er es kaum erwarten zu hören, was der Herr Mahesh mit den Patels zu schaffen hatte.

»Gute Neuigkeiten von der Bank?«, wandte Mahesh sich fragend an Manish. Manish starrte zur Ladentür. Mahesh drehte sich zu Manu um. »Hört zu, Jungs«, sagte er mit einer Scheinheiligkeit, die Rafiki durchschaute, ohne dass er sich über die Art der Beziehung im Klaren war. »Im Leben eines Mannes kommt einmal ein Zeitpunkt, an dem er alt genug ist … nun ja, es kommt ein Zeitpunkt, an dem man aufwachen und erkennen muss, wie der Curry riecht.«

Er wischte mit einem Finger über Manus Schreibtisch. »Seht euch diesen Dreck an.« Er wandte sich an Rafiki. »Heh, du da. Greif dir einen Staubwedel und mach den Dreck weg.«

Rafiki rührte sich nicht vom Fleck. Der Mann drehte sich um und schlenderte zu Manus Schreibtisch zurück.

»Manu«, sagte er. »Es gibt eine Zeit, da muss man wie ein Mann standhaft bleiben, und es gibt eine Zeit, da muss man sich beugen. Eine Zeit, auf sein Leben zu schauen und zu akzeptieren, dass man versagt hat, dass der Traum ausgeträumt ist. Eine Zeit, sich von dem zu trennen, das einen aufhält, von dem zu lassen, was nicht funktioniert, und nach dem zu streben, das funktioniert.«

Er hörte sich an wie Rafikis Frau um zwei Uhr morgens. Es war verblüffend.

»Ratenkauf in Nanyuki war keine gute Idee«, fuhr Mahesh fort. »Das habe ich euch von Anfang an gesagt. In Nairobi, Mombasa, Kisumu oder Kampala würde ich selbst da investieren. Nanyuki … Ich weiß nicht, was ihr beiden euch gedacht habt. Ihr hättet mit Textilien oder Eisenwaren handeln sollen, wie ich es vorgeschlagen hatte. Da würdet ihr jetzt die Bank auslachen, statt hier rumzusitzen und zu trauern wie alte Frauen.«

Manu nickte und nickte, als wollte er sagen: Jaja, das haben wir schon Dutzende Male gehört, aber er hörte gar nicht zu.

»Ich sag euch das nur, weil ich euch gernhab«, kam Mahesh zum Ende.

Manu nickte wieder und wieder. Weil er sich vergeblich bemühte, Manus Gleichgültigkeit zu durchdringen, versuchte Mahesh es bei Manish. »Manish?« Er trat an seinen Schreibtisch. »*Theek hei?* Alles okay?«

Manish starrte wie gewöhnlich zur Tür hinaus auf etwas, das wahrscheinlich so weit entfernt war wie Indien. Er hatte nicht bemerkt, dass Mahesh gekommen war, und seine Gegenwart bisher nicht wahrgenommen.

Wieder fuhr Mahesh mit einem Finger über den Schreibtisch und betrachtete angeekelt den Staub. »Wischt ihr hier überhaupt jemals Staub?«, fragte er.

Manish sah ihn nicht an. Mahesh wandte sich an Manu. »Redet er je?«, fragte er.

Manu machte die Geste mit den Händen, die eine eigene Sprache zu sein schien und die, wie Rafiki annahm, in Hindi alles bedeutete, von *vielleicht* bis *Stör mich nicht.* »Heh, du da«, rief er zu Rafiki hinüber. »Nimm ein Staubtuch und wisch den Tisch ab.«

Rafiki rührte sich nicht. Mahesh ging zurück, um Manu aus seiner Ruhe aufzustören. »Was ist mit Manish?«

»Ich wünschte, ihr würdet allesamt aufhören zu fragen, was Manish hat«, sagte Manu mit gequälter Stimme. »Seht ihr denn nicht, dass es ihm nicht gut geht?«

»Ist er krank?«

»Warum fragst du ihn nicht selbst? Er ist auch dein Bruder.«

»Ich habe einen Termin bei der Bank.« Mahesh warf einen Blick auf seine Armbanduhr. »Ich würde ja ein gutes Wort für euch einlegen, aber was hätte das für einen Sinn?« Er ging zur Tür und rief über die Schulter zurück: »Bis Sonntag bei Mutter.«

Er wollte schon an Rafiki vorbeigehen, als ihm auffiel, dass der einen Aktenordner durchblätterte. »Arbeitest du hier?«, fragte er verwundert.

Weil ihm keine Antwort einfiel, beschränkte Rafiki sich auf die Manu-Geste mit den Händen, diese allumfassende Bewegung, die alles heißen konnte, von *vielleicht* bis *Ich weiß nicht.*

Ohne ein weiteres Wort wehte Mahesh hinaus. Manu, der ihm von seinem verstaubten Schreibtisch aus nachsah, konnte sich ein flüchtiges Lächeln nicht verkneifen.

Rafiki wandte sich wieder seinem Ordner zu und blätterte die Seiten durch, suchte nach jemandem, dem er nicht durch die ganze Stadt hinterherjagen müsste. Es musste jemanden geben, zu dem er einfach hingehen, ihn erinnern konnte, dass er wegen dieses oder jenes Gerätes noch Schulden hatte, und dann entweder mit dem Geld oder dem Gerät zurückkommen. Er suchte lange, bevor er aufgab. Stattdessen rief er seine Frau an. Wie gewöhnlich war sie nicht zu erreichen. Entweder ignorierte sie seine Anrufe, oder sie hatte das einzige Telefon weggeworfen, über das er Kontakt zu ihr aufnehmen konnte.

»*Sweettea*«, sagte er und hinterließ wie verlangt eine Nachricht. »Ich habe alles getan, um dich zu erreichen. Ich war in Marura, aber Simon und Karanja haben ihre Hunde auf mich gehetzt. Ich weiß nicht, was mit euch Leuten los ist. Es sieht so aus, als wolltest du mich nie wiedersehen. Ich muss mit dir reden. Mir tut alles leid, okay? Bitte ruf mich an.«

Er legte auf. Manu, der interessiert zugehört hatte, nahm seine Berechnungen wieder auf.

Kapitel 9

Diejenigen, die uns unsere Unabhängigkeit neideten, jene, die uns für arrogant und widerspenstig hielten, und sogar einige derer, die keinen Grund hatten, uns nicht zu mögen – sah man einmal davon ab, dass wir sie beständig daran erinnerten, dass wir Nanyukier waren und stolz und sie es deshalb nicht mit uns aufnehmen konnten –, sie alle sagten, unser Majengo wäre der älteste, größte und am besten organisierte Slum in Ostafrika. Wir hatten etwas gegen das Wort *Slum* und bestanden darauf, dass sie es widerriefen und aus ihren Reisebeschreibungen und Almanachen strichen, dass sie uns so sahen, wie wir tatsächlich waren: eine uralte Metropole, die alles daransetzte, Vorurteile und die Verwüstungen durch die Zeiten zu überleben. Sie sagten uns, dass sie höchstens einen farbigen Zusatz in den Anmerkungen einfügen könnten, des Inhalts, dass Majengo kein Slum war, als es angelegt wurde.

Majengo wurde von den weißen Siedlern als Humanviehhof angelegt und errichtet, als Rückhaltelager für eingeborene Arbeitskräfte, was für ihren Plan, das Grasland von Laikipia in Rinderfarmen und Weizenfelder umzuwandeln, von überlebenswichtiger Bedeutung war. Doch ungeachtet des Zwecks und der nachfolgenden Geschichte waren die Söhne und Töchter unserer Stadt noch immer stolz auf die Tatsache, dass sie einst das Herz von Laikipia gewesen waren, das Organ, das frisches Arbeitsblut in die Wirtschaft des Landes pumpte, die Wiege der Nanyukier und der Ort, an dem ehemals jeder mit jedem, ungeachtet aller Unterschiedlichkeit, harmonisch zusammengelebt hatte.

Noch immer war die Bevölkerung mannigfaltig, wenn auch in geringerem Maße, steckte voller Lebenskraft und unzähliger großartiger, wenn auch einen Hauch zu optimistischer Zukunftspläne. Niemals hatten wir zurückgeschaut, seit wir zum ersten Mal einen Sohn unserer Stadt mit einem Eselskarren auf die lange Reise nach Nairobi geschickt hatten. Eines Tages würden wir, das schworen wir uns angesichts der Politik im Bezirk und einer Wirtschaft, die unter einer Regierung verfiel, die immer noch nicht eins und eins zusammenzählen konnte, wir schworen uns, dass wir wieder einen waschechten Sohn unserer Stadt an den selben Ort schicken würden, doch diesmal als Präsidenten. Auf diese Weise konnten wir Nanyukier der Regierung beibringen, wie man regierte. Unsere Ansprüche waren entschieden größer als unsere Möglichkeiten.

Weil er vermeiden wollte, die Ost-West-Durchgangsstraße an derselben vertrauten Stelle zu überqueren und sich möglicherweise mit nachtragenden alten Flammen und gewohnheitsmäßigen Hämespeiern herumschlagen zu müssen, entschied Rafiki sich für eine stinkende Gasse, um von Sector D nach Sector C zu kommen, und rannte anschließend über den Nord-Süd-Boulevard in die relative Sicherheit von Sector F. Er war gerade dabei, einen Müllberg zu erklimmen, um auf die andere Straßenseite zu gelangen, als er auf dem Dach eines Hauses eine Fernsehantenne entdeckte. Seit er begriffen hatte, dass Namen und Anschriften in Majengo nicht mehr viel bedeuteten, verdächtigte Rafiki jedes Gerät, auf das er stieß, dass es den Patels gehörte, solange nicht eine rechtmäßige Seriennummer oder das Original einer Kaufquittung das Gegenteil bewiesen.

Er änderte den Kurs in Richtung des Hauses mit der Antenne, kämpfte sich durch eine enge Gasse, die teilweise von einem eingestürzten Zaun versperrt wurde, und erreichte mit ein paar Kratzern und Schrammen sein Ziel. Er traf eine Frau, die den Hof fegte, und einen Mann, der in der offenen Tür seinen Schnupftabak genoss.

»*Jambo,* Rafiki«, grüßte ihn die durch sein plötzliches Erscheinen aufgeschreckte Frau.

»*Jambo,* Rafiki«, sagte auch der alte Mann.

»*Jambo*«, antwortete Rafiki. »*Wapi teevee?* Wo ist der Fernseher?«

»*Ati teevee?*«, fragte der Mann verblüfft. »Welcher Fernseher?«

»Ich weiß, dass ihr einen habt«, erwiderte Rafiki. »Ich habe eure Antenne gesehen.«

»Das Ding da auf dem Dach meines Hauses?« Der Alte fand das so komisch, dass er vor Lachen fast vom Hocker fiel. »Du wirst nicht glauben, wie oft Diebe hier eingebrochen sind und nach dem *teevee* gesucht haben. Das Ding auf dem Dach war schon da, bevor ich hierhergekommen bin und du geboren wurdest.«

Bevor Rafiki auf die Welt kam, gab es in Majengo weder Radios noch *teevees*. Er drängte sich an dem Alten vorbei ins Zimmer. Drin war es dunkel und roch nach Staub und Alter. Es gab nur wenige Möbel oder andere Dinge. Ein Schlafplatz, eine Feuerstelle und auf einer Seite Platz für alles andere. Alles andere, das waren Feuerholz, Geschirr und ein Haufen alter Schuhe. Der alte Mann pfuschte als Flickschuster. Er kam an keinem weggeworfenen Schuh vorbei, ohne ihn retten und aufarbeiten zu müssen. Rafiki trat wieder hinaus, um frische Luft zu schnappen und noch einen Blick auf die Antenne zu werfen. Sie sah anders aus als alle, die er in letzter Zeit gesehen hatte. Der Alte beobachtete ihn schweigend.

»Ist sie schon wieder zurück?«, fragte die Frau.

Mit einem Mal genervt, drehte Rafiki sich um. Existierte in Majengo noch irgendjemand, der nicht gehört hatte, dass seine Frau ihn sitzen gelassen hatte? Einige wollten sogar erfahren haben, dass sie ihm, bevor sie ging, die Männlichkeit ausgeprügelt hatte. Andere schienen ganz sicher zu wissen, dass sie zu Hause die Hosen angehabt hatte; dass sie ihm lediglich tagsüber und nur zur Show erlaubte, in Hosen umherzustolzieren. Es machte Rafiki wahnsinnig, was sie über sie sagten.

»*Mama una teevee?*«, fragte er die Frau.

»*Nitoe wapi teevee na bwana ameachishwa kazi?*«, erwiderte sie. »Wie sollte ich, wenn mein Mann arbeitslos ist?«

Rafiki trat an ihre offene Tür und schaute hinein. Es gab kaum Möbel, doch da stand ein kleiner Kühlschrank, der mit einem gehäkelten Tischtuch zugedeckt war.

»Hast du den Kühlschrank bezahlt?«

»Wie denn, wenn mein Mann arbeitslos ist?«, wiederholte sie.

Rafiki betrat das Zimmer, stieg behutsam über Hocker und schmutziges Geschirr und bahnte sich seinen Weg zum Kühlschrank. Er bürstete den Staub weg und überprüfte die Seriennummer. Es war ein Volltreffer.

»Etwas zu essen drin?«, fragte er die Frau.

»Womit gekauft, wenn mein Mann keine Arbeit hat?«, konterte sie.

Im Kühlschrank entdeckte er sauber zusammengelegte Männerkleidung: Zwei Anzüge, Hemden, Krawatten und zwei Paar ordentlich geputzte Schuhe. Er nahm alles heraus, behandelte die Sachen der Frau wegen, die ihn von der Tür her beobachtete, sorgsam und respektvoll, und legte sie aufs Bett. Der Kühlschrank befand sich in erstaunlich gutem Zustand, was allerdings kaum überraschte, wenn man bedachte, dass sie keinen Strom hatten. Sie hatten den Kühlschrank in den Tagen vor der Rezession erworben, als Manish immer ja sagte und jeder in Nanyuki von einem besseren Leben mit Strom und fließendem Wasser träumte.

»Kennt dein Mann die Patels?«, fragte er sie.

»Die gemeinen Inder, die ihn entlassen haben?« Sie platzte fast vor Wut.

»Dort wird er diesen Kühlschrank wiederfinden«, sagte er. »Falls er ihn brauchen sollte.«

Er wuchtete den Kühlschrank aus dem Zimmer, hob ihn auf die Schulter und trug ihn durch die verfallende Gasse davon. Er erreichte die Nebenstraße mit nicht mehr als ein paar Kratzern und einem Riss im Hemd. Aber das machte ihm kaum etwas aus. Er hatte sich eine Trophäe geschnappt, die jeden Riss und jeden Kratzer wert war. Manu und Manish würden begeistert sein, sie müssten ihm einen Bonus geben.

Er näherte sich dem nordöstlichen Winkel am Ende von Sector A und wollte Majengo bereits verlassen, als er seinen Namen rufen hörte.

»Rafiki.«

Er blieb stehen und drehte sich um. Er sah sich zwei Bütteln des Chiefs von Majengo gegenüber, auch VPs genannt, oder Verwaltungspolizisten oder einfach *askari*.

»Mitkommen«, sagte einer.

»Wohin?« fragte er.

Seit der Blütezeit der *Beavers*, als sie samstagabends auf dem Höhepunkt des Tanzes immer eine Razzia in der County Hall veranstalteten und den Tanz unterbrachen, weil sie kontrollieren wollten, was jeder rauchte, hatte er nichts mehr mit den *askaris* des Chiefs zu schaffen gehabt.

»Der Chief will mit dir reden«, antworteten sie.

»Warum?«

Da er nie illegal Schnaps gebrannt hatte, hatte Rafiki mit dem Chief noch weniger zu tun gehabt. Seit der Mieterrebellion, als der Mann versucht hatte, ihm die Sache anzuhängen, hatte er nicht mehr mit ihm gesprochen. Rafiki war nur deshalb nicht höchst offiziell gelyncht worden, weil der gesamte Bezirk bezeugen konnte, dass er sich mit der Band meilenweit entfernt in Rumuruti aufgehalten hatte, als Majengo explodierte.

»Er will einfach mit dir reden«, sagten sie.

Er schwitzte und war staubverschmiert, zerschrammt und müde. Außerdem befanden sie sich näher am Laden als am Büro des Chiefs oder wohin immer sie mit ihm gehen wollten.

»Kann das nicht warten?«, fragte er.

»Der Chief will mit *dir* reden.«

Mit der Betonung auf dem *dir* hieß das, dass er in dieser Angelegenheit nicht mehr zu sagen hatte als sie. Der Chief mochte nicht mehr so mächtig sein, wie er einmal gewesen war, aber er war immer noch der Chief. Vielleicht hat der Chief Nachricht von meiner Frau, überlegte Rafiki, oder eine Botschaft meiner Schwiegerleute.

»Helft mir, das Ding hier zu tragen«, bat Rafiki.

»Nicht, wenn wir in Uniform sind«, lehnten sie ab.

Er dachte daran, dass sie Zwanzigliterkanister voller *machore* geschleppt hatten, wenn sich die verhafteten Brauer weigerten, die Beweismittel selbst zu den Zellen zu tragen. Meist verschwand das

Gebräu auf geheimnisvolle Weise, bevor es montags als Beweismittel vor Gericht verwandt werden konnte. Aber das war eine andere Geschichte.

Um ihm seine Last erträglich zu machen und zu beweisen, dass sie keine Schläger waren, wie die Leute immer behaupteten, verwickelten sie Rafiki den ganzen Weg bis zum Büro des Chiefs in einen zwanglosen Plausch. Es ging, das war vorhersehbar, vor allem um *bibis* und wie schwer es war, sie glücklich zu machen. Das machte die Last auf seinen Schultern keineswegs leichter, sondern die Wut auf seine Frau größer, war sie doch der wahre Grund für die Demütigung, die Rafiki gegenwärtig durchleiden musste. Er beschloss in diesem Augenblick, seine neue Arbeit zu kündigen, sobald er den Laden betrat, und wieder der zu werden, der er eigentlich war: Man Guitar.

»*Ngoja hapa*«, befahl ein *askari,* als sie vor dem Büro des Chiefs ankamen. »Warte hier.«

Rafiki wartete, während der Kühlschrank auf seiner Schulter schwerer und schwerer wurde.

»*Si uweke hiyo kitu chini*«, schlug der *askari* vor. »Setz ihn ab.«

»Nicht hier«, antwortete Rafiki. Er wollte es so schnell wie möglich hinter sich bringen und sich wieder auf den Weg machen. Sie warteten. Nach einer Zeit, die ihm wie Stunden erschien, trat der andere *askari* in Begleitung des Chiefs heraus.

»*Jambo,* Rafiki«, grüßte ihn der Chief.

»*Jambo, Bwana Chief*«, antwortete Rafiki. »*Ati,* du wolltest mich sprechen?«

»Ich muss mit dir reden«, sagte der Chief. »*Nimepata habari yakwamba unaiba vitu vya wenyewe na kuuzia Patel. Ni kweli ama rongo.* Mir wurde berichtet, dass du die Leute bestiehlst und das Diebesgut an die Patels verkaufst. Ist das wahr oder falsch?«

»*Rongo*«, antwortete Rafiki in seiner Sprache. »Falsch.«

Trotz seiner offensichtlichen Höflichkeit war der Chief aus hartem, kolonialem Holz geschnitzt, mit einer harten Hülle und noch härter im Kern. In den alten Zeiten hatte er seine Büttel durch Majengo geschickt und Radiogenehmigungen prüfen sowie

Radios und Fernseher und jedes elektronische Gerät beschlagnahmen lassen, für das die Besitzer keine Genehmigung oder Rechnung – ungeachtet des Alters des Geräts – vorweisen konnten, und sie dann behalten, bis die Besitzer – unter dem Deckmantel einer *harambee*-Spende an den Beerdigungsfonds seiner Schwiegermutter – ein Lösegeld ausspuckten. Er trieb es so arg, dass ganz Majengo betete, sie möge tatsächlich sterben und uns die Qual ersparen, auf ewig für ihre wiederkehrenden Beerdigungen zu zahlen.

Dem Chief war es nicht mehr gestattet, uns Geld abzupressen oder *wananchi,* arme Leute, mit der Arroganz seiner Autorität einzuschüchtern; wie die Zeiten sich doch geändert hatten; das hielt ihn aber nicht davon ab, mit anderen hinterhältigen Mitteln dasselbe Ziel zu erreichen.

»Nein«, sagte Rafiki. »Es stimmt nicht, dass ich andere bestehle, um an Patel zu verkaufen.«

»Und was trägst du da auf deiner Schulter?«

»Einen Kühlschrank.«

»Wessen Kühlschrank?«

»Patels Kühlschrank.«

»Warum trägt Patel ihn nicht selbst?«

»Patel hat sehr viel zu tun.«

»Na gut«, meinte der Chief. »*Twende*. Gehen wir.«

»Wohin?« Rafiki war ehrlich erschreckt.

»Zu Patel«, antwortete der Chief. »Wir gehen zu Patel.«

Rafiki wusste, dass Manu kein Bestechungsgeld ausspucken würde, sagte sich aber, dass der Chief das besser selbst herausfand.

Sie boten ihm nicht an, ihm beim Tragen des Kühlschranks zu helfen. Und Rafiki bat nicht darum. Überall blieben die Leute stehen und wunderten sich, was mit Rafiki geschehen war, wie er plötzlich ein so schlimmer Bube geworden war, dass man ihn verhaftete. Nur jene, die noch nicht gehört hatten, dass seine Frau ihn grün und blau geprügelt hatte, bevor sie ihn sitzen ließ, und diejenigen, die sich aus Angst vor den Einwohnern und ihrer Armut nicht nach Majengo trauten und nichts von seinem wachsenden Ruf als dreister Räuber wussten, waren überrascht.

Kapitel 10

In den alten Zeiten war an der Stelle, an der sich jetzt Manus Laden befand, die einzige europäische Fleischerei in Nanyuki. In dieser Fleischerei wurden Pferde, die bei Pferderennen ums Leben gekommen waren, verarbeitet und mit Abschlag verkauft. Die Einwohner von Majengo, ausgehungert nach Fleisch und Geld, stellten sich nach den Rennen hinter der Fleischerei an, um an einem Loch in der Rückwand Pferdefleisch zu kaufen.

Als Rafiki, der unter dem Gewicht auf seinem Rücken fast zusammenbrach, hereingetrampelt kam, saßen Manu und Manish an ihren angestammten Plätzen hinter ihren Schreibtischen und taten das Übliche. Sie schienen ihn und seine Begleitmannschaft weder zu sehen noch zu hören, bis Rafiki den Kühlschrank absetzte und den Chief zu Manus Schreibtisch führte. Da schaute Manu auf, sah von Rafiki zum Chief und seinen *askari*, konnte sich aber keinen Reim darauf machen. Er wandte sich wieder seinen Berechnungen zu.

»*Jambo, Bwana* Patel«, grüßte der Chief.

»*Bwana* Chief.« Manu blickte erneut hoch. »Was führt Sie her?«

»Kennst du diesen Mann?«

»Rafiki? Gibt es ein Problem?«

»Haben Sie ihn losgeschickt, damit er den Leuten ihre Sachen stiehlt?«

»Meine Sachen.«

»Sie haben sie verkauft.«

»Sie haben nicht bezahlt.«

»Nein, *Bwana* Patel«, sagte der Chief. »So läuft das mit dem

Gesetz nicht. Wenn Sie die Sachen verkauft haben, sind es nicht länger Ihre Sachen.«

»Es sei denn, sie bezahlen sie nicht«, erwiderte Manu.

»Ich kenne das Gesetz«, sagte der Chief. »Sie können die Sachen nicht einfach zurückholen.«

»Ich habe Verträge; ich kann alles beschlagnahmen, für das sie nicht bezahlen.«

»Wie sollen sie bezahlen, wenn Sie sie entlassen? Wenn sie kein Geld haben?«

»Kein Geld, keine Ware.«

Interessiert verfolgten Rafiki und die beiden *askari* den Wortwechsel, wie gebannt vom offensichtlich fehlenden Respekt der beiden Männer füreinander.

»*Bwana* Patel«, versuchte es der Chief jetzt und klang fast wie ein Chief. »Sie wissen, dass wir uns in der schlimmsten Rezession in der Geschichte Majengos und sogar des ganzen Landes befinden. Meine Leute haben damit zu kämpfen, dass sie wenigstens die Kinder ernähren und ihre Frauen glücklich machen können. Die Frauen lassen wegen der Armut sogar schon ihre Ehemänner sitzen. Rafiki kann das bezeugen. Sie müssen mit uns zusammenarbeiten, *Bwana* Patel.«

»Ich arbeite ausschließlich mit meinem Bruder Manish zusammen«, stellte Manu klar. Dann drehte er sich um und rief Manish an. »Manish?«

»Huh?«, gab Manish von sich.

»Begreifst du es jetzt?«

»Huh«, stimmte Manish zu.

Der Chief hatte Manish bislang nicht wahrgenommen. Er sah vom einen zum andern, dann drehte er sich um und zeigte mit seinem Amtsstock auf Rafiki. »Was ist mit ihm?«, fragte er sie.

»Ja«, wiederholte Rafiki, »was ist mit mir?«

»Was ist mit dir?«, fragte Manu.

»*Kamata yeye.*« Dem Chief reichte es. »Nehmt ihn fest.«

Die *askari* stürzten sich auf Rafiki und wollten ihm die Hände mit Handschellen auf dem Rücken fesseln.

»Wartet.« Er wand sich los und trat einen Schritt zurück. »Boss, sag ihnen, dass du mich angestellt hast. Diese Leute scherzen nicht, Boss.«

Er drehte sich zu Manish um, hoffte, dass wenigstens einmal von ihm mehr als ein *Huh* kam. »Alter«, flehte er, »*Mzee* Manish, sagen Sie dem Chief, wer mich gebeten hat, nach einem Sony-Fernseher zu suchen. Erinnern Sie sich? Sony?«

»Wo ist er?«, fragte Manu ihn.

»Die Leute hindern mich daran, dass ich ihn finde«, antwortete Rafiki.

»Wir können nicht gestatten, dass du den Leuten *teevees* und andere Sachen wegnimmst.« Was das anging, blieb der Chief unnachgiebig.

»Meine *teevees* und meine Sachen.« Manu blieb ebenso hartnäckig.

»Sie haben sie verkauft.«

»Die Leute haben sie nicht bezahlt.«

»Sie haben kein Geld.«

»Kein Geld, kein *teevee*.« Sie standen wieder am Anfang. Rafiki und die beiden *askari* dazwischen fragten sich verwundert, was als Nächstes geschehen würde.

»*Bwana* Patel«, sagte der Chief in verbindlicherem Ton. »Sie sind doch einer von uns. Sie leben schon seit ... seit so vielen Jahren in dieser Stadt.«

»Bin hier geboren«, berichtigte Manu.

»Sie sind wie ein Bruder für uns«, sagte der Chief. »Alle sagen, was Sie für ein guter Mensch sind. Sie geben unseren Leuten Kredit.«

»Das ist vorbei.«

»Sie können doch nicht Ihr ganzes hohes Ansehen zerstören, indem Sie diesen ... diesen Mann losschicken, derart schlimme Dinge zu tun, wie er das jetzt macht. Er kann doch nicht einfach losgehen und all die alten Sachen einsammeln und ...«

Etwas fiel ihm ins Auge.

»Zuallererst«, fuhr er fort und zeigte auf einen alten Kocher, der unmittelbar neben Manus Schreibtisch stand. »Dieser alte Kocher sieht aus wie der, den ich für meine Schwiegermutter gekauft habe.«

»*Bwana* Chief«, sagte Manu mit seiner geduldigsten Stimme, »Sie haben ihn nicht vollständig abbezahlt.«

»Und da schicken Sie Ihren Mann los und beschlagnahmen das Ding?« Er war entrüstet. »Haben Sie überhaupt eine Vorstellung, was passiert, wenn meine Frau erfährt, dass es beschlagnahmt worden ist? Nein, *haiwezekani,* das können Sie mir nicht antun. *Rudisha hii mara moja*. Geben Sie ihn ihr sofort zurück.«

»Wenn er bezahlt ist«, sagte Manu.

»Er wird bezahlt«, erklärte der Chief. »*Pole pole,* in Raten, wie wir es vereinbart haben. Geben Sie ihn zurück.«

Manu überlegte. »Ich muss meinen Partner fragen.« Er drehte sich zu Manish um und sprach in Hindi mit ihm. »Manish?«

»Huh?«, antwortete Manish.

»Begreifst du es jetzt?«

»Huh«, antwortete Manish.

Manu drehte sich wieder zum Chief um. »Erste Rate heute«, sagte er in einem Ton, der jede weitere Debatte ausschloss.

»Morgen«, erwiderte der Chief mit dem vollen Gewicht seines Amtes.

»*Bwana* Chief, ich habe schon viele Morgen auf Ihre Raten gewartet.«

»*Kesho-kesho*«, sagte der Chief. »Morgen, morgen.«

»Bar?«

»*M-pesa*. Durch Überweisung per Telefon.«

Dann drehte er sich zu seinen Bütteln um und befahl ihnen, den Herd nach Majengo zurückzutragen. Er traute Rafiki nicht, dass der ihn zurückbrachte. Während sie den Herd, in Uniform und allem, aus der Tür wuchteten, rief Rafiki ihnen hinterher: »Ich weiß, wo ich ihn finde.«

»*Nyamaza, nyangau wewe*«, warnte der Chief. »Wenn du das Ding noch einmal anfasst, sperr ich dich ein.«

Dann folgte er seinen Männern aus dem Laden. Als sie fort

waren, zog Rafiki sich den Besucherstuhl heran, setzte sich Manu gegenüber und erklärte ihm, dass er eine Arbeit abgeliefert hatte, die Lob verdiente. Manu tippte weiter auf seinen Tischrechner ein. Rafiki räusperte sich laut, um die Aufmerksamkeit auf sich zu ziehen. Manu tippte weiter.

»*Sasa*, Boss?« Rafiki musste einfach fragen. »Und jetzt?«

»Was ist?«

»*Si*, du hast gesehen, wie hart ich heute gearbeitet habe.«

»Und?«

»Ich bin sehr erschöpft, weil ich dieses Ding geschleppt habe.«

»Und?«

»Wie sieht es mit etwas Fahrgeld fürs *piki-piki* aus?«

»Wenn der Chief bezahlt, zahle ich auch.«

Rafiki stand auf. Sollte der Chief je bezahlen, dachte er, dann wäre es das erste Mal, dass sich die örtliche Verwaltung dem Druck von unten beugte.

Für Rafiki wurde es Zeit, seinem Taxifahrer aufzulauern. Das Telefon läutete plötzlich und erschreckte sie. Beide, Manu und er, suchten nach ihren Handys. Es war Rafikis. »Man Guitar«, sagte er in dem amtlichen Ton, den er anschlug, wenn jemand zuhörte. Dann setzte er sich wieder hin. »*Sweettea.*« Er senkte die Stimme. »Bist du schon wieder zu Hause?«

Manu sah erneut von ihm zu Manish hinüber, zuckte die Achseln und machte sich wieder an seine Berechnungen.

»Wo bist du?«, fragte Rafiki seine Frau. »Wo man dich schätzt? Wo ist das? Und meine Möbel, wo sind die? Seit wann es meine Möbel sind? Unsere Möbel also, hast du sie? Okay, es sind deine Möbel. Auch das Haus und alles, was darin und drumherum ist. Genau wie die Sachen, die ich anhabe. Und du willst auch dein Telefon wiederhaben. Nein, das Nokia kannst du nicht haben. Ich brauche es bei meiner neuen Arbeit. Auch die goldene Uhr. Ist die wirklich aus Gold? Nein, ich verkaufe sie nicht. Die Schuhe, die du mir letztes Jahr zu Weihnachten gekauft hast? Die hast du mitgenommen. Du hast außer meinem Sohn alles mitgenommen. Okay, unser Sohn. Kann ich ein bisschen was zurückhaben? Wie wäre es mit etwas zum Anziehen? Einiges davon habe ich gekauft, erinnerst du dich? Mit meinem eigenen Geld. Nein, du bekommst mein Handy nicht. Wie soll ich dich sonst erreichen?«

Er hörte eine Zeitlang zu.

»Wieso Gouverneurin?«, fragte er schließlich. »Nein, *Sweettea*, das ist es nicht. Du weißt doch, in der Politik gibt es nur Bestechung und Korruption; das ist kein Ort für eine gute Frau der Kirche. Erinnerst du dich, dass wir uns das letzte Mal, als du so eine Idee hattest, fast getrennt hätten? Ich verstehe, aber du weißt, wie es ist. Männer mögen es nicht, wenn ihnen eine Frau sagt, was sie tun sollen. Welche Männer? Die Männer in Nanyuki. Meinetwegen, die Männer in Majengo. Sie mögen es nicht, wenn eine Frau den Ton angibt. Hier geht es nicht um mich. Du weißt, dass es mir nichts ausmacht, wenn du mich herumkommandierst. Was meinst du damit, dich besser unterstützen?«

Er hörte zu, wand und krümmte sich und zog ein schmerzverzerrtes Gesicht, während sie ihm auseinandersetzte, was sie meinte. Er begriff nichts, verstand nicht das Geringste davon, nicht mehr, als er ihre spätnächtlichen Meckereien verstand, wagte es aber nicht, sie zu unterbrechen oder um eine Erklärung zu bitten, weil er fürchtete, missverstanden zu werden. Er wartete ab, bis sie zu reden aufhörte, dann ließ er eine unsichere Pause zu, die sich zwischen ihrer Stimme und seiner verkeilte.

»Also, *Sweettea*«, fing er an, als er sicher war, dass sie gesagt hatte, was sie ihm sagen wollte. »Wann kommst du nach Hause zurück? Wenn ich gelernt habe, ein Ehemann zu sein, der seine Frau unterstützt? Sag mal genau, was meinst du mit …«

Sie legte so krachend auf, dass es ihm im Ohr wehtat. Er drehte sich um und bemerkte, dass Manu ihn beobachtete. Manu nickte, als wollte er sagen: »Ich habe alles gehört.«

Danach saß Rafiki eine gehörige Zeit stumm da, sein Verstand war in Aufruhr und weigerte sich zu glauben, dass all das passiert war, weil er die Studiengebühren für seine Tochter nicht rechtzeitig zusammengebracht hatte. Seine Frau hatte ihre Forderungen in den vergangenen Monaten des Öfteren laut und bestimmt geäußert, aber er hatte sie bis jetzt nicht ernst genommen. Der giftige Ton und die ungewöhnliche Feindseligkeit ihrer spätabendlichen Meckereien wie auch ihre Kritik an ihm hatte er auf den Frust des Lebens mit einem schöpferischen Genius geschoben oder auf irgendetwas anderes und einen Weg gesucht, damit umzugehen. Jetzt machte er sich Sorgen und strengte sich an zu begreifen, woher das alles kam, warum es jetzt geschah und nicht früher geschehen war, als ihre Kinder noch klein waren, er in der Band spielte und sie wirklich Anlass gehabt hatte, sich zu beunruhigen.

»Wenn ich sie nicht kennen würde, würde ich sagen, dass sie einen Grund gesucht hat, mich zu verlassen«, sagte er zu Manu.

»*Bibi!*« Manu schüttelte den Kopf.

Schließlich seufzte Rafiki und erhob sich schwerfällig. »Sie will einen richtigen Mann«, sagte er mit vor Entschlossenheit harter Stimme. »Sie wird einen richtigen Mann bekommen.« Er klopfte seinen Hut gerade, setzte sein Lächeln wieder auf, das während des Gesprächs mit seiner Frau ein wenig gelitten hatte, und ging seinen *piki-piki*-Fahrer suchen.

Kata Kona befand sich nicht an seinem gewohnten Taxistand, und niemand schien zu wissen, wo er war. Seine Freunde sagten, er wäre zurück zu seiner Frau nach Maua gefahren, doch Rafiki glaubte ihnen nicht. Kein anderer Fahrer würde Rafiki nach Hause bringen, egal welchen Fahrpreis er versprach. Einige erklärten, sie brächten ihn nirgendwohin, und käme er auch mit einer Tasche voll Geld. Nichts Persönliches, meinten sie. In Wirklichkeit waren sie seine größten Fans, aber Geschäft blieb Geschäft.

Es war zu spät, um nach Hause zu laufen, und Geld für eine Bleibe hatte er nicht. Deshalb lungerte er am Taxistand rum, hielt sich im Hintergrund und wartete darauf, dass Kata Kona aus seinem Versteck auftauchte, damit er ihn überraschen konnte. Umsonst. Zuguterletzt ging er die Straße hinauf, um sein Glück am *piki-piki*-Stand neben dem Supermarkt zu versuchen, wo die Fahrer ihn nicht so gut kannten. Dort fand er Kata Kona, der auf seinem Motorrad saß und vollkommen sorglos mit den anderen Taxifahrern schwatzte. Er unterhielt sie gerade mit der Geschichte, wie er

Rafiki überlistet hatte, als dieser auf den Sozius des *piki-piki* sprang und sagte: »*Twende.*«

Kata Kona fiel beinahe vom Motorrad. »*Haki, ritanza hii piki-piki*«, sagte er. »Ich schwör's, ich verkaufe das Motorrad.«

»Fahren wir, *Baite.*« Rafiki schenkte ihm sein breitestes Lächeln. »Du weißt genau, dass du das Motorrad nicht verkaufen kannst.«

»Ich gehe nach Maua zurück.« Er klang aufrichtig.

»Und verzichtest auf das ganze Geld, das ich dir schulde?«

»Du wirst mich sowieso nie bezahlen.«

»Du weißt, dass ich dich bezahlen werde«, entgegnete Rafiki. »Ich bezahle dich immer, sobald ich Geld habe.«

»Du hast aber nie Geld.«

»Ich kriege bald Geld«, versicherte Rafiki. »Ich hab jetzt einen Job.«

»Was für einen Job?« Kata Kona ließ sein Motorrad an und murrte in Kimeru vor sich hin. Rafiki hörte es.

»*Baite*«, sagte er. »Du bist ein guter Mann. Setz das nicht aufs Spiel, indem du solche Sachen sagst. Das kannst du von mir nicht behaupten. Du weißt, dass ich nur zur Hälfte Gikuyu bin.«

»Du bezahlst nicht.«

»Ich hab's nicht so mit dem Geld.«

»Dann bezahl mich.«

»Sobald ich bezahlt werde«, antwortete Rafiki. »Du kennst mich, *Baite*, ich bin dein Mann, Man Guitar. Denk dran, wie …«

Das Motorrad schoss mit solcher Wucht vom Parkplatz auf die Straße, dass Rafiki fast auf dem Asphalt gelandet wäre. Kata Kona beschleunigte weiter, nahm die Bodenwellen mit solcher Wut, dass das Motorrad jedes Mal durch die Luft flog. Rafiki klammerte sich fest, denn ihm war nur zu klar, dass sich seine Rechte als unwillkommener Passagier darauf beschränkten, sich mit Fingern und Nägeln an seinem Sitz fest und den Mund geschlossen zu halten.

Als Rafiki heimkam, war das Haus immer noch verlassen und dunkel. Sein Sohn tauchte meist erst spät auf, wenn Rafiki bereits schlief, zusammengerollt auf dem Läufer, den seine Frau im

Wohnzimmer zurückgelassen hatte, als wollte sie der Verletzung noch eine Beleidigung hinzufügen. Mitunter sahen sich Vater und Sohn tagelang nicht.

Die Ziegen rannten ans Tor, als sie das Motorrad kommen hörten. Oft war ihr Elefantengras mit einem *piki-piki* geliefert worden. Als Rafikis Frau noch zu Hause war und die Lieferungen organisierte. Doch auch dieser *piki-piki*-Fahrer hatte Rafiki im Stich gelassen, als er von ihrem Weggehen erfuhr.

»*Baite*«, witzelte Rafiki, »nimm dir eine Ziege als Bezahlung.«

Kata Kona war nicht in der Stimmung für solche schlechten Witze.

»Mein *piki-piki* frisst kein Ziegenfleisch«, erwiderte er.

»War nur so ein Gedanke«, sagte Rafiki. »Bis morgen.«

Kata Kona donnerte ohne sein übliches »Gute Nacht, *Baite,* bis morgen« auf seinem Motorrad davon.

Die Ziegen stürmten auf Rafiki zu, umringten ihn und forderten meckernd ihre abendliche Ration. Er führte sie hinter das Haus zu dem Gestell, auf dem das Ziegenfutter verwahrt wurde. Die Vorräte waren fast aufgebraucht. Er würde bald neues kaufen müssen, bevor es ganz ausging und die Ziegen ihn ebenfalls sitzen ließen. »Macht euch keine Gedanken, Kinder«, beruhigte er sie, während er das Gras zurechtschnitt. »Sie kann ohne euch nicht leben.«

Das war genau sein Gedanke gewesen, als sie ihn verlassen hatte: dass sie nicht ohne ihn leben konnte.

Kapitel 11

Hätten sie uns angekündigt, dass sie kämen, dass sie es ernst meinten, uns zu zählen, bei Wind und Wetter oder den Staubstürmen Isiolos, die Volkszähler hätten ein anderes Majengo vorgefunden. Sie hätten eine Megalopolis vorgefunden, in der das Leben nur so brodelte, ein Stadtzentrum mit so vielen Einwohnern, dass es sie Monate gekostet hätte, uns alle zu zählen, wenn nicht sogar Jahre. Stattdessen waren sie nachts über uns hergefallen, nachdem sie das Ereignis allen außer uns echten Nanyukiern verkündet hatten – über das Radio, für das wir keine Batterien hatten, den *teevee*, für den es bei uns keinen Strom gab, und die Zeitung, deren einziges Exemplar bei uns in der Latrine bessere Verwendung fand, bevor noch alle sie gelesen hatten.

Zugegeben, die Regierung hatte den Chief beauftragt, uns von der Übung in Kenntnis zu setzen. Doch der Chief hatte sich der Aufgabe auf althergebrachte Weise entledigt, auf die koloniale Art, und die gesamte Bevölkerung an einem Tag zur *baraza* zusammengerufen, an dem wir Besseres zu tun hatten, als den Direktiven der Regierung zu lauschen. Hätte er uns nur an einem passenderen Tag zusammengerufen, an irgendeinem Tag außer von Montag bis Sonntag, dann wäre unsere Bevölkerung, allen voran die Schwarzbrauer und Kleinkriminellen, nicht zuhauf in die Berge geflüchtet, als sie die Polizei und die Regierungsbeamten kommen sah.

Wie es uns unsere Majengo-Natur vorschrieb, nahmen wir später kein Blatt vor den Mund, als wir ihre Inkompetenz beklagten, ihre mangelnde Rücksichtnahme gegenüber bescheidenen, gesetzestreuen *wananchi* und die Tatsache, dass sie nicht zählen konnten. Zum Beweis führten wir ihre falsche Arithmetik an, die dazu geführt hatte, dass wir weniger Mittel vom Staatlichen Entwicklungsfonds erhielten als ein Nachbarbezirk, in dem mehr Ziegen als Menschen lebten.

»Ihr seid dumm und könnt nicht zählen«, erklärten wir den Regierungsvertretern.

Dann erbaten wir, nein, wir verlangten eine neuerliche Zählung und eine offizielle Entschuldigung der Regierung. Unsere Ansprüche waren nicht das Einzige, das unsere Möglichkeiten überstieg.

Zu guter Letzt vernahmen die Regierungsvertreter unser Grollen, von weit her wie fernen Donner, und enträtselten es auch. Sie schwiegen lange Monate, derweil sie uns auf ihren abgenutzten amtlichen Karten suchten. Als sie uns schließlich ausfindig gemacht hatten, gerieten sie außer sich. Ausgehend von dem Lärm, den wir veranstaltet hatten, hatten sie ins Land einfallende Riesen erwartet und eine ganze Region, die in Flammen stand. Doch sie fanden nur ein unendlich weites Grasland, das hier und da mit vereinzelten Dornenbäumen, verstreuten Bauernhöfen und staubigen Townships durchsetzt war.

»Für wen haltet ihr euch?« Krachend schlugen sie vor unseren Augen ihr Kartenwerk zu. »Wir werden euch eine Lektion erteilen, euch kleinen, ignoranten und ungebildeten Faulenzern.«

Das konnten wir nicht so ohne Weiteres hinnehmen, nicht von einer Regierung, die zu wählen wir geholfen hatten und die nicht zählen konnte. Nanyukier ließen es nicht auf sich sitzen, wenn irgendwer sie als ignorante und ungebildete Nichtsnutze bezeichnete.

»Wir sind Nanyukier und stolz«, eiferten wir zurück. »*Nani kama sisi?* Wer kommt uns gleich? Uns gab es schon vor euch, und wir werden noch hier sein, wenn ihr schon längst Staub seid. Ihr stoßt uns nicht herum. Wir sind das Volk, das euch auf eure vornehmen Stühle gehievt hat. Wir werden euch als Nächstes bitten, uns eure Oberschulzeugnisse zu zeigen und auch eure Führungszeugnisse und all die akademischen Urkunden, die ihr nicht habt.«

Nach unserem Ausbruch schwiegen sie. Sie waren noch nicht daran gewöhnt, dass irgendwer, und schon gar keine selbst ernannte Großstadt, die nicht einmal mit einer Kathedrale aufwarten konnte und in der über die Hälfte der Bewohner barfuß herumlief, derart unverschämte Forderungen an ihre Zeit und ihr Geld stellte. In den alten Zeiten hätten sie Sondereinheiten und das Überfallkommando geschickt, um uns die aufgeplatzten Fußsohlen zu polieren. Doch war solch eine Aktion mit eiserner Faust nicht mehr erlaubt, und sie hätte nichts genutzt, weshalb sie beschlossen, uns mit Nichtachtung dem Vergessen anheimzugeben.

Als Ergebnis ihrer Unfähigkeit, einfach ein paar Zahlen zusammenzuzählen, vielleicht aber auch wegen unserer dreisten Unverschämtheit wurden unsere Straßen nicht gepflastert, wie vor dem Volkszählungstheater versprochen, und das Projekt zur Instandsetzung der Kanalisation wurde abgesetzt. Nicht, dass wir ihretwegen nicht schlafen konnten. Wir hatten es bisher auch ohne gepflasterte Straßen und ein Kanalisationssystem geschafft, mit denen sie lediglich die Liste schwieriger Dinge verlängerten, ohne die wir auch leben konnten. Dinge wie Freiluftküchen und Innentoiletten.

Nachfolgendes verärgertes Murren unsererseits wurde ignoriert oder mit dem alten, nur zu vertrauten Schweigen beantwortet. Das entmutigte uns nicht im Geringsten. Wir würden ein Stachel in ihrem Fleisch sein, bis wir bekamen, was uns zustand, was rechtmäßig uns gehörte. Ihre Dienste und ihre Aufmerksamkeit standen uns rechtmäßig zu, das hatten sie uns während ihrer politischen Kampagnen unentwegt erzählt. Auch Elektrizität hatten sie uns versprochen, Straßen, Kanalisation und wirtschaftliches Gedeihen, neben vielen anderen Dingen, und wir beabsichtigten, jedes einzelne ihrer Versprechen einzufordern, angefangen bei dem Versprechen eines lebenslangen monatlichen Freibetrages für jeden Mann, jede Frau und jedes Kind in Majengo. Wir würden nicht nachlassen, bis wir erhielten, was man uns schuldete. Wir waren Nanyukier. Und stolz. Und obendrein waren wir Laikipier, das großartigste Volk der Nation und im ganzen Universum.

Von dem Freibetrag seitens der Regierung hatte Rafiki noch nie gehört, doch schuldete man ihm seinen Berechnungen zufolge eine erhebliche Summe aus Lohnnachzahlungen, Taxifahrgeld, Transporten mit dem *mkokoteni,* dem Karren, und verschiedenen Boni. In gerade einmal zwei Wochen war er auf der Suche nach flüchtigen Kunden kreuz und quer durch die Stadt und ihr Umland gezogen und hatte eine beeindruckende Sammlung alter Haushaltgeräte zusammengetragen. Darüber waren die Sohlen seiner Schuhe dünn und seine Schulden bei den *piki-piki* riesig geworden. Es war an der Zeit, die ersten Früchte dieser harten Arbeit zu ernten.

»Boss«, ging er als echter Nanyukier seinen Arbeitgeber direkt an, »du schuldest mir diese Summe.«

Manu schaute von seinem Tischrechner hoch, warf einen Blick auf die lange Gegenstandsliste in Rafikis verbundener Hand, sah Rafiki an, dann wieder die Liste und schüttelte voll Unverständnis den Kopf. »Was ist mit deiner Hand passiert?«, fragte er.

»Spielt keine Rolle«, antwortete Rafiki. »Sieh dir die Liste an.«

»Sieht schlimm aus«, sagte Manu.

»Man hat versucht, mich auszurauben«, erklärte Rafiki. »Keiner glaubt, dass du mich nicht bezahlst.«

»Sie zahlen, ich zahle«, erinnerte Manu ihn mit seinem alten Mantra und wandte sich wieder seinen Berechnungen zu.

»Du schuldest mir auch Geld fürs Taxi«, fügte Rafiki mit Blick auf die Liste hinzu, die er am Vorabend zusammengestellt hatte, nachdem er sich beim *ugali*-Kochen die Hand verbrüht hatte.

Er hatte das Kochprojekt aufgegeben und war, nachdem er im Feuerschein die Liste seiner Außenstände verfasst hatte, hungrig schlafen gegangen. Es schien, als wäre auch der elektrische Strom seiner Frau zu ihrem Elternhaus gefolgt, und Wasser hatte Rafiki nur aus einem einzigen Grund: Es stammte aus einem Bach, der vom Mount Kenya herabfloss und durch seine *shamba* musste, wenn er zum Anwesen ihres Vaters gelangen wollte.

»Und du schuldest mir einen Bonus von zwanzig Prozent von zehntausend für den kleinen Kühlschrank«, las Rafiki von seiner Liste ab.

Manu schaute wieder auf. Er gab sich Mühe, das mit dem Bonus zu verstehen.

»Darüber hinaus schuldest du mir weitere zwanzig Prozent von sechstausend für dieses Ding da, was immer das ist, und weitere zwanzig …«

Manu schob seine Rechenmaschine beiseite und rieb sich aufgeregt die Augen.

»Was ist, Boss?«, fragte Rafiki. »Hat die *bibi* dich letzte Nacht nicht schlafen lassen?«

»Erstens«, antwortete Manu, »geht dich das gar nichts an. Zweitens habe ich nie irgendeinem Bonus welcher Art auch immer zugestimmt. Nicht zwanzig Prozent, nicht zehn Prozent, nicht null Prozent. Jede Provisionszahlung erfolgt auf der Basis des Wiederverkaufs und nicht auf Grundlage des Einzelhandelspreises der beschlagnahmten Haushaltgeräte. Ich … wir müssen etwas verkaufen, wenn du überhaupt eine Kommission bekommen willst. Für alles, das wir nicht wiederverkaufen, bekommst du …«

»Nichts?«

»*Theek hei?*«

Rafiki brauchte einen Augenblick, bis er begriff, was gerade geschehen war. Währenddessen ging er durch den Laden und betrachtete alle Haushaltgeräte, die er bislang beschlagnahmt hatte. Es war völlig unmöglich, daraus dreißigtausend an Kommission zu schlagen, selbst wenn er das ganze Zeug als Schrott verkaufte. Das brachte ihn fast zur Verzweiflung. Er musste anfangen, nützliche Dinge zu beschlagnahmen.

»Boss?« Er ging wieder zu Manu zurück. »Wo sind die Akten, Boss?«

Manu langte, ohne hinzusehen, nach dem Ordner und warf ihn auf den Tisch. Rafiki setzte sich ihm gegenüber auf den Besucherstuhl, blätterte die Verträge durch und konzentrierte sich dabei auf diejenigen, die jünger waren als ein Jahrzehnt.

Den Unterlagen zufolge sah es so aus, als wäre Manu kurz nach der Mieterrebellion pleitegegangen, bei der die Hausbesitzer von Majengo ihre Mieter an das Dorf Liki verloren. Ein Zufall? Kaum wahrscheinlich, dachte Rafiki. Die Schuldner hatten angenommen, zu Recht, wie sich herausstellte, dass man sie nicht ausfindig machen konnte, weil sie keinen festen Wohnsitz mehr hatten. Wahrscheinlich hatten sie ihre Verträge zerrissen und die Ratenzahlungen eingestellt, weil sie Nanyukier waren. Und stolz. Aber sie hatten die Rechnung ohne Rafiki gemacht.

»Wie alt diese Unterlagen wohl sind?«, fragte er sich beim Durchblättern des Ordners.

»Alt«, antwortete Manu.

»Hast du irgendwas, das nicht … alt ist?«

Erneut ohne hinzusehen, langte Manu in das Regal hinter seinem Schreibtisch, zog einen dicken verstaubten Aktenordner heraus und knallte ihn auf den Schreibtisch. Er blies den Staub weg und schob ihn über den Schreibtisch zu Rafiki hinüber. Rafiki blies den Staub zu ihm zurück und schlug den Ordner auf.

»Plot 9, Sector F«, las er laut. »Plot 5, Sector D, Plot 8, Sector B … hast du außerhalb Majengos überhaupt etwas verkauft?«

Manu drehte sich zu Manish um.

»Manish?«

»Huh?«

»Siehst du?«

»Huh«, gab Manish zur Antwort, den Blick unverwandt auf die Tür gerichtet.

Mit einiger Erwartung verfolgte Rafiki den kurzen Austausch, doch wie bei zahlreichen Anlässen zuvor konnte er sich über die Antwort nur wundern. Hatten sie nun oder hatten sie nicht?

»Ich brauche mehr als das«, verlangte er.

Manu griff, erneut ohne hinzusehen, nach hinten und holte einen anderen Ordner aus dem Regal. Es schien, als wüsste er genau, wo sich etwas im Laden befand. Mit Ausnahme der Gewinne. Er ließ den Aktenordner mit dem vertrauten, unheilverkündenden Krachen auf den Schreibtisch fallen, blies Rafiki den Staub ins Gesicht und schob ihn quer über den Tisch. Rafiki blies den übrig gebliebenen Staub zurück und öffnete den Ordner.

»Aha!«, dachte er und blätterte um.

»Das ist eher etwas«, sagte er. »Eine Verbrecherkartei. Einschließlich Fotos, Personalausweisnummern, Anschriften, Außenständen und versprochenen Zahlungen, nicht gezahlten Raten und ausstehenden Darlehen. Was du mir schon am ersten Tag hättest geben sollen.«

Er blätterte weiter. »Die Anschriften sind natürlich erfunden«, stellte er fest. »Die Personalausweisnummern sind auch verdächtig, so viel steht fest. Die Fotos … da bin ich mir nicht sicher, aber das kriegen wir raus.«

Zumindest hatte er jetzt eine Papierfährte, solide Beweismittel, mit denen er weitermachen konnte.

»Joeli Chenga?«, überlegte er und schaute sich ein Foto genauer an. »Ich glaube, ich kenne diesen Schurken. War der nicht mal … Kabinettsminister? Nein, das kann nicht sein, der war ein zu hohes Tier, als dass er bei einem *teevee* Schulden machen könnte. Aber ich kenne den mit Sicherheit. Und den hier auch und … «

Ein Schatten fiel über das Verbrecheralbum. Manu sah hoch und erblickte einen fremden jungen Mann, der neben ihnen stand. Rafiki schaute den jungen Mann kurz an, dann warf er einen Blick auf seine Uhr. »Warum bist du nicht in der Schule?«, fragte er.

»Mittagspause«, antwortete der junge Mann.

»Ich hab kein Geld fürs Mittagessen«, wies Rafiki ihn ab.

»Deswegen bin ich nicht hier«, erwiderte der Junge mürrisch. »Was ist mit deiner Hand passiert?«

Sie waren sich seit Wochen nicht begegnet, obwohl sie unter demselben Dach schliefen.

»Hab ich mir beim *ugali*-Kochen verbrannt.«

Manu räusperte sich vernehmlich. Rafiki ignorierte ihn.

»Was isst du?«, fragte Rafiki seinen Sohn.

»Ich komme zurecht«, antwortete der Junge.

»Und was willst du?«, fragte Rafiki ihn.

»Meinen Freunden gefällt überhaupt nicht, was du machst.«

»Wen kümmert es, was deine Freunde mögen?«

»Ich glaube auch, dass du unrecht tust«, sagte der Junge mit verdrossenem Gesicht. »Du nimmst den Armen und gibst den Reichen.«

»Erstens«, sagte Rafiki, dem sich bei dieser Unverschämtheit die Nackenhaare sträubten. »Das sind Zahlungssäumige, nicht einfach Arme. Zweitens, die Patels sind keine Reichen mehr. Willst du wissen, warum? Weil sich die Armen, um die du dir solche Gedanken machst, weigern, nach den Regeln zu spielen. Sie glauben, dass sie, weil sie arm sind, ihre Schulden nicht begleichen müssen. Aber so funktioniert es in der Geschäftswelt nicht. *Kula na kulipa*. Da gibt es keine Ausnahmen. Schulden sind keine Steuern. Außerdem braucht deine Schwester Geld für die Studiengebühren, und ich muss mich dir oder deinen Freunden gegenüber nicht rechtfertigen.«

Manu saß da, seine Hand schwebte über der Tastatur, er sah vom einen zum anderen und fragte sich, wer der junge Mann war.

»Mutter ist auch der Meinung, dass das, was du tust, unrecht ist«, sagte der Junge.

»So, so.« Rafiki war richtig außer sich. »Dann geh und sag ihr, dass sie nach Hause kommen und mir das selbst sagen soll. Und sie soll mein Bett und meine ganzen Möbel mitbringen, dann denke ich über ihre Ansichten nach.«

Diskussion vorbei. Das schien der Kommunikation zwischen Vater und Sohn ein Ende zu setzen. Rafiki wandte sich schwer atmend wieder seiner Verbrecherkartei zu, und sein Sohn floh so unauffällig aus dem Laden, wie er hereingekommen war.

Das ewige Getippe von Manus Tischrechner hatte aufgehört. Manu wartete auf Aufklärung.

»Siehst du, was du mir angetan hast?«, sagte Rafiki zu ihm. »Jetzt hasst mich sogar mein Sohn.«

Manu drehte sich zu Manish um.

»Manish?«

»Huh?«

»Hast du gesehen?«

»Huh.«

Dann machte er sich wieder an die Arbeit, und Rafiki studierte den Ordner. Die meisten Gesichter auf den Fotos kamen ihm irgendwie bekannt vor. Andere zeigten sogar Leute, die er gut kannte.

Kapitel 12

Die echten Laikipianer waren ein aufrechtes und stolzes Volk. Sie waren auch die echten Nanyukier, ein Volk, das langsam ausstarb, das vom Zustrom der Glücksritter und Goldgräber ausgelöscht wurde. Als uns klar wurde, dass wir gegen diese Sintflut und den Strom der Zeit nichts ausrichten konnten, schlossen sich einige Söhne unserer Stadt den Glücksrittern an, plünderten und raubten in einer wahren Orgie unsere natürlichen Ressourcen aus; brandschatzten und verkauften das Land, das dem Bezirk und der Stadt gehörte, dezimierten unsere natürlichen Wälder und ließen unsere stolzen Berge und die Flüsse nackt und blutend zurück.

Wer einen Rest Bewusstsein besaß, wer nicht mit Hingabe zerstören konnte, flüchtete sich ins Umland, auf seine zwei Acker Land und zu seiner Ziege, entschlossen, sich niemals wieder mit anderen gemeinzumachen oder zu mischen. Nur die härtesten Söhne unserer Stadt und jene wie Rafiki, die fühlten, dass sie zu bleiben verpflichtet waren, dass sie den gottgegebenen Auftrag hatten, Nanyuki vor sich selbst zu retten, hielten aus. Sie würden uns niemals im Stich lassen, und sollte uns auch die Welt übernehmen und in eine Weltstadt verwandeln. Wir würden durchhalten und, gemeinsam mit unseren Majengo-*jinnis* und den Geistern von Batian, Lenana und … dem andern da, tun, was zu tun war, um unser Erbe zu schützen. Wir waren Nanyukier und stolz.

»*Nani kama sisi?*« krähten wir heraus. »Wer kommt uns gleich?«

Uns kam niemand gleich. Wir konnten alles schaffen.

Rafiki beschloss, die Haushaltgeräte zum Laufen zu bringen, damit Manu sie verkaufen und ihm seinen Anteil auszahlen konnte. Das wollte er so tun, wie er seine Gitarre dazu gebracht hatte, für ihn zu arbeiten: indem er zunächst daran glaubte, dass er es könnte, und anschließend hinging und an dem Gerät herumwerkelte, bis es seinen Widerstand aufgab.

Mit diesem Wissen ausgerüstet, machte er sich über den Berg Geräte her. Mit seinen rostigen Zangen und den verbogenen Schraubenziehern schraubte er zielstrebig zusammen und auseinander, zog fest und lockerte und wirbelte Teile und Schrauben und Bolzen und Muttern durcheinander, bis er davon überzeugt war, dass es, abgesehen von ihrer schlichten Dickköpfigkeit, keinen Grund gab, weshalb die Geräte nicht funktionieren sollten. Nicht eines funktionierte.

Er machte dasselbe noch einmal und erzielte dasselbe Ergebnis. Schließlich entschied er sich, nach mehreren frustrierenden Tagen, die Haushaltgeräte eine Weile in Ruhe zu lassen. Sie mochten irgendwann wieder funktionieren, wie es einst bei der Bandausrüstung geschehen war, die er repariert hatte.

Er stellte seinen Werkzeugkasten beiseite, legte den Öllappen weg und wandte sich wieder den Akten zu. Der erste Vertrag aus den Schuldnerakten war fast völlig zerfallen. Die meisten Verträge hatten in Sackgassen geführt, manche sogar buchstäblich. Die restlichen hatten die Ansammlung Ramsch eingetragen, die sich jetzt auf Rafikis Arbeitstisch türmte und drohte, auch Manus Hinterzimmer zu verschlingen. Manu fing schon an zu murren und fragte sich, wann Rafiki mit Dingen ankommen würde, die nicht der blanke Schrott waren.

»Bald«, versicherte Rafiki.

Er saß ihm gegenüber am Tisch und blätterte eine alte, verstaubte Akte durch. »Das ist hoffnungslos«, sagte er bei sich, während er umblätterte. »Mister Twiga Mrefu aus Plot G7, Majengo, Nanyuki? Das ist erfunden, Boss. Erstens gibt es in Majengo kein Plot G7. Zweitens gibt es überhaupt keinen Sector G. Und dann jemand, der Twiga Mrefu heißt? Große Giraffe? Ehrlich, Boss, hast du nicht nach dem Personalausweis gefragt?«

Mit anklagendem Finger zeigte Manu auf Manish.

»Ihr habt zu viel Vertrauen«, sagte Rafiki.

Manu wies mit anklagendem Finger auf ihn.

»Der Unterschied ist nur, dass ich ehrlich bin«, erwiderte Rafiki. »Und bislang habe ich noch kein Geld von euch genommen. Dabei schuldet ihr mir sogar noch Transportkosten.«

Das Telefon läutete. Sie suchten in ihren Taschen. Es war Rafikis. »Man Guitar«, sagte er volltönend, wie immer, wenn er guter Stimmung war. »Wer? Nein, ich spiele nicht mehr Gitarre. *Ati* wer? Nein, ich will in keiner Band spielen. Niemals. Da gibt es nichts zu besprechen. Auf Wiederhören. Und ruf nicht wieder an.« Er legte auf. »Weißt du, Boss«, sagte er. »Du solltest deinen Klingelton ändern. Ich würde meinen ändern, aber ich weiß nicht wie.«

»Geht mir genauso«, antwortete Manu.

Rafiki schob die Papiere zur Seite und zog einen Stapel Fotos heran, die er aus der Verbrecherkartei ausgewählt hatte. Er hatte die Schuldner neu klassifiziert, nach der Summe, die sie schuldeten, anschließend ihre Fotos nach Rangfolge des Betrugs neu geordnet, mit den offensichtlichsten Schwindlern, Meja Mwangi befand sich darunter, ganz unten im Stapel. Derjenige, der die größten Schulden hatte, war der Meistgesuchte, war die Nummer eins. Er mischte die Fotos wie ein Kartenspiel und überlegte, wen er als Nächsten verfolgen sollte, als Manu sich räusperte.

»Rafiki?«, rief er herüber.

»Was ist?«

»Sitz nicht einfach rum; nimm dir einen Lappen und wisch auf Manishs Schreibtisch Staub.«

Rafiki hielt verdutzt inne. Nichts, was ihm in diesem Augenblick durch den Kopf schoss, brachte er über die Lippen. Manu hieb weiter auf seinen Tischrechner ein, fluchte in Hindi vor sich hin und warf Akten hin und her. Dabei blickte er nicht einmal auf, um zu sehen, ob Rafiki gehorchte. Rafiki verstand inzwischen das eine oder andere Wort, das er sagte, und schlussfolgerte daraus, dass es keine netten Worte waren. Er stand auf, zog sich an seinen Arbeitstisch neben der Tür zurück und schob seine Fotos hin und her.

»Manish?«, hörte er Manu rufen.

»Huh?«, antwortete Manish.

»*Theek hei*?«

»Huh«, kam es von Manish.

Rafiki wusste, was das hieß.

»Hunger?«, fragte Manu seinen Bruder, wobei er weiter seine Rechenmaschine bearbeitete.

Manish schüttelte den Kopf.

»Rafiki«, rief Manu als Nächstes. »Nimm das Geld und kauf Manish etwas zu essen.«

»Der Mann hat gesagt, dass er keinen Hunger hat«, erklärte Rafiki.

Manu schaute erschreckt auf, drehte sich zu Manish um und wiederholte seine Frage. »Du hast Hunger, oder?«

Rafiki war zur Tür hinaus, bevor Manu seine Antwort bekam.

Kata Kona war nicht da, und Rafiki fühlte sich versucht zu glauben, dass er diesmal seine Drohung wahr gemacht, sein *piki-piki* verkauft und sich auf den Weg zu seiner *miraa*-Pflanzung in Maua begeben hatte. Mit seinem freundlichen Lächeln und aufrichtigen Versprechungen überredete Rafiki einen anderen Fahrer, sein ständiger Taxifahrer zu werden. Der Mann hieß Ero, war Neuling im *piki-piki*-Geschäft und kannte weder die Gerüchte, die sich um Rafiki rankten und von den Motorradtaxifahrern wie Mist verbreitet wurden, noch die ablehnende Haltung ihm gegenüber.

Rafiki traf ihn mit Kollegen schwatzend am Taxistand am Jubilee Park und sprang auf den Sozius.

»Ero, *twende*«, sagte er wie immer ohne Einleitung. »Hör nicht auf diese Klatschbasen.«

Ero zögerte. Rafiki hatte ihm eine Menge versprochen, doch bis jetzt nichts bezahlt. Und was er inzwischen von den anderen Taxifahrern über Rafiki, seine Frau oder seine Arbeit gehört hatte, war ihm nicht geheuer.

»Was denn?«, fragte Rafiki ihn.

»Dir ist klar, dass du mich seit zwei Wochen nicht bezahlt hast?«, antwortete Ero.

»Ich weiß.«

Ero hatte drüben in Laisamis seine Kühe verkauft, von dem Geld sein erstes Motorradtaxi erworben und war dankbar für jede Bezahlung, sein langfristiger Plan bestand aber darin, weitere Motorräder anzuschaffen, sie an andere Fahrer zu vermieten und dadurch schließlich das *piki-piki*-Geschäft in ganz Laikipia und Umgebung in die Hand zu bekommen.

»Ero, der Plan ist gut«, hatte Rafiki bestätigt. »Machen wir uns an die Arbeit.«

»Ohne Bezahlung kann ich nicht arbeiten.« Obwohl seine Rinder und Kamele in der Gegend von Samburu weideten, war er nach Ansprüchen und Möglichkeiten durch und durch Nanyukier.

»Ich bin auch seit zwei Wochen nicht bezahlt worden, und trotzdem arbeite ich weiter«, belehrte Rafiki ihn. »*Twende kazi.* Machen wir uns an die Arbeit. Sobald die Patels zahlen, bezahle ich.«

»*Hii mambo yenu na Patel?* Warum machst du mit den Patels gemeinsame Sache gegen uns?«

»*Mambo gani?* Wen meinst du mit *uns*?«

»Deine eigenen Leute.«

»Bei meinen Leuten ist es nicht üblich, zu essen und sich dann aus dem Staub zu machen«, erklärte Rafiki. »Sie essen, sie bezahlen dafür. *Kula na kulipa.* Hast du für dein Motorrad bezahlt?«

Ero erstickte fast an seinen Worten. »*Haki ya Mungu*«, fluchte er auf Samburu. »Wenn du mein *piki-piki* anrührst, bring ich dich um.«

Und er meinte das.

»Ich bin nicht hinter deinem Motorrad her«, versicherte Rafiki ihm. »*Twende kazi.* An die Arbeit!«

Ero war während seiner Zeit bei der Polizei für Viehdiebstähle zuständig gewesen und hatte bewaffnete Rinderdiebe zu Pferd und zu Fuß durch den Wüstensand verfolgt. Er fürchtete niemanden, war aber gleichzeitig Geschäftsmann und hatte einen Plan, der bedeutender war als Rafiki und seine Probleme. Er ließ das Motorrad an und rollte vom Parkplatz auf die Main Street in Richtung Süden. »*Wapi?*«, fragte er über die Schulter. »Wohin?«

Rafiki zog sein erstes Foto hervor und hielt es dem Fahrer über die Schulter vor das Gesicht.

»Kennst du diesen Mann?«, fragte er ihn.

Ero vollführte eine scharfe Kehrtwende und gab Gas in die entgegengesetzte Richtung. Rafiki fragte sich beunruhigt, ob er zum Taxistand zurückfahren und ihn auffordern würde, vom Motorrad zu steigen, aber das Taxi bog stattdessen links ab und donnerte die Hospital Road hinunter. Weiter unten bogen sie in eine Straße ein, die früher einmal asphaltiert gewesen, inzwischen aber nur noch ein schmutziger Pfad war. Dann ging es auf einer ebenso ausgefahrenen Seitenstraße weiter um Müllberge herum und an Schlaglöchern vorbei, in denen das Abwasser stand, und so immer fort. In der folgenden Stunde sprach er kein einziges Wort und bescherte Rafiki einen wilden Ritt durch ein Nanyuki, das er zu kennen glaubte, nach dem er sich aber jetzt nicht zu fragen traute. Als das *piki-piki* schließlich anhielt, war Rafiki irgendwo in der Nähe des Nanyuki River und hinter dem muslimischen Friedhof gelandet und fragte sich, warum sie angehalten hatten. Ero zeigte auf eine Gestalt, die sich unter einem Baum über ein rauchendes Feuer beugte. »Joeli«, sagte er.

»Sicher?« Rafiki zögerte.

»Frag ihn.«

Rafiki stieg ab.

»Warte hier«, sagte er überflüssigerweise, dann näherte er sich vorsichtig dem halbnackten Mann, der unter dem Baum saß. Der Mann drehte sich um, als er Rafiki kommen hörte, und musterte ihn.

»*Jambo,* Rafiki«, empfing er ihn mit einem ausgemergelten, graubärtigen Lächeln.

»Joeli«, sagte Rafiki unsicher, »bist du das?«

Der Mann war alt, verbraucht und völlig ergraut. Nichts an ihm deutete darauf hin, dass er der Joeli war, den Rafiki aus seiner Jugend kannte.

»Was tust du hier?«, fragte Rafiki.

»Ich wohne jetzt hier.«

»Und was ist mit deinem großen Haus?«

»Mein Haus?« Er lachte. Ein trauriges, altes Wiehern, das alles sagte.

Joeli war ein waschechter Sohn unserer Stadt und gehörte zu den ersten Nanyukiern, die sich aus Majengos eisernen Klauen befreiten, ein Auto kauften und auf der den Weißen vorbehaltenen Lunatic Lane ihr eigenes Haus bauten. Bis dahin war das etwas Unerhörtes gewesen und für einen, der in Majengo geboren und aufgewachsen war, zugleich unvorstellbar, Majengo hinter sich zu lassen und zu den weißen Siedlern überzulaufen. Und um die Beleidigung mit einer Demütigung zu krönen, war Joelis Herrenhaus größer als Majengos County Hall, höher als eine Kirche und imposanter als jedes Gebäude, das je ein Siedler in Nanyuki errichtet hatte. Es war so riesig, dass die Leute es bei ihren Wochenendausflügen anschauen gingen, und viele dachten, er baute ein Hotel. Etliche Jahre später und nach der Mieterrebellion, aus der Liki Village hervorgegangen war, glaubte jeder arme Schlucker, dass auch er sich so ein Herrenhaus bauen konnte. Joelis Koloss wurde imitiert, kopiert und mit Lehm, Ziegeln, Holz, Pappe, Plastikplanen und Sackleinen und allem nachgebaut, das der stürmischen Gewalt des Ol Pejeta Express standhalten konnte.

»Das gehört jetzt der Frau«, sagte Joeli. »Der Frau gehört alles, die Kinder mitgerechnet.«

»Auch der *teevee*?«, fragte Rafiki.

»Alles.«

»War es ein Sony?«

Joeli versuchte sich zu erinnern, stützte das Kinn in die Hand und starrte in den Baum über sich wie ein Philosoph, der über das Gewicht des Universums grübelt.

»Weißt du was?« Er hörte sich etwas überrascht an. »Ich habe das ganze Zeug gekauft und weiß es nicht mehr.«

Nicht, dass er sich daran erinnern wollte, gab er zu. Die Vergangenheit war vergangen, und er war mit ihr fertig. Er war, ohne jede Anstrengung seinerseits, zur wahren Glückseligkeit gelangt. Er hatte keinerlei Sehnsüchte oder Wünsche oder Träume oder Erinnerungen mehr.

»Versuch's auch«, riet er Rafiki. »Es ist befreiend.«

Rafiki brauchte diese Art Freiheit nicht.

»War er von Patel?«, fragte er.

»Wer?«

»Der *teevee*?«

»Ist so lange her«, antwortete Joeli.

»Na ja, viel Glück dann.«

Rafiki wandte sich zum Gehen. Joelis Glückseligkeit ungeachtet, fühlte er sich mit diesem Szenario nicht wohl. Erleben zu müssen, dass der Mann, der einst der Gegenstand des Neids der Nanyukier gewesen war, zu einem halbnackten, verrückten Einsiedler geworden war, flößte ihm Angst ein. Das war Verrat an allem, was jedem echten Nanyukier wichtig war: sein Stolz. Die weißen Siedler und ihre Kolonialregierung hatten es nicht geschafft, die Nanyukier in die Knie zu zwingen, ihre Nachfolger hatten es nicht geschafft, den Vermietern und Hausbesitzern war es nicht gelungen, und so würde es jedem ergehen, der es versuchte. Zwischen den Nanyukiern und dem Stolz gab es einfach keinen Raum für Kapitulation.

Rafiki eilte von dort fort, entschlossen, eine so große Distanz, wie er nur konnte, zwischen sich und Joelis Versagen zu bringen.

»Rafiki«, glaubte er den Mann sagen zu hören, »das mit deiner Frau tut mir leid.«

Er blieb stehen. Fast hätte er Joeli gefragt, wie er davon erfahren hatte, doch es spielte eigentlich keine Rolle. Es würde ihn nur noch mehr aufregen, ließe Fragen in ihm hochkommen, für die es keine richtigen Antworten gab. »Sie wird zu mir zurückkehren«, sagte er stattdessen.

»Hast du irgendetwas?«, fragte Joeli ihn. »Ich habe sehr lange nichts mehr gegessen.«

»Ich auch nicht«, antwortete Rafiki. Er machte ein paar Schritte und blieb stehen. Er hatte gelogen. Er besaß etwas. Gemessen an

Joelis Standard, besaß er wahrlich eine Menge. Er hatte Arbeit, ein Haus und eine Frau. Er besaß sogar eine Zwanzigshillingmünze, die er schon so lange in seiner Hosentasche mit sich herumtrug, dass sie fast aufgegeben hatte, auf Gesellschaft zu warten. Die Münze war zu wenig, um seine Schulden zu bezahlen oder irgendetwas zu kaufen, doch der Mann hätte vielleicht Verwendung für sie.

»Ich weiß nicht, was du damit anfangen kannst«, sagte er und brachte sie Joeli. »Das ist alles, was ich habe.«

Joeli bedankte sich überschwänglich bei ihm, dann vergrub er die Münze in der Asche vor seinen Füßen.

»Weißt du, ob deine Frau noch deinen *teevee* besitzt?«, fragte Rafiki ihn.

Er zuckte mit den Schultern. Es bedeutete ihm nichts mehr. Er hatte ihr alles überlassen, statt darum zu kämpfen, und war hierher unter den Baum gezogen. Damit ihm nichts von diesem Kram je wieder etwas bedeuten konnte.

»Ist das dein Radio?«, fragte Rafiki, als sein Blick auf den Apparat fiel, der an der Schlafstelle halb von einem Laken verdeckt wurde.

»Meine einzige Gesellschaft«, antwortete Joeli.

»Hast du es bar bezahlt?«

»Nein«, antwortete er.

Er hatte es in einer Mülltonne gefunden, in der er die meisten Dinge fand, die er benötigte, einschließlich der Nahrung. Rafiki hob das Radio auf und entdeckte, dass es sich in erstaunlich gutem Zustand befand. Er staunte noch mehr, als er am Knopf drehte und Musik aus dem Radio plärrte.

»Gospelmusik«, wunderte sich Rafiki.

»Wenn man allein unter einem Baum haust ...« Joeli ließ es dabei bewenden.

Rafiki überprüfte die Seriennummer. Welches Vorleben das Radio gehabt, welche Abenteuer es überstanden haben mochte, bevor es zu Joeli gelangte, es hatte diese Reise von den Patels aus angetreten. Den Unterlagen zufolge war es an einen aus der Reihe von Manus erfundenen Schuldnern aus einem realen Ort verkauft worden, den man als Rogone aus Mukogodo kannte. Rafiki brauchte einen Augenblick, bis er seine Bedürfnisse gegen die Joelis abgewogen hatte. Seine Not gewann den Wettbewerb überlegen. Er brauchte sein Leben und seine Frau wieder. Alles, was Joeli wirklich brauchte, waren sein Baum und sein Müllfeuer.

»Dieses Radio gehört dir nicht«, sagte er zu Joeli. »Es gehört Patel. Ich bezweifle, dass du dich an ihn erinnerst, aber es gehört rechtmäßig ihm, und ich muss es ihm zurückbringen.«

»Wirklich?«, fragte Joeli.

»Ja.«

Joeli schwankte auf seinem Sitz vor und zurück, und offensichtlich nahm er das Bevorstehende als weitere Unvermeidlichkeit des Leben hin. Rafiki hatte erwartet, dass er einen Streit vom Zaun brechen, diskutieren und sich weigern würde, sich von seiner einzigen Gesellschaft zu trennen.

»Ich sag dir was«, meinte Rafiki. »Ich kaufe es dir ab.«

»Wie viel?«

»Wie viel willst du?«

»*Elfu kumi*«, sagte Joeli, ohne zu zögern.

»Zehntausend?« Rafiki traute seinen Ohren nicht. »Bist du auch noch verrückt geworden?«

»Du hast mich gefragt.« Joeli lächelte, ein dünnes, altes Lächeln. »Nimm's einfach. Ich kann auch ohne leben.«

Rafiki gab ihm sein Radio zurück und floh eilends zu seinem *piki-piki*-Taxi.

»Woher wusstest du, wo du ihn findest?«, fragte er.

»Ich war Polizist.« Ero ließ das Motorrad an und fuhr den Weg zurück, den sie gekommen waren.

»Wir könnten gut zusammenarbeiten«, sagte Rafiki.

Ero hatte anderes im Sinn. Sein Traum war viel größer und ambitionierter als alle Träume, die Rafiki je träumen konnte. Er würde in Nanyuki und ganz Laikipia sein *piki-piki*-Taxireich errichten. Anschließend, so verkündete er ihm mit großer Überzeugung, würde er in Isiolo eine Motorradfabrik bauen und seine eigenen Motorräder herstellen. Seine *piki-pikis* würden besser und billiger als alle Importe aus China sein und in allen nördlichen Bezirken die Vorherrschaft erringen. Dennoch, sein ultimatives Ziel bestand darin, Gouverneur und absoluter Herrscher von Samburu zu werden.

Kapitel 13

In den alten Zeiten befand sich das einzige Telefon weit und breit in einer Zelle vor dem altertümlichen kleinen Post Office, meilenweit von der Main Street entfernt. Es handelte sich um eins dieser *koroga,* der rätselhaften Ungeheuer, bei dem wir erst die Messingkurbel drehten und dann abwarteten, dass der Telefonist aufwachte und uns erklärte, wie viel Geld wir in den Schlitz werfen sollten, um den Anruf tätigen zu können. Meistens war mehr Geld erforderlich, als wir besaßen. Viele echte Nanyukier waren überrascht, dass wir für ein Telefongespräch bezahlen sollten, glaubten wir doch wahrhaftig, man müsste nur am Telefonmast hinaufklettern und dicht an den Telefondrähten sprechen, wollte man in Gikuyu, Kisumu und Kismayu gehört werden.

Die Telefonisten, die einzigen Menschen, die uns hätten aufklären können, saßen irgendwo weggesperrt an einem geheimnisvollen Ort in den Eingeweiden des Post Office, wo sie vor den Mau-Mau und uns geschützt waren. Es gab keinen anderen Weg, mit ihnen in Verbindung zu treten, als *koroga,* das Ding mit der Messingkurbel, wachzurütteln und in einen Kelch zu brüllen.

Dann kamen die Mobiltelefone auf. Ähnlich den *piki-piki*-Taxis, die in uns allen den Wunsch weckten, uns zu erheben und irgendwohin zu begeben, gar Verwandte zu besuchen, die überhaupt nicht besucht werden wollten, lösten die Mobiltelefone das Verlangen in uns aus, mit Menschen zu reden, die überhaupt nicht angesprochen werden wollten. Es war eine Revolution wie nie eine andere. Wir riefen Leute an, die bis dahin glücklich gewesen waren, dass sie nichts von uns hörten. Wir riefen in der benachbarten Stadt an und überall im Land. Wir riefen jeden an, der uns einfiel, nur um ihn mit unseren Neuigkeiten zu belästigen. Wir riefen unsere Verwandten und unsere Freunde an und die Freunde unserer Freunde. Wir telefonierten und telefonierten, bis sie uns die Telefone sperrten. Da klopften wir beim Nachbarn an und fragten, ob sie etwas zu essen für uns übrig hätten.

Ero sprach in sein Mobiltelefon, als Rafiki von der Entdeckung des neuen, sorgenfreien Joeli zurückkam. So wie er schrie, konnte es sein, dass er mit jemandem redete, der sich in North Horr oder noch weiter nördlich aufhielt. Er schien verärgert und ruderte mit den Armen, vollführte zustechende und aufschlitzende Gesten. Aus eigener Erfahrung erriet Rafiki, dass der Mann mit seiner Frau oder seinen Schwiegerleuten sprach. Rafiki wartete ab, bis Ero sein Gespräch beendete, dann sprang er auf den Sozius des Motorrades. »Ero, *twende*«, sagte er.

»Wohin?«, fragte Ero.

Ero war ein guter Mensch, wie die meisten *piki-piki*-Fahrer. Er war rundum ein Mensch, dem Geld weniger bedeutete als Menschen, solange die *bibi* keine Schwierigkeiten machte. Der Anruf seiner Schwiegereltern hatte ihn durcheinandergebracht. Er schaute sich um und murmelte etwas vor sich hin, als wüsste er nicht, wo er sich befand oder was er dort tat. Rafiki suchte das nächste Foto aus seiner Sammlung, langte über Eros Schulter und hielt es ihm vors Gesicht: »Kennst du den?«

Der Mann starrte einen Augenblick lang auf die Fotografie, dann schüttelte er den Kopf. Rafiki zeigte ihm die nächste.

»Nein«, sagte er.

»Du warst doch mal Polizist«, warf Rafiki ein.

»Beim Viehdiebstahl«, erwiderte er. »Nicht bei der Kriminalpolizei.«

»Was ist mit dem?«, versuchte es Rafiki.

»Ich bin jetzt Taxifahrer«, antwortete Ero schroff.

»Kein Grund, Schwierigkeiten zu machen«, beruhigte Rafiki ihn. »Ich weiß, was du jetzt tust. *Twende* Majengo.«

Majengo war immer eine gute Wahl. Wenn dort jemand ein Haushaltgerät besaß, bestand eine gute Chance, dass es von Patel kam und nicht abbezahlt war. Außerdem wusste er, was er von den Einwohnern Majengos zu erwarten hatte – Lächeln und Händeschütteln und einen großen Berg Lügen. Alles Dinge, mit denen er fertig wurde. Was er nicht aushielt, das waren die Heulbojen und die Jammerlappen, die auf die Knie fielen und um Vergebung flehten, und jene, die ihm ihre elenden Lebensgeschichten erzählten. Wollte man manchen von ihnen Glauben schenken, waren sie seit der Geburt mehrmals gestorben und hatten alles nur überlebt, damit sie nun die Haushaltgeräte nicht bezahlen konnten.

Rafikis Begegnung mit dem Chief und seinen Bütteln hatte erstaunliche Ergebnisse gebracht. Jetzt wusste jeder in Majengo, dass Rafiki und der Chief auf derselben Seite standen, wenn nicht sogar zur selben Diebesbande gehörten. Warum sonst war Rafiki immer noch auf freiem Fuß und konnte ihre *jikos* beschlagnahmen, wo er doch bei den anderen Dieben im Gefängnis sitzen sollte? Und wenn sie dann zum Chief rannten und jammerten, dass Rafiki ihnen ihre Sachen gestohlen hatte, verlangte der Chief, sie sollten erst beweisen, dass sie sie bezahlt hatten, bevor er etwas unternahm. Er riet ihnen, zu Patel zu gehen, wo sie so lange nicht mehr gewesen waren, dass sie vergessen hatten, wie er aussah, und eine Abmachung auszuhandeln.

»Das ist der Rat eines *wazimu*, eines Wahnsinnigen«, beschwerten sie sich. »Wir regeln das auf unsere Weise.«

Jetzt versteckten sie die Sachen, sobald Rafiki gesehen wurde, oder griffen zu den *pangas*, um sie zu verteidigen.

»*Mama wapi jiko?*«, fragte Rafiki eine Frau, die er verdächtigte, einen unbezahlten Kocher zu beherbergen. »Wo ist der Kocher?«

»*Ati jiko?*«, lautete die übliche Antwort. »Welcher Kocher?«

»Erzähl mir nicht, dass du nicht kochst.«

»Was heißt hier kochen?«

Rafiki warf einen Blick auf seine Unterlagen, studierte einen argwöhnischen Augenblick lang die Akte. »Bist du die Frau von Mswaki Moja?«

»*Ati Mswaki Moja?*«, fragte sie zurück. »*Sijui yeye.*«

»Du hast mir gesagt, dies sei sein Haus.«

»*Sijui*«, antwortete sie. »Ich weiß es nicht.« Sie fegte weiter den Hof und wünschte sich, dass er ginge. Sobald Rafiki gesichtet wurde, eilten plötzlich alle aus ihren Häusern und fegten den Hof. So konnten sie die Türen geschlossen halten und ihn raten lassen, wer wo wohnte. Rafiki war mit dieser Taktik vertraut. Sie wollten sich nicht an einfache Tatsachen erinnern oder geradeheraus auf direkte Fragen antworten. Und meistens war die Tür des Hoffegers die einzige, die nicht mit einem Vorhängeschloss versperrt war.

»Unseren Unterlagen zufolge«, setzte Rafiki an, und seine Stimme klang ernst und geschäftsmäßig, »kaufte dein Mann einen *teevee*, einen Kühlschrank, ein Sofa und eine Spülmaschine.«

Die Frau schaute unvermittelt auf.

»Eine was?«

»Eine Spülmaschine«, antwortete Rafiki. »So ein Ding, das, du weißt schon … Geschirr spült.«

»Ich bring ihn um«, sagte sie.

Rafiki warf erneut einen verstohlenen Blick in ihr Zimmer, das einzige, das nicht mit einem Vorhängeschloss gesichert war. Er entdeckte nichts, was auf eins der Geräte deutete, denen er nachjagte. Mswaki Moja würde einiges erklären müssen, wenn er nach Hause kam.

»Ero. *Twende.*« Er sprang auf das *piki-piki.*

»*Wapi?*« Der neue Fahrer musste sich erst noch an Rafikis Art gewöhnen.

»Sag ich dir, wenn wir dort sind«, sagte Rafiki. »*Songa.* Fahr los.«

Sie fuhren die Strecke zurück, auf der sie gekommen waren. Noch unerfahren, kurvte Ero nur zögerlich um Abfallhaufen und Abwasserpfützen.

»*Twende*«, drängte Rafiki. »*Kanyanga chuma!* Schneller!«

In solchen Momenten vermisste er seinen alten, treuen Fahrer. Kata Kona mochte *kichwa ngumu,* starrköpfig, sein und manchmal auch streitsüchtig, aber er wusste, wie man durch die Straßen Majengos navigierte.

»Links«, bedeutete ihm Rafiki, als sie an das Ende der Straße gelangten.

Tief im Innern seines Schädels meinte er mitunter Radios und Fernseher zu hören, so klar und deutlich, dass er sich manchmal Sorgen machte, und dazu noch den einen oder anderen Kühlschrank, der in seinem Versteck vor sich hin summte.

»Bieg hier ab«, sagte er.

Sie holperten durch eine weitere faulige Seitenstraße, die so stark nach verrottendem Abfall und aufgestautem Abwasser stank, dass es wie in der Brauerei des Teufels roch. Das Geräusch, das nur Rafiki hören konnte, ertönte jetzt lauter und näher in seinem Kopf, bis es schließlich auch der *piki-piki*-Fahrer hörte.

»Stopp!«, rief Rafiki.

Sie standen vor einem offensichtlich verlassenen Haus, das von einer *mabati*-Mauer eingeschlossen wurde. Das Wellblech war von Rost bedeckt, und der Ort schien verlassen, abgesehen vom Klang der Radio- oder Fernsehübertragung eines Fußballspiels, der jetzt in großer Ferne ertönte, und dem Geruch nach bratendem Fisch.

»Warte hier.« Rafiki stieg ab.

So wie es aussah, war das Tor seit der Mieterrebellion nicht mehr benutzt worden und verschlossen eingerostet. Rafiki war auf der Rückseite herangefahren und hatte auch dort keinen Eingang gesehen. Wie viele andere waschechte Nanyukier auch war Rafiki mit abschreckenden Geschichten über *jinnis* und andere Geister aufgewachsen, die verlassene Häuser besetzten und sie vor Eindringlingen schützten. Er wandte sich ab und wollte bereits wieder fortgehen, als er sich aus einer Eingebung heraus bückte und durch ein Loch in der *mabati*-Mauer sah.

Ein kleines Mädchen spielte einsam im Staub eines sauber scheinenden Hofes Himmel und Hölle, während eine riesengroße, schwergewichtige Frau in einem riesengroßen Kleid auf einem Holzkohle-*jiko* Fisch briet. Sie rauchte ihre Zigarette wie eine taffe Marktmama, die Glut im Mund. Seit den Zeiten vor der Mieterrebellion, nach der die hartgesottensten Bewohner Majengos nach Liki Village ausgewandert waren, um dort einen Staat der Abtrünnigen zu gründen, hatte Rafiki keine Frau mehr auf diese Weise eine Zigarette rauchen sehen. Das bedeutete in der Zeichensprache der großen, dicken Marktmamas: »*Das darfst du nicht anfassen.*« Doch sahen das spielende Mädchen und die Frau immerhin so menschlich aus, dass weitere Nachforschungen gerechtfertigt schienen.

»Warte hier«, sagte Rafiki dem Fahrer. »Wenn du mich schreien hörst, dann komm gerannt.«

Wenn die große, dicke Marktmama wirklich eine *jinni* war, dann würde selbst ein Schwadron *piki-piki*-Jungs nicht ausreichen, dachte er, als er über das Tor kletterte. Geräuschvoll landete er auf der anderen Seite. Das Mädchen sah hoch und schrie.

»Rafiki!«

Im ganzen Hof brach hektisches Treiben los. Rafiki hatte durch das Loch in der Mauer die anderen Leute im Hof nicht sehen können. Ein Mann schlief im Schatten unter einem Laken, mehrere andere lauschten der Übertragung des Fußballspiels, die aus einem Radio tönte, das ein kräftiger Mann in kurzen Hosen, ohne Hemd und mit Sandalen aus Raupenschlepperreifen an den Füßen in der Hand hielt. Als das Mädchen aufschrie, streckte der schlafende Mann in panischer Angst seinen Kopf unter dem Laken hervor. Der Mann mit dem Radio drückte das Gerät einem anderen in die Hand und stürzte davon. Der Mann, der jetzt das Radio hielt, gab es an den nächsten weiter, der wiederum an den nächsten, und jeder flüchtete hinter das Haus. Da ihm nichts Besseres einfiel, schob der letzte das Radio der schwergewichtigen Marktmama unter den ausladenden Rock und rannte den anderen hinterher.

Gelassen griff die Frau unter ihren Rock und schaltete das Radio ab. Der schlafende Mann zog sich in dem Augenblick, in dem Rafiki den Hof betrat, das Laken wieder über den Kopf.

»*Jambo,* Rafiki«, begrüßte ihn die Frau und blies wie ein Diesellastwagen Zigarettenrauch aus dem Mundwinkel.

»*Jambo, mama*«, sagte er und schaute sich verwirrt im Hof um. Er hatte Bewegung und Durcheinander gehört, und nicht alles konnte von dem Mann stammen, der da unter dem Laken lag und so tat, als schliefe er. Auch hatte er deutlich ein Radio gehört.

Wo also war es? Der umherirrende Blick des hopsenden Mädchen verriet es.

»*Mama*«, sagte Rafiki zur Frau. »Der *piki-piki*-Mann am Tor möchte gebratenen Fisch kaufen.«

Prompt griff die Frau zu einem Tablett mit gebratenem Fisch und lief los, ihn zu verkaufen. Rafiki nahm das Radio an sich und verschwand hinter dem Haus.

»Ernsthaft, Boss«, sagte er, als er wieder im Laden war und Manu ein funktionierendes Radio präsentierte. »Ich brauche einen Gehaltsvorschuss.«

Manu zeigte auf den leeren Tresor.

»Kann ich wenigstens etwas Geld für die Transportkosten bekommen?«

Ero, sein neuer Taxikumpel, hatte Rafiki gerade ein Ultimatum gestellt. Er würde sein Motorrad auf keinen Fall aufgeben und zum stressfreien Leben eines Kamelzüchters in Laisamis zurückkehren. Rafiki und er waren nicht einmal entfernte Verwandte, und er sah keinen Grund, sich so weit zu verausgaben, dass er sich aus seinem Kamel- und Ziegengeschäft Geld borgen musste, um Benzin zu kaufen, damit er Rafiki kreuz und quer durch Nanyuki befördern konnte. Ab sofort hatte er keinen Kredit mehr. Von nun an hieß es Zahlung bei Lieferung. Kein *pesa*, keine Fahrt.

Rafiki waren die gutgläubigen Freunde ausgegangen.

Manu zeigte wieder auf den leeren Tresor. Auch diese Botschaft war klar und deutlich. Bargeld rein, Bargeld raus. *Kula na kulipa*. Dieselbe alte Philosophie. Doch wie, überlegte Rafiki jetzt laut, wollten sie je Bargeld in den Tresor legen, wenn sie nichts verkauften? Manu zuckte die Achseln.

Langsam ging Rafiki zu seinem Tresen am Eingang zurück, griff zum Staubwedel und fing an Staub zu wischen. Das half ihm beim Überlegen. Er könnte kündigen und wieder für ein Trinkgeld spielen oder … oder was? Er hatte zu viel Zeit investiert, ganz zu schweigen von seinem Namen und seinem Ansehen, als dass er jetzt kündigen konnte. Nach seiner Berechnung schuldeten ihm die Patels so viel Geld, dass er praktisch ihr Geschäftspartner war.

Wenn sie ihm zahlten, was sie ihm bis jetzt schuldeten, verfügte er über ausreichend Geld, seine Schulden zu begleichen und seine Frau wieder nach Hause zu holen. Wenn sie ihn auszahlten! Er gab sich Mühe, bei diesem Gedanken nicht wütend zu werden, wischte den Staub ab, seinen Weg bis zum Ende des Tresens hinunter schon im Blick. Er wollte zu Manishs Schreibtisch übergehen, als er plötzlich aufschrak. »Ich bin kein Putzmann!«, schrie er und schmiss den Staubwedel auf den Schreibtisch.

Manu hatte ihn nicht einmal wahrgenommen. Wieder an seinem Tresen, inspizierte Rafiki den Kram, an dem er bislang herumgebastelt hatte. Alles war so durcheinandergeraten, dass man unmöglich sagen konnte, welches Teil zu welchem Gerät gehörte. Er fragte sich laut, dass Manu es hören musste, ob sie nicht alles, so wie es war, als Schrott verkaufen sollten. Bislang funktionierte von dem ganzen Kram unter seinem Tresen nur das Radio. Schnarchend ruhte es vor ihm auf dem Tresen. Er brauchte neue Batterien, wenn er irgendjemanden überzeugen wollte, dass es funktionierte.

»Ich könnte eine von den Ziegen zu Hause verkaufen und neue Batterien besorgen«, dachte er in seiner Verzweiflung laut vor sich hin. »Aber meine Frau würde mich für immer verlassen, wenn sie nach Hause käme, bevor ich die Ziege durch eine andere ersetzt hätte, die genauso aussieht und die gleiche Farbe hat.«

Er hatte sich bis jetzt große Mühe gegeben, sich und jeden, der es wissen wollte, davon zu überzeugen, dass sie lediglich eine längere Auszeit genommen hatte und sich im Marura Estate ihrer Mutter erholte. Frauen taten das von Zeit zu Zeit, wenn die Unbilden des Ehelebens ihr eheliches Pflichtgefühl überforderten. Wenn Rafiki statt eines Haufens nutzloser Gaskocher und kaputter Fernseher doch nur etwas beschlagnahmen könnte, das funktionierte, etwas, das die Leute haben wollten, etwas wie einen Flachbildfernseher oder ein Home Entertainment Center.

»Boss«, rief er zu Manu hinüber, »was hast du dir dabei gedacht, in Majengo Spülmaschinen zu verkaufen?«

Manu zeigte auf Manish. Manish starrte zur Tür hinaus, und damit war alles gesagt. Rafiki war auf sich allein gestellt.

Kapitel 14

In den alten Zeiten besaß jeder in Majengo gemeldete Einwohner einen Pass, der ihm gestattete, in Nanyuki zu wohnen und zu arbeiten. Das Dokument musste sein Foto enthalten, damit die Polizei sicher sein konnte, den richtigen Verdächtigen zu haben, falls sich der Einwohner als Dieb oder gar Schlimmeres erwies. Sein weißer Arbeitgeber war verpflichtet, das Dokument gegenzuzeichnen, damit der Inhaber nachweisen konnte, dass er legitimer Arbeitnehmer war, wenn die Behörden die Stadt nach illegalen Einwohnern durchkämmten.

Bis die Passgesetze aufgegeben, die gesetzlichen Schlagbäume zur Trennung nach Hautfarben hochgezogen wurden und Majengo das Nanyuki Photo Studio auf der ehemals verbotenen Main Street entdeckte, waren offizielle Verbrecherfotos die einzigen Fotos, über die die Einwohner von Majengo verfügten. Wer Geld an derlei Eitelkeiten verschwenden konnte, machte sich nun auf ins Atelier und ließ Hochzeitsfotos anfertigen, Fotos von der Familie und der Liebsten, Dinge, die er zuvor nie gebraucht hatte. Auf den Fotos aus dem Studio und den kolonialen Verbrecherfotos fand Rafiki, der das Geheimnis von Manus verschwundenen Schuldnern lüften wollte, mehr Hinweise, als ihm lieb sein konnte. Es lag nahe, dass die meisten Fotos, mit denen man im Laden von *Patels Kauf auf Raten* Kredit beantragt hatte, bei Verwandten und Freunden geborgt worden waren. Manche Fotos hatte man aus den alten Pässen herausgerissen, während andere eindeutig aus Hochzeits- und Gruppenfotos ausgeschnitten worden waren. Weil sie kein Geld für Passfotos besaßen, hatten die Nanyukier getan, was Nanyukier nur eben konnten, und sich sogar bei den Fotos von Freunden und ihrer Familien bedient. Und Manish hatte sich in seinem Bemühen, Gutes zu tun, nicht die Mühe gemacht, die Fotografien mit den Gesichtern der Antragsteller zu vergleichen.

Stundenlang stand Rafiki an seinem Tresen, studierte seine Verbrecherkartei und fragte sich, worin die kühnere Fälschung bestand, in den Namen oder den Fotografien.

»Dieses Gesicht kenne ich auf jeden Fall.« Er zeigte auf ein Gesicht im Album. »Aber er hieß anders. Und der hier auch und der ... hey, du hast hier alle meine Freunde.«

»Sie nahmen, sie bezahlten nicht«, sagte Manu.

»Ich werde all diese Leute für dich ausfindig machen«, versprach Rafiki ihm.

»Finde sie«, sagte Manu.

»Fifty-fifty?« Rafiki bot die Hand zum Einschlagen. »Freunde sind sehr schwer zu finden.«

»Finde sie erst mal«, antwortete Manu und übersah die ausgestreckte Hand.

»Vierzig-sechzig?«

»Erst die Freunde.«

»Das ist harte Arbeit«, klärte Rafiki ihn auf. »Fünfunddreißig Prozent, *theek hei*? Gib deinem Herzen einen Stoß, Boss, diese Arbeit bringt mich vielleicht um.«

Manu blickte endlich hoch und schüttelte entschieden den Kopf.

»Ich werde danach keine Freunde und Verwandten mehr haben«, flehte Rafiki.

Manu zuckte mit den Schultern.

»Zwanzig Prozent«, sagte Rafiki. »Mein letztes Angebot.«

Manu drehte sich zu Manish um und sprach Hindi mit ihm. »Manish?«

»Huh.«

»Was meinst du?«

»Huh.«

Manu drehte sich wieder zu Rafiki um. »Du hast gehört, was er gesagt hat.«

Rafiki sah vom einen zum anderen und überlegte laut, wie viel wohl mit so wenigen Worten ausgedrückt werden konnte. Manu zuckte die Achseln.

»Dir ist doch klar, dass du mir für die ganze Arbeit etwas zahlen musst, oder?«, sagte Rafiki schließlich. »Andernfalls bringe ich alles zurück. Und ich meine das ernst. Ich bringe alles zurück.«

Er war wütend. Er wandte sich wieder seiner Verbrecherkartei zu, bemüht, seine Gefühle nicht zu zeigen. Er erkannte noch viele andere Gesichter aus der ganzen Stadt. Da fanden sich Lehrer und Prediger, Geschäftsleute und Regierungsangestellte, Soldaten und Polizisten und alle möglichen Leute, doch war nicht eine einzige Frau unter den Schuldnern. Es sah so aus, als stünde die gesamte Männerriege Laikipias in Manus Sünderverzeichnissen. Kein Wunder, dass der Laden kein Geld hatte. Dann, als er schon glauben wollte, er habe alles gesehen, setzte er sich erschreckt auf. »*Ala*«, rief er aus, »selbst Meja Mwangi ist hier?« Er sah in ein breites Gesicht, zum größten Teil durch einen wilden grauen Bart und eine dunkle Sonnenbrille verdeckt. Der Mann trug einen schief sitzenden Hut, und einige Schneidezähne fehlten. »Was hat er gestohlen?«, fragte Rafiki.

»*Karai ya ugali*«, antwortete Manu. »Einen Topf zum *ugali*-Kochen.«

»Zwanzigtausend Shilling?«, wunderte sich Rafiki. »*Kwani*, wie groß ist dieser Topf?«

»Industriegröße«, informierte Manu ihn. »Wird in Gefängnissen und Internatsschulen eingesetzt.«

»*Kwani*, wie groß seine Familie wohl ist?«, fragte Rafiki sich.

»Weltmeister im *ugali*-Essen«, meinte Manu. »Bestimmt haben sie sein ganzes Geld aufgegessen, denn er ist nie wiedergekommen, um den Topf zu bezahlen.«

»*Huyu rahisi kukamata*. Der ist leicht zu finden«, sagte Rafiki, mit einem Mal wieder guter Laune. »Ich bin mit ihm zur Schule gegangen.«

Das Foto war offensichtlich eine Fälschung, ein untauglicher

Versuch, sich zu tarnen, aber Rafiki brauchte keine Fotografie. Er war dem Mann vor langer, langer Zeit begegnet und überzeugt, dass er ihn erkennen würde, wenn er ihn sah. Er zog mehrere Fotos aus dem Album, notierte auf der Rückseite die Namen und wofür sie wie viel schuldeten, schob die Fotos in seine Hemdtasche und stand auf. Jetzt wusste er, wen und wonach er suchte, machte sich aber keinerlei Illusionen, dass es einfach werden würde. Effektive Strategien waren gefragt, wirklich smarte, detektivische Winkelzüge und eine Menge brutaler Taktik, um sie zu überzeugen, dass sie damit nicht davonkämen. Er hatte sich bereits das erste Opfer dieses neuen, smarten *modus operandi* ausgesucht.

Er ließ sich von einem *matatu* mitnehmen, das nach Burguret unterwegs war, versprach, später zu bezahlen, und stieg an der Abzweigung nach Kwa Huku aus. *Matatu*-Schaffner und *piki-piki*-Fahrer waren Klassen voneinander getrennt, und daher war mit Sicherheit davon auszugehen, dass sie noch nicht von seiner schwindenden Kreditwürdigkeit erfahren hatten. Die *piki-piki*-Fahrer, die an der Kreuzung warteten, um ankommende *matatu*-Fahrgäste weiter die Straße hinaufzubefördern, hatten natürlich von seinen finanziellen und den Eheproblemen gehört und würden ihn nicht fahren, wenn er nicht im Voraus bezahlte. Rafiki verschwendete keine Zeit daran, mit ihnen zu reden. Er lief los, die Straße hinauf, auf den Berg zu. Als er eine Stunde später sein Ziel erreichte, war er durchgeschwitzt und müde.

Wie erwartet, war Macho Nane zur Arbeit, und wie erwartet, war nur seine Frau zu Hause und tat, als Rafiki ankam, das Erwartete.

»*Jambo*«, grüßte er sie mit freundlichem Lächeln.

»*Jambo*, Rafiki.«

»Ist dein Mann zu Hause?« Nur, um sicherzugehen.

War er nicht, sagte sie. Macho Nane war Mechaniker bei *Equator Jua Kali Sheds* und käme erst spät zurück. Rafiki hatte ihn vom Fenster des *matatus* aus an der Straßenecke gesehen, die ihnen als Werkstatt diente.

»Er hat angeordnet, den *teevee* zur Reparatur zu bringen«,

erzählte er ihr. Das war weit hergeholt, aber wie groß war die Wahrscheinlichkeit, dass er nach all den Jahren noch funktionierte?

»Ich wusste nicht, dass er kaputt ist«, meinte die Frau.

Aber woher, murmelte sie, sollte sie das auch wissen? Sie hatte keine Zeit, sich hinzusetzen und fernzusehen. Das Wenige, das sie im Vorbeigehen vom *teevee* mitbekam, sagte ihr nicht, ob das Gerät ordentlich funktionierte oder nicht.

»Er steht im Haus«, sagte sie und arbeitete weiter.

Rafiki eilte hinein. Der *teevee* war leicht zu finden. Er stand deutlich sichtbar auf einer Kommode gegenüber der Tür und war das Erste, das jedem in die Augen fiel, der das Haus betrat. Die Seriennummer war verblasst, aber einige der Zahlen stimmten mit denen überein, die er auf die Rückseite von Macho Nanes Foto gekritzelt hatte. Er wuchtete sich das Gerät auf die Schulter und trug es hinaus.

»Sobald alles in Ordnung ist, bringe ich ihn zurück«, sagte er und brach auf in Richtung Bushaltestelle.

Er war überrascht, dass Macho Nanes Frau in dieser Welt voller Gerüchte noch nichts davon gehört hatte, dass er ein *teevee*-Dieb war.

Das Gerät war schwerer und schmutziger, als es auf der Kommode ausgesehen hatte. Bevor er noch das Tor erreichte, schwitzte er bereits und war mit einer schmierigen Schmutzschicht bedeckt. Ein kleines Stück die Straße hinunter traf er Macho Nanes Kinder, die aus der Schule kamen.

»Ist das unser *teevee*?«, fragten sie.

»Nicht mehr.« Kinder konnte er nicht anlügen. »Er gehört jetzt Patel«, erklärte er ihnen. »Sagt eurem Vater, dass er ihn im Laden abholen kann und eine Menge Geld mitbringen soll.«

»Mama«, weinte eins der Kinder und rannte heim. »Rafiki *ameiba teevee yetu*. Rafiki hat unseren *teevee* gestohlen.« Dieses kleine Mädchen zumindest hatte das Gerücht gehört, dass er ein *teevee*-Dieb war. Bis sie aber zu Hause war und die Mutter ihr versichert hatte, dass der *teevee* zur Reparatur musste und danach zurückgebracht würde, wäre Rafiki schon meilenweit weg.

Als er den *matatu*-Haltepunkt erreichte, wollte Rafiki seine Last nur noch abwerfen. Die *piki-piki*-Taxifahrer sahen ihn mit einem großen, schweren Fernseher beladen zurückkommen, unter dem er fast zusammenbrach, und fragten sich, wem der gehörte. Rafiki überließ sie ihren Mutmaßungen. Sie tauschten sich mit leisen Stimmen aus, behielten aber ihre Gedanken für sich. Sie sahen, dass er nicht in der Stimmung für irgendwelche Wortwechsel irgendeiner Art mit irgendjemandem war. Er setzte seine Last am Straßenrand ab und ließ sich daneben nieder. Dann holte er sein Telefon hervor, um Manu anzurufen und ihn aufzufordern, alle ausstehenden Löhne, Boni und andere Entgelte zusammenzustellen, die ihm zustanden, und sie zur Auszahlung bereitzuhalten, sobald er wieder in den Laden kam. Anschließend wollte er mit sofortiger Wirkung kündigen, sofern sie ihm keine vernünftigen Transportmittel zur Verfügung stellten. Er konnte nicht ewig arbeiten, ohne im Mindesten zu wissen, was ihn am Ende dafür erwartete. Jetzt, da er Zeit gehabt hatte, darüber nachzudenken, war es vielleicht keine so gute Idee gewesen, Macho Nanes Frau und damit auch seine Kinder anzulügen. Wäre es nicht so ein weiter Weg gewesen, hätte er den Fernseher zurückgebracht und sich entschuldigt.

Der Augenblick grimmiger Reue war so schnell vorbei, wie er gekommen war, als ihm klar wurde, dass er Manus Telefonnummer nicht kannte. Abgesehen von Augenblicken wütender Verzweiflung wie diesem, Augenblicken, die so schnell vergingen, wie sie kamen, hatte er bisher keinen Grund gehabt, seinen Boss anzurufen. Stattdessen wählte er die Nummer seiner Frau. »Hallo«, sprach er zur Mädchenstimme auf dem Anrufbeantworter. »*Sweet-tea*? Bitte, bitte … ach, was soll's?« Er legte auf. Er hatte getan, was er konnte, und alles gesagt, was er zu sagen hatte, und noch mehr. Er saß in der Sonne, hatte Hunger und Durst, schwitzte und fragte sich, warum er überhaupt auf ihr Flehen gehört hatte. Hätte er nicht überstürzt gehandelt und seine wahre Berufung aufgegeben in der Hoffnung, sie zufriedenzustellen, wäre er jetzt in der Stadt unter den Menschen, die ihn schätzten, und täte, wozu er geboren war. Er würde kündigen, nahm er sich fest vor. Er hasste nun nicht nur den Job – der trug auch nicht genug ein, den Schmerz zu rechtfertigen.

Die Motorradfahrer beobachteten von der anderen Straßenseite, wie er Selbstgespräche führte, und sahen sich in dem Gerücht bestätigt, dass Rafiki ein völlig verwirrter Mensch war. Sie beobachteten, wie er aufstand und das nächste *matatu* heranwinkte. Zufällig war es dasselbe *matatu* aus Burguret, das ihn auf der Herfahrt abgesetzt hatte.

»Woher hast du einen *teevee*?«, fragte ihn der Schaffner und beäugte den Fernseher misstrauisch.

»Geht dich nichts an«, erwiderte Rafiki. »*Beba*. Lad ihn ein.«

»Woher weiß ich, dass er nicht gestohlen ist?«, fragte der Mann.

»*Wacha upusi*«, sagte Rafiki. »Red keinen Unsinn. *Chukua twende*. Los!«

Der Schaffner zögerte immer noch. Der Fahrer lehnte sich aus dem Fenster, damit er den fraglichen *teevee* richtig sah, und erklärte dem Schaffner, dass niemand, der bei klarem Verstand war, so einen alten *teevee* stehlen würde. »*Fanya haraka twende*«, sagte er ungeduldig. »Beeil dich.«

Der Schaffner wuchtete den Fernseher auf den Dachgepäckträger. »*Haki, hiyo teevee inakaa kama ile ya Macho Nane*. Ich schwöre, er sieht aus wie Macho Nanes *teevee*«, sagte er und folgte Rafiki in das *matatu*.

»*Kazi ni kazi*«, sagte der Fahrer. »Job ist Job.«

Zumindest er war sich, so schien es, Rafikis neuer beruflicher Ausrichtung bewusst. Dadurch fühlte Rafiki sich irgendwie bestärkt und ermutigt, während er den Fernseher in den Laden schleppte. Manu befand sich noch genau da, wo er ihn zurückgelassen hatte, und mit derselben Angelegenheit beschäftigt, während Manish auf die Straße hinausstarrte. Rafiki stellte den Fernseher auf Manus Schreibtisch. »Hier!«, sagte er triumphierend.

Manu warf einen Blick auf das Gerät, schaute zu Rafiki hoch und drehte sich zu Manish um. »Manish?«

»Huh.«

»Du hast den Geschäftssinn eines *chapati.*«

»Huh«, antwortete Manish, dieses eine Mal erschreckt.

Rafiki schlug in den Staub auf Manus Schreibtisch, um sicherzugehen, dass er die Aufmerksamkeit erhielt, die er brauchte, wenn er sagte, was er zu sagen hatte, doch Manu hielt einen Finger in die Höhe. Er war mit Manish noch nicht fertig. »Was hast du dir dabei gedacht«, fragte er Manish, »Majengo so viel Kredit zu geben? Hast du überhaupt ihre Ausweise überprüft, ihr Einkommen?«

»Ihre richtigen Namen?«, mischte Rafiki sich ein.

Manu nickte und wandte seine Aufmerksamkeit dem Fernseher zu. Er betrachtete ihn nachdenklich, bevor er wieder zu Rafiki hochschaute. »Was für Schrott ist das?«, fragte er.

»Dein *teevee*«, erklärte Rafiki. »Und er funktioniert.«

»Ich verkaufe keine Sunnys.«

»Du verkaufst gar nichts«, rief Rafiki ihm ins Gedächtnis. »Aber früher?«

»Sony«, antwortete Manu. »Ich … wir haben nur Sony verkauft. *Rudisha hi takataka.* Bring diesen Müll zurück.«

»Wohin zurück?«, fragte Rafiki.

»Wo immer du ihn herhast«, wies Manu ihn an. »Zurück zum Besitzer.«

»Nein, Boss«, sagte er. »Das ist unmöglich.«

»Warum nicht?«

»Wenn du recht hast und er dir nicht gehört, dann glaubt der Besitzer, ich wäre ein Dieb.«

Er griff nach dem Vertrag und überprüfte die Seriennummer. Dann ließ er sich auf den Besucherstuhl fallen. Alles Feuer und aller Dampf waren verpufft. Er konnte sich genau vorstellen, wie er Macho Nane zu erklären versuchte, warum er den *teevee* zurückbrachte, den er unter falschem Vorwand abgeholt hatte.

Manu ging wieder an seine Arbeit. Rafiki ruhte sich aus. Eines stand fest. Er würde dem Besitzer seinen *teevee* nicht selbst zurückbringen. Er würde Ero schicken oder, noch besser, den *matatu*-Schaffner, der Macho Nane kannte. Vorher aber müsste er den

Kurier bezahlen, sonst gelangte der Fernseher vielleicht nicht zu seinem Besitzer.

Er hätte sich keine Gedanken machen müssen.

Als der Laden am nächsten Morgen öffnete, stand Macho Nane davor, und er war nicht allein. Er kam, mit Buschmesser und Schraubenschlüssel bewaffnet, in Begleitung zweier richtiger, mit Schlagstöcken ausgerüsteter Polizisten und dem *matatu*-Schaffner, der den *teevee* wiedererkannte, weil er ihn auf das *matatu* geladen hatte. Der Schaffner hatte sich mit Steinen bewaffnet.

Macho Nane erklärte, weshalb sie gekommen waren. Manu konnte sich keinen Reim auf ihr Anliegen machen und verstand nur, dass es etwas mit *teevees* und Rafiki zu tun hatte. »Wartet auf ihn«, schlug er vor.

Sie warteten, bis Rafiki verspätet zur Arbeit kam. Kata Kona war immer noch nicht wieder aufgetaucht. Ero hielt sich bedeckt, und Rafiki hatte zum Laden laufen müssen.

»Du!« Macho Nane ging auf ihn los und fuchtelte mit dem Buschmesser. »Wo ist mein *teevee*?«

»Leg erst mal die *panga* weg«, bat Rafiki ihn. »Wir sind hier nicht im Krieg.«

Die Polizisten bemerkten das Buschmesser in Macho Nanes Hand.

»*Umetoa wapi hiyo panga?*«, fragten sie den Mann. »Woher hast du die *panga*?«

»Von zu Hause«, antwortete er. »Ich habe sie mitgebracht.«

»*Tupa hiyo kitu, au tukamate wewe*«, sagten sie. »Leg sie weg, oder wir verhaften dich.«

Der Mann übergab Rafiki die *panga*. Manu schaute verständnislos von dem Messer zu Rafiki und den anderen.

»Weg mit den Steinen«, befahlen die Polizisten dem Zeugen.

Der Schaffner warf die Steine zur Tür hinaus und traf einen Passanten. Der Mann kam in den Laden gestürmt, sah Rafiki mit dem Buschmesser und die Polizisten mit ihren Schlagstöcken und trat schleunigst den Rückzug an.

»Dort steht dein *teevee*«, sagte Rafiki zu Macho Nane.

Der Mann schnappte sich seinen Fernseher und stürmte aus dem Laden.

»Vergiss deine *panga* nicht!«, rief Rafiki ihm hinterher.

»*Iko matata ingine?*«, fragten die Polizisten.

»*Hakuna*«, antwortete Rafiki. »Keine weiteren Schwierigkeiten.«

»*Haya, kwaheri*«, sagten sie und folgten dem Paar.

Während der gesamten Auseinandersetzung hatte Manu nicht ein einziges Wort von sich gegeben. Er blickte ihnen hinterher, sah von Rafiki zu Manish und wieder zurück und schüttelte den Kopf. »Sony«, sagte er leise, »nicht Sunny.« Dann rechnete er weiter.

Rafiki ließ sich auf den Besucherstuhl fallen, lehnte sich zurück und schloss die Augen. Er schlief nachts nicht mehr richtig, seit seine Frau … ausgezogen war. Genau das hatte sie getan. Sie war ausgezogen.

»Zehn Prozent«, sagte Manu aus heiterem Himmel.

Rafikis Augen sprangen auf.

»Gebrauchtwarenpreis«, erklärte Manu. »Nicht Neupreis.«

Rafikis Augen schlossen sich wieder. *Ngonja ngano,* hörte er es in seinem Kopf. *Warte die Weizenernte ab,* hörte er von einem, der nichts mehr anbaute, schon gar keinen Weizen. Er musste das Gebrauchtwarengeschäft selbst ankurbeln, wenn er jemals einen Cent von den Millionen sehen wollte, die man ihm nach seiner Schätzung mittlerweile schuldete. Seine Arbeitgeber hatten offensichtlich den Ladenbesitzerinstinkt eingebüßt, der ihr Geschäft einst hatte wachsen lassen. Wenn er den Laden retten wollte, und damit seine zunehmende persönliche Investition in ihn, dann musste er selbst wie ein Ladenbesitzer denken und handeln. Aber zuallererst musste er ergründen, wie man den Krempel verkaufen konnte.

Er öffnete die Augen und erhob sich, um in dem Kram, den er bis jetzt beschlagnahmt hatte, nach einem Objekt mit Wiederverkaufswert zu suchen. Der Kühlschrankkleiderschrank war am vielversprechendsten, doch wollte Manu ihn vorerst behalten, damit die Bank nicht den Eindruck bekam, dass der Laden zum Schrottplatz geworden war. Zwei Fernseher waren völlig kaputt, einer hatte einen gesprungenen Bildschirm. Beim dritten gab es ein Signal, aber kein Bild, doch ohne richtige Antenne war es unmöglich zu sagen, was für ein Signal das war. Ein Kocher hatte noch alle Kochplatten, ein zweiter nur zwei und der dritte gar keine. Der Tiefkühlschrank brummte und ratterte, ob er aber etwas einfrieren würde, ließ sich nicht sagen.

»Boss?« Rafiki erhob sich mit neuem Schwung. »Ich brauche Werkzeug.«

Das erregte Manus Aufmerksamkeit.

»Um diese Haushaltgeräte instand zu setzen«, erklärte er.

»Instand setzen?« Manu fragte sich, was er meinte.

»Reparieren.«

Manu schossen so viele Fragen durch den Kopf, dass er sich nicht entscheiden konnte, welche er zuerst stellen sollte. Er wandte sich wieder seiner Arbeit zu.

»Boss?« Rafiki blieb hartnäckig.

»Hinten«, sagte Manu schließlich.

Rafiki war noch nie im Hinterzimmer gewesen, sodass er nicht wusste, was ihn erwartete. Er stand in einem dunklen, klammen Raum, in dem sich alle möglichen alten und fabrikneuen Waren, Akten, Möbel und alten Fahrzeugteile stapelten. Er stürzte sich darauf, warf Sachen zur Seite und öffnete Kisten. In einem Stapel versteckt entdeckte er noch ungeöffnete Warenkartons, darunter einen Karton mit auslaufsicheren Batterien, die so alt waren, dass sie ausgelaufen waren.

Gerade wollte er aufgeben und wieder nach vorn gehen, als er unter einem Berg aus Akten und anderem Bürokram zwei verrostete Werkzeugkästen entdeckte. Es war Autowerkzeug, von dem ihm lediglich ein verbogener Schraubenzieher und eine verrostete Zange von Nutzen sein konnten. Er nahm die Werkzeugkiste mit nach vorn und stellte sie hinter seinen Tresen. Unter Manus fasziniertem Blick schuf er sich Platz auf einer Vitrine am Eingang, wo jeder Passant ihn sehen und glauben konnte, dass er einen richtigen Job hatte, und richtete dort seine Reparaturwerkstatt ein. Dann griff er zum Schraubenzieher und begann, eine alte Eisenkiste aufzuschrauben, bevor er bemerkte, dass sie versiegelt war. Er stellte sie beiseite, hob den Fernseher, der ein Signal anzeigte, aber kein Bild hatte, auf seine neue Werkbank und machte sich daran, ihn zu öffnen.

»Rafiki?« Nun musste Manu einfach fragen.

»Was?«

»Muss man für so etwas nicht erst in die Schule?«

»Ich bin in der Schule gewesen, Boss.«

Manu nickte und wandte sich wieder seiner Arbeit zu. Manish nahm wie immer keinerlei Anteil.

Rafiki schlug sich den Rest des Tages mit Dingen herum, von deren Funktionsweise er, wie er tief in seinem Innern wusste, nicht die mindeste Ahnung hatte. Trotzdem hegte er die feste Überzeugung, dass es, angesichts seiner angeborenen Majengo-Fähigkeiten, nur eine Frage der Zeit war, bis er herausgefunden hatte, wie alles funktionierte. Es ging einfach darum aufzuspüren, welche Drähte locker waren, und sie wieder an ihren Platz zu nageln und alle losen Schrauben festzuziehen, bis sie quietschten und das Ding lief.

Nichts von dem, was er an jenem Tag anfasste, funktionierte je wieder. Alles, was reparabel gewesen wäre, bevor er sich darüber hermachte, war danach nicht mehr zu reparieren, und alles, was zu Anfang noch nicht kaputt war, war jetzt defekt. Das aber würde Rafiki nie begreifen. Er hatte nur Säcke voll Geld vor Augen und dass seine Frau glücklich nach Hause zurückkam.

Kapitel 15

Ein Siedlergenie, das von Quadraten und Rechtecken besessen war, hatte Majengo entworfen. Große Quadrate, kleine Quadrate, Quadrate in Quadraten, Rechtecke in anderen Rechtecken. Die Grundstücke befanden sich in vier gleich großen Sektoren innerhalb der Hauptquadrate, und jedes Grundstück war ein kleines Viereck mit einem viereckigen Haus darauf und vollkommen quadratischen Räumen darin. Im Hof hinter dem Haupthaus befanden sich vier kleine Räume, die ursprünglich als Küchen für die vier großen Räume im Haupthaus gedacht waren. Die Hausbesitzer hatten hingegen entschieden, dass sie mehr Profit abwarfen, wenn man sie zu eigenständigen Wohnräumen erklärte. Das entwerfende Genie, das ein koloniales war und selbstverständlich keinen von uns gefragt hatte, hatte sich eingebildet, dass wir einen Ort zum Kochen außerhalb unserer Wohnschlafzimmer brauchten. Das war für uns der ausreichende Beweis, dass sich ein Genie, und vor allem eins von der Regierung, so gut ausgebildet es auch sein mochte, fürchterlich irren konnte. Wenn der geniale Mann weit genug gedacht hätte, Außenbadezimmer für uns zu entwerfen, hätten unsere Hausbesitzer garantiert einen Weg gefunden, uns so weit zu bringen, auch darin zu wohnen.

Das Design spielte den Wüstenwinden und ihren Staubteufeln in die Hände. Der Ol Pejeta Express, ein Wind, der so gemein war, dass er einen eigenen Namen verdiente, nahm, wenn er von Isiolo durch das Zentrum von Majengo nach Naro Moru stürmte, solche Fahrt auf, dass er Staubteufel gebar, die Eselskarren mitsamt Fahrern und allem umstürzten. Er war dafür bekannt, dass er Leute über die Boulevards schob und Betrunkene den ganzen Weg bis nach Hause beförderte. Wenn er schließlich das Stadion am Ende der Nord-Süd-Kreuzung erreichte, war er gerüstet, ein paar Blechdächer abzudecken und sie in einen entfernten Winkel des Bezirks zu verpflanzen.

Der Ol Pejeta Express tobte jeden Nachmittag von Januar bis Dezember, doch wenn er früher nur Papiermüll, Wäsche und alle losen Dächer davongetragen hatte, riss er heutzutage alles mit, was nicht festgeschraubt war. Man erzählte sich, dass der Ol Pejeta Express, wenn er mit fünfzig Meilen pro Stunde durch die Gegend wirbelte, Sector A, B und C blank fegte und deren Müll, Dächer und andere ekelhafte Dinge in Sector D, E und F zu Boden stieß, sie manchmal aber bis nach Sweetwaters trug und über erschreckten Touristen und wilden Tieren ablud.

Dieser Wind, der so stürmisch blies, wie er nur konnte, drängte Rafiki, der auf der Suche nach Schuldnern zu Fuß in Majengo unterwegs war, eine Seitenstraße hinunter. Es war Fußballwochenende, die beste Zeit für Rafiki und andere Diebe, um lang verborgene Radios und Fernseher aufzuspüren. Seit sie die Gerüchte gehört hatten, dass Rafiki hinter jedem einzelnen *teevee* und Radio im Ort her war, hatten die Einwohner Majengos ganze Arbeit beim Verstecken ihrer Antennen und *jua-kali*-Schüsseln geleistet. Einige waren nicht davor zurückgeschreckt, ihre Antennen in Säcke zu hüllen und als Vogelscheuchen zu tarnen. Wenn allerdings der Ol Pejeta Express wehte, riss er die Säcke und Lumpen mit sich fort und entblößte die Antennen. Während der Fußballsaison war Rafiki nicht auf die Antennen angewiesen, wenn er die Geräte aufspüren wollte. Fußball war nicht Fußball, solange der Kommentar nicht in voller Lautstärke zu hören war.

Rafiki schlich sich heran, um nicht gesehen zu werden, als er ein Kind rufen hörte.

»Rafiki!«

Während er sich durch ein Loch im Zaun zwängte, verstummte der Fußballlärm, und allgemeine Hektik setzte ein. Er stand in dem Augenblick im Hinterhof, als das Kind in einem Zimmer verschwand und die Tür zufiel. Er folgte ihm und trat ohne anzuklopfen ein.

»*Jambo,* Rafiki«, begrüßte ihn der Hausbesitzer.

Mehrere Männer hielten sich im Raum auf, manche in ausgewaschenen Mannschaftstrikots. Sie hatten sich wie Verschwörer hinter alten Zeitungen und zerfledderten Zeitschriften verschanzt und gaben sich Mühe, unschuldig auszusehen.

»*Wapi teevee?*«, fragte Rafiki sie.

»*Ati teevee?*«, fragte der Hausbesitzer seinerseits. »Welcher Fernseher?«

»Der, den ich von der Straße aus gehört habe«, sagte Rafiki.

»*Mimi sina teevee*«, erklärte der Mann. »Ich habe keinen *teevee.*«

Rafiki schaute sich in dem spärlich möblierten Zimmer um. Nichts deutete auf elektrische Leitungen hin, aber das hatte wenig zu sagen. Die Bewohner von Majengo waren Zauberer, wenn es darum ging, Stromquellen ausfindig zu machen. Er hätte vielleicht geglaubt, dass das Geräusch aus einem anderen Haus gekommen war, wären da nicht ihre Mannschaftstrikots und ihr schuldbewusstes Aussehen gewesen.

»Radio«, erhob sich eine Stimme hinter einem alten *Time Magazine.*

»Wo ist es?«, fragte er.

»Radio?«, meldete sich die Gestalt zu Wort, der man am wenigsten zutraute, die Wahrheit zu sagen. »Ich bin Radio.«

Um zu beweisen, dass er Radio war, setzte er zu einer Imitation eines Radiosportreporters an.

»Gyan *anampira,* Gyan *anampira, amepokonywa na* Kadenge, *sasa* Kadenge *anampira,* Kadenge *anampira* … Gyan hat den Ball, Gyan hat den Ball an Kadenge verloren, Gyan hat den Ball …«

»Wir nennen ihn Radio«, sagte die Stimme hinter dem *Time Magazine.*

Dann entdeckte Rafiki die Fernbedienung auf dem Tisch.

»Ihr habt vergessen, die zu verstecken«, sagte er und griff sie sich. Dann drückte er die Einschalttaste.

»Tor!«, tönte es aus dem Gerät unter dem Bett. Sie hatten auch vergessen, den Stecker zu ziehen.

Rafiki musste nicht erst die Seriennummer überprüfen. Flohen sie, waren sie schuldig, und wenn sie etwas versteckten, war das verdächtig. Das war ein altes Gesetz, das Rafiki erst seit Kurzem schätzen gelernt hatte. Keiner sprach ein Wort, als Rafiki den Stecker zog, sich das Gerät auf die Schulter wuchtete und es hinaustrug.

Manu hätte sich freuen sollen, dass er ein noch funktionierendes Gerät zurückbekam. Dennoch bemerkte er kaum, dass Rafiki in den Laden stolperte und fast unter dem Gewicht auf seiner Schulter zusammenbrach. Während Rafiki unterwegs gewesen war, hatte die Bank angerufen. Ihnen blieb ein Monat, Geld einzuzahlen und zu beweisen, dass sie noch im Geschäft waren. Andernfalls würde man ihren Laden schließen.

»Mach dir keine Sorgen«, sagte Rafiki zu ihm. »Wir verkaufen das Zeug.«

Manu starrte ihn traurig an, und einen beunruhigenden Augenblick lang sah er wie das Ebenbild seines älteren Bruders Manish aus. Auf einmal befiel Rafiki eine große Sorge. Zwei zu Salzsäulen erstarrte Männer im Laden wären der letzte Nagel zu seinem Sarg. Er durfte nicht zulassen, dass es dazu kam.

Er überließ Manu seinen Grübeleien und nahm sich den Fernseher vor, den er gerade hergebracht hatte. Ohne Antenne konnte er Manu nicht beweisen, dass der Fernseher funktionierte. Er würde auch die Antennen beschlagnahmen müssen. Doch zuerst und am vordringlichsten musste er das Transportproblem lösen. Die beschlagnahmten Haushaltgeräte auf den Schultern von Majengo hierherzutransportieren war nicht nur eine anstrengende und gefährliche Arbeit, sie ließ ihn auch wie einen richtigen Dieb aussehen.

Majengo war nicht besonders gut auf diese Ein-Mann-Armee zu sprechen, die ihnen ihre Sachen wegnahm, noch dazu Gegenstände, die sie schon so lange ohne Bezahlung besaßen, dass sie durch den Besitz allein das Recht hatten, sie zu behalten. Einige fühlten sich durch seine Vorgehensweise so verletzt, dass sie mit dem Gedanken spielten, ihm für immer Einhalt zu gebieten.

»*Rarua*«, schlug einer vor. »Machen wir Hackfleisch aus ihm und begraben ihn hier.«

»Bist du verrückt?«, meinte ein anderer. »Rafiki ist einer von uns.«

»Dann sollten wir ihm die Scheiße aus dem Leib prügeln«, sagte derjenige, der kräftigere Maßnahmen vorzog.

»Das geht nicht«, warf ein Dritter ein. »Rafiki ist unser Freund.«

»Wir müssen etwas unternehmen«, entgegnete der Erste. »Wir müssen die Pokalfinals sehen.«

»Wir könnten den Fernseher bezahlen«, schlug einer vor.

»Weißt du, wie viel der kostet?«

»Ich sage einfach, *twanga,* schlagen wir zu.«

»Hast du keine Ohren?«, sagte der entnervte Mann des Friedens. »*Rarua, twanga,* das geht nicht mit Rafiki.«

Sie waren echte Nanyukier, sie waren zur Stelle, wenn Majengo lebendig war und vor Lebendigkeit nur so pulsierte, sie waren zur Stelle, als es nach der Mieterrevolte fast an Vernachlässigung zugrunde ging, und sie würden zur Stelle sein, wenn sie bezeugen müssten, dass es niemals unterging. Rafiki war einer von ihnen, auch wenn er zugelassen hatte, dass seine Frau ihn auf Abwege brachte.

»Und was machen wir nun mit ihm?«, fragte der, der Rafiki am liebsten für immer verschwinden lassen wollte.

Alle zuckten die Achseln. Mussten sie jetzt darüber nachdenken? Unten in der Kneipe fing gleich das Spiel an. Dort stand der einzige *teevee* in Majengo, von dem sie wussten, dass er nicht in Gefahr war, weil der Besitzer ihn nicht versteckte. Sie vertagten die Entscheidung darüber, was sie mit Rafiki tun wollten, bis nach dem Spiel.

In der Zwischenzeit ging Rafiki seiner Arbeit nach, in seliger Unwissenheit der Verzweiflung, die er bei den Betroffenen auslöste. Mit dem Besitzer eines Eselskarrens schloss er einen Vertrag als Haupttransporteur. Wie alle, die Rafiki noch nie irgendwohin gefahren hatten, hatte er keinen Grund, Rafikis ehrlichem Lächeln oder seinen aufrichtigen Versprechungen zu misstrauen. Er kannte Rafiki von der Straße und außerdem noch aus der Zeit des alten Majengo, und er war ein waschechter Nanyukier. Sie vereinbarten einen Handel, nach dem der Mann Rafiki fuhr, wohin dieser sagte, transportierte, was er anschleppte, und auf seine Bezahlung wartete, bis Rafiki bezahlt worden war. Die Abmachung unterschied sich nicht im Mindesten von den Abmachungen, die Rafiki mit anderen Transporteuren vor ihm getroffen hatte, aber Rafiki hielt es für sehr unwahrscheinlich, dass sich der Besitzer eines Eselskarrens und ein *piki-piki*-Fahrer jemals begegneten und ihre Erfahrungen austauschten.

Da nun der Schwertransport gesichert war, konnte Rafiki ernsthaft an die Arbeit gehen. Weiter als je zuvor warf er sein Netz und seinen unheilverkündenden Schatten. Er fuhr mit dem Karren bis zum Gathiuru Forest, um den Fernseher des Försters abzuholen. Anschließend begab er sich in äußerst heikler Mission nach Timau, wo er die Couchgarnitur und den Tiefkühlschrank des führenden Distriktbeamten beschlagnahmte. Das meiste, das er jetzt einzog, war neuer und in besserem Zustand als alles, was er vordem beschlagnahmt hatte. Dennoch gab es Gegenstände, die nicht kaputt waren, aber trotzdem nicht funktionierten, und alles musste wieder verkauft werden können. Da Manu unnachgiebig die Einstellung weiterer Arbeiter verweigerte, bot Rafiki an, die Reparaturen selbst auszuführen, sofern man eine vernünftige Gegenleistung aushandelte. »Was meinst du, Boss?«

»Was immer«, meinte Manu achselzuckend und widmete sich weiter seinem eigenen Plan, das Geschäft zu retten. Im Augenblick sah es so aus, als bestünde dieser lediglich darin, seinen Tischrechner zu Gehorsam zu prügeln.

Rafiki ging wieder auf die Jagd, dehnte sein Revier immer weiter aus und kehrte mit Bergen von Haushaltgeräten zurück, von denen sich ein Teil jenseits von Reparatur oder Wiederverkauf befand. Der Eselstreiber fuhr ihn, wohin ihm aufgetragen wurde, lud auf und transportierte, was ihm befohlen wurde, und wartete wie vereinbart darauf, entlohnt zu werden, sobald Rafiki bezahlt wurde. Dennoch machte er sich Sorgen, als die Tage zu Wochen wurden und die Wochen sich zu Monaten dehnten und Rafiki immer noch nicht bezahlt worden war. Er hatte eine Frau zu Hause, offenbarte er in einer freundlichen Unterhaltung, und die fragte sich langsam, wo er und sein Esel ihre Tage zubrachten, da sie kein Geld heimbrachten. Rafiki beichtete ihm seinerseits, dass er ebenfalls eine Frau zu Hause hatte, die ihm jeden Abend dieselbe Frage stellte, wenn er von der Arbeit zurückkehrte. Frauen waren so, und ein Mann konnte nicht viel dagegen ausrichten, außer härter zu arbeiten. Und so arbeiteten sie.

Sie fuhren durch ganz Nanyuki und Umgebung und sammelten Geräte ein, deren Besitzer sich manchmal nur widerstrebend davon trennten, mitunter aber froh waren, dass sie es los wurden, und es selbst im Laden ablieferten. Doch als Rafiki ihm schließlich, nach mehreren Wochen unbezahlter Arbeit auftrug, nach Rumuruti zu fahren und beim Polizeichef eine Schlafzimmergarnitur zu beschlagnahmen, verlor der Mann die Geduld. Abgesehen davon, dass Rumuruti weit entfernt am anderen Ende des Bezirks lag, stammte der Eselstreiber aus dieser Gegend und hatte keine besonders angenehme Erinnerung an die örtliche Polizei. Soviel er wusste, fahndete sie aufgrund einer Klage wegen des Transports gestohlenen Eigentums immer noch nach ihm. Und mit dieser Überlegung hielt Rafikis Karrenführer die Zeit für gekommen, um einzuholen, was ihm zustand, und sich nach einer Anstellung umzusehen, die berechenbarer war. Rafiki versprach, Ende des Monats zu zahlen oder wann immer er bezahlt werden würde, und die beiden trennten sich unter einer Wolke verletzter Gefühle und latenter Feindseligkeit.

Rafiki wandte seine Aufmerksamkeit den Geräten zu, die er in den vergangenen Wochen wiederbeschafft hatte, in der Hoffnung, etwas zu finden, das er leicht reparieren und verkaufen konnte. Als erste große Reparaturarbeit nahm er sich eine Mikrowelle vor, die wohl kaputt war, weil nichts geschah, wenn er den Stecker einsteckte und einen Knopf nach dem anderen drückte. Damals, in den guten alten Zeiten, als das Musizieren in einer Band noch ein richtiger Job und er Bandleader war und es keine Frau gab, die ihm etwas anderes vorschrieb, hatte er sich selbst zum Techniker der Band erklärt. Kein Ausrüstungsstück ging zu einem professionellen Techniker, bevor Rafiki nicht selbst versucht hatte, es zu reparieren. Wenn sich die Anlage nicht einschalten ließ, war, das wusste er, entweder die Sicherung durchgebrannt, oder das Stromkabel war locker oder nicht eingesteckt. Er hatte einige Gigs gerettet, nur weil er dem auf die Spur gekommen war. Allerdings hatte die Mikrowelle keine erkennbare Sicherung, und das Stromkabel war ganz und steckte in der Steckdose. Also musste er in das Ding rein, das Gerät zerlegen und nachsehen, was fehlte.

Er ignorierte den kleinen roten Warnaufkleber auf der Rückseite, der genau das untersagte, schraubte die Rückwand ab und legte jede Schraube und Mutter in der entsprechenden Reihenfolge auf den Tresen, damit er sie wieder richtig einschrauben konnte. Er befand sich mitten in diesem heiklen Unterfangen, als Mahesh in einem Wirbelsturm aus Kölnisch Wasser und klackerndem Schmuck hereingeweht kam.

»*Jambo, rafiki*«, grüßte Rafiki.

Mahesh schien verdutzt, dass Rafiki bequem auf einem Stuhl hinter dem Tresen saß, als gehörte er zum Inventar. »Was macht der hier?«, fragte er Manu.

Manu gab die Schulter-und-Hände-Antwort und arbeitete weiter.

»Der wartet doch nur auf die Gelegenheit, euch auszurauben«, erklärte Mahesh.

Manu zuckte ein *Vielleicht* und tippte weiter.

»Hast du gehört, was ich gesagt habe?«

Manu schaute schließlich auf. »Was hast du gesagt?«

»Schmeiß ihn raus.«

»Weshalb?«

»Warum mache ich mir überhaupt die Mühe?«, sagte Mahesh und stürmte mit ebensolcher Geschäftigkeit hinaus, wie er hereingekommen war. Jeder wandte sich wieder dem zu, das er getan hatte, bevor er gestört worden war.

Rafiki beschäftigte sich weiter mit seiner Reparatur. Manish starrte zur Tür hinaus, und Manu rechnete ihre Verluste aus.

Kapitel 16

Kata Kona blieb verschwunden, Ero fuhr mit einem Speer durch die Gegend, und nicht einer ihrer Kollegen wollte mit Rafiki reden. Rafiki ging zu den *miraa*-Händlern, überzeugt davon, dass zumindest sie wussten, wo Kata Kona sich versteckte.

»Er ist nach Hause, nach Maua«, sagten sie.

»Er ist jetzt ein *miraa*-Mann«, sagten sie.

Sie versuchten, Rafiki davon zu überzeugen, dass Kata Kona mit Nanyuki abgeschlossen hatte und nun *miraa* durch sechshundert Meilen Wüste nach Somalia beförderte. Rafiki aber kannte seinen Kumpel besser als sie. Kata Kona würde Nanyuki niemals für immer den Rücken kehren. Die waschechten Söhne unserer Stadt gingen nie fort, egal wie schwierig die Lage wurde. Rafiki wandte sich an die Tabakhändler.

»Er ist in Marsabit«, sagten sie ihm. Wo er angeblich Kamele und Ziegen zwischen Wamba und Laisamis transportierte. Entweder waren sie ausgesprochen naiv oder glaubten, Rafiki wäre noch dümmer als sie. Dennoch leisteten sie, ob nun mit Absicht oder zufällig, genauso gute Arbeit, seinen *piki-piki*-Fahrer vor ihm zu verbergen, wie seine Schwiegerleute mit dem Verstecken von Rafikis Frau.

»Wenn ihr ihn seht«, trug Rafiki ihnen auf, »dann sagt ihm, dass ich jetzt Geld habe.«

Das sollte ihn aus seinem Versteck locken, dachte er.

Er machte sich auf die Suche nach einer zugänglicheren Seele, einer, die hinter das Äußere sehen und ihn als den nehmen konnte, der er war, und ihn nicht anhand von Gerüchten und heimtückischem Gerede beurteilte. Er fand bald heraus, wie schwierig es war, Vertrauen oder Verständnis zu finden, ohne die Wahrheit auszuschmücken, eine paar kleine Lügen zu erzählen oder unhaltbare Versprechungen zu machen. Es dauerte eine Weile, aber er blieb hartnäckig und fand schließlich jemanden, der nichts Schlechtes hörte und nichts Schlechtes sagte.

Der neue Eselskarrenbesitzer war taubstumm und hatte nie von Kata Kona gehört oder mit jemandem gesprochen, mit dem Rafiki bislang zu tun gehabt hatte. Der Mann willigte ein, Rafiki dorthin zu bringen, wo immer dieser sagte, solange Ziel und Fahrpreis vor jeder Fahrt vereinbart wurden. Jedes Mal, wenn sie eine Fahrt verhandelten, mussten sie eine ganz neue Sprache erfinden, ein Vokabular aus Gesten und Gesichtsausdrücken, aus finsteren Blicken und Ächzen. Die Verhandlungen waren so anstrengend, dass sie manchmal länger brauchten, sich über den Fahrpreis zu einigen, als die eigentliche Fahrt in Anspruch nahm. War zwischen ihnen alles geregelt, konsultierte Donkey Man seinen Esel. Der Esel wiederum konsultierte den Karren, und wenn alle einverstanden waren, ging es im gemächlichen Eselsschritt los. Dann langte Donkey Man unter seinen Sitz und stellte das Radio an. Gospelmusik plärrte in einer Lautstärke, die in Elvis Town illegal gewesen wäre.

»Müssen wir uns das anhören?«, fragte Rafiki.

»Nein«, antwortete der Mann.

Sie mussten sich das überhaupt nicht anhören. Die Musik war nicht für sie gedacht. Das Radio war auf die Lieblingsstation seines Esels eingestellt.

Sie trotteten in bequemem Eselstempo dahin, eine nervenaufreibende Geschwindigkeit für jemanden, der es gewohnt war, in Kata-Kona-Geschwindigkeit durch die Stadt zu sausen. Leute, die Rafiki auf dem Karren sahen, fragten sich, ob er den ebenfalls beschlagnahmt hatte.

»*Jambo*, Rafiki«, grüßten sie. »Bist du jetzt ein Eselsmann?«

Er gab sich Mühe, nicht auf sie zu achten. Nach fünfzehn Minuten Fahrt schlief er ein und wachte erst wieder auf, als der Karren nach einer Stunde aufhörte, sich zu bewegen, und der Eselstreiber ihn in die Seite stieß, damit er erwachte. Sie waren an ihrem Ziel angekommen.

»Warte hier«, sagte Rafiki und stieg vom Karren.

In der *Liki Bar and Restaurant* saßen nur wenige Stammkunden. Die Kellnerin machte sauber, bevor die Nachmittagskundschaft kam. »*Jambo,* Rafiki«, grüßte sie ihn.

»*Wapi* Manager?«, fragte er sie. »Wo ist dein Chef?«

Er war irgendwo in der Nähe, aber sie wusste nicht genau wo. Rafiki bahnte sich seinen Weg zur Küche, ignorierte das Schild, das allen außer dem Küchenpersonal das Betreten der Küche untersagte. Rauch und der aus den Schmortöpfen aufsteigende Dampf vernebelten den Raum. Überall standen *jikos* und Holzkohleherde, und mehreren Köchen tropfte der Schweiß in die riesigen Töpfe mit *ugali* und *nyama choma,* geschmortem Fleisch, und auf die Berge von *chapati.*

»Wo sind eure Fritteusen?«, fragte Rafiki sie.

»Welche Fritteusen?«, lautete ihre Gegenfrage.

Seinen Unterlagen zufolge hatte das Restaurant Schulden für eine Großfritteuse, einen Gaskocher und zwei Tiefkühlschränke. Die einzigen Fritteusen, die er sehen konnte, waren die *karais* mit siedendem Öl auf den Holzkohleherden. Keinerlei Anzeichen von Gaskochern oder Tiefkühlschränken. Die Holzkohleherde sprachen dafür, dass der Gaskocher nicht mehr funktionierte, und was die Tiefkühler anging, so sprachen die Rinderhälften, die in einem Winkel der Küche in einem fliegensicheren Käfig hingen, eine ebenso deutliche Sprache.

Rafiki wollte schon alles abschreiben und sich nach einem erfolgsträchtigeren Opfer umsehen, als der Geschäftsführer wie eine *jinni* aus dem Qualm auftauchte. »Rafiki«, grüßte er. »Was machst du hier?«

»Wo ist dein Gaskocher?«, kam Rafiki gleich zur Sache.

»Weshalb?«

»Ich arbeite jetzt für Patel.«

»Hab ich gehört«, meinte der Geschäftsführer. »Er ist hinten.«

Das sollte eine einfache Übung werden, dachte Rafiki, während er dem Manager aus der Küche in den Hof folgte. Am Ende des Hofes grub sich der Blechbüchsenbettler durch einen Berg schmutzigen Geschirrs, um sein Mittagessen abzuarbeiten. »*Jambo,* Rafiki«, grüßte er herzlich. »*Nani kama sisi?* Wer kommt uns gleich?«

»*Hakuna kama sisi*«, bestätigte Rafiki. »Niemand.«

Er hatte angenommen, dass der Manager ihn zu einer hinten gelegenen Küche führen würde, doch standen sie stattdessen im müllübersäten Hof vor der Rückwand, an der sich Restaurantmüll stapelte.

»Da«, sagte der Manager und zeigte auf den Stapel.

Dann ging er wieder an seine Arbeit und überließ Rafiki der seinen. Beim Anblick dieses Bergs zerbrochener Möbel und anderen Abfalls war Rafiki versucht, die Angelegenheit abzuschreiben. Der Gaskocher lag unter zerbrochenen Tischen, Stühlen und Barhockern begraben. Er zog ihn heraus und untersuchte ihn. Es war ein robustes Gerät, ganz aus Stahl und Aluminium, und schien, abgesehen von den fehlenden Kochplatten, in verwertbarem Zustand.

Er winkte den Abwäscher heran, und gemeinsam trugen sie den Kocher durch die Küche, vorbei an siedendem Öl und brodelnden Töpfen, durch die Bar und zum Eselskarren. Nachdem das Ding sicher auf dem Karren verstaut war, machte sich Rafiki auf die Suche nach dem Geschäftsführer. »Wo ist der Zylinder?«, fragte er ihn.

»Den habe ich verkauft.«

»*Haya, kwaheri.*« Hier war nichts mehr zu machen.

»Du hast noch nicht dafür bezahlt«, sagte der Geschäftsführer.

»Du auch nicht«, erinnerte ihn Rafiki.

»Er gehört immer noch mir«, sagte der Chef, der dachte wie ein echter Nanyukier. »Ich überlasse ihn dir für einen Tausender.«

Rafiki lachte auf und ging hinaus zum Karren, sprang auf den Beifahrersitz und rief: »*Kanyanga!* Los!« Nichts geschah. Der Karrentreiber, der nicht an Rafikis Art gewöhnt war, starrte ihn mit leerem Gesichtsausdruck an. Rafiki übersetzte und wirbelte die Hände wie Windmühlenflügel herum, um Dringlichkeit und Geschwindigkeit anzudeuten. Der Karrentreiber stupste seinen Esel mit dem Fuß an. Der Karren bewegte sich in normaler Eselsgeschwindigkeit die Straße hinunter. An jenem Tag machten sie noch bei zwei weiteren Unternehmen halt, die am Weg lagen, und als sie wieder am Laden ankamen, war der Karren mit allerlei Dingen beladen. Sie entluden ihn, und Rafiki entließ den Karrenführer. Dann rief er Manu, sich die Beute des Tages anzusehen.

»Warum bringst du mir all diesen Müll?«, fragte Manu ihn. »Manches davon gehört mir nicht einmal.«

»Wie, gehört dir nicht?«, fragte Rafiki nach.

»*Angalia.*« Manu zeigte auf etwas, das wie ein Toaster aussah, aber keiner war. Rafiki hatte keine Ahnung, was es wirklich war, doch hatte sich der Besitzer dermaßen angestrengt, es zu verstecken, dass Rafiki davon überzeugt war, es stammte aus dem Laden.

»Sieh her, keine Seriennummer«, machte Manu klar.

»Die machen sie ab, um dich hinters Licht zu führen.« Rafiki lachte ihn aus. »Sie mögen dich täuschen, aber mich tricksen sie nicht aus.«

»Und dieses *takataka*?«, fuhr Manu fort, während er den Rest in Augenschein nahm. »Was ist dieses *King Kuku*? Alles Schrott, und dieses *Chiko Chikwetu* … davon habe ich noch nie gehört.«

»Made in Kenya«, sagte Rafiki und wiederholte damit, was man ihm gesagt hatte, obwohl er es stark bezweifelte.

»Alles Müll.« Manu tat es mit einer Handbewegung ab. Dann verzog er sich wieder in seinen Winkel.

»Boss.« Rafiki folgte ihm zu seinem Schreibtisch. »Du meinst damit nicht, dass du nicht für all die Arbeit bezahlen willst, die ich hier reingesteckt habe, oder? Ich habe schwer gearbeitet, um alles hierherzubringen.«

»Bring es zurück«, sagte Manu.

»Ohne Geld kann ich das nicht.«

»Für Schrott kann ich dich nicht bezahlen.«

»Gut«, sagte Rafiki, »dann sage ich den Besitzern, sie sollen sich das Zeug hier abholen.«

»Nein, nein, nein, *nai*!« Manu setzte sich auf. »Die sollen nicht herkommen. Du bringst es selbst zurück. Ich bezahle dir den Transport, aber nicht mehr.«

»Wann?«

»Wenn ich dafür bezahle. Nun geh.«

»Du hast mich nicht dafür bezahlt, dass ich es hergebracht habe.«

»Ich bezahle nur, dass du es wieder zurückbringst, *theek hei*?«

»Im Voraus?«

»Morgen.«

»Heute.«

Aber Donkey Man war bereits weg. Rafiki ging zum Reparaturtisch und den Haushaltgeräten hinüber, die darunterlagen und auf sein Fachwissen warteten.

Kapitel 17

Majengo war als riesiges Viereck ausgelegt, das sich aus vier kleineren zusammensetzte, von denen jedes ungefähr eine Viertelmeile Seitenlänge hatte. Die Quadrate wurden durch zwei staubige Boulevards voneinander getrennt, von denen der eine von Norden nach Süden und der andere von Osten nach Westen verlief und die sich genau in der Mitte des Mutterquadrats kreuzten. Die vier Sektoren, die durch die beiden sich kreuzenden Boulevards entstanden, setzten sich aus Grundstücken von sechzig mal hundert Fuß zusammen, auf denen sich mehrere quadratische Lehmhäuser mit Blechdächern drängten. Alles war ordentlich und quadratisch, alles aus den gleichen Materialien errichtet und mit den gleichen Abmessungen.

Eine Ringstraße, angelegt für die nächtlichen Streifengänge während des Mau-Mau-Krieges, als man Majengo in Stacheldraht gekleidet und in ein Konzentrationslager verwandelt hatte, zog sich innerhalb des Zauns um die gesamte Anlage. Ein einziger Polizist konnte zwei ganze Straßen von einem Ende bis zum anderen überblicken, ohne dass er dabei seinen Posten verlassen musste. Diese Anordnung hatte für die koloniale Verwaltung perfekt funktioniert, war aber auch den Schwarzbrauern von Nutzen gewesen. Sie stellten ein Kind an einem Ende des Boulevards auf, das alle warnte, sobald der Chief und seine Büttel ihren Posten verließen und auf Schnapsstreife gingen. Später versuchte die *uhuru*-Regierung, neu im Geschäft und über Versuch und Irrtum lernend, dieselben alten, kolonialen Gesetze anzuwenden, um die Herstellung und den Konsum von Schwarzgebrautem zu unterbinden, indem sie denselben Chief und seinen *askari* einsetzte. Aber das war in den alten Zeiten.

Mit dem Auszug der hartgesottenen Brauer und Trinker nach Liki Village hatte sich Majengo in einem geruhsameren Leben eingerichtet, sah zu, wie die Tage kamen und gingen, ohne dass sich an Tempo, Richtung oder Zweck etwas Wesentliches änderte. Die Verwaltung hatte Besseres zu tun, als die Trunkenbolde durch die Seitengassen zu jagen, doch Majengo blieb das alte, reizbare Ungeheuer, das es immer war.

Rafiki, der sich nicht im Mindesten vor Majengos Ruf als eines abgründigen und geheimnisvollen Wesens fürchtete, durchforstete jede Ritze und jeden Winkel. Er suchte in jedem verlassenen und verfallenden Haus und probierte es an jeder offenen Tür. Zu diesem Zeitpunkt hatte die Nachricht die Runde gemacht, dass seine Frau ihn verlassen hatte. Die ganze Welt wusste, dass der arme Mann darüber verrückt geworden war. Warum sonst war er ohne seine Gitarre und seinen Sombrero unterwegs und fragte nach Leuten, die nichts mit ihm zu schaffen hatten?

Aus seiner fürsorglichen Natur heraus bemühte sich Majengo, freundlich mit ihm umzugehen. Die Leute boten ihm ein Glas Wasser oder Tee an, wenn sie es hatten, und baten ihn, er möge sich setzen und die geplagten Glieder ausruhen. Sie gaben ihm Ratschläge, wie er ohne seine Frau existieren konnte, dass er sie einfach vergessen und sich vielleicht eine andere zulegen sollte. In Majengo gab es viele Frauen, die ihn lieben würden, wie er war. Einige hatten noch nicht von seiner neuen Unternehmung mit den Patels erfahren, aber wer davon gehört und Grund hatte, sich zu fürchten, riss auch dann vor Rafiki aus, wenn der gar nicht hinter ihm her war.

Seine Frau schien vom Antlitz Laikipias verschwunden. Sie reagierte nicht auf seine Anrufe. Seine Nachrichten, in denen er um Gespräch und Versöhnung bat und sich in einigen Fällen sogar entschuldigte, ohne zu wissen wofür, blieben unbeantwortet.

»*Sweettea*«, flehte er unzählige Male. »Es tut mir leid. Komm wieder nach Hause.«

Er kam sich töricht vor, wenn er sie so anflehte. Es machte ihn wütend. Das schwelte und fraß sich durch seinen ganzen Körper. Schritt für Schritt steigerte sich seine Wut vom Persönlichen ins Allgemeine. Er fuhr freundliche Menschen an und ignorierte die Grüße Fremder, doch seltsamerweise blieb sein Lächeln so wie immer, wankte und wich nicht, verlor auch nicht sein Strahlen, sobald Kinder ihn anhielten und fragten, warum er keine Gitarre dabeihatte.

»Ist die kaputt?«

»Nicht ganz«, antwortete er ihnen.

»Hat jemand deine Gitarre gestohlen?«

»Nein«, antwortete er traurig mit strahlendem Lächeln. »Die ist zu Hause.«

Nur die Kinder und die streunenden Hunde wussten nicht, dass seine Frau ihn verlassen hatte. Die Erwachsenen frohlockten oder weideten sich hämisch daran, je nachdem, wie sehr sie sich um ihren Mitmenschen Gedanken machten. Bei den Hämischen taten sich vor allem seine Schwiegerleute hervor. Die meisten hatten ihn ohnehin nicht leiden können und sich nie damit abgefunden, dass er eine der Ihren geheiratet hatte. Einige, wie der Soldat und der Knastologe, machten keinen Hehl aus ihrer Freude darüber, dass sie nach Hause zurückgekehrt war. Das Geheimnis ihres Aufenthaltsortes bewachten sie besser als die unter ihren Betten verscharrten Skelette. Niemals würden sie eine Botschaft von ihm an sie annehmen oder gar zugeben, dass sie ihren Aufenthaltsort kannten, egal wie sehr er darum bettelte. Hätten sie ihn nicht am Betreten des Anwesens ihres Vaters gehindert, Rafiki wäre versucht gewesen zu glauben, dass Dritte sie gekidnappt und seine Möbel gestohlen hatten.

Rafiki suchte genauso gründlich nach ihr, wie er nach Manus vertragsbrüchigen Schuldnern suchte. Das konnte er ohne Weiteres gleichzeitig tun, weil dieselben Leute sie kannten. Wohin er auch kam, fragte er nach dem Schuldner und dann, wenn er glaubte, die Person würde keine anstößige Bemerkung machen, fragte er sie, ob sie seine Frau gesehen hatte.

»Ich habe gehört, sie sei in Timau gesehen worden«, sagte eine Frau.

Das war Wort für Wort dasselbe, was sie über den Geist Kimani wa Kamau gesagt hatte.

»Ich habe gehört, dass man sie in Kwa Huku gesehen hat«, sagte eine andere Frau.

Und so weiter und so weiter und so fort nach einem inzwischen vertrauten Muster.

Sogar im weit entfernten Meru Town hatte jemand Rafikis Frau gesehen. Ein anderer, der offensichtlich keine Vorstellung hatte, wo das war, wollte sie in Rumuruti Town gesehen haben. All die widersprüchlichen Informationen von Leuten, die eindeutig keine hatten, ließen Rafiki Schatten nachjagen und mit den Fahrtkosten für *piki-piki*-Taxis Geld verbrennen, das er erst noch verdienen musste. Das Verlangen, seine Frau zu finden, verzehrte ihn derart, dass ihm häufig erst später klar wurde, dass eine Anzahl derer, die sie gesehen haben wollten, ihr nie begegnet waren, keine Vorstellung hatten, wie sie aussah und es nur aus der Freundlichkeit ihrer Herzen heraus sagten. Die anderen, nämlich diejenigen, die ihren Spaß daran hatten zuzusehen, wie er sich fortwährend im Kreis drehte, ärgerten ihn genauso, und er schickte sie mit einigen passenden Worten zum Teufel.

Es hielt ihn beträchtlich auf, doch im Laufe der Zeit beschlagnahmte Rafiki eine ansehnliche Sammlung alter, defekter Haushaltgeräte, manche davon so betagt, dass man nicht mehr sagen konnte, ob sie jemals Patel und Co. gehört hatten. Andere hatten die gegenwärtigen Besitzer von den Müllhalden geholt, und die waren am schwierigsten zu beschlagnahmen. Es war Rafiki aber noch nicht gelungen, etwas von richtigem Wert oder seine Frau aufzuspüren.

»Rafiki?«, rief ihn eine Stimme aus einer Staubwolke an.

»Was?«, bellte er zurück.

»*Kwanini unakonda kama fisi juu ya bibi?*«, fragte ihn die Stimme. »Warum lässt du dir von einer Frau den Schlaf rauben?«

Rafiki wollte auf die Stimme zustürzen, als er ein leises Lachen in der Staubwolke hörte. Dann legte sich der Staub, und er sah einen ausgemergelten alten Mann, grau von Kopf bis Fuß, der seinen Hinterhof umgrub und *sukuma wiki* pflanzte. Hinterhof-Gemüsekohl war die Lieblingspflanze der Veteranen, die keinen Geschmack an Sinsemilla fanden. Dann erkannte Rafiki Funguo, den alten Gefängniswärter, der den Spitznamen Funguo bekommen hatte, als er die Schlüssel für die Handschellen und Fußfesseln verwaltete, mit denen man Mau-Mau-Verdächtige verwahrte. Wie viele koloniale Lakaien war Funguo alt geworden und unbeliebt und führte in Majengo ein Leben in Armut.

Er war barfuß und arbeitete mit freiem Oberkörper, hatte die zerlumpten Hosen bis zu den Knien aufgerollt, Augenbrauen und Haare waren staubbedeckt. Schlammiger Schweiß rann über seine knochige Brust. »Geh heim und warte auf sie«, riet er Rafiki. »Sie kommt zurück, wenn sie es müde ist, sich herumzutreiben.«

»Meine Frau treibt sich nicht herum«, entgegnete ihm Rafiki.

»*Kwani huijui wanawake?*« Rafikis Ergebenheit schien den alten Mann zu belustigen. »Kennst du die Frauen nicht? Frauen sind wie Katzen. Keine *maziwa*, keine *mapenzi*. Keine Milch, keine Liebe.«

Obwohl es irgendwie ärgerlich war, brachte sein Lächeln, das Lächeln eines Mannes, der genug durchgemacht und erlebt hat, um der Menschheit zynisch gegenüberzutreten, Rafiki dazu, dass er nicht mehr nach seiner Frau fragte. Wenn sie ihn wirklich gernhatte, würde sie zurückkommen, wenn sie so weit war. Ansonsten triebe ihn seine Verzweiflung nur in den Wahnsinn. Sie ließ ihn ja schon in den Augen eines verhassten alten Kerkermeisters lächerlich erscheinen.

Zwischen seinen Beutezügen durch Majengo, eine Welt, die sich ihm gegenüber immer kälter und feindseliger verhielt, machte Rafiki im Laden halt, wo er weiteren alten Kram ablieferte, eine andere Akte holte und um einen Lohnvorschuss bat. Die Antwort auf Letzteres blieb immer gleich.

»*Nai.*«

»Und Fahrtkosten?«

Wieder schüttelte Manu nur den Kopf.

»Big Boss?«

Wie gewöhnlich hörte Manish ihn nicht.

Rafiki zog sich in den hintersten Winkel des Ladens zurück, um seinen nächsten Feldzug zu planen. Einige Geräte, die er unlängst geborgen hatte, lagen in der Vitrine, weil es an Platz mangelte, sie abzustellen. Er griff zu einem alten Radio mit dunkler, verschmierter Skala. Das war der einzige Gegenstand, den er unschwer zuordnen konnte, aber es war so alt, dass er kaum den Namen Sanyo entziffern konnte. Er stellte es auf den Tresen.

»Boss«, rief er zu Manu hinüber, »hast du Batterien?«

Das war eine dämliche Frage. Er merkte es in dem Augenblick, in dem er sie stellte. Jede Batterie im Laden wäre so alt wie Manish und zu alt, um noch von irgendwelchem Nutzen zu sein. Er wartete Manus Erwiderung gar nicht erst ab, sondern schraubte weiter an der Rückwand des Radios herum, drehte einige Schellen, klopfte hier dagegen und da und war überrascht, als es aufging. Das Netzkabel war um die Spinnweben gewickelt. Er suchte den Laden ab, bis er einen Handfeger fand; es hatte sowieso keinen Sinn, Manu oder Manish danach zu fragen, und fegte den Staub und die Spinnweben aus dem Radio. Dann schloss er es an die nächste Steckdose an, trat einen Schritt zurück und wartete ab, was geschah. Nichts tat sich. Er streckte den Besenstiel aus, schaltete es aus der Ferne an und sprang erschrocken zurück, als das Radio, anstatt wie erwartet in Hunderte Teile zu zerspringen, *taraabu*-Musik von der Küste plärrte.

»Boss?« Er drehte die Lautstärke herunter.

»*Nini?*«, fragte Manu, ohne aufzusehen.

»Es funktioniert.«

»Was?«

»Ach, nichts.«

Rafiki schaltete es aus und griff nach seiner Akte. »Ich mach mich auf den Weg und bring dir noch mehr Schrott, der funktioniert.«

Der Samstag war der beste Tag, um säumige Lehrer, Verwaltungsangestellte und andere zu überraschen, die Arbeit hatten und glaubten, sie kämen ungestraft davon, wenn sie das Geschäft der Patels ruinierten.

Rafiki bahnte sich seinen Weg durch Majengo, hielt sich an die Seitenstraßen und Gassen, weil er niemandem begegnen wollte, der ihn nach seiner Frau fragte. Leute, die sich noch nie um Rafiki oder seine Frau gekümmert hatten, nannten ihm nun ihren Aufenthaltsort, nur um herauszufinden, ob er wusste, wo sie war. Manche hatten ihre Freude daran, wenn sie den Schmerz hinter seinem Lächeln erblickten.

Um von Sector C nach Sector D zu gelangen, musste er den Ost-West-Boulevard überqueren, der so breit war, dass ihn vom Gefängnis bis Tingithu jeder sehen konnte, und so alt, dass die Pfefferbäume vor Altersschwäche zugrunde gingen. Er hielt inne, um tief Luft zu holen, dann schoss er aus der Gasse hervor, mit der Hand den Hut festhaltend, den er tief ins Gesicht gezogen hatte, angeblich, damit der Wind ihn nicht davonblies, in Wirklichkeit aber, um zu vermeiden, dass man ihn erkannte. Seine Gestalt, sein Gang oder seine Kleider, die er einige Zeit nicht gewechselt hatte, verrieten ihn.

»Man Guitar«, brüllte eine Frau, »wo hast du dein Instrument?«

Sie stand auf der Veranda ihres Hauses, eines der wenigen, in dem Mieter und Hausbesitzer so einvernehmlich nebeneinander lebten wie vor der Mieterrebellion im Jahr … in welchem Jahr das auch war. Sie lehnte in ihrem knappen Rock, der engen Bluse und dem grob gepuderten Gesicht an einem Stützpfosten und strahlte ihn an. »Hat sie es mitgenommen?«

Sie war eine waschechte Tochter unserer Stadt, eine Flamme aus längst vergangener Zeit, die seine Gitarre immer als sein Instrument bezeichnete.

»Ich dachte, du wärst gestorben«, sagte er zu ihr.

»An Aids?« Sie schüttelte den Kopf. »Erst nach dir.«

Er wollte schon etwas erwidern, beherrschte sich aber im letzten Augenblick. Wenn er auf jeden Dummkopf und Bosheitsköchler wütend reagierte, wäre er den ganzen Tag nur mit Idioten beschäftigt. Ihm bliebe nur wenig Zeit für das, was wirklich zählte: sein Job und seine Frau.

»Ich habe gehört, dass deine Frau ein wichtiger Mann werden will«, sagte sie.

»Nicht mit mir«, erklärte er ihr.

»Hat sie dich deswegen verlassen?«

»Woher nehmt ihr Leute bloß immer eure Gerüchte?«, erwiderte er und ging weiter.

»Du bist wütend, weil sie dich verlassen hat«, rief sie ihm hinterher.

Von ihrem Lachen verfolgt, eilte er über die Straße und bog in die Gasse ein, als wäre sie leibhaftig hinter ihm her. Er kam in eine Seitengasse und wollte in die nächste, als ein Radfahrer ihn entdeckte und abrupt anhielt. Sie starrten einander an. Dann machte der Radfahrer kehrt und raste in die entgegengesetzte Richtung davon. Rafiki rannte ihm hinterher. Der Radfahrer hatte einige Sekunden Vorsprung und Rafiki nicht die geringste Chance, ihn im direkten Wettrennen einzuholen. Als ihm das klar wurde, bog er in einen Seitenweg ab, der so schmal war, dass ihm die windschiefen, zerklüfteten *mabati*-Mauern Arme und Beine zu zerfleischen drohten, rannte, so schnell er nur konnte, weil er vor dem Radfahrer die nächste Kreuzung erreichen wollte. Er gelangte ans Ende und schoss in genau dem Augenblick aus dem Weg heraus, in dem der Radfahrer vorbeigeflogen kam. Er griff nach der Lenkstange, hielt das Fahrrad an und brachte dabei beinahe den Fahrer samt Gepäck und sich selbst zu Fall.

»Warum haust du denn ab?«, fragte er.

»Weil du mich verfolgst«, erwiderte der Radfahrer.

»Weil du geflüchtet bist.«

»Ich bin nicht geflohen«, sagte der Mann. »Ich wollte dahin zurück ... dahin zurück, woher ich gekommen bin.«

»Hast du dieses Fahrrad bezahlt?«, fragte Rafiki.

»*Ati*, was denn, bezahlt?«

»Steig ab«, befahl Rafiki.

Durch das Verhalten der Leute fühlte er sich fast so, als wäre er ein einsamer Gesetzeshüter in einem riesigen gesetzlosen Ort.

»*Ati ni,* nein, nicht absteigen«, jammerte der Mann. »*Kweli wewe mbaya kama polisi.* Du bist genauso schlimm wie ein Polizist. Was soll ich denn mit den Köpfen machen?«

»Mit den Köpfen?« Rafiki war ehrlich bestürzt.

Immerhin war dies Majengo, sein Majengo. Eine Straße weiter begann Mogadishu, und dort war nichts unmöglich.

Der Mann öffnete den Korb auf dem Gepäckträger. Rafiki fuhr zusammen, erschrak vor den leblosen blauen Augen, die ihn anstarrten. Er sah genau das, was er zu sehen erwartete, mehrere menschliche Schädel, die ihn anstarrten. »Was!«, rief er aus.

»Schafsköpfe«, sagte der Radfahrer. »Ich verkaufe Kopf-und-Huf-Suppe.«

»Schafsköpfe?« Etwas verlegen wagte Rafiki einen zweiten Blick. »Dann solltest du das Fahrrad bezahlen. Sieh dir bloß mal an, wie es aussieht. Wie alt ist es?«

»Sehr alt.«

»Dann solltest du es mittlerweile abgezahlt haben. Steig ab.«

»*Rafiki, bwana, kwani hauna huruma*«, flehte der Mann. »Hast du kein Mitleid? Wie soll ich die Köpfe nach Hause bringen?«

»*Beba kwa kichwa*«, antwortete Rafiki. »Auf deinem Kopf.«

»*Ati nibebe hizi vichwa kwa kichwa?*« Er war kurz davor, in Mogadishu-Raserei zu verfallen. »Bist du verrückt? *Haki, hiyo haiwezekani.* Das ist unmöglich. Das kann ich nicht tun. Ich kann keine Schafsköpfe auf dem Kopf transportieren.«

»Dann nehme ich alles mit«, erklärte Rafiki.

»Rafiki, *bwana*«, bettelte er und beruhigte sich sichtlich. »Was soll Patel mit den Schafsköpfen anfangen? *Sinikupati kitu kidogo tusahau hii mambo?* Ich spendier dir einen Tee, und wir vergessen die ganze Sache.«

»Genau deswegen ist dieser Bezirk da gelandet, wo er sich jetzt befindet«, sagte Rafiki streng und setzte ein Gesicht auf wie ein einsamer Ranger. »Bestechung, Korruption und Straflosigkeit. Steig ab.«

»*Haki wewe mbaya kushinda polisi*«, sagte der Fahrradmann. »Du bist schlimmer als ein Polizist.«

»Steig ab.«

Da ihm klar wurde, dass Rafiki es nicht nur ernst meinte, sondern er überdies auch unbestechlich war, änderte der Mann seine Taktik. Er und seine Familie brauchten das Fahrrad für ihren Lebensunterhalt. Er verkaufte nicht nur Schafskopfsuppe, sondern auch Holzkohle und Feuerholz, und das Fahrrad war sein einziges Transportmittel. Er war ein schwer arbeitender Mann, wie Rafiki, und wie bei Rafiki war das Leben auch zu ihm nicht freundlich gewesen.

Beginnend mit den Umständen seiner unglücklichen Geburt in einem Verschlag im Molo Forest, erzählte er Rafiki seine ganze Lebensgeschichte. Er erzählte von kalten und hungrigen Tagen im verregneten Molo Forest, an denen er Bäume fällte, um Holzkohle herzustellen. Er erzählte davon, wie er während der verschiedenen Kriege nur knapp mit dem Leben davongekommen war und an diesem Höllenort, so weit entfernt von dem einzigen Zuhause, das er kannte, noch einmal ganz von vorn beginnen musste. Er rechnete Rafiki sein monatliches Haushaltsbudget vor, um zu beweisen, wie schwierig es für ihn war, Essen auf den Tisch der Familie zu bringen.

Es war eine bewegende Geschichte, wenn sie denn stimmte, doch das war unmöglich zu klären. Und außerdem: Wenn Rafiki solchen Ausreden und Schreckensgeschichten zu große Aufmerksamkeit schenkte, könnte er nicht einen einzigen Gegenstand beschlagnahmen.

»Steig ab.« Er klang strenger als ein Polizeibeamter.

»*Nakuomba Rafiki*«, sagte der Mann. »Ich bitte dich, Rafiki, erlaube mir, es nach Hause zu schaffen. Ich verspreche, dass ich das Fahrrad morgen in den Laden bringe.«

Rafiki war zwischen Mitleid und Misstrauen hin- und hergerissen. Nach so vielen Jahren in Majengos Wildnis befand sich das Fahrrad in einem derartigen Zustand, dass es vielleicht gar nichts mehr wert war. Hätte der Mann sich nicht so verdächtig benommen, hätte Rafiki ihn überhaupt nicht angehalten. Er musste außerdem den logistischen Aspekt bedenken, was es bedeutete, eine Ladung Schafsköpfe auf dem Kopf zum Laden zu befördern, abgesehen davon, was Manu und Manish davon halten würden. Er beschloss, dem Mann Gelegenheit zu geben, sich des Mitleids würdig zu erweisen. »Morgen?«, fragte er.

»*Kesho, kesho*«, antwortete der Mann. »Ich verspreche es.«

»*Hayu, kesho*«, sagte Rafiki. »Wenn dieses Fahrrad nicht morgen um diese Zeit bei Patel ist, werde ich dich finden. Ich weiß, wo du wohnst.«

»Wirklich?« Er staunte.

»Ja.« Es war eine unverfrorene Lüge. »Fahr los.«

»*Asante, bwana Rafiki.*« Der Mann bedankte sich überschwänglich bei ihm. »Du bist ein guter Mensch, egal, was man über dich und deine Frau erzählt.«

Rafiki hätte fast gefragt, was man sich über ihn und seine Frau erzählte. »*Basi, kwenda*«, sagte er stattdessen. »Fahr jetzt, bevor ich es mir anders überlege.«

»Ich wünsche dir, dass deine Frau zurückkommt«, rief der Mann im Davonfahren.

»Das wird sie«, sagte Rafiki und hoffte, dass der Mann die verzweifelte Hoffnung in seiner Stimme nicht mitbekam.

Er zog sein Telefon heraus. Er wollte seine Frau anrufen, dachte dann aber: »Was soll's?« Er hatte so viele bettelnde und flehende Nachrichten hinterlassen, dass sie ihn inzwischen angerufen hätte, wenn sie es gewollt hätte.

In den alten Zeiten hätte er eine Abordnung der Ältesten und Clansleute zum Marura Estate, dem Anwesen ihres Vaters, gesandt und verlangt, dass sie ihm seine Frau unverzüglich zurückschickten oder alle Ziegen und Kühe zurückgaben, die er für sie bezahlt hatte. So wäre es in den alten Zeiten gewesen. Heute war es so, dass Rafiki, abgesehen davon, dass er keine Ahnung hatte, wo seine Clansleute und sogar sein eigener Vater sich versteckten, nicht den vollen Brautpreis bezahlt und damit weniger Anspruch auf das Leben seiner Frau hatte als ein Tagelöhner. Jeder Versuch, etwas von ihrem Vater oder ihren Clansleuten zu fordern, würde nur dazu führen, dass er sich für den Rest seines Lebens mit Simon und Karanja, dem Soldaten und dem Knastologen, und ihren Hunden herumschlagen müsste.

Er würde ihr die Zeit lassen, die sie brauchte, um sich von den Altweiberdämonen zu befreien, die in sie gefahren waren. Für die Zwischenzeit hatte er einen Job, einen anstrengenden und unerbittlichen neuen Beruf, und das war alles ihre Schuld.

Kapitel 18

Als während des Mau-Mau-Krieges nachts Soldaten durch die Straßen patrouillierten, betrat mancher in Majengo ein Haus und verschwand, ohne dass er je wieder tot oder lebendig gesehen wurde. Es hieß, dass sie sich gegen ihr Volk gestellt hatten, Verräter und Kollaborateure geworden waren, zum eigenen Vorteil oder aus schierer Feigheit die Mau-Mau verrieten. Solche Leute verschwanden spurlos, wurden unauffällig von ihren Nachbarn, Verwandten und Freunden aus dem Weg geräumt und in deren Häusern heimlich in der Erde versenkt. Das, so behaupteten manche, war der Grund, warum die Besitzer sogar dann noch, als all ihre Mieter nach Liki Village umgezogen waren, die Grundstücke nur widerstrebend veräußerten und die Häuser für Neubauten nur zögernd abreißen ließen. Sie fürchteten, dass die Vergangenheit ausgegraben wurde, alte Gräber freigab und sogar Geister befreite, die in der Erde gefangen lagen und auf Rache lauerten.

Wer in diesen in die Jahre gekommenen Häusern wohnte, wer dort geboren und alt geworden und Tag für Tag über die Gräber derer geschritten war, die er selbst oder seine Vorgänger kaltblütig, wenngleich ohne Niedertracht, beiseitegeschafft hatte, war von einer kalten und dunklen Aura umgeben, die nur andere waschechte Söhne unserer Stadt spüren konnten und die sie für hemmungslose Gewalt anfällig machte.

Solcherart war die Männerbande, die, mit Messern bewaffnet und verschworen, ihm ein für alle Mal ein Ende zu machen, Rafiki in Mogadishu umzingelte. »*Jambo,* Rafiki«, grüßten sie ihn. »Wir haben dich gesucht.«

Rafiki kannte sie gut. Hier unten im Schoß der Bestie, in dem die Leute schon so lange mit *jinnis* und Wesen aus der Anderwelt ins Bett gegangen waren, dass man sie kaum noch auseinanderhalten konnte, kannte jeder jeden. Jeder war irgendwie mit jedem verwandt, entweder übers Blut oder durch Bündnis. Jeder war irgendjemandes Verwandter oder Nachbar, Mieter oder Vermieter, Kunde oder Ladeninhaber, Holzkohlehändler oder -käufer, Fleischer oder Milchmann oder war mit jemandem verwandt, der das eine oder das andere war. Diese Bande hatte Zeit und Schicksal überlebt, die Weltkriege und die Kolonialkriege und den Mau-Mau-Krieg überdauert. Sie hatten den ultimativen Kriegen getrotzt und fortbestanden, dem Krieg um die Beute aus dem Krieg um die Unabhängigkeit und den nachfolgenden ethnischen Kriegen. Alles aufgrund der guten alten Nanyuki-Zähigkeit. Ein einziger waschechter Sohn unserer Stadt besaß mehr Leben als eine ganze Gasse voll streunender Katzen.

An diesem schicksalhaften Tag draußen in Mogadishu aber, als die Männer Rafiki mitteilten, dass sie vorhatten, ihn zu beseitigen, war kein weiteres Leben zur Hand. Der Grund, so sagten sie, lag in der Schande und Scham, die er über die Männer von Majengo gebracht hatte, im Chaos und in der Verwirrung, die er mit seinem Einmannkreuzzug gegen die Schuldenflüchtlinge in ihren Familien verbreitete. Sie hatten sich mit ihren Freunden und Nachbarn beraten und waren zu der Überzeugung gekommen, dass es nur einen sicheren Weg gab, Rafiki daran zu hindern, sie weiter zu drangsalieren. Allerdings wollten sie ihm, da er ein waschechter Nanyukier war, eine Wahl lassen. »Entweder du machst Schluss«, sagten sie, »oder wir machen Schluss mit dir.«

Rafiki kannte sie alle. Sie waren zusammen auf den Straßen groß geworden, hatten von dem gelebt, was sie in den Mülltonnen fanden. Er fürchtete sich nicht vor ihnen. Außerdem hatte er ein Messer, wenn sie zu den Messern greifen sollten, und es wäre nicht das erste Mal, dass er es zur Selbstverteidigung einsetzte. Zunächst aber redete er vernünftig mit ihnen. Er erklärte ihnen, auch sie müssten, unabhängig von der Tatsache, dass er einen Auftrag zu erledigen hatte, den auszuführen er entschlossen war, wie jeder andere ihre Schulden bezahlen. *Kula na kulipa*. Du isst, du bezahlst.

»Wir reden hier von *teevees*«, sagten sie.

»Wie würdet ihr euch fühlen, wenn ich euren *teevee* nähme und mich weigerte, ihn zu bezahlen?«, fragte er sie.

»Umbringen würde ich dich«, sagte einer, ohne zu zögern.

»So geht es Patel mit seinen *teevees*.«

»Aber Patel ist ein ...«

»*Mhindi*«, vollendete Rafiki für ihn. »Ich bin zur Hälfte ein Dorobo und du ... was bist du?«

»Mbeere?«

»Und du?«

»Kissii.«

»Du?«

»Samburu.«

»Du?«

»Ganz und gar ein Dorobo.«

»Seht ihr?«, sagte er. »Und doch arbeitet ihr hier zusammen und hasst Patel, weil er anders ist, und mich, weil ich ihm helfe, dass er sein Geld zurückbekommt. Wenn ihr Kerle wie vereinbart eure Raten *pole-pole* bezahlt hättet, in kleinen Schritten, dann wäre jetzt niemand hinter euren Sachen her.«

»Ich kann nicht so viel zahlen.«

»Wie viel kannst du dir leisten?«

»Zehn im Monat.«

»Meinst du das ernst?«

»Zwanzig.«

»Das könnte helfen.«

»Wirklich?«

»Ich kann nichts versprechen, aber Patel ist ein vernünftiger Mann. Wenn du versprichst, jeden Monat zu bezahlen, ohne Ausnahme ...«

»Wie soll ich das machen?«, sagte einer. »Ich bin Tagelöhner.«

»Ich kann«, sagte ein anderer.

»Ich vielleicht auch?«

»Ich auch.«

»Wartet mal«, sagte der Letzte. »Wir wollten ihn verdreschen, *twanga yeye*, nicht ihm beipflichten.«

»*Wee unajua tu kurarua na kutwanga*«, sagte einer der anderen. »Dir macht es einfach Spaß, Leute zu verprügeln.«

»Kommt am Montag«, sagte Rafiki. »Ich werde sehen, was ich tun kann.«

Heute war Dienstag. Das gab ihnen ausreichend Zeit, ihre Meinungsverschiedenheit beizulegen und sein Angebot zu prüfen. Er ließ sie ein wenig debattieren und streiten, dann zog er sich leise zurück, nur für den Fall, dass der *twanga*-Advokat gewinnen sollte.

Erst als er wieder den Ost-West-Boulevard erreicht hatte, atmete er auf und dachte daran, dass ihm nicht alle Welt übelwollte. Es gab einige, die, aus sehr egoistischen Gründen, froh waren, dass er lebte, einen einträglichen Job hatte und jetzt keine Frau mehr. Eine solche Person lehnte am Stützpfeiler ihrer Veranda und beobachtete ihn mit raubtierhafter Erwartung, als er die Straße heraufhastete und aussah, als würde er gleich vor Erschöpfung zusammenbrechen. Als er auf gleicher Höhe mit ihr war, räusperte sie sich laut, um seine Aufmerksamkeit zu erregen. »Man Guitar«, rief sie ihm zu. »*Siuingi upumuzike nami!* Komm herein und ruh dich bei mir aus!«

»Ich bin nicht müde«, antwortete er ihr.

»*Kwani bibi amerudi?*«, fragte sie. »Sie ist also wieder da?«

»Geht dich nichts an.«

»*Haya, ukichoka kungonja unajua kwangu.*« Sie zog den Rock über ein Knie hoch. »Du bist hier immer willkommen.«

Sie war so alt wie die Ol Daiga Hills, aber wenn man sie sah, merkte man das nicht. Auch sie war eine waschechte Tochter unserer Stadt, zäher als *mama mboga,* eine Straßenverkäuferin, und härter als jeder Gefängniswärter. Rafiki kannte sie seit der Kindheit und war, abgesehen von der Zeit mit der Band und der damit verbundenen Verrücktheit, wie ein Bruder für sie. Dass sie zu dem frevlerischen Gefolge und dem mit ihm einhergehenden Wahnsinn gehört hatte, die ihn schließlich die Karriere kosten sollten und beinahe seine Ehe ruinierten, war nicht der Grund dafür, dass Rafiki nicht dabei gesehen werden wollte, wenn er sich mit ihr unterhielt. Er musste vermeiden, überhaupt mit einer Frau gesehen zu werden. Seine Frau würde mit Sicherheit Wind davon bekommen und es gegen ihn verwenden.

Ein Stück weiter traf er eine Frau, deren einziges Interesse an ihm zum Glück darin bestand, zu erfahren, ob ihr Mann für das Schlafzimmer bezahlt hatte.

»Wie heißt er?«, fragte er sie.

»Baba Jimi.«

Rafiki schlug in seinen Unterlagen nach. Er hatte viele Mühen investiert, um alle Namen in alphabetischer Reihenfolge zu ordnen, sodass er jetzt in weniger als einem Augenblick überprüfen konnte, ob jemand gesucht wurde oder nicht. Auf der Liste stand kein Baba Jimi. Nicht, dass er das erwartet hatte. Einen Namen wie den ihres Mannes würde man kaum vergessen, weil er so unnatürlich war. Im Laden lagen noch Dutzende weitere Akten, die Manu noch nicht einmal abgestaubt hatte, aber das musste sie nicht erfahren.

Die Erleichterung auf ihrem Gesicht war eine Genugtuung. Endlich jemand, der seinen Job nicht gegen ihn ausspielte.

»*Haki agenijuta leo*«, sagte sie. »Er hätte mich in meinen Turkana-Farben erleben können. *Ningenyorosha yeye kama mtambo wa reli*. Ich hätte das für dich geklärt.«

Den Turkana-Frauen folgte seit Langem der Ruf, wie den Meru-Frauen, den Gikuyu-Frauen, den Kalenjin-Frauen und eigentlich fast allen Frauen im Land, dass sie ihre Männer plattmachten wie Scheiben, wenn die eine Grenze überschritten. Im Augenblick war Rafiki dankbar dafür.

Da mehr und mehr Leute aufwachten und erkannten, dass es kein Zurück gab zum verantwortungslosen Dasein der alten Zeiten, da man aß und ging, ohne zu zahlen, kam es immer öfter vor, dass Frauen dazu übergingen, ihre Interessen und ihren Hausstand zu verteidigen. Einige verlangten von ihren Männern sogar einen Beweis dafür, dass die Sachen in ihrem Haus vollständig abbezahlt waren. In Majengo hieß das, der Mann musste beweisen, dass er den *teevee*, vor dem seine Kinder saßen, oder das Bett, in dem seine Frau schlief, nicht gestohlen hatte.

In einem anderen Teil der Welt hätte die neue Entwicklung Rafiki zum Helden gemacht und seine Arbeit erleichtert, nicht erschwert. Aber das hier war Majengo, Nanyuki. Er musste sich nicht nur mit strengen Ehefrauen und verärgerten Schuldnern auseinandersetzen, er musste sich außerdem noch mit den Frauen der Männer streiten, die ihre Sachen mit zweifelhaften Mitteln erworben hatten und ihren Familien nicht beweisen konnten, dass sie sie bezahlt hatten. Und schließlich waren da noch jene, die ihre Originalbelege verloren hatten und ihre Frauen nicht überzeugen konnten.

Rafikis Erfolg löste derartige Zerrüttung und ein solches Chaos aus, dass Frauen auf ihre Männer losgingen, Familien auseinanderbrachen und ganz Majengo und Liki Village, ja ganz Laikipia, auf einen allgemeinen Aufstand zusteuerte. Die Frauen wollten ihre Sachen zurück. Sie hatten es satt, sie immer zu verstecken, sobald Rafiki auftauchte. Sie verlangten von ihren Männern, die Sachen zu bezahlen, andernfalls …

Und in dem rasanten Maße, in dem sich Lobby und Macht der Frauen vergrößerten und das angeschlagene Reich der Männer schrumpfte, wuchs die Zahl der Leute, die Rafiki am liebsten in Stücke gerissen hätten und sehnlichst wünschten, dass er aus ihrem Leben verschwand.

Kapitel 19

Es war ein ruhiger Tag im Laden. Niemand hatte seine Sachen zurückverlangt, die Bank hielt sich fern, und selbst Manu gönnte dem Tischrechner eine Auszeit. Kein Tippen, kein Fluchen, nur ab und zu das eine oder andere Schimpfwort. Welche Zahlen die Maschine ihm auch ausrechnete, offensichtlich stimmten sie mit seinen Erwartungen überein, und das in einem Maße, dass er sich ab und zu eine Pause genehmigte, in der er den Laden abschritt, wobei er das wachsende Inventar besichtigte und Rafiki auf die Nerven ging.

»Sieh zu, dass du das *takataka* loswirst«, sagte er und drängte sich absichtlich in Rafikis Bereich am Reparaturtisch, wo er, wie er wusste, nicht willkommen war und zur Last fiel.

Rafiki hatte keine Zeit für ihn oder eines seiner Probleme.

»Rafiki«, sagte Manu ungewöhnlich streng, als er erkannte, dass er ignoriert wurde.

»Das *takataka* werden wir verkaufen, Boss«, sagte Rafiki.

»Und wer bringt es zum Laufen?«

»Boss«, sagte Rafiki geduldig. »Wie bei dir schlummern auch in mir verborgene Talente.«

»Werd dieses Zeugs los.«

»Nachdem ich es repariert habe«, antwortete Rafiki. »Aber dazu brauche ich Ruhe.«

Gedankenverloren entfernte sich Manu. Als er sich am Eingang wiederfand und einen Schritt hinaus setzte, blieb er stehen, die Arme auf dem Rücken verschränkt, und schaute zu, wie schwarze Plastikbeutel vor dem Nachmittagswind die Main Street entlangtrieben. Er sah Menschen, die einen Schaufensterbummel die

Straße hinauf und hinunter machten und Wind und Staub nicht zu spüren schienen. Er sah die *piki-piki*-Taxis und wunderte sich über ihre abenteuerlichen Ladungen. Eines hatte drei Fahrgäste auf dem Sozius, ein anderes beförderte eine Frau und ihre drei Kinder. Ein drittes raste die Straße hinauf, beladen mit einer Matratze, Stühlen, *jiko*, Geschirr und allem, was zu einem kompletten Haushalt gehörte. Eins erweckte sogar den Anschein, als beförderte es eine Ziege. Manu staunte über das, was er da erblickte, konnte sich aber niemanden mitteilen, weil Rafiki nicht gestört werden wollte und Manish das wahrscheinlich jeden Tag sah, so, wie er immer aus dem Laden starrte.

Er seufzte müde, ging bedächtig zu seinem Schreibtisch zurück und sah weiter seine Bücher durch.

Den Büchern zufolge sah es so aus, als hätte der Laden jetzt endlich etwas, das die Leute nicht nur wollten, sondern sich auch leisten konnten. Der Verkauf der beschlagnahmten Geräte stieg langsam. Leute kamen herein, sahen sich um, kauften manchmal etwas oder versprachen wiederzukommen. Da die Nanyukier von allen Bewohnern Laikipias und vielleicht des ganzen Landes am schnellsten lernten, hatte es nicht lange gedauert, bis sie einsahen, dass sie es besser zuließen, wenn Rafiki ihre Haushaltgeräte beschlagnahmte, und sie diese dann im Laden zurückkauften. So waren sie von der Last der Ratenzahlungen befreit und erhielten ihre Geräte zu reduzierten Preisen zurück. Manu durchschaute ihr Denken, aber er war lange genug im Einzelhandel, um zu wissen, wann ein halbes *chapati* besser war als kein *chapati*. Er würde nie eingestehen, dass er Gebrauchtwaren verkaufte, gestattete den Eigentümern jedoch, ihre Haushaltgeräte zu einem vernünftigen Preis auszulösen.

»Was hab ich dir gesagt, Boss?«, sagte Rafiki, als er ihm den Erlös des jüngsten Verkaufs brachte.

»*Lete.*« Manu hielt die Hand auf. »Gib her.«

»Dieselbe Abmachung wie sonst?« Rafiki hielt das Geld fest. »Achttausend für dich, zwei für mich?«

»Zehn für mich oder kein Job für dich«, warnte Manu ihn.

»Big Boss?«, appellierte Rafiki an Manish.

»Huh.«

»*Theek hei?*«

»Huh.«

Rafiki übergab ihm die Zehntausend und ging an seinen Tisch zurück.

Soweit er es beurteilen konnte, war sein Sohn eine ganze Zeit nicht zu Hause gewesen. Langsam machte er sich Sorgen und überlegte, ob der Junge abtrünnig geworden und endgültig zur Gegenseite übergelaufen war. Seine Frau weder sehen noch mit ihr reden zu können war schlimm genug. Er tröstete sich mit der Hoffnung, dass sie sich umso mehr nach ihm sehnen würde, je länger sie von ihm getrennt war, und ihn umso mehr schätzen würde, wenn sie ihr freiwilliges Exil beendete. Er gab sich Mühe, dass ihn die Kälte ihrer Abwesenheit nachts nicht zu lange wach hielt, es gelang ihm aber nicht immer. Da der Bettvorleger inzwischen ebenfalls verschwunden war, verfolgte ihn die Kühle selbst noch durch den heißesten Nanyuki-Tag und besaß sogar die Unverfrorenheit, uneingeladen in den Laden zu kriechen und sich auf seine Werkbank zu hocken, einen Ort, an dem nicht einmal Manu etwas zu suchen hatte. Manchmal redete sie mit ihm. Sie sprach von Leere inmitten des Überflusses und von Einsamkeit inmitten vieler Menschen und erinnerte ihn daran, wie es in den alten Zeiten gewesen war, bevor er ihr begegnete, wenn er nachts in ein leeres Zuhause zurückkehrte.

»Rafiki?«, rief Manu auf einmal.

»Was?«

»Alles *theek hei*?«

Rafiki sah sich aufgeschreckt um. Es schien, als hätte der Boss ebenfalls gespürt, dass dieses *Etwas* in den Laden gekommen war. Jetzt war Rafiki ernsthaft geneigt zu glauben, seine Frau schickte ihm *jinnis*, um ihn durcheinanderzubringen. Da er in Majengo aufgewachsen war, hatte er eine Menge über derlei Dinge gelernt.

»Ich bin der Freund, den kein Freund will«, sagte Rafiki. »Wie *theek hei* ist das?«

»Nicht besonders«, gab Manu zu.

»Was willst du dagegen tun?«

»Das, was Manish sagt.«

»Manish sagt, dass du meine Kommission erhöhen sollst«, sagte Rafiki.

Manu drohte ihm mit dem Finger. Rafiki setzte seine Reparaturarbeiten fort, die zumeist daraus bestanden, dass er öffnete, was sich öffnen ließ, es innen reinigte und das Gerät dann an die Steckdose anschloss, um zu prüfen, ob es funktionieren wollte. Einige Geräte liefen, andere nicht, aber er ließ sich nicht entmutigen. Der Laden erwachte wieder zu Leben. Das war das Entscheidende.

Dann hatten Donkey Man oder sein Esel eine Erleuchtung und erklärten, sie würden nicht mehr für Rafiki arbeiten, wenn Rafiki nichts Bares ablieferte. Auch er machte sich aus dem Staub, und Rafiki wunderte sich, wie ein Mann, sein Esel und ihr Karren so ganz und gar verschwinden konnten, ohne eine Spur zu hinterlassen. Rafiki musste sich also etwas einfallen lassen, wenn er verhindern wollte, dass der Transport, die Lebensader seines Beschlagnahmungsgeschäfts, knirschend zum Stillstand kam.

»Boss«, dachte er laut vor sich hin, »wir sollten einen Kleinlaster anschaffen.«

Manu beschloss, dass er ihn gar nicht gehört hatte.

»Manish?«, fragte Rafiki Manish.

»Huh?«

»Was meinst du?«

»Huh.«

Das konnte *ja* heißen, *nein* oder *egal*. Manish war kein Mann weniger Worte; er war ein Mann eines Wortes. Sein *huh* umschloss ein ganzes Universum an Bedeutungen. Rafiki überlegte, ob er Manish fragen sollte, wie er seiner Frau übermittelte, dass sie pleite waren und kurz davor standen, von ihrem Bruder Mahesh in die Sklaverei verkauft zu werden. Es brauchte wahrscheinlich zu viele Worte, um eine Einsilbenantwort heraufzubeschwören.

»Manish?«, rief er.

»Huh?«

»Sei nicht so traurig«, sagte er stattdessen zu ihm. »Deine Frau überlegt ja nur, dich zu verlassen.«

Manu stand ruhelos auf und ging wieder hin und her, was ihn unvermeidlich zum Reparaturtisch und der Masse alter Haushaltgeräte führte, die darunter Staub ansetzte. Während Rafiki ihm entgeistert zusah, ging er sie durch und zog Sachen heraus, von denen er annahm, dass Rafiki sie irrtümlich beschlagnahmt hatte und sie ihren Eigentümern zurückgegeben werden mussten.

»Das gehört mir nicht«, sagte er und zeigte willkürlich auf ein Gerät, das er nicht einmal benennen konnte. »Und das und das und das …«

Rafiki ließ ihn eine Weile gewähren, doch dann fühlte er sich verpflichtet, ihm Einhalt zu gebieten. »Stopp, Boss«, sagte er.

Er überprüfte die Seriennummer des fraglichen Teils, und obwohl er sie kaum entziffern konnte, machte er eine Riesenschau daraus, sie zu lesen. »Das ist dein Schrott«, sagte er.

»Tatsächlich?«

»Seriennummer und alles.«

»Schmeiß es weg.«

Sie waren kurz davor, Dinge wegzuwerfen, die sich noch reparieren ließen, was Rafikis Planung durcheinanderbringen würde.

»Aber, Boss.«

»Ich verkaufe keinen Schrott«, verkündete Manu.

»Ist es auch nicht mehr, wenn ich damit fertig bin.«

»Ich verkaufe nichts Gebrauchtes«, blieb Manu hartnäckig.

»Du nicht, aber wir …« Er unterbrach sich und drehte sich zu Manish um.

»Manish?«, sagte er.

»Huh?«

»*Theek hei*?«

»Huh.«

»Da siehst du's«, sagte Rafiki zu Manu. »Jetzt schon.«

Manu blickte von Rafiki zu Manish und wieder zurück und zeigte dann, als ihm klar wurde, dass er ausgetrickst wurde, willkürlich weiter auf einzelne Geräte.

»Und dieser Schrott hier und dieser …« Es war, als wollte Manu den ganzen Laden loswerden.

»Boss?«

»Was?«

»Ich hab eine Idee«, sagte Rafiki.

Manu stöhnte.

»Keine weiteren Ideen heute«, erwiderte er.

»Wenn du schon all diese guten Dinge wieder den Haien vorwerfen willst«, erklärte ihm Rafiki, »sollten wir wenigstens ein bisschen Gewinn draus schlagen.«

Manu wartete ab.

»Die Eigentümer glauben, dass dieses Zeug rechtmäßig uns gehört«, fuhr Rafiki fort. »Warum bieten wir es ihnen nicht als Geste unseres guten Willens an? Okay, eures guten Willens.«

Manu war das *Wir* in diesem Plot herzlich egal. Guter Wille war ihm egal und auch, ob Rafiki das Zeug wieder an seine Besitzer verkaufte. Er wollte es einfach aus seinem Laden haben. Es war ihm nicht nur ein Dorn im Auge, sondern erinnerte ihn ständig daran, wie vollkommen Manish und er versagt hatten. Dafür brauchte er keinen Haufen Schrott. Dafür hatte er Mahesh.

»Ich brauche Transportgeld«, erklärte Rafiki.

Er musste Donkey Man zurückholen. Und das ging nicht ohne Bargeld.

Kapitel 20

Zur Mieterrevolution kam es in einer finsteren, mondlosen Nacht, als mittellose Mieter, die im Angesicht ihrer endgültigen Auslöschung durch Verelendung, unter der Last Unmögliches verlangender Hausbesitzer zusammenbrachen, es leid waren, sich jedes Mal zu verstecken, sobald die Hausbesitzer zwecks Eintreibung der Miete erschienen, und einen verzweifelten Schachzug unternahmen. Heimlich packten sie ihr Elend zusammen, flohen zusammen mit ihren Frauen, Hühnern und all ihrer Habe aus Majengo in den Wald am Liki River, wo sie ein neues Leben beginnen wollten. Andere folgten, schlichen sich in der nächsten, der übernächsten und der folgenden mondlosen Nacht aus Majengo fort. Monate vergingen, und wer zurückgeblieben war, wartete ab, was mit denen geschah, die zu gehen gewagt hatten. Nichts geschah.

Nachrichten sickerten durch, dass die Exilanten ihr Gelobtes Land gefunden hatten, ein Land ohne Hausbesitzer und ohne Chiefs, in dem nur ab und zu ein Polizist auftauchte. Dann begann der Exodus. In jeder folgenden Nacht verließ ein Menschenstrom Majengo, beladen mit Betten, Matratzen, Tischen, Stühlen und anderem persönlichem Besitz, ergoss sich durch das asiatische Viertel und über den Nanyuki River. Er überquerte die zutreffend so bezeichnete Lunatic Lane und erreichte schließlich das Gelobte Land, einen leeren Landstrich am Liki River, der dem Staat gehörte. Dort, am Ufer des Liki River, begründeten die ehemaligen Mieter für sich und ihre Kinder ein neues Leben und eine neue Stadt, ein Stadtzentrum, das es in jeder Hinsicht mit Mogadishu und Sector E aufnehmen konnte. Sie gaben ihm den Namen Liki Village.

Sie ließen sich nieder, um ihr Leben zu leben, ganz so, wie sie es immer getan hatten, nur dass es diesmal keine Hausbesitzer und keine Polizisten gab, die ihnen zu schaffen machten. Sie brauten, sie tranken und sie feierten, feierten die Befreiung mit einer nie endenden Mammutparty. Zu guter Letzt wurde das Feiern fester Bestandteil ihres täglichen Lebens, ihrer neuen Identität.

Sie feierten und sangen so laut und so lange, dass sie nicht nur die Polizeistation nebenan aufweckten, sondern zugleich von ihren Blutsbrüdern im meilenweit entfernten Majengo gehört wurden. Die Brothers in Sector E steckten sogleich jubelnd ein Hanfseil in Brand und tanzten und feierten und bliesen so viel Rauch in die Luft, dass der tagelang als Wolke über Majengo hing und schließlich die Aufmerksamkeit der Polizisten am anderen Ende der Stadt auf sich zog. Die aufgeschreckten Polizisten und Feuerwehrleute trafen auf kein sichtbares Feuer, sondern sie fanden sich in einem überwältigenden Dunst wieder, in starkem Geruch nach Gras und in einer Menge glücklicher Menschen, die zu ohrenzerfetzender Reggaemusik tanzte und mit wilder Leidenschaft sang. Doch während ihre mietverweigernden Brüder im Liki Village hinter dem Fluss die ganze Nacht *Oh Freedom* brüllten, tanzte der gute alte Sector E zu *Black Uhuru* und sang von den Sinsemilla-Stauden, die in ihren Höfen wuchsen.

Polizei und Feuerwehr benannten den Sector E in Jamaica Town um und setzten nie wieder einen Fuß hinein, nicht einmal dann, als die glückseligen Menschen richtige Feuer anzündeten, um gegen die Mieterhöhungen zu protestieren, und als sie die Hausbesitzer strafen wollten, mit den Häusern zugleich ihre eigenen Habseligkeiten darin einäscherten. Die Bewohner des glückseligen Jamaica wurden den Erwartungen gerecht und übertrafen sie sogar, indem sie dafür sorgten, dass keiner diesen Stadtteil verließ, ohne ausgeraubt worden zu sein.

Wegen seiner Uhr oder seiner Brieftasche musste sich Rafiki keine Sorgen machen. Obwohl einige Jamaica Brothers bei mehr als einer Begegnung ihrer Bewunderung für seine Armbanduhr Ausdruck verliehen hatten, so wusste doch jeder, dass er keine

Brieftasche besaß. Und außerdem war sein Messer größer und schneller als die meisten.

»Guitar Man«, rief einer zu ihm herüber, als Rafiki gerade in eine Nebenstraße schlüpfen wollte, um ihnen aus dem Weg zu gehen.

»Was?«, fragte Rafiki ihn.

»Wo steckt deine Frau?«

»Wo steckt denn deine?«

Der Mann schüttelte seine Dreadlocks und drohte ihm mit dem Finger. Rafiki drohte ihm seinerseits mit dem Finger und ging seines Wegs, immer auf der Hut vor der Möglichkeit, einem Verzweifelten zu begegnen. Man erzählte sich, dass die Bewohner von Jamaica gelegentlich sogar ihre Mütter ausraubten, um Geld für eine Hanfparty aufzutreiben. Im Augenblick der Verzweiflung kannten sie weder Familie noch Freunde oder Feinde.

Rafiki hatte anderes als Familie oder Freundschaft im Sinn, während er Müllhaufen auswich und über offene Kloaken sprang. Er war vom lästigen Schuldeneintreiber zum gefürchteten und furchtlosen Raubtier geworden. In der Vorstellung einiger seiner Opfer war er ein Menschenjäger legendärer Statur.

»*Wapi teevee?*«, fragte er eine Gruppe dreadlockiger Jugendlicher, die in einem Hof unter einer Wolke Hanfrauch herumlümmelte.

»*Ati teevee?*«, kam die Standardantwort. »Welcher *teevee?*«

Er zeigte auf die Antenne auf dem Hausdach.

»Das Ding da?« Sie lachten.

Sie mussten erst noch einen *teevee* stehlen, den sie dort anschließen konnten. Bis dahin nutzten sie die Antenne, um den Empfang auf ihren Mobiltelefonen zu verbessern. Bei dieser Art Offenheit brauchte er nicht erst im Haus nachzusehen. Wenn sie einen *teevee* besäßen, hätten sie prompt die Messer gezückt, anstatt zu verneinen, dass sie über ein Gerät verfügten.

Entweder hatte Rafiki alle Haushaltgeräte eingesammelt, die Manu fehlten, oder die Leute versteckten sie inzwischen besser. Rafikis Ruf hatte sich so weit verbreitet, dass selbst Leute, die keine

Haushaltgeräte besaßen oder sich an keine Schulden erinnern konnten, sich dabei ertappten, dass sie ihre Zimmer abschlossen und lange Spaziergänge unternahmen, sobald er gesichtet wurde. Es war Routine geworden, dass Kinder laut seinen Namen riefen und alle warnten, sobald sie merkten, wie er herumschnüffelte, oder ein verschlüsseltes Lied sangen, das sich im ersten Augenblick wie ein harmloses Kinderlied anhörte.

Kamau wa Kimani hat einen Sandfloh im Fuß, und Rafiki kommt und gräbt ihn aus.

Waren keine Erwachsenen in der Nähe, die sie hören konnten, wurden die Kinder aus Jamaica erfinderisch und oft auch ein gehöriges Maß wagemutiger, was die Stelle betraf, an der der Sandfloh in Kamaus Körper saß.

»Man Guitar«, rief eine Frau, die auf ihrer Veranda saß. »Ich habe gehört, dass deine Frau ein großer Mann werden will?«

»Nicht in meinem Haus«, erklärte er ihr.

»Hat sie dich deswegen sitzen lassen?«

»Sie hat mich nicht verlassen«, erklärte er. »Sie macht Urlaub.«

»Egal«, antwortete sie. »*Karibu chai!*«

Das war die klassische Eröffnungsformel aus den alten Zeiten, als die Boulevards von Majengo als Gewerbeviertel dienten und die Veranden als Schaufenster des ältesten Gewerbes der Welt. Am hinteren Ende der Veranda saßen zwei Männer mit Dreadlocks, die Gesichter von Rauchwolken vernebelt.

»Ich habe gehört, dass sie deine Gitarre zu Feuerholz gemacht hat?«, fragte die Frau.

»*Wewe kwenda*«, antwortete Rafiki. »Hör auf. *Kwanza,* sag mal, hast du eigentlich einen Ehemann abbekommen?«

»Zwei«, antwortete sie und zeigte auf die beiden Männer mit der außerordentlich düsteren Aura, die im Winkel der Veranda still vor sich hin pafften. »Möchtest du der dritte werden?«

Rafiki ging weg. Es schien, als kämen sie aus jedem Gebüsch gesprungen, um ihn zu peinigen. Wohin er sich auch wandte, überall begegnete er Frauen, die ihm zum Teil völlig fremd waren, aber behaupteten, sie wären alte Freundinnen, und es nicht lassen konnten, seine Nase im Schmutz zu reiben. Ihre Männer hingegen konnten es kaum erwarten, einen Grund für eine Schlägerei mit ihm zu finden.

»Außerdem habe ich zwei *teevees*«, stichelte sie. »Und sie sind nicht bezahlt.«

»Nächstes Mal«, sagte er im Weitergehen.

Er hätte sich besser nicht auf ein Gespräch mit einem Exgroupie aus Jamaica eingelassen, die ein Hühnchen mit ihm zu rupfen hatte. Schon gar nicht mit einer, die gleich zwei faule Ehemänner hatte, denen jemand fehlte, den sie verprügeln konnten. Er mochte ein waschechter Sohn unserer Stadt sein, aber das hier war Jamaica.

Die nächste Person auf seiner Liste wohnte auf einem Stück Land in einem Hinterhof, der so von Kletterpflanzen überwuchert war, dass man ihn von der Straße her kaum sah. Es gehörte einem Hausbesitzer, der jetzt gezwungenermaßen in einer Bruchbude hauste, die ihm einst Einnahmen eingebracht hatte, bevor die meisten Mieter verschwanden und der Rest sich weigerte, Miete zu zahlen. Er wohnte nun, wie viele andere ehemalige Hausbesitzer des alten Sector E, voll Furcht im eigenen Haus, zu altmodisch, um sich dem hedonistischen, sorglosen Leben im neuen Jamaica, Cuba, Baghdad oder Moscow Town hinzugeben, und zu arm, um wegzuziehen. Sie waren die widerwilligen Bürger einer Stadt und gehörten zu einer Bevölkerung, die sie weder brauchte noch wollte.

»*Jambo*, Rafiki«, grüßte der Mann.

»*Jambo*«, sagte Rafiki und blinzelte, um im dunklen Zimmer die Herkunft dieser Stimme auszumachen.

Als seine Augen sich an die Düsternis gewöhnt hatten, erkannte er, dass er, nach Majengo-Standard geurteilt, in einem gut möblierten Zimmer mit einem Himmelbett und einem zerrissenen Moskitonetz stand, mit einem Kleiderschrank, Kommoden, einer Sitzgruppe, einem Gaskocher und mehreren anderen Besitztümern, die vom früheren Wohlstand des Bewohners zeugten. Der Mann lag, halb mit einem Laken zugedeckt, auf dem Sofa, atmete wie ein Kranker und beobachtete Rafiki stumm und ohne besondere Gefühlsregung.

»*Wapi bibi?*«, fragte Rafiki, um das unwirtliche Schweigen zu brechen. »Wo ist die Frau?«

»*Ati bibi?*« Der Mann schien amüsiert. Sie beließen es dabei.

»*Na teevee?*«, fragte Rafiki als Nächstes. »Was ist mit dem Fernseher?«

»*Illiibiwa*«, antwortete der Mann. »Wurde gestohlen.«

Rafiki war vor allem wegen des *teevees* gekommen, aber so wie in Majengo die Dinge von einer Hand in die nächste gingen, dachte er, dass er genauso gut alle Haushaltgeräte überprüfen konnte. Der Mann beobachtete ihn schweigend vom Krankenlager her, während Rafiki den Gaskocher überprüfte. Er stand nicht auf der Liste. In der Zimmerecke stand ein Kühlschrank. Er lief und summte vor sich hin, obwohl es im Haus keinerlei sichtbare Anzeichen für elektrischen Strom gab. Rafiki öffnete die Tür und war überrascht, als er ihn mit Fleisch und Gemüse gefüllt sah. Er zog den Kühlschrank von der Wand ab und entdeckte ein Stromkabel, das unter dem Himmelbett verschwand. Er zog am Kabel. Das Kabel wurde länger und länger.

Wie betäubt sah der Hausbesitzer zu, wie Rafiki dem Kabel unter das Bett und zu einem Loch in der Wand folgte. Er ging hinaus, hinter das Haus. Das Kabel zog sich an der Wand entlang, lief über den Zaun auf das Nachbargrundstück. Neugierig geworden, sprang er über den Zaun und folgte dem Kabel über den nächsten Zaun. Er kletterte über mehrere Zäune, folgte dem Stromkabel entlang der Häuserrückwände und Zäune die Straße hinunter, von Grundstück zu Grundstück, bis es das Ende des Blocks erreichte. Dort schwang es sich abrupt an einem Strommast hinauf. Da hatte Rafiki schon das Interesse verloren. Er war zu müde, zurückzugehen und die Seriennummer zu überprüfen.

»Man Guitar«, rief eine Frau, die hinter ihrem Haus Wäsche aufhängte. »Erinnerst du dich an mich?«

Rafiki kam über die Zahl der Groupies ins Grübeln, die er gehabt haben musste. Jetzt, da er allein zu Hause war und alle Welt darüber Bescheid zu wissen schien, machten sich die Frauen von überall her an ihn heran. Manche erinnerten ihn an Affären, die er angeblich in den alten Zeiten, als er ein unbekümmerter Junggeselle gewesen war, mit ihnen gehabt hatte, und gedachten das Feuer neu zu entfachen. Andere erzählten, dass sie ihn verlassen hatten, wieder andere sagten, er hätte sie betrogen, und einige behaupteten, dass sie nie aufgehört hatten, ihn zu lieben. Die meisten waren immer noch allein, manche geschieden, andere unglücklich verheiratet, aber alle verkündeten, ihr heutiges Leben wäre wegen Rafiki die Hölle, die es war. Noch seltsamer erschienen ihm die Frauen, die mit ihrem Leben so zufrieden waren, dass sie sich bei Rafiki bedankten, weil er sie sitzen gelassen hatte.

»Man Guitar«, sagten sie und rieben es ihm unter die Nase. »Wenn du mich geheiratet hättest, wie du es vorhattest …«

»Ich hatte niemals vor, dich zu heiraten«, antwortete er ihnen und schlug so vernichtend zurück, wie sie ihn provoziert hatten. »Ich habe dich benutzt. Du warst einfach nur zu dumm, das zu merken.«

»Ich hätte dich schon eher sitzen lassen«, sagten sie, mitunter mit einer so glücklichen Aufrichtigkeit, dass er am liebsten davongelaufen wäre und sich versteckt hätte.

»Meine Frau hat mich nicht sitzen lassen«, sagte er lahm. »Warum verstehst du das nicht?«

»Egal«, sagten sie mit grausamem Lachen. »Danke dafür, dass du mich sitzen lassen hast. Ich habe einen Mann gefunden, der ist zehnmal so viel wert wie du.«

Das tat wirklich weh, aber er lächelte und nahm es hin. Wenn er es zeigte, würden sie den Rest seines Lebens mit Dolchen in der Wunde bohren.

»Wenn du ihn siehst«, sagte er mit breitem Lächeln, »sag deinem Mann, dass er mir etwas schuldet.«

Sie lachte nur. Wahrscheinlich sah sie ihren Mann nicht besonders oft. Der Ehemann ging, wohin er musste, tat, was er musste, und brachte das Essen und die Kleidung nach Hause, wie er es musste. Die Frau ihrerseits putzte für ihn, kochte für ihn, aß mit ihm und machte sich für ihn schön. Das war das normale Leben im Paradies der Schuldner, einem Ort, den Rafiki fest entschlossen war, in eine *teevee*-freie Hölle zu verwandeln.

Kapitel 21

Während der Mieterrebellion vor … oh, vor so langen Zeiten, dass es keine Rolle mehr spielt, hatten die Einwohner von Majengo sich spontan erhoben und gesagt, genug ist genug. Kein Betteln mehr, kein Anflehen blutsaugender Hausbesitzerwanzen. Sie marschierten zum Büro des Distriktchefs und forderten Schutz vor ihren geldhungrigen Vermietern.

Der DC hörte sich ihre Anliegen an, da Überfallkommando und Sondereinheiten bereitstanden und eingreifen konnten, sollte die Situation außer Kontrolle geraten, nickte und stimmte bei den meisten Beschwerden zu. Er war ein gebildeter Mensch. Er hatte begriffen, dass er unzufriedenen Elementen besser erlaubte, sich auszudrücken, ihren Dämonen verbal Luft zu verschaffen, als ihnen befahl, die Klappe zu halten und nach Hause zu gehen.

Für einen Lynchmob nahm die Versammlung einen einigermaßen guten Verlauf. Jeder, dem danach war, durfte seine Beschwerde vorbringen, von denen viele nichts mit der Tagesordnung zu tun hatten. Da sie nie zuvor ein solches Forum gehabt hatten, eine Gelegenheit, mit niemand Geringerem als dem Distriktchef die Klingen zu kreuzen, fühlte sich jeder aufgerufen zu sprechen, egal ob er etwas zu sagen hatte oder nicht. Die meisten wiederholten, was andere schon vorgetragen hatten, dass sie die Verwaltung und alles, wofür sie stand, von ganzem Herzen hassten und sich auf den Tag freuten, an dem der DC und seine Büttel ihre steif gestärkten Uniformen, ihre lächerlichen Tropenhelme und ihre Blechkronen zusammenpackten und Nanyuki auf Nimmerwiedersehen verließen. Sie sagten ihm alles und jedes und hätten ihn um ein Haar sogar beschuldigt, er mache mit den Hausbesitzern gemeinsame Sache, um ihnen Geld abzunehmen, das sie gar nicht besaßen.

Der DC nahm keine der Anfeindungen persönlich, denn er kannte Majengo und seine vielen Dämonen, und er wusste, dass manche von ihnen wie Menschen gekleidet waren und unter den Einwohnern die Saat der Unzufriedenheit, des Hasses und der Rebellion säten. Er hatte mit ihnen viele *baraza* zu Angelegenheiten hinter sich, die nie geklärt wurden, weil die Delegationen ständig die Führung wechselten und sie jedes Mal, wenn sie sich trafen, andere Forderungen vorbrachten. Wenn er eines Tages aus dem Amt scheiden würde, hätte er nicht ein einziges ihrer Probleme gelöst, davon war er überzeugt. Jetzt hörte er sich die Mieterabordnung an und jedem zu, mit traurigem Lächeln im Gesicht, bis ein Dämon, jemand, bei dem sich keiner erinnern konnte, ihn zum Sprecher ernannt zu haben, auf die Bühne kletterte.

Er wiederholte, dass sie es alle satthatten, zu fliehen und sich zu verstecken, sobald der Chief und seine Büttel auf die Suche nach illegalen Brauern gingen. Er verlangte, dass der DC seinem Chief und dessen Bütteln befahl, die Majengo-Leute in Ruhe zu lassen, damit sie in Frieden ihr Schwarzgebrautes genießen konnten. Er forderte, dass die Einwohner von Majengo kostenlos Wasser und Strom erhielten und dass man ihnen erlaubte, mietfrei zu wohnen, weil die meisten ihrer Hausbesitzer Diebe waren, ausgesprochen reich oder schon lange tot, nicht mehr in Majengo wohnten und nur auf der Bildfläche erschienen, wenn sie die Mieten erhöhten.

Der DC gestattete sich einen Augenblick, um über ihre Forderungen nachzudenken. Dann gab er dem Polizeikommandeur das Zeichen, sich für einen möglichen Krawall bereitzuhalten, und verkündete seinen Urteilsspruch. Er erklärte dem Mob, dass unter all den Büchern, die er über die Rechte und Privilegien von Mietern gelesen hatte, nicht ein einziges irgendjemandem irgendwo im Universum gestattete, den Besitz eines anderen zu nutzen, ohne dafür Miete zu zahlen. Das Recht, mietfrei zu wohnen, stand nur denen zu, die ihre eigenen Häuser gekauft oder gebaut hatten. »Dieses Recht ist unveräußerlich«, erklärte er dem Mob. »Und jetzt gebt dem König, was des Königs ist. Geht nach Hause und bezahlt eure Mieten.«

Es kam an diesem Tag nicht zu Krawallen. Auch am folgenden Tag nicht. Genau betrachtet, kam es in Majengo nie zu Krawallen. Wir wussten, wie wir unseren Willen ohne Krawalle durchsetzen konnten. Tag und Nacht arbeiteten wir daran, untergruben leise und heimtückisch die Autorität, indem wir die Ränder des Gesetzes annagten, bis wir die Verwaltung mit heruntergelassenen Hosen erwischten. Dann waren wir am Drücker.

Bis der DC aufgewacht war und sich die Unterhosen hochgezogen hatte, hatten die Einwohner von Majengo ein Recht übernommen und sich zu eigen gemacht. Sie hatten sich eigene Häuser gebaut, wie baufällig die auch waren, und damit das Recht, mietfrei zu wohnen, genau wie er es gesagt hatte.

Die Hausbesitzer schickten ihrerseits einen wilden Mob los, um die Verwaltung aufzurütteln und ihr Recht durchzusetzen. Sie verlangten zu wissen, mit welchem Recht sich ihre früheren Mieter gewaltsam öffentliches Land angeeignet und sich darauf niedergelassen hatten. Sie wollten wissen, warum sie Steuern für unbewohnte Grundstücke zahlen sollten, während ihre ehemaligen Mieter mietfrei und steuerfrei wohnten wie die Reichen. Sie wollten so vieles wissen, dass der DC einen Schreiber brauchte, der alles notierte. Anschließend benötigte er einen Monat, bis er seine Bücher auf ihre Fragen hin studiert hatte.

Als er endlich aus seinen Büchern, bei seinen Distriktbeamten und Chiefs alle Fakten zusammengetragen hatte, war es zu spät. Die früheren Mieter hatten sich bereits Häuser auf ehemaligem öffentlichen Land gebaut, das sie jetzt für sich beanspruchten, und beschworen den alten Erlass, demzufolge Besitz neun Zehntel des Rechts ausmachte. Der DC war ein gebildeter Mensch. Er schlug nach, fand heraus, dass es tatsächlich ein solches Statut gab, und wunderte sich, woher die Majengo-Dämonen es kannten. Wollte er die illegalen Siedler gewaltsam vertreiben, musste er sie entweder vor Gericht bringen oder die Armee und die Sondereinheit rufen. Er entschied sich für eine dritte Möglichkeit, nämlich fünf grade sein zu lassen und zu hoffen, dass die neuen Grundbesitzer friedlich miteinander und mit der Verwaltung lebten und ihre Grundsteuer zahlten. Und dabei blieb es.

Die ehemaligen Mieter lebten glücklich bis ans Ende ihrer Tage, mietfrei und frei von jeglichem Grundbesitzerjoch, und waren wie die ehemaligen Mietsklaven stolz darauf, dass sie die Fesseln des Mieterdaseins abgeworfen hatten. Niemals wieder würden sie vor einem Hausbesitzer niederknien. Die neuen Bürger von Liki Village waren nicht nur frei von Hausbesitzern, die Geld forderten, das sie nicht besaßen, sie waren jetzt auch den grantigen Chief und seine gleichermaßen widerwärtigen Büttel mit ihrem Hang los, nach illegal Gebrautem zu schnüffeln.

Draußen in Liki Village war nicht nur jeder sein eigener Mieter, sondern auch sein eigener Vermieter, sein eigener Brauer und sein bester Kunde, ganz davon zu schweigen, dass er sein eigener Chief und sein eigener Büttel war. Sie mussten vor niemandem davonlaufen und niemandem etwas zahlen, schon gar nicht alte Schulden, die sie am liebsten vergessen hätten. Es stand jedem frei, so durchs Leben zu steuern, wie er es am besten konnte, oder den Rest seiner Tage in seliger Trägheit im Schatten der großen *mokoe*-Bäume zu verbringen, die sie in Majengo nie gehabt hatten. Sie waren frei, sich an ihrem Schwarzgebrauten zu laben, ohne dass sie eine Armee von Schulschwänzern auf Beobachtungsposten stellen mussten, die sie vor dem Anrücken des Chiefs und seiner Büttel warnten.

Sie waren von dieser neuen Erfahrung derart überwältigt, dass sie den ganzen Tag lang tranken und die Nacht hindurch *Oh Freedom* sangen. Sie sangen so laut und so lange, dass sie zu guter Letzt die nahe gelegene Polizeiwache Nanyuki aufweckten. Die Polizisten, die von Zeit zu Zeit in Liki Village einfielen, um es zur Ruhe zu bringen, verpassten dem widerborstigen Ort den neuen Namen Elvis Town.

Als sie sich an jenem Morgen gemeinsam mit den Bewohnern von Jamaica vor Manus Laden aufbauten, sang nicht ein einziger Bewohner von Elvis Town. Noch war keine Öffnungszeit, aber der

Pulk schien kurz davor, die Tür einzudrücken und die Besitzer zu überwältigen. Ein Krawall wartete darauf, auszubrechen, und das machte Manu Sorgen. »Rafiki?«, fragte er besorgt. »Was ist das?«

Rafiki hatte es immer wieder erklärt, aber Manu begriff es nicht.

»Woher kommen die?«

»Ein paar sind aus Elvis Town und …«

»Elvis Town?«

»Und einige kommen aus Trench Town.«

»Wo ist denn das?«

»Was spielt es für eine Rolle, woher sie kommen?« Rafiki war genauso nervös, weil so viele widerspenstige Leute draußen rumhingen. »Wichtig ist doch, dass sie aus ihren Verstecken gekommen sind, um ihre Schulden zu bezahlen.«

»Warum?«, fragte sich Manu.

»Das Warum spielt keine Rolle«, erklärte Rafiki ihm. »Hier geht es ums Was.« Er versuchte, es einfach und unkompliziert zu erklären. »Das ist das große Geschäft«, fuhr er fort. »Du gehst nicht so streng mit ihnen um, bist richtig nachsichtig wie … mit Majengo-Nachsicht eben. Du fragst keinen, wer er wirklich ist, woher er kommt, wer seine Mutter ist oder wo er die ganzen Jahre gesteckt hat. Du darfst sie auch nicht fragen, warum sie mit den Vögeln sprechen und mit den Bäumen lachen. *Theek hei?* Keinerlei Fragen irgendwelcher Art. Noch besser, du lässt mich das Reden übernehmen. Ansonsten verschwinden sie wieder dahin, wo sie sich all die Zeit versteckt haben, und du siehst weder sie noch dein Geld jemals wieder.«

Manu nickte, obwohl er nicht das Geringste verstand, und zeigte auf die Tür. »Mach auf«, sagte er.

Der Augenblick der Wahrheit war gekommen.

»Denk an unsere Abmachung«, beharrte Rafiki. »Achtzig für dich, zwanzig für mich.«

Manu zögerte, dann drehte er sich zu Manish um.

»Kein Grund, Old Dude zu fragen«, sagte Rafiki. »Das habe ich schon.«

Manu schaute von Rafiki zu Manish und wieder zu Rafiki, und seine Augen verengten sich nachdenklich.

»Glaub mir«, sagte Rafiki.

»Nur dieses eine Mal«, stimmte Manu zu. Das Telefon läutete. Es war seins. »Hallo, Ma«, sagte er. »Manu hier. Dein Sohn Manu. Natürlich weißt du, dass ich es bin, du hast mich schließlich angerufen. Alles ist gut, Ma, nichts, worüber man sich Sorgen machen müsste. Manish geht's gut, ich kümmere mich um ihn, klar? Er ist bloß ein bisschen müde, das ist alles. Ja, wie immer. Er hat von der Bank die Nase voll. Nein, Ma, er arbeitet nicht bei der Bank, er arbeitet bei mir. Nein, Ma, hör nicht auf Mahesh. Uns geht es gut. Draußen stehen die Leute Schlange, um unsere Haushaltgeräte zu kaufen. Haushaltgeräte, Ma, ja, Haushaltgeräte, keine Eisenwaren. Wir verkaufen Haushaltgeräte. Wir haben immer Haushaltgeräte verkauft. Kühlschränke, Kocher, *teevees* und so weiter. Ja, Ma, auch Radios und *jikos*. Die Leute brauchen so etwas, Ma. Sie bezahlen dafür, deswegen tun wir das ja. Nein, Ma, Eisenwaren – das ist Mahesh. Er ist ein Hai, er will uns schlucken. Er intrigiert mit der Bank. Intrigiert, Ma. Intrigiert, wie in … egal, Ma, es ist keine schöne Angelegenheit. *Nai, nai, nai, nai,* wir können sein Angebot nicht annehmen. Nein, Mutter, es nützt nur ihm und nicht uns. Okay, wir sprechen beim Abendessen am Sonntag drüber. Aber kein Gedanke, dass wir für Mahesh arbeiten. *Theek hei?* Ja, Ma, wir bringen unsere undankbaren Frauen und ihr wunderbares Mango-Chutney mit. Ja, Ma, wenigstens zu irgendwas sind sie gut. Okay, Ma? Ich muss wieder an die Arbeit. Ich hab dich auch lieb, Ma.«

Er legte auf und saß einen Augenblick lang wie verloren da. Dann sah er wieder die Menge vor der Tür und Rafiki, der immer noch wartete, und ihm fiel wieder ein, wo sie sich befanden. Er reckte die Schultern. »Lass sie herein«, sagte er.

Wie eine Liki-Flut ergoss sich der Mob in den Laden. Es hatte sich überall herumgesprochen, dass Rafiki einen Waffenstillstand anbot und Patel zu einer Abmachung bereit war. Bald schon tauchte jeder auf, der fürchten musste, dass Rafiki ihm einen ungeladenen Besuch abstattete, und wollte über einen Waffenstillstand verhandeln. Sie kamen zu Fuß, auf Fahrrädern, mit *piki-pikis*. Sie kamen barfuß, in Reifensandalen, in Schlammstiefeln und alten Schuhen. Sie kamen halb nackt, zerlumpt oder in Anzügen. Sie kamen aus Majengo, aus Icuga, aus Timau und aus Elvis Town. Sie kamen aus Cuba, aus Moscow und Baghdad und von weit her aus Dol Dol. Manu erschien es so, als kämen sie aus der ganzen Welt, voller Hoffnung und mit großen Erwartungen.

Manch einer wollte gehört haben, dass Manu Geld verteilte und Dinge kostenlos abgab. Andere hatten erfahren, dass Rafiki im Gefängnis schmorte und Manu aus diesem Anlass ein Fest veranstaltete. Die klarer Denkenden wussten, dass Rafiki auf freiem Fuß, gesund und munter war und jedes gute Angebot annahm, das sie ihm machten. Sie kamen mit allen nur denkbaren Vorschlägen, wobei einige nicht nur illegal, sondern auch moralisch unannehmbar waren; die meisten würden sie ohnehin kaum einhalten. Rafiki verarztete sie, so gut er konnte, bevor er ihnen erlaubte, vor Manu zu treten und ihre Gesuche vorzubringen. Rafiki wies jeden ab, der nach Alkohol oder verbranntem Hanf roch oder ihnen seine Ernte oder sein Vieh oder Manu seine Tochter zur Heirat anbot. Der Laden, erklärte Rafiki ihnen, akzeptierte nur Barzahlung oder etwas, das sich leicht in Bargeld verwandeln ließ.

»*Sasa, Budha*«, grüßte ein Mann aus Jamaica Manu. »*Iko hivi. Mimi kwetu mtaani Trench wananiita* Ganja Man. *Kwa pesa chap-chap, nawahi,* 'n Zehner *peke yake. Wasikia? Lakini nina* Sinsemilla mob-mob. *Waniandastand? Kwa hivyo ukitaka* Frieden *tusikilizane. La, sivyo, tutapambana vilivyo.*«

Manu drehte sich zu Rafiki um. »Wer ist das?«, fragte er.

»Ein guter Kunde, der seine Schulden begleichen will«, antwortete Rafiki.

Er hatte den Mann überprüft und für ausreichend zurechnungsfähig und zivilisiert befunden, um trotz eines Hauchs Hanf, der ihn umgab, zu Manu durchgelassen zu werden. Und nun stand der Mann da und sprach Manu in einer Art Privatsprache aus *Sheng* und Wortsalat an, und Manu hatte keine Ahnung, wovon er redete. »Welche Sprache spricht er?«, fragte er Rafiki.

»Achte nicht auf die Sprache, ich werde dir sagen, was er meint.«

»*Sasa, bro, iko hivi.* Okay, Bruder«, wandte sich der Mann an Rafiki und traf ihn mit dem Geruch nach verbranntem Hanf.

Er war ein waschechter wahrer Sohn unserer Stadt und hatte lange Zeit in Mogadishu gelebt, bevor es in wilde Miniaturstaaten zerfiel, zu denen Jamaica gehörte. Auch in Cuba und in Moscow hatte er gewohnt, gab er zu, bevor ihn das Politbüro aus dem Staat warf, weil er bei den Tussen so beliebt war. Jetzt wohnte er in jenem Winkel von Jamaica, den man unter dem Namen Trench Town kannte, in dem der einzige Graben – *Trench* – den meilenbreiten Abgrund zwischen dem bildete, was die Bewohner für Fantasie oder Wirklichkeit hielten.

»Wo ist er her?«, fragte Manu Rafiki.

»Trench Town«, antwortete Rafiki.

»Jamaica«, fügte der Mann nickend hinzu.

»Jamaica?« Manu war in Sorge.

»Das ist in Majengo, Boss«, beruhigte Rafiki ihn. »Also, hör dir nicht alles an, was die Leute sagen, hör stattdessen auf mich. Er ist froh, dass du verhandeln willst.«

»Verhandeln?«

»Gib es auf zu denken und hör mir zu.« Rafikis Stimme klang angestrengt. »Heute ist der großartigste Tag in deinem Leben.«

»Wie das?«

»Du denkst ja schon wieder.«

Er wurde langsam heiser, weil er so schreien musste, und verknackste sich schon den Hals, weil er den Handel mit der Bande aus Trench Town bewerkstelligen musste, dabei die anderen aber nicht aus den Augen lassen konnte.

»Achte nicht darauf, wie sie aussehen oder was sie reden«, sagte er zu Manu. »Dieser Kunde bietet einen Zehner im Monat und zehn Rollen Sinsemilla.«

»Was ist Sinsemilla?«

»Vergiss Sinsemilla«, sagte Rafiki. »Der Zehner im Monat ist mehr, als er dir je gezahlt hat.«

»Sinsemilla?«

»Glaub mir, Boss, das willst du nicht wissen.«

Zwischen der Überprüfung der Kunden, dem Übersetzen für Manu und dem Aufpassen darauf, dass niemand den Laden mit Dingen verließ, die er nicht mitgebracht hatte, war Rafiki ein sehr beschäftigter, aber glücklicher Mensch. Er hatte eine Abmachung ausgehandelt und einen Waffenstillstand zwischen Hammer und Amboss vermittelt. Wäre sie doch hier und könnte ihn jetzt sehen!

Es dauerte Tage, alles zu ordnen, die Unterlagen zu überprüfen, neue Verträge zu unterzeichnen, denen sie zustimmten und mit denen sie im Gehen winkten. Und in all diesen Tagen glich der Laden einem Marktplatz voller Menschen, die unterschiedlich aussahen, sich unterschiedlich kleideten, unterschiedlich gingen und in unterschiedlichen Sprachen redeten.

»Welche Sprache spricht der?«, fragte Manu Rafiki.

»Das nennt man *Sheng*«, antwortete Rafiki.

»Was für eine Sprache ist *Sheng*?«

»Hör doch auf damit, jeden verstehen zu wollen, hör besser auf mich!« Rafiki war verärgert. »Hier geht es um das große Geschäft.«

»Und wer ist das?« Manu konnte sie nicht auseinanderhalten.

»Der?« Auch Rafiki musste überlegen. »Wer bist du?«

»*Kamili mimi kwetu ni Trench*«, antwortete der Mann. »Mein genauer Wohnort ist Trench Town.«

»Ich weiß, wo du herkommst«, erwiderte Rafiki, »aber wer bist du?«

»*Mimi mkazi wa Mogadishu tanga miaka nenda, miaka rudi*«, sagte er.

»Er ist einfach der Menge hinterher«, erklärte Rafiki Manu, um die Sache abzukürzen.

Manu nickte, zuckte die Achseln und winkte nach dem nächsten Kunden. Er brauchte sich wegen all der seltsamen Fremden keine Gedanken zu machen. Er hatte Rafiki. Rafiki war der Fels im Auge des Malstroms, der jeden verstand und ihre Worte, ihre

Gedanken und ihr Geschwafel in eine Sprache übersetzte, die gewöhnlichen Leuten verständlich war. Sie liefen herum und sprachen Manish an, erzählten ihm ihren Kummer, bewunderten die Waren und verkündeten lautstark, was sie mitnehmen wollten, sobald ihr Handel geschlossen war. Nach einiger Zeit gab Manish es auf, durch sie hindurch zum Eingang zu sehen, und nahm sie wahr. Die Vertragssuchenden blieben so lange, dass er ihre Sprache zu verstehen begann, und das beunruhigte Manu mehr als die Angebote irgendwelcher Sinsemilla, was immer das war, die er laufend von Leuten erhielt, die er nicht verstand.

Für Rafiki war das alles eine lange, schmerzhafte Reise, aber sie war es mehr als wert. Zum Schluss sahen Manus Bücher selbst für die Bank kreditwürdig aus. Rafiki verbrachte mehrere zusätzliche Tage damit, die Kommission auszurechnen, die ihn erwartete. So wie es aussah, schuldete man ihm so viel, dass er alle Gläubiger bezahlen und immer noch jede Menge zurücklegen konnte. Vorausgesetzt, die Kunden hielten ihren Teil der Abmachung ein.

»Werden sie das?«, überlegte Manu.

»Boss«, antwortete Rafiki mit hoffnungsvollem Lächeln. »Diese Kunden gehen nicht sehr oft in die Kirche.«

Auch Manu war nie in einer Kirche gewesen, aber er blieb skeptisch. Das tat auch Rafiki, der ebenfalls nicht allzu häufig in die Kirche ging.

Kapitel 22

Zu guter Letzt machte Rafiki Donkey Man unten in Mogadishu ausfindig, tief im Herzen von Majengo, wohin sich nur waschechte Nanyukier und *jinnis* wagten. Der Karrentreiber hatte einen Kontrakt, Erde für ein Baugrundstück zu transportieren, was Wochen in Anspruch nehmen würde, und selbst danach wollte er nicht wieder für Rafiki arbeiten. Rafiki flehte ihn an, appellierte an alte nanyukische Gefühle, die selbst ein Taubstummer hegen musste, und versprach alles, was ihm einfiel, sogar, dass er nicht mehr lügen wollte. Er bettelte inbrünstiger, als er jemals jemanden – von seiner Frau abgesehen – angebettelt hatte, und überzeugte Donkey Man schließlich, zu ihm zurückzukommen.

Man kam überein, dass Rafiki zunächst alles beglich, was er ihm bislang schuldete, und dass Donkey Man weder aufladen noch tragen musste. Er würde den Eselskarren führen, Rafiki alle schweißtreibenden Arbeiten übernehmen, und jede Fuhre sollte bei Lieferung bezahlt werden. Und dann kam, was die Abmachung scheitern ließ. Rafiki würde warten müssen, bis Donkey Man seinen jetzigen Kontrakt erfüllt hatte. Keine noch so große Summe, kein Betteln oder Flehen konnten Donkey Man dazu bringen, seinen Kontrakt hinzuwerfen. Das Haus, das renoviert wurde, gehörte seiner Schwiegermutter.

Und so steckte Rafiki mir nichts, dir nichts wieder in ausgiebiger Beinarbeit, jagte zu Fuß mitten in Majengo Phantomen hinterher, durch die dunklen, kalten Viertel, wo alles Erdenkliche möglich war, der Groll niemals starb und wo vom Anbeginn unserer Geschichte Verschwörungen und Geheimnisse gesprossen, gestorben und begraben worden waren.

Dort trieb ein Polizist ihn auf. Rafiki wurde am nächsten Morgen um neun im Büro des Distriktchefs erwartet.

»Weshalb?«, fragte Rafiki. Er hatte mit dem DC nicht mehr zu schaffen als mit der Polizei.

»*Hata wewe unajua*«, lächelte der Polizist abwesend. »Du weißt, warum.«

Als Rafiki darauf beharrte, er wisse von nichts, erklärte es der Polizist in halboffiziellem Jargon, durch den nichts klarer wurde. Der Sicherheitsausschuss des Distrikts war zu dem Urteil gekommen, dass Rafikis Aktivitäten die Sicherheit untergruben. Daher wurde von ihm erwartet, dass er persönlich vor dem Ausschuss erschien, um sich zu entlasten, sein Nichterscheinen erfüllte den Tatbestand der Missachtung der Bezirksverwaltung und hätte Bußgeld oder Gefängnisstrafe oder beides zur Folge. Rafiki hatte keine Ahnung, was das heißen sollte, und offensichtlich ging es dem Boten ebenso.

»Komm einfach, okay?«, sagte der Polizist.

»Ich sehe in meinem Terminkalender nach«, antwortete Rafiki.

»In deinem Terminkalender?«, lachte der Polizist. »Du hast gar keinen Terminkalender. Sei einfach pünktlich, sonst bringe ich dich in Handschellen hin.«

»Mal sehen.«

»*Na wacha kukamata jiko za raiya*«, fügte der Polizist im Gehen hinzu. »Du bist kein Polizist. Also hör auf, die Kocher anderer Leute zu verhaften, oder wir verhaften dich.«

»*Jikos* verhaften«, grübelte Rafiki, nachdem er fort war.

Vom *jikos stehlen* her gesehen, war das ein großer Sprung. Doch er konnte jetzt nicht damit aufhören, egal wer ihm das befahl. Sein Leben und seine Zukunft hingen davon ab, dass er jedes einzelne Haushaltgerät in seinem Dossier fand und *verhaftete*.

Sie saß auf der Veranda ihres Hauses am Boulevard und lackierte sich die Nägel, beobachtete gespannt die Straße und benahm sich wie ein Ladenbesitzer aus alter Zeit. Die Straße war dasselbe alte Handelszentrum Majengos, das sie immer gewesen war, aber sie war gealtert und ausgefahren und während der langen Regenzeit unpassierbar. Der freizügige Verkehr mit den Freiern, der sie zur berühmtesten und meistbesuchten Verkehrsstraße Majengos gemacht hatte, bestand nur noch aus einigen barfüßigen Männern, die nichts auszugeben hatten, Hühnern und Hunden und Rafiki.

Er hatte die Seitenstraßen zugunsten der Boulevards verlassen, weil er fürchtete, dass ihm die Verzweifelten und Verdrossenen auflauern und das Lebenslicht ausprügeln könnten. Inzwischen beschränkte er sich auf offene Straßen und Plätze, hoffte, dass er darauf zählen konnte, von ihren Frauen beschützt zu werden.

Sie sah ihn die Straße heraufkommen wie ein Raubtier auf der Jagd nach Beute, in der Luft nach Radios, Fernsehern, Kühlschränken und Gaskochern schnüffelnd, immer wieder innehaltend, um die Dächer nach Antennen abzusuchen. Sie sah ihn näher kommen, den Blick überall, nur nicht auf ihr, und als sie merkte, dass er ohne ein *Jambo rafiki* vorbeigehen würde, schlug sie die Beine übereinander und zog den Rock ein Inch höher oder zwei, sodass ihre prachtvollen Beine zu sehen waren. Selbst da nahm Rafiki sie nicht wahr, so versunken war er in seine Suche.

»Man Guitar«, rief sie ihm zu. »*Karibu chai?*«

Da bemerkte er sie.

»Nein, danke«, antwortete er und ging weiter.

»*Kwani bibi amerudi?*«, fragte sie und stand auf, damit er bessere Sicht auf das bekam, was sie zu bieten hatte. »Ist deine Frau zurück?«

»Wie sieht es für dich aus?«

»Ich habe gehört, sie möchte ein großer Mann sein?«

»Hör auf, *chang'aa* zu trinken«, riet er ihr.

Rafiki gewöhnte sich langsam daran, dass er von Menschen, die ihn aus irgendwelchen Gründen nicht leiden mochten, doch auch von anderen, die es auf seine Zeit und das Geld abgesehen hatten, das er ihrer Meinung nach besaß, fortwährend schikaniert wurde. Die meisten waren alte Flammen, an die er sich kaum mehr erinnerte, und Frauen, die glaubten, sie könnten dort ansetzen, wo seine Frau aufgehört hatte.

Er gab sich Mühe, alle zu ignorieren, aber seine Gene eines waschechten Sohnes unserer Stadt konnten nicht umhin zu bemerken, dass sie eine gut aussehende Frau war. Eine Melange aus den waschechten Töchtern unserer Stadt von Sector D, als man den noch als Mogadishu kannte und er mit Menschen aus allen Teilen der Welt gefüllt war. Sie war in jeder Hinsicht gut ausgestattet, doch kümmerte Rafiki sich schon längst nicht mehr um körperliche Reize. Seine Frau hatte alles, was er brauchte, alles, was er jemals von einer Frau erwartete. Er wollte sie schon abweisen und seine Nachforschungen fortsetzen, als er plötzlich stehen blieb.

»Kochst du mit Holzkohle oder mit Gas?«, fragte er sie.

Sie vollführte ein paar aufreizende Tanzschritte, um ihm einen besseren Blick auf ihren wohlgeformten Körper zu bieten, dann hielt sie ihm zum Beweis die lackierten Nägel hin. »Sehen die so aus, als fassten sie Holzkohle an?«

Seit er seine neue Arbeit angetreten hatte, hatte Rafiki genügend erhellende Begegnungen mit den unwahrscheinlichsten Menschen gehabt und dabei gelernt, eine Situation nicht allein nach ihrem äußerlichen Erscheinungsbild zu beurteilen. Mit dramatischer Geste schlug er seine Akte auf und machte eine große Schau daraus, nachzusehen, ob sie darin verzeichnet war. »Wie heißt du gleich?«

»Nein, das hast du nicht vergessen«, sagte sie und tat so, als wäre sie enttäuscht. »Nach all dem Spaß und den Spielen hinter der Bühne? Und nach all dem Hähnchen-*pilau*, den ich für dich gekocht habe?«

Rafiki schaute sich um. Ein paar Müßiggänger hatten die Begegnung beobachtet und waren begierig darauf zu sehen, wie sie ausging.

»Wie heißt du?«, fragte er ihnen zuliebe laut.

Sie lachte wieder, laut und sorglos, diesmal über ihn und sein Unbehagen, und zog damit noch mehr Aufmerksamkeit auf sich. Sie tanzte mit ihrer Perücke und sang: »*Afro mtoto wa Majengo wee* … Ein Kind aus Afrika, aus Majengo …«

»Dein richtiger Name?« Es kostete ihn Mühe, keine Miene zu verziehen.

»Priscilla.«

Er suchte in seiner Akte. Erneut brach sie in Gelächter aus. »Du hast es tatsächlich vergessen«, sagte sie enttäuscht. »*Wanaume bure sana.* Männer sind hoffnungslose Fälle.«

»Name?«

»Lucy«, antwortete sie. »Ich heiße Lucy, damals wie heute. Erinnerst du dich an unseren Song *Lucy*?«

»Muthoni?«

»Wacuka«, antwortete sie. »Wie in *Rekia macuka, murata, rekia Wacuka* ... lass sie gehen, Freund, lass sie gehen ...«

Rafiki bemühte sich, nicht auf ihren Gesang zu achten, während er überlegte, wie er ehrenvoll aus dieser Situation herauskäme. Auf seiner Liste standen weder Lucy noch Priscilla oder Wacuka. Auf seiner Liste standen nur wenige Frauen. Meistens waren es ihre Männer, die sich verschuldet hatten, um Eindruck auf sie zu machen. Er erinnerte sich, mit zahlreichen Groupies Hähnchen-*pilau* geteilt zu haben, doch stammte dieser *pilau* aus einem Restaurant neben der Moschee und war mit seinem Geld bezahlt worden. Und was die Fummeleien hinter der Bühne anging, so war es zwar oft dazu gekommen, doch waren sie zu gewöhnlich gewesen, als dass er sich daran erinnerte. Es hatte nie an Mädchen gemangelt, die es schick fanden, mit der einzigen Band in der Stadt abzuhängen. Er war versucht, in ihr nur eine weitere Schwindlerin zu sehen, die vorgab, sie wäre ein böses Mädchen und damit durchgekommen.

»Ich kann dir Bilder zeigen«, schlug sie vor.

»Bilder?« Er blieb stehen.

»Unsere alten Fotos«, sagte sie. »Sie sind so hübsch. *Kwanza,* die ersten, die vom Fluss, sie sind soooo romantisch.«

Er zögerte. Sie lachte nicht, und er nahm sie nun fast schon ernst.

»Komm«, sagte sie. »Ich zeig sie dir.«

Er ging über die Straße und in ihr Haus. Als er ihr Einraumboudoir betrat, traf der Weihrauch seine Sinne wie eine zuschlagende Tür. Das Zimmer war angemessen abgedunkelt; das einzige natürliche Licht fiel durch ein winziges Fenster herein, das auf die Straße hinausging. Auf einer Kommode brannte eine Paraffinlampe und beleuchtete ein Himmelbett mit rosafarbenem Moskitonetz und zahlreichen bunten Kissen sowie einen Couchtisch mit einem Sessel daneben.

Rafiki ging schnurstracks auf Gaskocher und Kühlschrank zu. Während sie damit beschäftigt war, eine CD in ihre Sanyo-Musikanlage einzulegen, überprüfte er die Seriennummern der Geräte. »Hast du eins von denen bar bezahlt?«, fragte er.

»Mein Liebhaber ist Pirat«, antwortete sie. Sie lachte über seinen Gesichtsausdruck.

»War ein Witz«, sagte sie und nickte zu einem gerahmten Foto hinüber, das einen graubärtigen Weißen in Pilotenuniform zeigte.

»Kenya Airways?«, fragte Rafiki sie.

»Er hat ein Flugzeug«, antwortete sie. »Er schmuggelt *miraa* nach Dubai und all das Zeug von dort hierher.«

Rafiki nahm das so ernst, dass sie erneut lachen musste.

»War wieder ein Witz«, sagte sie. »Du bist so ernst. Komm, setz dich her.«

Sie setzte sich aufs Bett und schlug mit der flachen Hand auf den Platz neben sich. »Er kommt nicht vor Sonntag zurück«, erklärte sie.

»Er hätte nichts dagegen?«

»Er ist ein sehr liebenswerter Mensch.«

Wieder deutete sie auf den Platz neben sich. Rafiki wahrte Abstand.

»Hab keine Angst«, sagte sie lächelnd. »Wie du siehst, ist er ein großer, alter Kater und hat keine Angst vor Mäusen.«

Der Mann sah zudem wie ein richtiger Pilot aus. Rafiki wandte sich zum Gehen. »Ich spiele solche Spiele nicht mehr«, sagte er.

»Setz dich«, wieder klopfte sie neben sich auf das Bett. »Ich verspreche, nicht zu beißen.«

Rafiki wollte die Tür öffnen, stellte aber fest, dass sie verriegelt und mit zwei gebogenen Nägeln und Holzkeilen und allen erdenklichen Schließvorrichtungen gesichert war.

»Das war eine sehr schlechte Idee«, sagte er, als er sich umdrehte und sie, eine nach der anderen, drehte und löste, während sie ihm zusah und ihn auslachte. Sie schienen sich selbsttätig wieder zu schließen, während er andere aufdrehte, und wenn er die schloss, öffneten sich wieder andere und so, wie das System zurechtgebastelt war, war es fast schon makaber.

In den alten Zeiten ließen die Leute abends einfach ihre Türen ins Schloss fallen und gingen zu Bett. Jetzt hatten sie überall im Haus Sprengfallen, die so gründlich ausgelegt waren, dass selbst die streunenden Katzen es sich zweimal überlegten, bevor sie durch ein offenes Fenster sprangen.

Sie sah ihm zu, wie er alles drehte und wendete, schob und zog und brach angesichts seiner Verzweiflung in Lachen aus.

»*Kwani unaogopa bibi?*«, fragte sie ihn. »Hast du solche Angst vor deiner Frau?«

»Lass meine Frau da raus«, warnte er sie.

»Bleib ein Weilchen bei mir«, sagte sie. »Ich weiß, wie es sich anfühlt, wenn man allein zu Hause ist.«

»Ich bin nicht allein.«

»Ziegen und Hühner zählen nicht«, meinte sie wieder mit diesem Lachen irgendwo zwischen Mitleid und Belustigung. »Komm, setz dich her. Bitte?«

Er hatte inzwischen genügend Gerätschaften hin und her gedreht, dass die Tür aufsprang. Er hatte bereits einen Fuß jenseits der Schwelle, als sie ihn an die Fotos erinnerte. Er zögerte.

»Ich weiß, dass du neugierig bist.«

Es war dumm, jetzt zu gehen, ohne herauszufinden, was sie über ihn hatte; welches Belastungsmaterial sich in ihrem Besitz befand. Bisher hatte er seine Frau halbwegs davon überzeugen können, dass Groupies einfach Groupies waren. Sollten jetzt gegenteilige Beweise auftauchen, wäre es das Ende des Lebens, wie er es kannte. »Nur die Fotos«, sagte er und trat wieder ein. »Keine Dummheiten, okay?«

»Mach die Tür zu«, forderte sie ihn auf.

Er schloss die Tür, sicherte sie nur mit einem verbogenen

Nagel, für den Fall, dass er sich schnell aus dem Staub machen musste, und machte ein paar Schritte zu ihr hin.

»Setz dich.« Sie schlug wieder auf den Platz neben sich. »Erinnerst du dich an die Musik?«

Wie könnte er den Song jemals vergessen? Der hatte ihm zum ersten Mal Schwierigkeiten mit seiner Frau eingebrockt. Ein verräterisches Bandmitglied hatte ihr zugesteckt, dass seine Erklärung, er hätte den Song für sie komponiert, eine ziemliche Übertreibung war.

»Deine beste Komposition überhaupt«, sagte sie. »Und du hast sie nur für mich geschrieben. Ich höre sie und stelle mir uns beide dabei vor. Du warst verrückt nach mir. Hattest du es ernst gemeint, als du mich gebeten hast, dich zu heiraten?«

»Du hast abgelehnt.«

»Hättest du mich geheiratet?«, fragte sie nach. »Tatsächlich?«

Sie zog ihn neben sich auf das Bett, federte darauf auf und ab wie ein kleines Mädchen. »Fühl mal die Federung«, sagte sie. »Das könntest du dir nie leisten.«

Er wollte es ihr nicht sagen, aber bis vor Kurzem hatte er zu Hause eine ähnliche gehabt.

»Von Patel?«, fragte er sie.

Sie lächelte und überließ ihn seiner Vermutung.

»Voll bezahlt?«, versuchte er es.

»Du wirst meinen Namen in keiner deiner Akten finden«, lachte sie.

»Wie hieß gleich dein Freund?«

»Welcher?«

»Der das Bett bezahlt hat.«

»Das errätst du nie.«

Sie spielte mit ihm. Sie glaubte, sie wäre schlauer als er, und so wie es aussah, war sie das vielleicht auch. Sie hatte von ihm bekommen, was sie wollte, die ganze Aufregung und den Spaß mit der Band und all den anderen, die so waren wie er, und jetzt besaß sie so vieles und schuldete niemandem etwas dafür, während er sich nicht einmal das Taxigeld leisten konnte.

»Dir ist es immerhin gut ergangen«, musste er zugeben.

»Ich kann nicht klagen«, sagte sie. »Erst neulich wollte ein *mzungu* mein Land in Ontulele kaufen und mir ein ganzes Bündel Geld dafür geben. Aber ich bin keine Närrin. Ich weiß, dass die Preise steigen. Bald werden dort überall Herrenhäuser und Cottages, Touristencamps und Reihenhäuser stehen. Dann verkaufe ich es und baue in Tingithu Apartments. Den Rest meines Lebens wird es mir ein Vergnügen sein, die Miete zu kassieren. Du kannst bei mir wohnen, wenn deine Frau dich wirklich sitzen lässt.«

»Und der Pirat?«

»Oh, der ist dann sicher schon weg«, sagte sie mit traurigem Lachen. »Die bleiben nicht so lange.«

»Jetzt die Fotos«, erinnerte er sie. »Wo sind sie?«

»Die Beweise?«, entgegnete sie mit fröhlicherem Lachen. »Zuerst einen Tee.« Sie stand abrupt auf. »Ich gehe Milch holen«, sagte sie und ging zur Tür. »Tu dir keinen Zwang an, nach allem zu suchen, was du beschlagnahmen kannst.«

Sie war verschwunden, bevor er protestieren konnte, und verriegelte die Tür von außen. Aus diesem unerwarteten Gefängnis gab es keinen Fluchtweg, abgesehen von dem winzigen Fenster auf der dem Boulevard zugewandten Seite des Hauses. Einen sehr kurzen Moment lang dachte er daran, sich durch das Fenster in die Freiheit zu zwängen, doch würde es seinem wachsenden Ruf als Dieb nicht guttun, wenn man ihn durch ihr Fenster klettern sähe. Er vertrieb sich die Zeit, indem er das Zimmer nach versteckten Haushaltgeräten absuchte, noch einmal die Seriennummer der Geräte kontrollierte, die er bereits inspiziert hatte, und rätselte, wer wohl der geheimnisvolle Freund sein mochte, der ihr geholfen hatte, das Haus samt Inhalt zu kaufen, ohne eine verräterische Schuldenspur zu hinterlassen. Es musste jemand Wichtiges sein, sonst hätte sie es ihm ins Gesicht gesagt. Ein Politiker? Wenn ja, welcher? Ein Richter am Obersten Gericht? Ein Bischof? Es musste jemand mit einigem Ansehen sein, und es war nicht der Pilot, das hätte sie zugegeben.

Als er nichts Interessantes fand, setzte er sich wieder aufs Bett und federte darauf auf und ab. Es war möglicherweise besser als das, das seine Frau mitgenommen hatte. Er streckte sich aus und gab sich der Bequemlichkeit hin, mit der sie geprahlt hatte. Sie hatte recht. Solchen Luxus hätte er seiner Frau nie gekauft. Er schloss die Augen, und es war, als schwebte er auf einer Wolke davon.

Kapitel 23

Sie fand ihn tief schlafend auf dem Bett liegen. Sie zog ihm die Schuhe aus, hob seine Füße aufs Bett und deckte ihn mit ihrem Umschlagtuch zu. Dann kochte sie ihm einen Tee, packte die *mandazi* aus, die sie im Teeladen um die Ecke gekauft hatte, legte sie auf ihr bestes Tablett und stellte es auf den kleinen Couchtisch. Anschließend sprenkelte sie mehr Gummiarabikum-Wasser auf den Weihrauchtopf unter ihrem Bett, weil sie glaubte, er wachte jeden Augenblick auf, und setzte sich in Erwartung dieses Moments auf die Bettkante. Eine Stunde verging. Sie trank etwas Tee. Zwei Stunden vergingen. Sie legte sich neben ihn. Eine weitere Stunde tickte herunter. Sie prüfte, ob er noch atmete. Er war noch am Leben. Sie kuschelte sich an ihn. »Lover Boy«, flüsterte sie ihm ins Ohr. »Ich bin wieder da, Lover Boy.«

Rafiki schlief weiter.

Sie rutschte dichter an ihn heran, schob einen Arm unter seinen Kopf und umarmte ihn. Er drehte sich um und schlang die Arme um sie. »*Sweettea*«, sagte er schläfrig.

»Dein Tee ist fertig«, flüsterte sie.

Er schlief weiter. Sie küsste ihn. Nicht einmal ein Kuss machte ihn munter. Sie seufzte und schloss die Augen.

Seit seine Frau ausgezogen war, hatte Rafiki keine Nacht mehr richtig geschlafen. Auf der Härte seines Wohnzimmerfußbodens, belagert von den *jinnis* seiner Frau, die an den unwahrscheinlichsten Orten lauerten, und seiner Furcht vor beleidigten Schuldnern, die einen Rachefeldzug gegen sein Haus führen könnten, war er in den vergangenen Monaten nur wenig zum Schlafen gekommen. Jetzt schlief er so tief, dass die Frau eine Panikattacke bekam, als sie mitten in der Nacht aufwachte und er immer noch in derselben Stellung dalag. Dann sah sie, dass er atmete, deckte ihn mit einem Laken zu und schlief weiter.

Er erwachte erst am nächsten Morgen, als die Sonne bereits aufgegangen war und jedermann auf den Beinen, und er konnte nicht sagen, wo er sich befand und welcher Tag es war. Er sah eine Frau neben sich schlafen und grübelte, wer sie war und was sie hier tat. Dann erwachte sie, lächelte ihn an, und er setzte sich in Panik kerzengerade auf. »Was?«

»Ich habe mich nicht getraut, dich zu wecken«, sagte sie mit strahlendem Gesicht.

»Wie spät ist es?«

Sie zeigte zur Uhr auf der Kommode. Sie stand auf acht Uhr.

»Abends?«

»Morgens.«

»Was?«

»Du hast so fest geschlafen, dass ich geglaubt habe, du wärst tot.«

Er sprang aus dem Bett, trat auf den kalten Fußboden und hob die Füße. »Wo sind meine Schuhe?«

»Neben der Tür«, antwortete sie ihm. »Ich hab sie sogar für dich geputzt. Du brauchst neue Schuhe.«

»Ich komme zu spät zur Arbeit«, sagte er, als er sie anzog.

»Und was wird mit mir?«, rief sie aus. »Ich hab dich in meinem Bett schlafen lassen.«

»Du darfst auch in meinem schlafen, wenn ich es wiederbekomme.«

»Sie hat auch dein Bett mitgenommen?« Sie tat so, als wäre sie schockiert. »Armer Mann, kein Wunder, dass du todmüde warst.«

Er band sich die Schuhe zu und stand auf.

»Ich mach dir Frühstück«, bot sie an und strich ihm zärtlich über den Arm, eine Demonstration dessen, was sie unter zärtlicher, liebevoller Fürsorge verstand.

»Keine Zeit«, antwortete er. »Ich habe ein Treffen mit dem DC.«

»Mit dem DC?« Sie hörte sich skeptisch an. »Welchem DC?«

»Wie viele kennst du?«

»Was sollte er mit dir zu besprechen haben?«

»Geschäftliches«, antwortete Rafiki. »An mir ist mehr, als die Leute glauben.«

Sie verbot sich zu lachen.

»Du kannst ruhig lachen.« Er war auf dem Weg zur Tür.

»Was wird mit unseren Fotos?«, fragte sie.

»Verbrenn sie«, erwiderte er. »Ich hab keine Verwendung dafür.«

»Und deine Frau?«

»Wenn du das machst, bring ich dich um.«

Das Kichern erstarb ihr auf den Lippen. Als Rafiki sie verließ, sah sie enttäuscht aus, doch während er durch den Korridor eilte, hörte er sie schreien. »Du wirst zu mir zurückkommen«, rief sie ihm hinterher. »Ich weiß es. Du wirst immer wiederkommen.«

Die Einsamkeit und die Verzweiflung in ihrer Stimme erschreckten ihn. Er trat so schnell und diskret aus der Tür, wie er konnte, aus Angst davor, was die Nachbarn annehmen mochten, wenn sie ihn so früh am Morgen aus ihrem Haus flüchten sahen. Er eilte, ja, er rannte fast, durch Majengo zur Main Street, damit er nicht zu spät zu seinem Termin kam.

Die Main Street war nicht einmal einhundert Yards breit, aber für Majengo war sie breiter als der Nil. Von Majengo auf die weiße Seite der Stadt zu gelangen war eine beängstigende Erfahrung, eine, die Mut und Entschlossenheit erforderte. Auf der anderen Seite befanden sich sowohl die Büros des DC als auch die gesamte Verwaltung und das gefürchtete Gerichtsgebäude mit den Überresten der drakonischen Kolonialgesetzlichkeit, die zu den echten Nanyukiern nie freundlich gewesen war.

Punkt neun Uhr erschien Rafiki im Büro des Distriktchefs, vor dem Sicherheitsausschuss des Kreises, SAK. Die Untersuchung stand unter dem Vorsitz des DC; der Ausschuss setzte sich zusammen aus dem Sicherheitsausschuss des Distrikts, SAD, dem Polizeichef des Distrikts, PCD, dem Chief von Majengo, CM, dem

Chef der Kriminalpolizei, CKP, dem Vorsitzenden des Entwicklungsausschusses des Distrikts, EAD, der Beauftragten des Frauenbüros, BFB, dem Bürgermeister von Nanyuki und zahlreichen anderen Offiziellen auf Kreisebene sowie Leuten, von denen er nie gedacht hätte, dass sie mit ihm reden würden. Vor jedem stand eine Platzkarte auf dem Tisch, die seine offiziellen Amtsinitialen trug. Rafiki brauchte eine Weile, bis er sich zusammengereimt hatte, was die Initialen bedeuteten.

Er wusste genug, um keinen zu unterschätzen. Sie konnten ihn ohne Weiteres ins schwarze Loch werfen und ihn derart malträtieren, dass es einen Jamaica-Town-Gangster schockieren würde. Doch zunächst, vielleicht um ihn zu beruhigen, spielten sie mit ihm. Wo er geboren war und wo er lebte? Wie viele Frauen er hatte? Hatte er mit einer Kinder? Wie alt waren sie? Alles Informationen, über die sie bereits verfügten, wenn man bedachte, dass sie das gesamte Spektrum des Geheimdienstes repräsentierten. Rafiki beantwortete die Fragen dennoch, offensichtlich richtig, denn nach einer Weile hörten sie mit der Inquisition auf und kamen zum Geschäftlichen.

Der DC übernahm das Verhör. Ihm war vieles über Rafiki zu Ohren gekommen, doch war alles so schlimm, dass er nicht in die Einzelheiten gehen wollte. Er hatte so viele Anschuldigungen und Vorwürfe gehört, dass er nicht wusste, wo er anfangen sollte. Er hatte zum Beispiel gehört, dass Rafiki in Majengo Amok gelaufen war.

»Im gesamten Kreis«, offenbarte der Beamte der Kreisverwaltung.

»Im gesamten Kreis?«, staunte der DC.

»Und auch im Distrikt«, fügte der Distriktbeamte hinzu. »Ich habe Berichte gehört, dass Frauen ihre Männer schlugen und Beweise forderten, dass sie die Haushaltgeräte bezahlt hatten.«

»Die Frauen sagen, dass sie es leid sind, die Sachen zu verstecken, sobald du auftauchst«, warf ihm der Vorsitzende des EAD vor. »Sie wollen ihre Sachen zurück und verlangen, dass ihre Männer sie bezahlen.«

»Mit Geld, das sie nicht haben«, warf der CM ein. »Wegen deiner Umtriebe brechen Familien auseinander, Rafiki.«

»Ganz Laikipia lebt in der Gefahr einer Rebellion«, warnte der CKP. »Was du machst, grenzt an Raubüberfall.« Er wandte sich an den PCD. »Dieser Mann ist so gefährlich wie eine Zelle voll Raubverdächtiger«, sagte er zu ihm.

»Er hat sich zum einsamen Ranger aufgeschwungen«, teilte der DPC mit. »Er ist sein eigenes Gesetz. Er beschlagnahmt gefundene und geschenkte Gegenstände und erpresst Lösegeld. Er hat Kreditschuldnern den Krieg erklärt und Majengo in ein Gefängnis verwandelt.«

»Stimmt nicht«, sagte Rafiki.

In der DNA jedes waschechten Nanyukiers gab es eine Sequenz, die allerdings noch nicht nachgewiesen war, ein mutiertes Mau-Mau-Gen, das im Umgang mit den Behörden instinktiv erkannte, wann man fliehen, wann man sich unauffällig verhalten, wann man schweigen musste und wann man nur auf die Fragen antworten durfte, die einem gestellt wurden. Es wusste auch, wie man die Dinge einfach und verständlich hielt.

»Stimmt nicht«, sagte Rafiki.

»Stimmt es nicht, dass du professioneller Prämienjäger bist?«

»Stimmt nicht«, sagte Rafiki.

»Aber stimmt es nicht, dass du die Haushaltgeräte der *wananchi* einfach so beschlagnahmst und sie bei Patel ablieferst?«

»Ein Geschäft, das du, wie ich hinzufügen möchte, ohne Lizenz oder Genehmigung betreibst«, fügte der LFB hinzu, der leitende Finanzbeamte.

»Stimmt nicht«, sagte Rafiki. Er sei Angestellter, erklärte er und brachte es damit auf den Punkt.

»Ich bin legitimer LZB«, setzte er zur Erklärung hinzu.

»LZB?« Der DC setzte sich verblüfft auf.

Er blickte sich im Raum um. Niemand hatte eine Ahnung, was ein LZB war. Rafiki hatte den Titel, angeregt durch die Platzkarten vor den Inquisitoren, aus der Laune des Augenblicks heraus geprägt.

»Leitender Zurückbeförderer«, klärte Rafiki sie auf.

Ein tiefes, verstörtes Schweigen entstand, während sie das schluckten. Mehrere Augenpaare bohrten sich in ihn und warteten darauf, dass er Wiedergutmachung leistete. Da begriff er, was er getan hatte. Indem er seinen zweifelhaften Beruf ebenfalls mit Initialen abgekürzt hatte, hatte er eine unüberbrückbare Grenze überschritten. Nun, da er erfolgreich, wenn auch unüberlegt, diese Trennlinie übersprungen und sich auf ihr Podest erhoben hatte, sollte er sich besser ernsthaft erklären.

»Das ist die Bezeichnung meiner Stelle«, sagte er. »Ich bin Angestellter.« Er arbeite für ein gut eingeführtes, hoch angesehenes Ratenkaufunternehmen und erledige die Laufarbeit für dessen wohlbekannte Besitzer Manu und Manish Patel. Das wussten sie bereits. Der DC nickte ungeduldig und forderte ihn mit einer Geste auf, mit seiner Geschichte voranzukommen.

»Wir geben uns Mühe, fair und gerecht zu sein«, sagte er. »Wir mögen uns nicht in jedem Fall absolut sicher sein, dass die Haushaltgeräte, die wir beschlagnahmen, die richtigen sind. Das liegt daran, dass die Schuldner häufig die Seriennummern zerstören, um die Herkunft der Haushaltgeräte zu verbergen. Deshalb müssen wir sämtliche Haushaltgeräte beschlagnahmen, deren Besitzer den Beweis ihrer Zahlung nicht vorlegen können oder wollen.«

Der Kommission verschlug es die Sprache. Als Erster sprach der Polizeichef. »Dieser Mann ist gefährlicher als eine Lastwagenladung voll Leute, die des Raubes verdächtig sind«, stellte er fest.

»Kein Wunder, dass seine Frau ihn sitzen lassen hat«, bemerkte der CM.

»Meine Frau hat mich nicht sitzen lassen«, klärte Rafiki ihn auf. »Sie ist zu einem kurzen Urlaub bei ihrer Mutter. Hat Ihre Frau das noch nie gemacht?«

Die Männer nickten und lächelten wissend. Die BFB, die einzige Frau unter den Inquisitoren, verzog die Miene. »Deswegen sind wir nicht hier«, erinnerte sie die anderen. »Wie fühlst du dich«, fragte sie Rafiki, »wenn du einer Frau im Alter deiner Mutter befiehlst, sie solle mit dem Kochen für ihre Enkelkinder aufhören, damit du ihren *jiko* beschlagnahmen kannst?«

»Sie hätte ihn bezahlen sollen«, erwiderte Rafiki.

»Hast du Enkelkinder?«, fragte ihn der DC.

»Noch nicht.«

»Kinder?«

»Zwei erwachsene.«

»Was denken sie, wenn sie sehen, wie du alten Frauen ihre Sachen wegnimmst?«

»Sie sehen mich nicht, wenn ich das tue«, antwortete Rafiki. »Und ich nehme nicht nur alten Frauen die Sachen weg. Ich nehme sie allen und jedem, der nicht dafür bezahlt hat. Das ist mein Job. Damit verdiene ich mein Geld, *Bwana* DC.«

Der DC sah sich am Tisch um und zuckte die Achseln, als wollte er sagen: Ich komme zu diesem Idioten nicht durch. Den anderen ging es genauso. Sie hatten schon mit vielen seiner Sorte zu tun gehabt, Störenfrieden, die hinter Gitter gehörten, die sich aber erst noch vollständig dafür qualifizieren mussten. Jetzt sahen sie ihn forschend an und versuchten zu begreifen, was an ihm anders war. Die Prahlerei, an die waren sie gewöhnt, und auch Arroganz hatten sie bereits erlebt. Jedoch verwirrte sie die offensichtlich zwischen ihnen stehende Ziegelmauer, seine echte, vollständige Unempfindlichkeit für Macht und Autorität.

Als er erkannte, wie verstört sie waren, dachte Rafiki, dass er wenigstens für einen Augenblick seine Majengo-Vorsicht besser beiseiteließ und sich detaillierter erklärte. Als Erstes bestritt er, dass er je als Polizist aufgetreten war oder sich eingebildet hatte, einer zu sein. Wenn das seine Absicht gewesen wäre, dann hätte er seine Mutter stolz gemacht, die Gitarre in die Ecke gestellt und die Kiganjo-Polizeischule besucht.

Anschließend stellte er den Rest seines Falles so korrekt und wahrheitsgemäß da, wie er ihn erinnerte. Damit ging er kein Risiko ein, wie er glaubte, weil keine Kläger zugegen waren und er keines bestimmten Verbrechens angeklagt war. Er beteuerte nochmals, dass er sich nie absolut sicher sein konnte, die richtigen

Haushaltgeräte zu beschlagnahmen, weil nämlich die Schuldigen oft die Seriennummern herausfeilten, um deren Herkunft zu verschleiern. Deshalb war er gezwungen, grundsätzlich alle Haushaltgeräte zu beschlagnahmen, deren Besitzer die Rechtmäßigkeit ihres Besitzes nicht beweisen konnten.

Die Initialenträger hörten aufmerksam zu, nickten und grunzten oder schüttelten die Köpfe und stöhnten, je nachdem, bis er fertig war und alles gesagt hatte, was er zu sagen hatte. Nachdem er nun alles Notwendige gesagt und sich so gut von jedem Vorwurf befreit hatte, dass sie bereit waren, ihn gehen zu lassen, kehrte er noch einmal zurück, griff in seinen Genpool und holte etwas heraus, das angesichts einer so furchteinflößenden Versammlung nur ein waschechter Nanyukier ins Feld führen konnte.

»*Bwana* DC«, sagte er, an den DC und den gesamten andächtig lauschenden Ausschuss gewandt, »ich verstehe nicht, warum Sie mich aus meinem engen Terminplan herausgerissen und hierhergeschleppt haben, nur damit ich diese simplen Fragen beantworte.« Und außerdem könne er nicht begreifen, warum man so ein Gewese um seine Arbeitsmethoden machte, zumal sie sahen, dass er einen *modus operandi* einsetzte, den sie nur zu gut kannten. Es war dieselbe Verfahrensweise, der der Chief, seine Büttel und die Polizei folgten, wenn sie es mit schwierigen Kunden zu tun hatten. Hau ihnen auf den Kopf, wirf sie in einen Sack und beschäftige dich später mit ihnen, zu passenderer Zeit und an passenderem Ort.

Nachdem er das gesagt hatte, entstand ein noch längeres Schweigen. Seine Aussage war in vieler Hinsicht so unverschämt, dass jeder sich hütete, als Nächster zu sprechen.

»Hast du eine Lizenz?«, fragte schließlich der Polizeichef. Vielleicht konnten sie ihn dafür dranbekommen.

»Eine Lizenz?« Rafiki war ehrlich erschrocken.

»Für dein Unternehmen?«, fragte der DC.

»Ich habe kein Unternehmen.« Auch Rafikis Geduld ging langsam zu Ende. »Ich arbeite für Patel. Fragen Sie ihn nach der Lizenz.«

Der DC runzelte angesichts seines Tonfalls die Stirn, wandte sich aber an den LFB. »Geben Sie solche Lizenzen aus?«

»Beschlagnahmungslizenzen?«, fragte der LFB. »Höre ich zum ersten Mal.«

»Untersuchen Sie das«, schlug der DC vor. »Könnten Einnahmen für den Bezirk dabei rausspringen.«

Und weil wir gerade dabei sind, fiel jemandem ein, wie wäre es mit Lizenzen für *piki-piki*-Fahrer und Eselskarrentreiber? Und für Straßenprediger und *mokoteni*-Schieber? Was wäre mit den Wasserträgern und den Holzfällern? Wer kam sonst noch davon? Während des sich anschließenden Gedankenaustauschs stellte sich heraus, dass es in Nanyuki viele Selbstständige gab, die damit durchkamen, dass sie keinen Beitrag zu den Einnahmen des Bezirks leisteten.

Zu guter Letzt wandte sich der DC an Rafiki und nahm kein Blatt vor den Mund. Die ganze Gemeinschaft und beileibe nicht nur Majengo ging über glühende Kohlen, weil sie nicht wusste, was nach *Rafikis Gesetz* Recht und Unrecht war. Die Frauen verprügelten ihre Männer und forderten, die Karten offenzulegen. Ehemänner drohten, ihren ehelichen Pflichten nicht mehr nachzukommen und einen bezirksweiten Hungerstreik anzufangen. Sie würden nicht wieder zu Hause essen, solange ihre Frauen das Unmögliche verlangten. Rafiki müsse, so schloss der DC, seine Aktivitäten einstellen, bevor der ganze Bezirk in Flammen aufging.

Rafiki seinerseits stand auf, um sich zu verteidigen, getreu seiner nanyukischen Natur und ungeachtet dessen, dass eine Verteidigung weder verlangt noch erforderlich war. Er erlaube sich, anderer Meinung zu sein als der DC, was an und für sich schon unbesonnen genug war, und fuhr dann fort, seine Sicht auf die Angelegenheit darzulegen. Ausführlich stellte er seine seltsame Idee dar, seltsam nicht nur für Majengo, sondern auch für den DC und die anderen versammelten Initialenträger. »Jeder«, sagte er, »jeder, ob klein oder groß, reich oder arm, Mann oder Frau, Junge oder Mädchen, jeder muss lernen, seinen finanziellen Verpflichtungen nachzukommen.«

Sie sahen einander an, und er glaubte, ein Flüstern zu hören: »Was stimmt mit dem nicht?«

»*Bwana* DC, Sir«, sagte er respektvoll. »Welches Beispiel geben wir unseren Kindern, wenn wir dem aus dem Wege gehen, was recht ist, weil wir die Konsequenzen fürchten?«

Bwana DC wusste nicht, wie er mit dem da fertig werden sollte, deshalb ließ er dem Ausschuss den Vortritt. Sie schluckten, während Rafiki ihnen erklärte, dass es nicht nur richtig, sondern auch gerecht war, dass jeder, ob klein oder groß, Mann oder Frau, alt oder jung, lernte zu halten, was er versprochen hatte, und seine finanziellen Verpflichtungen erfüllte. Ansonsten wuchsen die Kinder in dem Glauben auf, dass es in Ordnung war, zu leben, ohne zu arbeiten, zu nehmen, ohne zu bezahlen, und zu essen und davonzulaufen.

Diese Aussage war hinreichend klar, nicht aber für Rafiki. »Außerdem«, fuhr er, angefeuert von ihrer gespannten Aufmerksamkeit, fort, »wenn selbst der Chief, der wichtigste Mann in ganz Majengo, seine Schulden bezahlen kann, warum sollten das nicht alle anderen auch können?«

Diese Behauptung war falsch, zumindest ihrer Schlussfolgerung nach. Wieder breitete sich bestürztes Schweigen aus. Alle Blicke waren auf den Chief gerichtet. Da er sich nirgends verstecken konnte, musste man ihm nicht erst sagen, dass er einiges zu erklären hatte.

Der Chief erhob sich widerstrebend, weil niemand ihn dazu aufgefordert hatte, und räusperte sich. Dann bestätigte er, auf die Gefahr hin, dass er an Gunst verlor und vielleicht seinen Job, er hätte tatsächlich begonnen, seine Schulden zu tilgen.

Im Raum wurde es totenstill.

»*Bwana* DC, Sir.« Er räusperte sich ein zweites Mal. »Ich ... ääh, es stimmt tatsächlich, dass ich ... ääh, meine Schulden ... ääh, abzahle, Sir. Ich bin ... ääh, überzeugt, ... dass ääh, *kula na* ... ääh, *kulipa* ... ääh, die beste ... ääh, Politik ist, Sir.«

Im Raum blieb es totenstill.

Indem er immer noch nicht wagte, einer der wichtigen Initialen ins Auge zu schauen, gestand er, dass er, tief im Innern seiner nanyukischen Seele, wirklich wüsste und überzeugt davon wäre, *kula na kulipa* stelle die beste Politik dar.

»*Kula na kulipa*«, wiederholte er abschließend, »Essen und bezahlen. So einfach. Tut mir leid, Sir.«

Es entstand ein noch tieferes Schweigen. Die Ausschussmitglieder vermieden es, einander und den DC anzusehen. Das war bestimmt nicht das, was sie hatten hören wollen. Sie waren zusammengekommen, um ein Feuer auszutreten, einen Aufsässigen zu lynchen und einer Rebellion Einhalt zu gebieten. Der DC hatte Erfahrung mit Majengos Heimtücke, die ihn einmal fast den Job gekostet hatte. Wenn er ihrem Leiden kein Ende bereitete, würde es glimmen und schwären, bis die Lage in Taten explodierte. Er schaute sich im Raum um und räusperte sich. »*Bwana* Chief«, sagte er. »Es gibt keinen Grund, sich zu entschuldigen. Ich bin überzeugt, jeder der hier Anwesenden stimmt mit Ihnen in einem Punkt überein. Es ist tatsächlich richtig und ehrenhaft, dass wir als Verwaltung und als die Augen unserer Zentralregierung hier in Laikipia mit gutem Beispiel vorangehen und unsere Schulden zurückzahlen und unsere Steuern begleichen. Trotzdem sind wir hier, um ein Feuer zu löschen und eine Rebellion zu verhindern.«

»Was für eine Rebellion?«, wollte die Big Mama vom Frauenbüro wissen. »Ihr Männer macht gern alles komplizierter, um Eindruck zu schinden. Und ihr seid euch bewusst, dass ihr tut, was eure Frauen sagen, sobald sie die Schlafzimmertür zuschlagen. Wenn ihr beschließt, nicht zu Hause zu essen, müssen sie weniger kochen. Und wenn ihr unsere Betten boykottiert, haben wir nachts unsere Ruhe. Also lasst die Ausreden und sagt und tut das Richtige.«

Die wichtigen Männer sahen einander an. Sie mochten nur ungern fragen, was ihrer Meinung nach das Richtige wäre. Keiner von ihnen wollte das Essen seiner Frau boykottieren und übrigens auch nichts anderes von ihr, aber deshalb waren sie nicht zusammengekommen. Sie wollten einen Rebellen aufknüpfen. Jetzt kam er ihretwegen ungeschoren davon.

Schwankend verließ Rafiki den Ort. Er war aufgewühlt, zerbeult und übel zugerichtet, aber er sah sich auch bestätigt. Er hatte sich erhoben und für die echten Nanyukier eine Schlacht geschlagen. Er hatte ein neues Mandat, wenn auch ein unausgesprochenes, von niemand geringerem als den Distriktinitialen, seinen Feldzug fort- und *Rafikis Gesetz* durchzusetzen. *Kula na kulipa*. Gerechtigkeit für alle, ohne Furcht und Vergünstigungen.

Kapitel 24

Da der Distriktchef und der Polizeichef plötzlich ihre Schulden abtrugen, kam das Gerücht auf, dass sie schon bald mit aller Härte gegen Kreditschuldner vorgehen würden. Und das war, wie jeder wusste, viel schlimmer als Rafikis Schikanen. Gerüchten zufolge begannen im Bezirk alle, die es irgendwie ermöglichen konnten, ebenfalls, ihre Schulden zurückzuzahlen. Das Fieber breitete sich so weit und rasend schnell aus, dass sogar in Läden im weit entfernten Marsabit davon die Rede war, Rafiki anzustellen, damit dieser die Schuldner überredete zu tun, was die Schuldner in Nanyuki taten. Auch Rafiki konnte nicht sagen, wo dieses Gerücht entstanden war.

Es gab auch Gerüchte, wonach *Kula na kulipa* den Slogan *Utumishi kwa Wote, Service for All,* als Polizeimotto ersetzen sollte. Man sagte, dass die Kreisabgeordneten von Laikipia dafür gestimmt hatten, ihn zum neuen Werbeslogan des Bezirks zu machen, und Vorstöße unternahmen, mit ihm das alte *Harambee* als nationales Motto abzulösen. All das waren bislang unbestätigte Gerüchte, doch sie schürten Rafikis Feuer.

Was Rafiki aber bestätigen konnte, weil es ihn gleichermaßen verstörte, war, dass Menschen aus so weit entfernten Orten und Gegenden wie Marsabit und Garba Tula, Leute, von denen Manu nicht wusste, dass sie ihm Geld schuldeten, ihm über den *M-pesa*-Telefontransfer Geld als Raten für Radios, Fahrräder und Dinge überwiesen, für die Manu keine Kaufverträge finden konnte. Befremdlich war auch das Gerücht, dass Meja Mwangi sein Versteck verlassen und eine längst überfällige zweite Rate für sein riesiges *ugali karai* bezahlt hätte. All das war das Ergebnis von Rafikis wachsendem Ruf als kaltherziger, gnadenloser Kopfgeldjäger.

Doch je härter Rafiki arbeitete, desto mehr Leute trieb er, wie es schien, in den Wahnsinn, und desto mehr Ärger verursachte er für sich und den Laden. Manchmal glich der Laden dem Meldetresen auf der Polizeiwache. Die Leute stolperten herein und hinaus, um sich bei seinem Arbeitgeber über ihn zu beschweren, und einige waren sogar darauf aus, ihre Rechnungen mit ihm zu begleichen.

»*Wapi Rafiki?*«, erkundigte sich ein wütender Mann bei Manu. »Wo ist Rafiki?«

»*Iko matata gani?*«, fragte Manu ihn. »Wo liegt das Problem?«

»*Huyu mtu wako mbaya sana*«, sagte der Mann. »Er hat meinen Kühlschrank gestohlen.«

»Rafiki ist kein Dieb«, entgegnete Patel.

»Meine Frau sagt, dass er einer ist.«

»Hast du alles bezahlt?«

»Alles?«

Der Mann zögerte.

»*Basi kwenda polisi.*« Manu gewöhnte sich langsam daran. »Geh zur Polizei.«

Der Mann zögerte. Die Polizei wollte mit dem Rafiki-Kram nicht mehr behelligt werden. Nicht von Leuten, die ihre Schulden nicht bezahlten. So sagte man auf der Straße. Deswegen fielen sie bei Patel ein und hofften, er hätte Mitleid und gäbe ihnen ihre Sachen zurück.

»Bitte, bitte«, verlegten sie sich aufs Flehen. »*Nakuomba, Bwana* Patel, *nirudishie ile barafu*. Ich zahle Ihnen das Zehnfache von dem, was ich Ihnen schulde. Meine Frau verlässt mich, wenn ich den Kühlschrank nicht sofort zurückbringe.«

Noch grotesker wurde es, als ein Mann bei Manu auftauchte und behauptete, Rafiki hätte seine Wasserpumpe beschlagnahmt. »*Patel huyu mtu wako mbaya sana*«, sagte der Mann. »*Ameiba pump yangu.*«

Manu schickte ihn sofort zu Rafiki am Reparaturtresen. Er hatte nicht die Zeit für eine weitere Endlosdebatte.

»Rafiki«, sagte der Mann und nahm sich um ein oder zwei Grad zurück. »*Wewe huna ngombe, huna mbuzi, huna kuku hata na bibi huna; pump unachukua ya nini?* Du hast keine Rinder, du hast keine Ziegen und auch keine Frau. Wazu brauchst du dann eine Wasserpumpe?«

»*Hata wewe unajua tu*«, antwortete Rafiki. »*Kwenda polisi.*« Weißt du, am besten gehst du zur Polizei.«

Der Mann murrte und ging.

»Rafiki«, rief Manu herüber. »Wir verkaufen keine Pumpen.«

»Jetzt schon«, erwiderte Rafiki.

Manu wartete. Rafiki führte zu Ende, was er gerade tat. Als er Manu die Sache erklären wollte, sprang die Registrierkasse auf. Die *jinni* hatte sich angewöhnt, jedes Mal mit der Registrierkasse zu rasseln, wenn er vorüberging. Da aber niemand anders davon Notiz nahm, lernte auch er allmählich, das zu ignorieren.

Was geschehen war, war ganz einfach zu erklären, sagte er Manu. Der Mann hatte das Fernsehgerät, das er auf Teilzahlung gekauft hatte und das er, weil es in Liki Village, wohin er nach der Mieterrevolte gezogen war, keinen elektrischen Strom gab, nicht mehr nutzen konnte, gegen etwas Nützlicheres, nämlich eine Wasserpumpe, eingetauscht. Mit der Wasserpumpe konnte er seine Familie ernähren und am Ufer Gemüse anbauen, um etwas Geld zu verdienen. Manu begriff rein gar nichts.

»Nach seiner Logik«, erklärte Rafiki, »hätte derjenige, dem er den *teevee* im Tausch für die Pumpe gab, die Raten übernehmen müssen. So einfach.«

Manu nickte mehrmals, obwohl das für ihn wenig Sinn ergab, und überließ das ganze Tauschgeschäft Rafikis geschickten Händen. Solange die Bank glücklich war, versuchte er gar nicht erst zu verstehen, was Rafiki tat. Dann läutete das Telefon, und zum Glück war es diesmal seins. »Hallo«, sagte er. »Hier Manu. Huh …«

Rafiki warf einen Blick zu Manish hinüber. Auch Manish unterbrach das Beobachten der Tür und beobachtete stattdessen Manu. Seit Langem hatten sie Manu am Telefon nicht mehr so ruhig und verständnisvoll erlebt.

Nach einer endlosen Serie von *Huhs* legte Manu auf.

»Rafiki?«, rief er.

»Boss?«

»Suresh braucht deine Hilfe.«

»Wer ist Suresh?«

»Mein Cousin Suresh«, erklärte Manu. »Er besitzt in Nairobi einen Autohandel.«

Rafiki rieb sich die Hände und dachte: Endlich doch gute Zeiten.

»Er möchte, dass wir ihm helfen, ein *matatu* zu beschlagnahmen«, fügte Manu hinzu. »Ich habe geantwortet, dass wir helfen.«

»Bist du verrückt?«, fragte Rafiki ihn.

»Du bekommst zwanzig Prozent.«

»Verkaufspreis?«

»Wiederverkaufspreis.«

»Ich muss darüber nachdenken.«

Da gab es nichts nachzudenken. Zwanzig Prozent vom Verkauf eines *matatu*, egal wie alt es war, waren mehr als genug, ihn zu überreden, das Unvorstellbare anzugehen. Die *matatu*-Besitzer, wie auch ihre Fahrer und Schaffner, waren dafür bekannt, dass sie so wild wie Jamaica-Gangs waren, wenn es darum ging, ihre *matatus* zu verteidigen. Doch zwanzig Prozent von dem, was immer es wert war, war mehr Geld, als Rafiki brauchte.

Auf dem Weg zurück zu seinem Platz schob Rafiki die Registrierkassenlade zu.

Einige Tage später saß er mit drei der härtesten Einwohner von Jamaica in einem *matatu* nach Nyeri. In Nyeri Town erfuhren sie, dass das *matatu*, hinter dem sie her waren, eine vollkommen andere Route bediente. In Kagumo schickte ein anderer *matatu*-Fahrer sie zum Tumu Tumu Hill, wo sie feststellten, dass man sie an den falschen *matatu*-Besitzer verwiesen hatte. Man sagte ihnen, dass Mathikas *matatu* von Othaya aus operierte. In Othaya verwies man sie an einen gewissen Mathaka auf dem Nyeri Hill und von da aus zu einem gewissen Muthaka auf dem Nyana Hill. Rafiki wurde bald klar, dass Suresh, was die gründliche Überprüfung seiner Kreditnehmer anging, nicht besser als seine Cousins war. Bis zur Hälfte des Nachmittags hatten Rafiki und sein Gefolge bereits eine ganze Reihe Mathekas und mehrere Leute mit ähnlich klingenden Namen aufgesucht. Die Gang begann zu murren. Sie hatten nicht gedacht, dass sie lange von zu Hause weg wären und so viel laufen müssten, ansonsten hätten sie einen Hanfvorrat mitgebracht, um den Tag zu überstehen. Konnte Rafiki ihnen hier nicht irgendwo welchen besorgen?

»Hier rauchen die Leute so etwas nicht«, erzählte er ihnen. »Hier rauchen sie kaum einmal Zigaretten.«

»Was machen sie dann?«

»Sie arbeiten«, antwortete er. »Seht ihr den Tee und Kaffee überall? Jemand muss sich darum kümmern, dass er wächst.«

Sie murrten noch mehr. Die Wirkung ihrer Frühstücksration verflüchtigte sich allmählich, und ihre Einstellung zu den erwarteten Schwierigkeiten war bei Weitem nicht mehr so enthusiastisch. Sie waren müde und gereizt und hatten Hunger.

Rafiki ging mit ihnen in ein Teehaus an der Straße und bestellte aus Spaß einen Wasserkessel Tee und ein Tablett *mandazis,* was er einen Augenblick später bereute, als der taube Kellner das Gewünschte brachte. Die drei Brüder aßen das gesamte Tablett leer. Jeder verspeiste über zehn *mandazis,* und sie wollten mehr. Zum Glück war kein Mehl da, noch welche zu backen. Sie bestellten Hähnchen und *ugali,* doch hatte Rafiki ein weiteres Mal Glück, weil es außer den *mandazis* nichts mehr zu essen gab.

Schließlich zeigte ihnen der Teehausbesitzer den Weg zum Haus eines weiteren Matheka auf der anderen Seite des Tals, doch hieß der Maitha und nicht Matheka. Hier versteckte sich kein *matatu.* Die Frau des Mannes berichtete ihnen, dass ihr Mann mit gebrochenen Gliedern im Nyeri Hospital lag und das *matatu* auf der Polizeiwache von Kiganjo abgestellt war.

Am späten Nachmittag erreichten sie Kiganjo und fanden das *matatu,* das sie suchten, genau wie die Frau es gesagt hatte. Es lag im Schrott hinter der Polizeiwache auf dem *matatu*-Friedhof.

Als matte und enttäuschte Jagdgesellschaft kehrten sie nach Nanyuki zurück. Sobald sie aus dem *matatu* gestiegen waren, forderten die Jamaicaner ihren Lohn, damit sie losziehen und etwas Hanf kaufen konnten. Sie erwarteten, wie versprochen voll bezahlt zu werden, ungeachtet des mangelnden Erfolgs ihrer Mission.

»Morgen?«, versuchte Rafiki es.

»Heute.«

»Morgen«, blieb er hart.

»Wir kennen dich, Rafiki«, sagten sie in freundlichem Ton. »Unser Geld hier und heute, oder wir machen Kleinholz aus dir. Wir arbeiten für niemanden umsonst.«

Sie waren echte Nanyukier.

Er marschierte mit ihnen die Main Street hinauf zum Laden. Während sie draußen am Eingang warteten, erklärte er seinem Boss, was geschehen war, wie sie in Nyeri auf jeden Hügel gestiegen waren und das *matatu* schließlich als Schrotthaufen auf der Polizeiwache in Kinganjo gefunden hatten. Manu war teilnahmsvoll, sah aber nicht ein, warum er für eine fehlgeschlagene Mission zahlen sollte. Zumal es um einen Kommissionsauftrag ging, der auf dem Wiederverkaufswert beruhte. Kein Wiederverkauf, keine Kommission. Außerdem war Rafiki nicht befugt gewesen, zusätzliche Arbeitskräfte anzuheuern. »Kein *matatu*, kein Geld.« Da war Manu unerbittlich.

»Du begreifst nicht«, sagte Rafiki. »Diese Jungs kommen aus Trench Town. Sie meinen es ernst.«

»Ich muss erst mit Suresh reden.«

»Dazu bleibt keine Zeit«, sagte Rafiki. »Sie wollen jetzt ihr Geld und nicht später. Ohne Geld gehen sie nicht weg.«

Manu putzte sich die Brille. Er blinzelte zu dem Trio hinüber, das am Eingang herumlungerte. Einen nachdenklichen Augenblick lang betrachtete er sie aufmerksam.

»Ist das nicht der, der mich mit *bhangi* bezahlen wollte?«

»Sinsemilla«, berichtigte Rafiki. »Die anderen sind zwei seiner niederträchtigsten Brüder. Sie sagen, dass sie, wenn wir nicht sofort zahlen, uns in Stücke hauen und den Laden niederbrennen.«

Rafiki hatte Manu noch niemals so schnell die Schubladen aufziehen sehen.

»Wie viel wollen sie?«

Rafiki war versucht, seinen eigenen Lohn auf die Summe draufzuschlagen, die er nannte, war aber davon überzeugt, dass er es den Trench-Brüdern aushändigen müsste, die von der Schwelle her zusahen.

Kapitel 25

Nur Manus Tischrechenmaschine durchbrach die Stille, hämmerte und zermalmte Zahlen, die offensichtlich dagegen resistent waren. Der Lärm wurde so unerträglich, dass Rafiki es nicht mehr aushielt. Er langte unter den Tresen nach dem alten Radio. Er wischte den Staub ab und trug es zu Manishs Schreibtisch, wo er es anschloss, so lange auf der Skala suchte, bis er einen Sender fand, der etwas spielte, das sich wie Hindi-Musik anhörte, und ließ es dort stehen. Dann kehrte er, die *jinni* ignorierend, die mit der Registrierkasse herumspielte, zu seinen Reparaturen zurück. Er war immer noch nicht dahintergekommen, wie man die Mikrowelle reparierte.

Er wuchtete sie auf die Arbeitsplatte, griff zu seinem Schraubenzieher und suchte nach einem Teil, das man abschrauben konnte, als jemand in den Laden kam, ihn sah und davonstürzte. Rafiki ließ den Schraubenzieher fallen. Das war es. Er marschierte zu Manus Schreibtisch. »Boss?« Er zog den Besucherstuhl heran. »*Nataka* – Ich brauche eine Lohnerhöhung.«

»Wieso?«

»*Hii kazi imeniharibia jina kabisa*«, sagte er. »Die Leute glauben, dass ich ein Dieb bin.«

»Wieso?« Manu hämmerte weiter auf seine Zählmaschine ein.

»*Kila wakiniona, wanasema ficheni teevee anakuja*. Wenn sie mich sehen, rufen sie: ›Versteck die Sachen, er kommt!‹«

Manu schaute auf und überlegte, was das mit ihm zu tun hatte. Er drehte sich zu Manish um. »Manish?«

»Huh?«

»Was meinst du?«

»Huh.«

»Du hast es gehört«, sagte Manu zu Rafiki.

Rafiki sah vom einen zum andern und wieder zurück. Dann warf er seinen Staublappen auf den Schreibtisch, nahm ihn wieder an sich und ging zurück. »Du bist ein sehr schlechter Boss«, rief er von seinem Arbeitstisch herüber.

»Ich bin nicht dein Boss«, erinnerte ihn sein Chef.

»Ich arbeite für dich.«

»Du hast dich selbst eingestellt.«

»Dann erlaube mir auch, mich selbst zu bezahlen.«

»Von meinem Geld?«

»Von dem Geld, das ich dir einbringe.«

»Es ist immer noch mein Geld.«

»Du hattest kein Geld, bevor ich herkam«, rief Rafiki ihm in Erinnerung.

Manu hielt inne, lächelte traurig und meinte: »Jetzt hörst du dich wie meine Frau an.«

»Und wie meine«, erwiderte Rafiki.

Wütend machte er sich mit seinem Schraubenzieher über die Mikrowelle her, um sie nötigenfalls gewaltsam zu öffnen. Er werkelte hier und dort an ihr herum, führte dabei laufend Selbstgespräche und überlegte, wie er herausfinden sollte, wann sie wieder funktionierte, ohne dass er sie zusammensetzte und an die Steckdose anschloss. Er war beinahe fertig, zumindest glaubte er das, als ein Schatten über seinen Arbeitstisch fiel. Er schaute auf und sah, wer es war.

»Es ist mir immer noch egal, was deine Freunde denken«, sagte er und arbeitete weiter.

»Ich wollte nur Hallo sagen«, erwiderte sein Sohn.

»Hallo«, sagte Rafiki. »Und jetzt geh und sag deiner Mutter, dass sie mitsamt meinen Möbeln nach Hause kommen soll.«

»Ihren Möbeln«, entgegnete der Junge.

»Hat sie dir das weisgemacht?«, fragte Rafiki.

»Das Haus einer Frau gehört ihr«, sagte der Sohn. »Mit Möbeln und allem anderen. Das weißt du auch.«

»Wenn du ein Mann sein willst, dann berate dich mit Männern«, wies Rafiki ihn zurecht. »Das Haus eines Mannes ist seine Burg. Der Platz der Frau ist in der Küche.«

»Ihres Hauses.«

»Und warum ist sie nicht dort?«

»Das geht nur euch beide etwas an«, sagte der Sohn. »Ich bin gekommen, um mir deine Gitarre zu borgen.«

»Wofür?«

The Beavers, Rafikis alte Band, kam wieder zusammen. Sie suchten nach neuen Bandmitgliedern. Rafikis Sohn glaubte, er könnte dort weitermachen, wo sein Vater aufgehört hatte. Das Rafiki-Lächeln verrutschte um eine Winzigkeit und für einen so kurzen Augenblick, dass es nur jemand wie Rafikis Sohn bemerken konnte, der damit aufgewachsen war.

»Du bist jetzt also Musiker, was?«, sagte er und rang um Beherrschung.

»Die Musik liegt mir im Blut«, antwortete der Junge.

Er war sechzehn und legte bereits etwas von der Härte seiner Mutter und jener Arroganz an den Tag, die Rafiki so viel Kummer bereitet hatte. Verärgert wandte Rafiki sich wieder seinen Reparaturen zu.

Sein Sohn beobachtete ihn bei der Arbeit, wie er dies und jenes festzog, hier und da rüttelte und so tat, als wäre er Experte. Er brauchte nicht lange, um zu erkennen, dass sein Vater keine Ahnung von dem hatte, was er tat.

»Dad.« Er sagte es vorsichtig, um ihn nicht noch mehr zu reizen. »Dieses kleine Schild mit dem roten Blitz im roten Dreieck bedeutet, dass man die Rückwand nicht öffnen darf.«

Rafiki hatte die Rückwand mit ihrer Warnung schon weggelegt. Er nahm sie wieder in die Hand und sah sich noch einmal das Warnschild an. »Nur Werkstattwartung!«, las er. Dann warf er sie zur Seite. »Ich habe keine Werkstatt«, erklärte er. »Wenn wir allem Beachtung schenkten, was irgend so ein Idiot sagt, kämen wir nie aus dem Bett.«

»Dad«, wagte sein Sohn ihn erneut zu stören, »wenn du die

Drähte vertauschst, explodiert das Ding und schleudert dich bis nach Majengo.«

»*Wapi?*«, sagte Rafiki. »Bist du jetzt auch noch Elektriker?«

Das gesagt, tat er, was er wollte. Trotzig und wütend vertauschte er die Drähte und schloss das Gerät an die Steckdose an. Als er nach dem Schalter langte, duckte sein Sohn sich weg. Es gab einen lauten Knall. Rafiki schrie auf und fiel hinter den Tresen. Im ganzen Laden ging das Licht aus. Aus dem Gerät stieg Rauch auf. Der Geruch nach verbranntem Plastik strömte hinter dem Tresen hervor, während Rafikis Sohn sich erschrocken erhob.

»Dad?«, schrie er. »Dad?«

Einen kurzen angsterstarrten Augenblick später tauchte Rafiki hinter dem Tresen auf. Die Haare standen ihm zu Berge, und sein Lächeln war ihm auf dem Gesicht eingefroren. Auch ein paar neue graue Haare waren zu sehen. Er brauchte einen Moment, bis er seine Beine wieder spürte und sich aufrecht halten konnte.

»Woher wusstest du das?«, fragte er seinen Sohn.

»Schule«, antwortete der Junge.

»Das bringen sie euch heute dort bei?«, staunte er. »Geh weiter zur Schule.«

Er meinte das in aller Ernsthaftigkeit, doch sein Sohn war schon von der Schule abgegangen. Er wollte seinem Traum folgen, sagte er, genau wie sein Vater es getan hatte. Er wollte auf eigenen Beinen stehen.

»Ich hatte kein Schulgeld«, erzählte Rafiki. »Ich zahl es jetzt.«

»Und es fällt dir schwer«, entgegnete der Junge. »Wenn ich in der Band bin, helfe ich dir, das Schulgeld für meine Schwester aufzubringen.«

Rafiki schlug so hart auf den Tresen, dass Manish zusammenzuckte und Manu aufblickte.

»Sag nicht noch einmal so einen Unsinn, dass du dich einer Band anschließen willst«, brüllte er seinen Sohn an. »Geh zur Schule. Deine Schwester ist mein Problem.«

»Aber, Dad ...«

»Kein weiteres Wort. Geh jetzt wieder in die Schule.«

»Es sind noch Ferien.«

»*Kwani*, wie lange dauern denn heutzutage die Ferien?«

»Noch drei Wochen.«

»So?«, überlegte Rafiki. »Dann komm hier rum und räum die Schweinerei weg.«

Der Junge sprang eifrig über den Tresen. Manu stand auf, ging zum Sicherungskasten und schaltete den Strom wieder ein. Danach ging er zu Manishs Schreibtisch, stellte am Radio vom amharischen zum Hindi-Sender um und kehrte zu seinem Schreibtisch zurück.

Rafikis Sohn beseitigte die Schweinerei, die sein Vater angerichtet hatte, sammelte die Überreste der Mikrowelle zusammen und stellte sie zur Seite. Er schaute sich nach einer anderen Beschäftigung um. »Funktioniert dieser *teevee*?«, fragte er.

Rafiki zuckte die Schultern. Der Junge hievte den Fernseher auf den Tresen. Anschließend fand er einen Drahtkleiderbügel an einem Nagel hinter Manishs Schreibtisch und bog ihn zu einer Antenne zurecht. Im nächsten Augenblick sahen sie in dem alten Fernseher *Vitimbi*. Der Ton rauschte, und das Bild war so grobkörnig, dass sie sich die meisten Figuren vorstellen mussten, aber der Fernseher lief. Selbst Manu witterte Chancen. »Rafiki?«, rief er herüber.

»Boss?«

»Wer ist das?«

»Rafikison«, erwiderte Rafiki. »Du kennst doch meinen Sohn?«

Manu erinnerte sich nicht.

»Kannst du den andern auch zum Laufen bringen?«, fragte Rafiki seinen Sohn.

»Ich kann es versuchen«, antwortete der Junge.

»Nun, worauf wartest du dann?«

Der Junge krempelte die Ärmel hoch.

Drei Stunden später sah der Laden wie ein Geschäft für Haushaltgeräte aus, und er klang und roch auch so. Vier Fernsehgeräte wetteiferten um Aufmerksamkeit, zwei in den Schaufenstern zu beiden Seiten des Eingangs, einer auf dem Arbeitstisch und der vierte auf dem Fußboden neben Rafikis Beinen. Ein paar Schaufensterbummler und Müßiggänger sahen sich die beiden Geräte in den Schaufenstern an, und einer oder zwei betraten sogar den Laden, um nachzusehen, was, um alles in der Welt, da vor sich ging. Schließlich spazierte ein Mann herein, der wissen wollte, ob sie alte Radios verkauften. Sein altes Radio war ihm vor Monaten gestohlen worden, erklärte er, und ein neues konnte er sich nicht leisten.

»*Hata mpya hakuna*«, antwortete Rafiki. »Kein altes und kein neues.«

Der Mann war bereits halb zur Tür hinaus, als Rafiki etwas einfiel. »Warte«, rief er ihm nach. »Wie viel hast du?«

»*Elfu moya*«, antwortete der Mann.

»*Ngoja!*«, sagte Rafiki und eilte zu Manishs Schreibtisch. »Moment!«

»Tut mir leid, Boss«, sagte Rafiki, als er den Stecker herauszog. »Geschäft geht vor.«

Manish sah ihn nicht. Er trug das Radio zum Kunden hinüber.

Der Mann untersuchte es genau, drehte und wendete es. »*Haki, hii inakaa hama ile yangu iliyoibiwa*«, sagte er. »Es sieht genauso aus wie das gestohlene.«

»*Leta pesa*«, sagte Rafiki. »Das Geld.«

Der Mann zögerte. Rafiki nahm das Radio wieder an sich.

»*Toa pesa, ama potea*«, sagte Rafiki. »Gib mir das Geld, oder verschwinde.«

Der Mann reichte Rafiki schließlich widerstrebend das Geld und bekam das Radio zurück. Er verließ mit seinem Einkauf den Laden, sah aber immer noch aus, als zweifelte er. Rafiki hatte die Seriennummer überprüft. Was auch in der Zeit zwischen dem Augenblick, als es einst den Laden verlassen hatte, und seiner Rückkehr geschehen sein mochte, Rafiki war sicher, dass das Radio aus dem Laden stammte und nicht vollständig abbezahlt war.

Manu räusperte sich laut. Rafiki ging hinüber und zog das Geld aus der Tasche. »Was habe ich dir gesagt, Boss? Wir können dieses Loch zu einer Goldgrube machen.«

Manu streckte die Hand nach dem Geld aus. Rafiki zählte es, gab ihm etwas und behielt den Rest. »Achtzig für dich und zwanzig für mich?«, fragte Rafiki.

Manu zählte das Geld und streckte die Hand nach mehr aus. Rafiki gab ihm noch einmal hundert. »*Theek hei?*«

Schweigend ließ Manu das Geld in einer Schublade verschwinden und widmete sich wieder seinem Tischrechner. Es war keine besonders große Summe, aber es war ein Anfang. Rafiki ging zu seinem Arbeitstisch hinüber und schloss im Vorbeigehen die Registrierkasse.

Sein Telefon läutete.

»Man Guitar?« Seine Stimme klang kraftvoller denn je. »Wer spricht da? Wer? Hör zu, du tust, was du willst, und nimmst die Hühner. Die Schweine auch. Welche Schweine? Ich besitze keine Schweine. Nimm stattdessen die Kamele und Elefanten.«

Als er auflegte, warteten Manu und Rafikison.

»Ich weiß nicht, wer das war«, sagte er.

Manu nickte. Auch er war es gewöhnt, dass er Drohanrufe und Zahlungsforderungen von Fremden und den Banken erhielt, bei denen er sich nicht daran erinnern konnte, je mit ihnen zu tun gehabt zu haben.

Rafiki stand eine Weile müßig herum, wischte dann glücklich auf Manus Schreibtisch Staub, staubte Manishs Schreibtisch ab und die Tresen, weil er nichts anderes zu tun hatte. Als er sich dabei ertappte, dass er im Begriff war, mit dem Motorrad und den Kühlschränken weiterzumachen, wusste er, dass es an der Zeit war aufzuhören. »Ich geh los und beschlagnahme noch mehr Kram«, verkündete er allen und jedem.

Keiner achtete darauf.

Kapitel 26

Da er jetzt einen Assistenten hatte, der sich um die Reparaturen kümmerte, konnte Rafiki mehr Zeit darauf verwenden, die eigentlichen Betrüger aufzustöbern, die schwer fassbaren Schuldner, die glaubten, sie könnten ihm für immer und ewig aus dem Weg gehen. Er bat seinen Sohn, mit der Arbeit weiterzumachen, griff nach seiner Akte und machte sich auf die Jagd.

Er brauchte den halben Vormittag, bis er den stark beschäftigten Eselstreiber aufspürte. Zu seinem Glück war der nicht froh darüber, dass er für seine Schwiegermutter tätig war. Er konnte nicht Tag für Tag für sie arbeiten, ohne jede Aussicht oder wenigstens ein Versprechen auf Entlohnung. Nicht einmal ein Esel konnte ewig ohne Bezahlung arbeiten. Dies und mehr setzte er Rafiki auseinander, während sie mit Haushaltgeräten beladen auf ihrem Weg von Gaturukuma her den Liki River überquerten.

Rafiki erklärte seine eigene Lage, so gut er konnte, führte geringe Verkaufszahlen an, die dem wirtschaftlichen Abschwung und den fortgesetzten Schikanen geschuldet waren, denen sich hart arbeitende Selbstständige wie er ausgesetzt sahen. Er ließ sich abschätzig über die hohen Kosten für Lebensmittel und Transport, Schulgeld und andere Unvermeidlichkeiten aus. Und, als ob das noch nicht reichte, einen Mann zur Verzweiflung zu bringen, rief jemand, der sich KRA nannte, Rafiki ständig aus Nairobi an und behauptete, er wäre Steuereinnehmer, nervte ihn und meinte, dass jetzt, da es mit dem Laden wieder aufwärtsging, die rechte Zeit sei, über Steuerrückstände zu reden. Steuerrückstände!

»Hast du jemals so etwas gehört?«, fragte er Donkey Man.

Donkey Man hatte noch nie von irgendwelchen Steuern

gehört, geschweige denn von Steuerrückständen, und sein Esel auch nicht, aber sie würden beide nie wieder ohne Bezahlung für jemanden arbeiten, nicht einmal für Rafiki. Ganz nebenbei, sie erwarteten zu Feierabend ihre Bezahlung.

»Habe ich gesagt, dass du heute nicht bezahlt wirst?«, fragte Rafiki ihn.

»Bei Lieferung«, sagte Donkey Man. »Das ist so abgemacht.«

Das größte Problem bei der Unterhaltung mit einem taubstummen Menschen und in einer nicht existierenden Sprache bestand darin, dass Rafiki die meiste Zeit absolut keine Ahnung hatte, was der andere sagte. Er wedelte mit den Händen durch die Luft, machte Zeichen, von denen er glaubte, es wären die richtigen Wörter für den Mann, damit der verstand, was er meinte, und überließ den Rest dessen Fantasie. Dabei wurden unweigerlich Grenzen überschritten, barsche Worte gebraucht oder angenommen, dass sie benutzt worden waren, die Nackenhaare sträubten sich, und unvermittelt befanden die beiden Männer sich im Krieg. Sie zankten sich und beschimpften einander, bevor sie in erbittertes Schweigen verfielen.

»Bieg hier ab!«, forderte Rafiki ihn auf.

Der Treiber schreckte zurück. Er war immer noch unglücklich wegen der letzten Worte, die Rafiki gesagt hatte. Sie waren unhöflich und respektlos.

»Ich sagte, bieg hier ab!«, schrie Rafiki ihn an.

Rafiki musste vom Karren springen, ins Geschirr greifen und den Esel in die Lunatic Lane hineinführen. Als er wieder auf den Karren stieg, sorgte er dafür, dass der Treiber seine Lippen sehen konnte. »Du bist ein sturer Arsch«, sagte er.

»Und du bist ein doofer Arsch«, erwiderte der Mann ebenso wütend.

»Du wirst nie wieder mit mir arbeiten«, sagte Rafiki.

»Das nennst du Arbeit?«, fragte der Eselstreiber. »Alten Frauen die *jikos* wegnehmen?«

»Seit wann sorgst du dich um alte Frauen?«

»Ich bin auch ein Mensch.«

»Das ist dein letzter Job für richtige Menschen.«

»Gut.«

»Gut.«

Eine Weile fuhren sie in erbittertem Schweigen. Rafikis Telefon läutete. »Man Guitar«, meldete er sich. »Frauen? Welche Frauen?«

Donkey Man las von seinen Lippen ab. Rafiki sprang vom Karren, um das Gespräch zu führen. Der Karren fuhr weiter.

»Was machst du da, du doofer Arsch?« Rafiki griff ins Geschirr und hielt es fest. Dann drehte er sich vom Eselstreiber weg und sprach, hielt weiter das Geschirr, um den Esel daran zu hindern davonzutrotten.

»Nicht du, *Sweettea*«, sagte er. »Ein anderer Idiot macht mir grundlos das Leben schwer. Nein, du bist kein Idiot. Ich bin der Idiot, weil ich mit solchen Dummköpfen zusammenarbeite. Natürlich kümmere ich mich um deinen Sohn. Okay, unseren Sohn. Er isst das, was ich auch esse. Wer kocht? Wir … ich koche für ihn, aber meistens isst er nicht, was ich koche. Er vermisst deine Küche so sehr. Eine andere Frau? Wozu? Wir brauchen keine Frau im Haus, wenn wir was essen wollen. Über welche andere Frau redest du jetzt? Das ist lange her. Das waren Fans. Groupies. Ja, weibliche Groupies. Damals gab es keine männlichen Groupies. Damals waren Männer nicht hinter Männern her.«

Der Esel stellte die Ohren auf. Rafiki senkte die Stimme. »Und ich hatte nichts mit ihnen zu tun«, sagte er, damit der Esel es nicht hörte. »Ich sagte, ich hatte nichts mit ihnen zu tun. Die gehörten einfach dazu. Der Job halt. Nein, nein, nichts für mich, für die anderen. Ich habe dir schon gesagt, dass ich schwöre … Warum ich schwöre? Warum schlägst du immer mit demselben Knüppel auf mich ein? Wann kommst du nach Hause? Das möchte ich wirklich wissen. Ich habe jetzt einen Job. War es nicht das, was du wolltest, dass ich mir eine richtige Arbeit suche, wie ein richtiger Mann? Was noch? Wieso Gouverneurin?«

Er hörte zu, wurde zunehmend fassungsloser.

»Aber, *Sweettea*«, unterbrach er sie schließlich, »du weißt, dass ich dir immer beistehe. Was immer du willst, solange du wieder nach Hause kommst. Was ich worüber denke? Meine ehrliche Meinung? Es wäre einfacher, zur römisch-katholischen Bischöfin gewählt zu werden. Hallo? Hallo?«

»Sie hat aufgelegt«, sagte er zu Donkey Man.

Der Karrenführer zeigte keine Reaktion. Rafiki kletterte wieder auf den Karren und drehte sich zu ihm um, damit er von seinen Lippen ablesen konnte. »Bist du verheiratet?«, fragte er ihn. »Warum rede ich überhaupt mit dir? Du wolltest mich hier stehen lassen. Also los jetzt. Nach rechts.«

Rafiki musste noch einmal absteigen und den Esel auf den holprigen Weg nach Liki Village bringen. Bislang hatte er geglaubt, sein Leben läge in seinen Händen und ausschließlich in seinen, hatte geglaubt, dass er sein Leben regeln könnte, egal was kam. So viele Jahre hatte er geschuftet, um sich als würdig zu erweisen, seinem Leben Inhalt zu geben, seine Bestimmung zu erfüllen und für seine Familie zu sorgen. Dann war das Unvorstellbare geschehen. In den Augen seiner Frau war er vom gewählten Weg abgewichen, dann hatte seine Frau ihn sitzen lassen, und jetzt war sein Leben eine monströse Unsicherheit. Es schien keinen Sinn mehr zu haben, und er konnte kaum etwas dagegen unternehmen. Er konnte seinen Job aufgeben und wieder tun, was ihn ausmachte, konnte wieder sein eigener Herr sein oder – noch besser – der ganzen katastrophalen Ehe den Rücken kehren, seine Gitarren, seinen Sombrero und sein Haus verbrennen und sich dann bei Joeli unter dem Baum niederlassen.

Sie fuhren in die Hochburg der Mietrebellen ein, einen Ort, in den sich kein Hausbesitzer vorwagte. Die meisten Einwohner stammten aus Sector E und dem alten Mogadishu im Herzen des Ungeheuers. Sie waren durch und durch waschechte Kinder unserer Stadt, härter als die Felsen im Liki River und zäher als das zäheste Leben. Tagsüber braute ein jeder still sein verbotenes Gebräu und kümmerte sich um seine Angelegenheiten. Abends, wenn sie sich mit allem versehen hatten, was zu ungebremster Freude und Fröhlichkeit nötig war, wurde jeder zum Sänger. Die

Polizisten, die dort tagsüber zwecks Überwachung der illegalen Brauindustrie umherstreiften, bezeichneten den Ort als Lili Brewery. Die Friedhofsschicht, die Nachtpatrouille, die in den frühen Morgenstunden anrückte, die sich häufig aus der Fröhlichkeit ergebenden Streitereien schlichtete und die Verlierer abkarrte, nannte den Ort Elvis Town.

Egal ob Tag oder Nacht, Besucher mussten auf ihre Brieftaschen aufpassen. Rafiki allerdings hatte keine Angst. Er besaß keine Brieftasche, und außerdem waren er und die Einwohner von einem Schlag. Sie waren aus demselben Staub geformt und mit demselben illegalen Gebräu abgestillt worden.

Der Karren zockelte schweigend vor sich hin, bis Rafiki dem Treiber auf die Schulter klopfte und ihn bat anzuhalten. »Du wartest hier!«

»Waas?«, gestikulierte der Treiber.

»Kommt gerannt, wenn du mich schreien hörst«, erklärte Rafiki ihm.

»Waaas?«

»Ich weiß, dass du mich verstanden hast«, sagte Rafiki gereizt. »*Kaa chonjo*. Halt dich bereit.«

In diesem Teil des Dorfes musste jeder, nicht nur der Fremde, mehr als nur seine Brieftasche hüten. Er ging die Straße entlang und ließ Donkey Man beunruhigt zurück. Sobald Rafiki außer Sicht war, drehte der Mann den Karren um, damit er für den Fall, dass sie schleunigst verschwinden mussten, die Richtung im Visier hatte, aus der sie gekommen waren. Dann wartete er. Es dauerte nicht lange, bis ihn jemand fragte, ob er einen Leichnam ins Leichenschauhaus befördern könnte. Er lehnte ab. Ein anderer Möchtegernkunde wollte, dass er ein Fass *chang'aa,* den schwarz gebrannten Schnaps, nach Icuga Village brachte. Auch das lehnte er ab.

Dann kam plötzlich Rafiki mit einem Fernseher auf der Schulter die Straße heraufgerannt. Zwei mit *pangas* bewaffnete Männer bogen um die Ecke und verfolgten ihn. Dieses Szenario benötigte keine Erklärung. Der Eselstreiber trat dem Esel brutal in den

Bauch, und sie trabten mit dem Eselsäquivalent zur Ausglühgeschwindigkeit davon.

»Hey, warte«, rief Rafiki ihnen hinterher. »Donkey Man, warte auf mich!«

Der Karren rollte davon. Als er sah, dass er mit zwei wütenden Männern alleingelassen wurde, ließ Rafiki den Fernseher fallen und rannte dem Karren hinterher. Er holte ihn ein, als er in die Lunatic Lane einbog, und sprang auf. »Schneller!«, schrie er. »*Enda kama wazimu!*«

Der Karren fuhr so schnell wie irgendmöglich. Als Rafiki zurückschaute, sah er, dass die Männer stehen geblieben waren und den Fernseher hochhievten. Die Hatz war vorbei. Er griff mit beiden Händen nach dem Kopf des Eselstreibers und drehte ihn so, dass Donkey Man seine Lippen lesen konnte. »Du bist ein Idiot«, sagte er. »Ein Idiot, und ich bin überzeugt, dass du das gehört hast.«

Der Karrenführer verstand und versuchte zu erklären, dass er kein Ninja-Krieger war. Er wurde dafür bezahlt, dass er einen Eselskarren führte, und nicht dafür, *panga* schwingende Wahnsinnige abzuwehren.

Als sie den Laden erreichten, waren sie kaum mehr Geschäftsfreunde. Nachdem sie abgeladen und die Tagesbeute hineingetragen hatten, bat Rafiki den Karrenführer, draußen zu warten, während er ihm den Lohn holte.

»*Habari,* Boss«, sagte er, als er an Manus Schreibtisch trat. »Ich bringe dir noch mehr Kram.«

Manu schaute kurz auf, sah, wer es war, und widmete sich wieder seinen Büchern.

»Wir müssen jetzt den Transport bezahlen«, sagte Rafiki.

»Wie viel?«

»Sehr billig«, antwortete Rafiki. »Zweihundert.«

Er hätte sich in den Hintern treten können, als Manu in die Schublade nach dem Geld langte. Dann reichte er es an Rafikis Hand vorbei dem hinter ihm stehenden Karrenführer. Donkey Man hatte sich Rafikis Anweisungen widersetzt und war ihm in den Laden gefolgt.

»Ich habe dir gesagt, du sollst draußen warten«, rügte Rafiki ihn.

Der Mann salutierte vor Manu und eilte, Rafiki auf den Fersen, davon. Manu sah, wie sie vor der Ladentür heftig aneinandergerieten.

»Die Hälfte des Geldes gehört mir«, teilte Rafiki dem Karrenführer in ihrer einzigartigen Sprache mit. »Wir hatten uns auf fifty-fifty geeinigt.«

»Du hast fifty-fifty vorgeschlagen«, antwortete Donkey Man. »Geeinigt hatten wir uns darauf nicht. Esel und Karren gehören komplett mir. Wo ist deine Hälfte daran?«

»Ich hab dir den Job verschafft. Wo ist meine Kommission?«

»Welche Kommission? Ich hab die ganze Arbeit gemacht.«

»Du wirst nie wieder für mich arbeiten.«

»Gut.«

»Wir werden sehen, wie gut es dir ohne mich geht.«

»Gut.«

Rafiki stürmte in den Laden zurück. Die *jinni* hatte sich von der Registrierkasse zu seinem Arbeitstisch bewegt, von dem aus sie ihn mit fratzenhaftem Lächeln beobachtete.

»Rafiki?«, rief Manu.

»Was?«

»*Theek hei?*«

Rafiki nickte. Er hatte tatsächlich geglaubt, er hätte Donkey Man einen Gefallen getan.

Kapitel 27

Bis zu dem Tag, an dem ein anderer Fahrer sie auf einem Abschnitt der Sweetwaters Road kurz vor dem Eisenbahnübergang überholte, glaubte Rafiki nicht, dass irgendwer ein *piki-piki*-Taxi rücksichtsloser fahren könnte als Kata Kona. Der Mann schwenkte dicht vor ihnen ein und zwang sie zu bremsen, sodass sie fast die Kontrolle verloren.

»Rafiki«, sagte er aufgeregt. »Du fährst wie ein Verrückter.«

Es war sein alter Bassgitarrist, der spätere Hühnerzüchter und jetzige Bandleader.

»Ich habe dich gesucht«, fuhr er fort. »Warum reagierst du nicht auf meine Anrufe?«

»Du sollst mich nicht mehr anrufen, das habe ich dir doch gesagt.«

»Wir brauchen dich, Rafiki.«

»Nachdem ich das letzte Mal mit dir aufgetreten bin, hat mich meine Frau verlassen«, rief Rafiki ihm ins Gedächtnis.

»Und dann hat sie dich noch einmal und noch einmal und noch einmal verlassen.«

»Letztes Mal war es deine Schuld.«

»Oh, nein, nein, das waren die Mädchen, die du um dich herumtanzen lassen hast.«

»Wer hatte die Idee, Tanzmäuse auftreten zu lassen?«

»Was die Bühne angeht, war es meine Idee«, gab der Bandleader zu. »Hinter der Bühne, damit habe ich nichts zu tun. Ich erinnere mich nicht mehr, wessen Idee es war, meine aber nicht. Außerdem habe ich für dich gelogen, erinnerst du dich? Ich habe deiner Frau gesagt, dass du nichts damit zu tun hattest. Hör zu, wir möchten nur, dass du dir anhörst, wie wir spielen. Sag uns, ob wir weitermachen oder uns auflösen sollen. Mehr nicht. Um der alten Zeiten willen.«

Rafiki überlegte. Er vermisste die alten Zeiten, das Grollen der Bassgitarre, das Stampfen des Schlagzeugs, das Saxofon, das hinter ihm klagte und, ja, den berauschenden Geruch überhitzter Verstärker und elektrischer Stromkreise. Er besaß immer noch seine Gitarren, aber ohne Band waren sie nichts.

»Nur einmal?«, fragte er den Bandleader.

»Einmal.«

»Und dann rufst du mich nicht mehr an?«

»Versprochen.«

»Ich denk drüber nach«, sagte Rafiki, obwohl er sich schon entschieden hatte. »Jetzt geh mir aus dem Weg, ich hab Besseres zu tun.«

Der Bandleader wendete und lenkte sein Motorrad in die Stadt zurück. Kata Kona fuhr weiter und wollte bereits die alten Eisenbahngleise überqueren, als Rafiki ihn anwies, nach links abzubiegen. Alles, was Kata Kona links sah, waren die überwucherten Eisenbahngleise, die sich in die Ebene hineinstreckten.

»Wo links?«, fragte er.

»Da links«, antwortete Rafiki.

»Hier gibt es kein links«, sagte Kata Kona.

»Doch«, sagte Rafiki. »*Twende*. Fahren wir.«

Der Mann zögerte. Es hatte eine Menge von Rafikis üblichen *Lügen* und *Versprechen* sowie waschechten nanyukischen Süßholzgeraspels erfordert, damit er dieser einmaligen Tour zustimmte. Von der Klugheit der Entscheidung, für seinen Erzfeind zu arbeiten, war er alles andere als überzeugt. »*Baite*«, meinte er ernst. »Das Motorrad ist kein Zug.«

»Ich weiß«, antwortete Rafiki. »Verschwende keine Zeit, und folge den Gleisen.«

Kata Kona war ein waschechter Nanyukier, der sich nie unterkriegen ließ. Er bog mit dem *piki-piki* auf die Gleise, und sie hoppelten mit einer Geschwindigkeit von Schwelle zu Schwelle, die dem Eselskarren alle Ehre gemacht hätte, sodass Rafiki beinahe eingeschlafen wäre, wäre die Schaukelbewegung nicht gewesen.

»Wohin genau fahren wir, *Baite?*«, wunderte sich Kata Kona.

»Das sag ich dir, wenn wir ankommen«, antwortete Rafiki. »Ich will nur hoffen, dass du diesmal genug Benzin hast.«

»Mit dir weiß ich nie, was genug ist«, erwiderte Kata Kona.

»Wir schaffen das schon«, sagte Rafiki. »Keine Sorge.«

»Ich mache mir keine Sorgen«, entgegnete Kata Kona. »Wenn uns das Benzin ausgeht, steigst du ab und schiebst das *piki-piki* ganz allein.«

Er war genauso geheimnisvoll wieder aufgetaucht, wie er geheimnisvoll verschwunden war, und als Rafiki ihn aufgespürt hatte, gab er nur die sparsamsten Einzelheiten preis. Er war nach Maua gefahren, doch nicht, wie alle glaubten, weil er mit dem Taxifahren aufhören wollte. Er hatte sich nach Hause begeben, um seiner Frau bei Familienangelegenheiten beizustehen, die seine männliche Gegenwart erforderten.

Genau deswegen mag ich den Kerl, dachte Rafiki, während sie zwischen den Gleisen südwärts holperten. Kata Kona war Nanyukier durch und durch.

Sie folgten der Eisenbahnlinie durch eine Landschaft mit ausgetrockneten Äckern und dornigem Grasland. Links von ihnen stieg das Gelände zum schneebedeckten Berg hin an, während es sich zu ihrer Rechten bis zum Horizont dehnte. Endlose Meilen erstreckte sich die Eisenbahnlinie in südlicher Richtung. Kata Kona, der waschechte Nanyukier, konnte nicht anders, als seine Zweifel an ihrer Mission und Rafikis geistiger Gesundheit auszusprechen. Wohin nur waren sie unterwegs? Er wusste, dass die Eisenbahnlinie in Nairobi endete, über hundert Meilen entfernt, doch wenn man auf einem *piki-piki* nach Nairobi fahren wollte, wäre dies der blödeste und qualvollste Weg. Rafiki überließ ihn seinen Gedanken.

Er hätte sich nicht das Hirn zermartern müssen. Sie fuhren nach Icuga, der großen Siedlung zu ihrer Linken, die sie, wenn Rafiki gescheit genug gewesen wäre, die Straße von Nanyuki nach

Naro Moru zu nehmen, innerhalb von Minuten hätten erreichen können. Rafiki hatte einen plausiblen Grund für die harte Tour, erklärte er seinem Fahrer. Der *teevee*, auf den er es abgesehen hatte, gehörte einem aalglatten Kunden, der unter dem Namen *Mende*, Kakerlake, firmierte und ebenso geschickt darin war, etwas zu verstecken. Deshalb mussten sie sich auf den Gleisen dem Haus aus der Richtung nähern, aus der man sie am wenigsten erwartete.

Mehrere Tage lang hatte Rafiki diese Razzia im Überfallstil geplant. Der Plan selbst war perfekt, abgesehen davon, dass er nicht bedacht hatte, dass die meisten Einwohner von Icuga Town waschechte Kinder unserer Stadt oder deren Nachfahren waren und ebenso gerissen. Sie rochen Gefahr schon Wochen im Voraus und konnten, so ging das Gerücht, sogar den schwarzen Plastikbeuteln ausweichen, bevor diese auf ihrem Weg nach Südafrika über die Nanyuki River Bridge davonflogen. Mende war die Nacht zuvor geflohen. Rafiki und der Hausbesitzer fragten sich, woher er wissen konnte, um welche Zeit sie kassieren kommen würden, da sie es nicht einmal selbst gewusst hatten.

Kata Kona murrte die ganze Strecke zurück in die Stadt, fragte sich, warum er seinen Sprit auf der Jagd nach Schatten verbrauchte, wenn er für echtes Fahrgeld echte Fahrgäste befördern konnte. Außerdem schuldete Rafiki ihm mittlerweile so viel, dass er bezweifelte, das Geld jemals von ihm zu erhalten. Rafiki ließ ihn den ganzen Weg in die Stadt zurück murren.

»*Baite*«, sagte er beim Absteigen, »ich kümmere mich darum, dass du morgen dein ganzes Geld erhältst.«

»Du hast versprochen, heute zu bezahlen.«

»Morgen«, sagte Rafiki. »Du bist wirklich ein guter Freund.«

Kata Kona ließ sein Motorrad aufheulen und fuhr mit wütendem Dröhnen davon.

Als er in die Stadt zurückkam, wartete der Bandleader auf Rafiki. Auf dem Weg zum Club verpürte Rafiki entgegen seinem Willen wieder die kribbelnde Erregung, die er früher gespürt hatte, kurz bevor er auf die Bühne ging, den Adrenalinschub, der ihn tagelang in Atem hielt. Jetzt, da er keine Frau hatte, gab es keinen

Grund, warum er sich der Band nicht als Teilzeitmusiker anschließen sollte, für den einen oder anderen Gig dann und wann. Solange seine Frau nicht Wind davon bekam. Er war in diese glücklichen Gedanken versunken, als der Bandleader mit ihm einen finsteren, schmuddeligen Flur entlangschritt, der in einen dunklen Saal im hinteren Teil des Clubs mündete. In dem Augenblick, als er den Saal betrat, starb Rafikis Traum. Hier war es muffiger als in Manus Hinterzimmer. Diesen Teil des Bandlebens hatte Rafiki vergessen, die schmuddeligen Hinterzimmer und den Geruch nach Schweiß und Bierkotze.

In einem Winkel des Raums befand sich ein bunt zusammengewürfelter Haufen aus einer alten Blechtrompete, zwei Trommeln, drei Blechkanistern und einer alten Kastengitarre. Nur drei der fünf Bandmitglieder waren anwesend.

»Nie pünktlich«, stellte Rafiki fest. »Wie in den alten Zeiten.«

Auch das hatte er vergessen, das Warten darauf, dass jemand ausnüchterte, dass ihm einfiel, wann ein Gig anstand und er erscheinen musste. Vorausgesetzt, er konnte sich daran erinnern, wo. So manchen Abend hatte Rafiki einen Trupp Fans durch Majengo geschickt, ein fehlendes Bandmitglied aufzutreiben, während der ganze Tanzsaal wartete.

»Die andern sind jeden Augenblick hier«, sagte der Bandleader entschuldigend.

»Du hast gesagt, sie warten«, warf Rafiki ihm vor.

»Du kennst doch die Musiker«, meinte der Mann. »Gib ihnen noch einen Augenblick.«

»Ich habe einen Job und entsprechende Verpflichtungen«, sagte Rafiki.

Er konnte es sich nicht mehr leisten, seine Zeit mit Leuten zu verschwenden, die es nicht ernst meinten. Das war Vergangenheit.

»Warte«, sagte der Bandleader. »Wir fangen ohne die beiden andern an. Jeder an seinen Platz. Warte, hier kommt noch einer.«

Rafikis Sohn kam aus dem Dunkel stolziert, die Jeans nur knapp über dem Hintern hängend und mit einem bedachten, gestelzten Schritt, wie ihn Rafiki zuletzt in einem Gangsterfilm gesehen hatte. Er stolzierte an seinem Vater vorbei, warf ihm nicht einmal einen erkennenden Blick zu und nahm hinter den beiden Trommeln und den drei *debe,* den Blechkanistern, seinen Platz ein. Rafiki verließ der Mut. »Du hast mir nicht gesagt, dass du in der Band spielst«, sagte er zu seinem Sohn.

Sein Sohn schlug einen ohrenbetäubenden Wirbel, der in dem offensichtlichen Bemühen, seinen Vater zu ärgern, noch härter ausfiel.

»Stopp!«, schrie Rafiki.

Alle hielten erschreckt inne. Rafiki wandte sich an seinen Sohn. »Ich kann verstehen, dass du Musiker sein willst wie ich«, sagte er mit gequälter Stimme. »Das gefällt mir nicht, aber ich verstehe es. Was ich nicht verstehen kann, ist, warum du auf Blechbüchsen herumschlägst und das Musik nennst.«

»Du wolltest mir nicht zuhören«, antwortete der Sohn. »Du hast mir deine Gitarre verweigert, also spiele ich die hier.«

»Und er macht das obendrein sehr gut«, ergänzte der Bandleader.

Rafiki drehte sich um und ging hinaus.

»Warte!«, rief der Bandleader. »Rafiki.«

Rafiki hatte Besseres zu tun, als zuzusehen, wie sein Sohn einen Narren aus ihm machte.

Kapitel 28

Im Laden war es unangenehm ruhig. Niemand kam herein und unterstellte, Rafiki hätte seinen *teevee* gestohlen, sein Haushaltgerät oder die Ziege, und das war Anlass genug, sich Sorgen zu machen. Sogar die *jinni* schien einen Waffenstillstand ausgerufen zu haben. Wenn die Kriegsrufe ausbleiben, bekommt es der kluge Krieger mit der Angst. Im Laden herrschte eine Stimmung, als stünde ein schreckliches Unglück bevor.

Manu tippte auf seiner Maschine, Manish starrte wie gewöhnlich hinaus, Rafiki duckte sich hinter den Reparaturtisch und bastelte am Kompressor eines alten Kühlschranks herum. Rafikison war urplötzlich abgetaucht, womit Rafiki gerechnet hatte, und er musste die Reparaturen wieder selbst erledigen. Dann kam aber jemand anders als Mahesh von der Straße hereingeweht, der die Stimmung heben und unverlangt Frohsinn verbreiten wollte. »*Jambo,* Mali Rahisi«, grüßte er Manu wie ein alter Freund.

»*Potea*«, erwiderte Manu und winkte ihn weg. »Verschwinde.«

Der Mann von Lied und Tanz suchte gelegentlich den Laden auf und bot für eine Gage seine Künste an. Er war ein waschechter Nanyukier, so hartnäckig wie ein Straßenkater und so schwer wieder loszuwerden wie der Majengo-Staub. In Indien war er nie gewesen, aber er konnte einen Hindi-Song singen wie ein indischer Filmstar. Manchmal gab Manu ihm Geld, nur damit er ging.

»*Jambo, Mzee*«, grüßte er Manish.

Manish starrte an ihm vorbei zur Tür.

»Ich habe einen neuen Song für dich«, sagte er zu Manish. »Möchtest du ihn hören?«

»Nein«, beschied Manu ihn.

»Nur hundert Shilling«, versuchte es der Mann.

Hinter dem Tresen tauchte Rafikis Kopf auf. Es war das erste Mal, dass ein Straßensänger so viel Geld für einen einzigen Song verlangte.

»Der Song ist gut«, wandte sich der Mann an Manu. »Ich weiß, er wird euch gefallen.«

»Verschwinde.«

»Fünfzig Shilling vielleicht?«, versuchte er es. »Fünfundzwanzig?«

»*Potea.*«

»Zwanzig? Zehn?«

Er kam mit Manu nicht weiter. Erneut versuchte er es bei Manish.

»Wie steht es mit dir, *Babu*?«, sagte er. »Zehn? Fünf?«

Manish hatte seine Gegenwart nicht einmal wahrgenommen.

»Was stimmt mit Manish nicht?«, fragte er Manu. »Hat er auch auf Kredit verkauft?« Dann bemerkte er Rafiki, der am Tresen stand. »Was stimmt heute mit euch nicht?«, fragte er ihn.

»Sie haben zu tun«, erklärte Rafiki ihm.

»Wenn das so ist«, sagte er, »dann kostet es nichts.«

Er holte ein ramponiertes iPhone hervor, legte es auf Manishs Schreibtisch und schaltete es an. Indische Musik plärrte los. Der Mann von Lied und Tanz setzte zu vertrackten Tanzschritten an, sang zur Musik und gestikulierte so ausdrucksstark, dass man niemanden hätte überzeugen können, er verstünde kein Wort Hindi.

»Heiß aus Mumbai«, verkündete er, als der Song zu Ende war. »Was meint ihr?«

Manu hatte nicht einmal von seinen Büchern aufgesehen. Ohne weiteres Wort nahm der Mann sein Telefon und schlenderte hinaus.

Rafiki machte sich wieder an die Arbeit. Er baute den Kompressor aus dem Kühlschrank aus und legte ihn auf den Arbeitstisch. Er wollte ihn gerade gewaltsam öffnen, als ein Mann in den Laden kam und einen gebrauchten Kocher zu kaufen wünschte. Rafiki zeigte ihm, was sie im Angebot hatten, einen neuen, zwei gebrauchte und einen, der noch repariert werden musste, und forderte ihn auf, seine Wahl zu treffen. Der Mann entschied sich für den neuen.

»*Elfu sita*«, sagte Rafiki.

»*Ati* sechzigtausend?«, rief der Mann. »*Kwani inapika chakula unageuka gold?* Macht der aus Essen Gold?«

»*Sikiza, rafiki.*« Rafiki zeigte mit seinem Schraubenzieher auf ihn. »Wir haben hier viel zu tun. Entweder kaufst du etwas, oder du gehst.«

»*Na hizi mzee kama mimi?*«, fragte er nach einem der gebrauchten.

»Fünfzehntausend.«

»Gebt ihr Kredit?«

Rafiki zeigte zum Ausgang. Grollend ging der Mann und wünschte Rafiki und seinen Arbeitgebern alle möglichen Krankheiten und Missstände an den Hals, von denen sie die meisten jedoch bereits hatten. Flüche und Beleidigungen, vom Eingang her in den Raum geschleudert, wurden langsam alltäglich. Es ging das Gerücht um, verbitterte Exkunden hätten die Dienste verschiedener Hexen in Anspruch genommen, um Rafiki und seine Arbeitgeber in Lumpen gehüllt zu sehen. Die Patels waren sich der Bedeutung dessen nicht bewusst, doch Rafiki war ein waschechter Nanyukier. Er war mit solchen Drohungen groß geworden, die von Neidern in die Welt gesetzt wurden, die nie eine richtige Hexe gesehen hatten.

Es wurde so schlimm, dass Leute in den Laden stürmten und Dinge zurückforderten, die ihnen gestohlen worden waren. Nein, erklärte Rafiki ihnen, der Laden führe keine gestohlenen Waren, nur beschlagnahmte. Sie tobten und rasten und drohten sogar, mit der Polizei wiederzukommen. Rafiki meinte, dass es schlimmer nicht werden könnte. Doch dann war es Manu, der ihm das Schlimmste antat.

Rafiki hielt die Beschlagnahmezettel in der Hand und klopfte nervös auf die Papiere, während er die möglichen Auswirkungen abwog.

»Probleme?«

»Jede Menge«, antwortete Rafiki. »Das ist nicht in Ordnung, Boss. Meine Frau wird mich endgültig verlassen.«

»Sie wollte, dass du dir eine richtige Anstellung suchst«, erinnerte Manu ihn. »Du hast eine richtige Anstellung.«

»Die … was ist es … die ihrer Mutter gehört, zu beschlagnahmen?«

»Singer«, teilte Manu ihm mit. »*Sherahani,* Nähmaschine. *Theek hei?*«

»Überhaupt nicht, Boss«, antwortete Rafiki. »Das ist ein Himmelfahrtskommando.«

Zunächst war da die schreckliche Dornenhecke um das Anwesen seiner Schwiegereltern. Dann das schreckliche Paar Simon und Karanja mit seinen Wachhunden. Dazu noch seine Frau, deren Abwesenheit ihn langsam umbrachte. Und schließlich die Schwiegermutter, härter und furchtgebietender als ihre Söhne, die Knastbrüder, und ihre Enkel, die Gangster, zusammen. Wenn es je ein Himmelfahrtskommando gegeben hatte, dann das. Er konnte entweder auf der Stelle kündigen und der Schwiegermutter und ihrer *sherahani* die Schuld geben oder einen Polizisten mitnehmen, das Anwesen unter diesem Vorwand offziell betreten, so vielleicht seine Frau sehen und einen Augenblick mit ihr sprechen. So oder so, seine Frau wäre wahrscheinlich nicht begeistert, ihn zu sehen. Die einzige Alternative bestand darin, dass Rafiki die Raten für die Nähmaschine übernahm und die ganze Sache vergaß.

Er wog seine Möglichkeiten ab, als Mahesh, wie gewöhnlich umweht von einer Wolke aus Kölnischwasser und Klunkern, in den Laden gestürmt kam.

»*Jambo,* Chef«, grüßte Rafiki ihn.

Mahesh ignorierte ihn und wandte sich stattdessen an Manu.

»Manuish«, sagte er. Er hatte unlängst begonnen, ihre Namen zusammenzuziehen, um Zeit zu sparen. »Manuish, ich habe gute Nachrichten für euch.«

Manu wartete, die Hand über dem Tischrechner schwebend. Manish übersah wie immer Maheshs großartigen Auftritt.

»Ich habe mit Mutter geredet«, erklärte Mahesh. »Sie stimmt mir zu. Ihr müsst schließen und für mich arbeiten.«

Manu erstarrte. Manish drehte ganz langsam den Kopf und starrte Mahesh an.

»Was meint ihr dazu?«, fragte er sie.

Sie starrten ihn nur an.

»Manu?«

»*Nai*«, sagte Manu und betonte jedes *Nein* mit einem Schlag auf seinen Schreibtisch. »*Nai! Nai! Nai! Nai!* Nein.«

»Dann wartet drauf, dass die Bank euch den Laden schließt«, erwiderte Mahesh. »Ihr werdet mich um Taschengeld anbetteln. Für Essen und Unterkunft werdet ihr für mich arbeiten.«

Dann stürmte er hinaus, so schnell und wütend wie der Ol Pejeta Express.

Auf einmal war es sehr ruhig. Lediglich Manus Tischrechner unterbrach mit seinem mitunter auf die Nerven fallenden Klicken die Stille. Rafiki zog ein Radio unter dem Tresen hervor, trug es zu Manishs Schreibtisch und schaltete es ein. Hindi-Musik lief. Manish starrte hinaus. Mahesh hatte die Stimmung völlig verdorben. Höchste Zeit, hier rauszukommen. Sogar das Himmelfahrtskommando war besser als dieses langsame Sterben. Rafiki nahm seine Beschlagnahmepapiere und ging.

Bei so vielen Feinden schlief er nur noch selten gut. Manchmal saß er die ganze Nacht, bewaffnet mit *panga* und Axt, am Feuer und wartete auf einen Überfall wütender, rachgieriger Nanyukier. Ab und zu hielt er auf dem Fußboden hinter dem Arbeitstisch, wo niemand ihn sehen konnte, ein Nickerchen, und auch sonst, wann immer es ging, sogar auf dem Rücksitz von Kata Konas Motorrad. Er beherrschte den Kurzschlaf so perfekt, dass nur jemand, der ihn so gut wie Kata Kona kannte, sagen konnte, ob er schlief.

»*Mzee?*«, brüllte Kata Kona, während sie auf dem Dol Dol Highway den Staub aufwirbelten. »*Kwani umelala?* He, Alter, schläfst du?«

»*Wewe endesha piki-piki*«, antwortete Rafiki. »Kümmere dich nicht um mich, fahr!«

»Ich dachte, ich hätte dich schnarchen gehört?«

»*Endesha chuma*«, sagte Rafiki. »*Na uache kukata kona kama mlevi*! Gib Gas! Und fahr nicht in Schlangenlinien wie ein Betrunkener!«

Kata Kona beschleunigte, kurvte in waghalsiger Geschwindigkeit um die Schlaglöcher herum. Rafiki klammerte sich fest. »*Tukifika uniamshe*«, sagte er. »Weck mich, wenn wir da sind.«

Er wachte erst auf, als sie vor dem Stahltor hielten, das die Marura-Farm schützte. Das Tor war wie üblich geschlossen und mit Kette und Schloss gesichert. Er stieg ab und donnerte an das Tor. »Simon?«, schrie er. »Karanja? *Amkeni kumekucha*. Wacht auf und öffnet!«

Irgendwo drinnen bellten Hunde. Rafiki klopfte lauter.

»Simon! Wach auf und öffne das Tor!«

»*Pengine hakuna mtu*«, meinte Kata Kona. »Vielleicht ist niemand da.«

»*Piga honi!*«, antwortete Rafiki. »Betätige deine Hupe!«

Er hupte. Rafiki schlug gegen das Tor.

»Macht sofort auf«, rief Rafiki. »Ich bin in offiziellem Auftrag hier.«

Kata Kona hupte erneut.

»Ich will die Singer eurer Mutter holen«, brüllte Rafiki. »Wisst ihr überhaupt, was das ist? Ihre *sherahani*. Ihr habt sie nicht bezahlt, und ich bin hier, um sie abzuholen.«

Er donnerte gegen das Tor, und Kata Kona hupte mehrere Minuten lang. Sie wollten schon aufgeben und wegfahren, als plötzlich die Kette rasselte. Das Tor schwang auf, und Simon und Karanja stürzten sich auf sie. Sie überraschten Rafiki, warfen ihn zu Boden und verpassten ihm Hiebe und Tritte.

Rafiki setzte sich ebenso wütend zur Wehr, trat, schlug um sich und versuchte, von ihnen los- und hochzukommen. Sie waren wie ein Rudel Wildhunde im Fressrausch. Sie rollten ihn durch den Staub und schlugen ihn am ganzen Körper. Während Kata Kona, von der Plötzlichkeit des Angriffs gelähmt, nicht wusste, ob er sich einmischen oder flüchten sollte, ließ sich Simon auf Rafikis Brust fallen, legte ihm die Finger um den Hals und drückte fest zu. Rafiki rang nach Luft, keuchte, trat und zerrte an den Händen. Lichter explodierten vor seinen Augen. Kurz bevor er ohnmächtig wurde, bekam seine Hand sein Messer zu fassen. Er holte gegen Simon aus.

»Messer!«, schrie Karanja.

Rafiki schlug ein weiteres Mal zu. Simon schrie auf und sprang kreischend zurück. Als ihm klar wurde, dass der Kampf von einer Familienrauferei zum hundertprozentigen Krieg eskaliert war, brachte Kata Kona sein *piki-piki* auf Touren und raste davon. Rafiki raffte sich auf und verfolgte die Angreifer. Sie rannten auf das Anwesen zurück und schlugen ihm das Tor vor der Nase zu.

»Kommt raus, ihr Feiglinge!« Er donnerte an das Tor.

Dann sprang er hoch und hielt sich mit einer Hand am Tor fest, während er mit der anderen weiter nach ihnen schlug. Simon ließ die Hunde von der Kette. Die Hunde gingen auf das Tor los, bellten und sprangen daran hoch, um an Rafiki heranzukommen. Er merkte erst jetzt, dass seine Gürtelschnalle während des Kampfes abgerissen war und sein *piki-piki*-Fahrer ihn hatte sitzen lassen. Er versuchte, den Gürtel zu flicken, gab aber auf und ging die Straße hinunter, mit der einen Hand seine Hose festhaltend, das Messer in der anderen.

»*Nani kama sisi?*«, brüllte er. »Wer kommt uns gleich?«

Eine Frau, die ihm auf der Straße mit einem *kiondo,* ihrer Tasche, entgegenkam, trat zur Seite, als sie seinen Zustand und den wilden Blick in seinen Augen sah. Er führte Selbstgespräche und schwor, gewissen Leuten etwas anzutun, die glaubten, er hätte Angst vor ihnen.

»*Jambo,* Rafiki«, grüßte sie ihn.

»*Jambo, mama*«, erwiderte er und tupfte in das Blut auf seiner Wange.

»*Kwani kuna nini?*«, fragte sie ihn. »Was ist passiert?«

»*Hakuna*«, antwortete er und ging weiter. »Nichts.«

Zurück in der Stadt, war er am Ende seiner Kräfte. Er machte bei einem Schuster Halt, ließ auf Kredit die Schnalle wieder an den

Gürtel nähen und ging zu einem Kiosk, um sich ein Pflaster für die Wunde in seinem Gesicht zu besorgen.

Im Laden ließ er sich auf den Besucherstuhl vor Manus Schreibtisch fallen und saß da, während er ihn wütend anstarrte. Mit Blick auf seinen Gesichtsausdruck und das Pflaster unterließ Manu es zu fragen, was geschehen war. Rafiki stand abrupt auf und zog sich in seinen Winkel zurück, stand grollend dort und führte Selbstgespräche. »Ich weiß nicht, was mit diesen Leuten nicht stimmt«, sagte er zu sich selbst. »Sie sind meine Schwiegerleute; sie müssen mich nicht lieben. Aber müssen sie mich umbringen?«

Manu schaute erschreckt auf. »Rafiki?«, rief er herüber.

»Was?«, fragte Rafiki schroff.

»*Theek hei?*«

»Nein«, antwortete er. »Und du kannst mir nicht helfen.«

Manu zuckte die Achseln. Rafiki grollte, bis sie schlossen. Dann ging er los und suchte Kata Kona.

Kapitel 29

Nach und nach lernte Rafiki die Verzwicktheiten des Einzelhandels, zumeist über Versuch und Irrtum, aber auch, was nicht überraschte, von Rafikison. Er begrub seinen Stolz, was ihm sehr schwerfiel, und führte die Kunden durch den Laden, sang ein Loblied auf Haushaltgeräte, von denen er nicht wusste, was sie waren oder wie sie funktionierten, und verkaufte ihnen alles außer seinem Arbeitstisch und Manishs Schreibtisch. Er bildete sich ein, dass Manu ihm Blankovollmacht erteilt hatte, ausnahmslos alles im Laden zu richten, zu reparieren und zu verkaufen, solange er gegen bar verkaufte. Und wenn der Handel getätigt war, trug er die Einnahmen zu Manu, jeden einzelnen Cent und ohne kreative Buchhaltung.

Manu nahm seinen Anteil und gab Rafiki als Kommission, was immer er als Prozentsatz des Tages festlegte. Der echte Prozentsatz der Kommission war ein heikles Thema und bedurfte weiterer Diskussion, wie Rafiki sich gern einredete. Was die Entlohnung seines Sohns betraf, so blieb sie Rafiki überlassen.

Rafikison tauchte so plötzlich wieder auf, wie er verschwunden war, ohne Vorwarnung, Entschuldigung oder Erklärung. Es war klar, dass das nur ihn anging und er nicht darüber reden wollte. Rafiki setzte ihn nicht unter Druck, um zu erfahren, wo er gewesen war und weshalb. Er war einfach froh, dass der Junge wieder da war und den Rückstau anstehender Reparaturen abbaute. Er beobachtete, wie er seinen Platz am Arbeitstisch einnahm und wieder zu arbeiten begann.

»Fang mit dem Kühlschrank an«, sagte Rafiki und reichte ihm

den Kompressor, den er verpfuscht hatte. Sein Sohn wählte hingegen einen Kocher, aus keinem anderen Grund als dem, weil er damit anfangen wollte. Rafiki blieb der trotzige Ton nicht verborgen, ließ ihn aber durchgehen.

Er musste sich schon mit genügend anderen Dingen befassen. Er hatte geglaubt, dass er beim Versuch, die Nähmaschine ihrer Mutter zu beschlagnahmen, Gelegenheit hätte, seine Frau zu sehen und mit ihr zu reden. Die Rauferei bei seinen Schwiegerleuten hatte in ihm die Frage aufkommen lassen, ob er töten müsste, um sie zurückzubekommen. Und dann war da noch die *jinni* am Tresenrand, die ihn auslachte. Als sein Telefon läutete, sprang er nervös auf. »Man Guitar«, sagte er und räusperte sich. »Nein, ich gebe keinen Gitarrenunterricht mehr. Was ich mache? Ich arbeite, ich habe einen Job. Ja, einen richtigen Job. Was geht es dich an, was ich tue?« Er legte auf, zornig. Er war überzeugt, dass die Leute ihn nur anriefen, um ihn in Wut zu versetzen.

»*Mna jiko?*«, fragte eine Frauenstimme.

»*Hakuna!*«, schrie er sie an.

Vor lauter Wut auf den Anrufer hatte er die Frau nicht in den Laden kommen sehen, und musste wieder und wieder hingucken, um sicherzugehen, dass sie nicht die *jinni* war, die auf ihn zukam, um ihn weiter zu peinigen. Die *jinni* war an ihrem Platz, saß neben der Registrierkasse, als gehörte sie ihr.

»Was ist mit dem?«, fragte die Frau und zeigte auf den Kocher von Manishs Frau.

»Der ist ein Ausstellungsstück.«

Sie wandte sich zum Gehen. Rafikison mischte sich ein. »Mama«, sagte er, »wenn du einen oder zwei Tage wartest, repariere ich dir den hier.«

»Für wie viel?«

»Darüber reden wir, wenn er repariert ist.«

»*Sawa*«, sagte sie. »Ich komme wieder.«

Rafiki starrte seinen Sohn an. War der wirklich sein Sohn? Sogar der Flaum an seinem Kinn und auf der Oberlippe schien das Gegenteil zu behaupten.

»Welche Ausstellung?«, fragte der Junge seinen Vater, nachdem die Frau gegangen war.

»Die Bank glaubt, dass wir nur Neuware verkaufen.«

»Was ist falsch daran, Gebrauchtwaren zu verkaufen?«

»Boss?«, rief Rafiki zu Manu hinüber. »Was ist falsch daran, Gebrauchtes zu verkaufen?«

»Gebrauchtes?«, fragte Manu nach.

»Alte Sachen?«

Manu tippte weiter auf seinem Tischrechner.

»Manish?«, fragte Rafiki.

Manish starrte zur Tür hinaus.

»Sie wissen es auch nicht«, sagte Rafiki zu seinem Sohn. »Meinst du wirklich, dass du das Ding in zwei Tagen reparieren kannst?«

»Dad«, sagte der Junge. »Verrate den Kunden niemals, was du selbst nicht weißt.«

Rafiki war beeindruckt, wenn nicht sogar ein bisschen fasziniert. Es kam ihm vor, als kenne er seinen Sohn nicht mehr.

»Was ist mit deinem Gesicht passiert?«, fragte ihn der Junge.

»Unfall«, antwortete Rafiki mit gesenkter Stimme, damit Manu ihn nicht hörte. In der Version, die Manu erfahren hatte, war eine Bande von Leuten, die sich nicht von ihren Sachen trennen wollten, über Rafiki hergefallen. Dicht genug an der Wahrheit.

Ein weiterer Kunde kam herein, diesmal ein Mann in schwarzem Anzug mit weißer Krawatte. Es schien, als hätten sie alle darauf gewartet, dass der Junge wieder im Laden war.

»*Jambo*, Rafiki.«

Rafiki eilte auf ihn zu. »Willkommen im *Kauf auf Raten* von Patel und Partner. Wie kann ich Ihnen helfen?«

Das sollte seinem Sohn abgewöhnen, ihn ausstechen zu wollen.

Der Mann ließ Rafiki stehen und schritt durch den Raum, als wäre er gekommen, den ganzen Laden zu kaufen. Alle Augen waren jetzt auf ihn gerichtet, und fast jeder fragte sich, ob er vielleicht ein Spion von der Bank war, der offizielle Abwickler, den sie alle fürchteten, oder nur ein weiterer Schaumschläger, dessen Arroganz größer war als sein Geldbeutel. Selbst Manish unterbrach sich dabei, hinauszustarren, und wunderte sich über den Ankömmling. Schließlich ging der Mann zu Manu hinüber. »Kühlschrank«, sagte er.

Manu verwies ihn an Rafiki.

»Wie viel möchten Sie ausgeben?«, fragte Rafiki, der sich hoch aufgerichtet hatte und sich wie ein altgedienter Verkäufer vorkam.

»Nicht mehr als zehntausend«, antwortete der Kunde.

Rafiki dachte, zur Hölle mit der Bank, hier ist die Gelegenheit, ein paar Taxikosten wiedergutzumachen. Er zeigte auf Manishs Kühlschrank. Der Mann inspizierte den Kühlschrank, öffnete und schloss die Türen, überprüfte die Türausrichtung. Mit dem Zustand zufrieden, drehte er sich zu Rafiki um.

»Dreißigtausend«, teilte Rafiki ihm mit.

»Ich sagte, nicht mehr als zehntausend«, erwiderte der Mann, sah sich den Kühlschrank aber noch einmal genau an.

»Der Einzige, der zu verkaufen ist«, erklärte Rafiki

»Aber die Kiste ist alt.«

»Gebraucht, nicht alt«, entgegnete Rafiki.

»Gebraucht ist alt.«

»Außerdem ist es ein Samsung«, fügte Rafiki hinzu. »Neu sechzigtausend.«

Der Kunde öffnete die Kühlschranktür, zählte die Eierablagen, die Eiswürfelbehälter und schloss sie wieder.

»Ich kann ein altes Ding nicht für dreißig kaufen«, sagte er.

Manu zuckte die Schultern.

»Gebraucht, nicht alt«, wiederholte Rafiki. »Und außerdem sorgsam behandelt. Für wie viel wollen Sie es kaufen?«

»Vielleicht …«, er öffnete und schloss die Kühlschranktür. »Zwanzigtausend. Und keinen Cent mehr.«

Rafiki machte ein großes Theater, als quälte er sich damit. »Hören Sie«, sagte er schließlich. »Wenn meine Partner zustimmen, gebe ich Ihnen Rabatt. Fünfundzwanzig ist mein günstigstes Angebot. Mein letztes Angebot.«

»Zwanzig.«

»Fünfundzwanzig«, sagte Rafiki. »Letztes Angebot.«

»Garantie?«

»Das ist ein Samsung«, erklärte Rafiki ihm. »Da brauchen Sie keine Garantie.«

Der Mann überlegte es sich, zog seine Brieftasche hervor.

»Boss«, rief Rafiki zu Manu hinüber. »Dieser Gentleman möchte Manishs Kühlschrank für fünfundzwanzig kaufen. *Theek hei?*«

Manu winkte ab, als wollte er sagen, *egal.*

»Manish?«, rief Rafiki als Nächstes.

»Huh«, antwortete Manish.

»*Theek hei?*«

»Huh«, machte Manish.

»Dann macht das fünfundzwanzig«, sagte Rafiki händereibend zum Kunden.

Er bekam das Geld, zählte es zweimal nach und wandte sich an seinen Sohn.

»Du«, befahl er, »hilf dem Kunden, den Kühlschrank zu seinem Auto zu tragen.«

Rafikison schien über den Tonfall nicht glücklich, aber er gehorchte. Während er dem Kunden half, ging Rafiki zu Manu hinüber, um mit ihm ins Reine zu kommen. Die Registrierkasse sprang auf, als er vorbeikam. Er schob sie krachend zu und ging weiter, ließ sich mit dem Gewicht desjenigen, der einen anstrengenden Arbeitstag hinter sich hatte, auf den Besucherstuhl fallen. Er gab Manu das Geld und streckte die Hand aus. Manu versenkte die gesamte Summe in seiner Schublade, schob sie krachend zu und arbeitete weiter.

»Boss«, sagte Rafiki ruhig. »Meine Kommission?«

Manu wollte etwas erklären, fand aber keine Worte. Er öffnete die Schublade, gab ihm einen Tausender und schloss die Schublade.

Rafiki starrte auf das Geld. Seine Kommission schien sich verändert zu haben, wieder einmal.

»Boss«, sagte er und bemühte sich, ruhig und freundlich zu bleiben, »das ist nicht *theek hei*. Du weißt, worauf wir uns geeinigt hatten.« Er erinnerte Manu an ihre Vereinbarung, die Aufteilung der Einnahmen aus beschlagnahmten Haushaltgeräten betreffend. Manu rief ihm seinerseits ins Gedächtnis, dass Manishs Kühlschrank keine richtige Beschlagnahme war, da er sich die ganze Zeit in Familienbesitz befunden hatte. Rafiki strengte sich an, die Logik dahinter zu begreifen. Manish hatte den Kühlschrank gekauft. Manish hatte den Kühlschrank nicht bezahlt. Rafiki hatte ihn eingezogen. Nach seinem Dafürhalten war das eine Beschlagnahme. Manu entließ ihn mit einer Handbewegung, rechnete weiter, wie der Laden gehalten werden konnte, und überlegte, was man Manishs Frau sagen sollte, wenn sie nach ihrem Kühlschrank fragte.

»Okay«, sagte Rafiki schließlich, »für den Augenblick nehme ich das hin, aber was ist mit meinem Sohn? Du siehst ja selbst, was für ein Genie er ist.«

»Und?«

»Und wie viel zahlst du ihm?«

Ein Telefon läutete. Sie suchten in ihren Taschen. Es war Rafikis Telefon. »Man Guitar«, meldete er sich mit seit Tagen erstmals wieder kräftigerer Stimme. »Nein, ich habe dir gesagt, dass ich mich den neuen Beavers nicht anschließen will. Ich hab jetzt einen Job. Einen richtigen Job; und frag du mich nicht, was ich mache.«

Er legte auf und wandte sich, immer noch guter Laune, wieder an Manu. In ihm war kein Platz mehr für Wut oder ungute Gefühle. Der Verkauf hatte ein solches Universum an Möglichkeiten und Gelegenheiten eröffnet, dass er an Groll keine Zeit mehr verschwendete.

»Nun zurück zu Rafikison«, sagte er zu Manu. »Du erwartest doch nicht, dass der Junge umsonst arbeitet, oder?«

»Dein Sohn arbeitet für dich«, stellte Manu klar. »Du arbeitest für mich, *theek hei*?«

»Oh, nein. Ganz und gar nicht *theek hei*«, entgegnete Rafiki. »Ich arbeite mit dir zusammen. Mein Sohn arbeitet für dich.«

»Oh, nein«, erwiderte Manu. »Ich arbeite mit Manish zusammen. Du bist Kommissionär; du arbeitest auf eigene Rechnung. Dein Sohn arbeitet für dich.«

»Boss?«, sagte Rafiki schließlich.

»Ja?«

»Du bist ein ganz schlechter Mensch.«

Manu zuckte die Schultern.

Rafiki ging langsam zu seinem Platz zurück, die Erregung über seinen ersten großen Verkauf schwand schnell. Die Registrierkasse sprang auf, als er vorüberging. Er achtete nicht darauf.

»Soll ich sie reparieren?«, fragte ihn sein Sohn.

»Lass sie in Ruhe«, antwortete er.

»Ich meinte die Kasse.«

»Mit der ist alles in Ordnung.«

»Sie geht immer wieder auf.«

»Das ist ihre Schuld«, sagte Rafiki.

»Wessen?«

Rafiki kam plötzlich wieder zu sich und begriff, dass niemand sonst sie sehen konnte, außer Manish vielleicht. »Vergiss die Kasse«, sagte er schroff. »Mach einfach weiter.«

Er sah zu, wie sein Sohn am Kocher arbeitete, die ganze Aufmerksamkeit auf die Aufgabe gerichtet. Ernst und zielstrebig wie seine Mutter. Wenn sie nur hier wäre und ihn arbeiten sehen könnte wie ein richtiger Mann. Ihn Dinge tun sehen, die ein richtiger Mann nicht fertigbrachte.

»Geht deine Mutter noch zur Kirche?«, fragte Rafiki ihn.

Sein Sohn hielt inne, drehte sich um und sah ihm in die Augen.

»Dad«, sagte er ernst. »Wenn du in ihrer Kirche auftauchst, verzeiht sie dir das nie.«

»Ich weiß.« Rafiki nickte. »Ihre Freunde haben mir nie verziehen, dass ich sie ihnen weggenommen habe. Dafür solltest du mir dankbar sein. Wer wärst du geworden, wenn ich eins von den Groupies geheiratet hätte?«

»Wer bin ich denn jetzt?«

»Du weißt genau, wer du bist«, antwortete Rafiki, mit einem

Mal ärgerlich. »Mach das Ding fertig, und bring deiner Mutter dieses Geld.«

Sein Sohn betrachtete das Geld misstrauisch. »Du versuchst nicht, mir zu folgen?«

»Ich bin nicht blöd.«

»Es wäre grässlich für mich, wenn ich mich mit dir und ihr am selben Ort aufhalten müsste«, sagte der Junge.

»Sei nicht dumm.«

Der Junge nahm das Geld, steckte es in die Hosentasche und arbeitete weiter. Rafiki, der ihm bei der Arbeit zusah, spürte einen Anflug von Stolz darüber, mit welcher Enschlossenheit der Junge die Arbeit anging. Er verdiente eine Art Gehalt. Doch da er nicht wollte, dass der Junge eingebildet würde und glaubte, das Geld wüchse auf Bäumen, erteilte er ihm eine Lektion in Mathematik. »Von jetzt an«, sagte er zu seinem Sohn, »bekommst du die Summe *x* für die Anzahl Stunden *y*, die du arbeitest. Ist das klar?«

»Dad«, antwortete der Junge, »wenn ich es mehr mit der Algebra hätte, würde ich hier nicht arbeiten. Warum sagst du mir nicht einfach in klaren Zahlen, was du mir nicht bezahlst, und dann machen wir weiter?«

»Du bekommst fünf Prozent«, antwortete Rafiki und gab ihm seinen Anteil am Verkauf. »Wiederverkaufspreis, nicht Einzelhandelspreis.«

»Ich will dein Geld nicht, Dad«, sagte sein Sohn.

»Was willst du dann?«

»Du weißt, was ich will.«

Rafiki drehte sich um und blickte auf einen immer noch wartenden Kunden, mit dem er schon längst fertig zu sein geglaubt hatte. »Was?«, fuhr er ihn an.

»Meine Quittung«, sagte der Kunde.

Rafiki fand den Quittungsblock und kritzelte etwas.

»Garantie?«, fragte der Kunde.

»Das ist ein Samsung«, erklärte Rafiki ihm. »Das ist Garantie genug. Was du brauchst, ist ein Transportmittel, um ihn nach Hause zu schaffen.«

Er trat vor die Tür und schrie etwas.

»*Bubu? Wapi mtu ya punda?* Donkey Man, wo bist du?«

»Er kann dich nicht hören«, erinnerte ihn sein Sohn.

»Das glaubst du. *Bubu!*« Nachdem er mehrmals gerufen hatte, tauchte der Eselskarren am Eingang auf.

»Boss?«, rief Rafiki.

»Was?«

»Statt eines Pick-ups …«

»Wir schaffen uns keinen Pick-up an«, erklärte Manu kategorisch.

»… sollten wir uns einen Esel zulegen.«

Manu blickte auf, sah, dass er es ernst meinte, und winkte ab.

Rafikis Sohn machte sich wieder ans Werk. »Was meinst du, Dad?«, fragte er, geschäftig arbeitend.

»Wozu?«

»Zu meinem Angebot?«

»Da musst du sehr hart arbeiten.«

»Ich arbeite bereits hart.«

»Härter.«

»Okay.«

Rafiki überlegte. Der Junge war offensichtlich ernsthaft entschlossen. Davon konnten ihn keine Prügel abbringen. Und dass seine Frau nicht zu Hause war und ihnen beiden nicht wie angedroht die Seele aus dem Leib prügelte, ließ darauf schließen, auch sie hatte begriffen, dass die Gaben ihres Sohnes nicht in den Büchern lagen.

»Boss?«, rief er. »Wo ist die Gitarre?«

Manu hatte keine Ahnung, wonach er fragte.

»Ich hab sie dir zur Aufbewahrung gegeben«, erinnerte Rafiki.

»Die Gitarre?« Manu winkte vage in Richtung des Hinterzimmers, in dem schließlich alles landete, was sich als überflüssig erwies.

Kapitel 30

Trotz aller Bemühungen des Ladens war die Bank nicht zufriedenzustellen. Rafiki beschlagnahmte Haushaltgeräte in großer Zahl. Sein Sohn wurde immer besser darin, sie zu reparieren, doch Rafikis sprunghaft wechselnde Kommission deckte kaum die Bedürfnisse. Er bezahlte, wenn es unumgänglich war, und machte den übrigen Gläubigern Versprechungen, doch wie sehr er auch schuftete, in welchen Fernen er auch nach Haushaltgeräten fischte, der Laden verkaufte nicht genug, um Manus Tischrechner oder der Bank zu genügen. Die Zahlen, die der Drucker ausspuckte, machten Manu so wütend, dass er sich bald den Kopf kahl kratzte. Langsam ähnelte er dem Mann auf dem Plakat. Vor lauter Sorgen lief Rafiki rastlos hin und her, während sein Sohn Geräte reparierte, und er hätte wohl weitere beschlagnahmt, wenn Kata Kona seit dem Angriff am Tor von Marura Estate nicht spurlos verschwunden gewesen wäre.

Im Laden schallte es aus drei Fernsehgeräten, die alle auf dieselbe Lautstärke eingestellt waren, während ein Radio auf Manishs Schreibtisch Hindi-Musik dudelte. Manish schien das nichts auszumachen, doch Manu fiel der Lärm so auf die Nerven, dass er seine Rechenmaschine verließ und hinüberging, um es auszuschalten.

Zurück an seinem Schreibtisch, kratzte Manu sich am Kopf, brütete über den Zahlen, die die Maschine ihm zeigte, und wurde noch wütender. Er begann ein Selbstgespräch in Hindi.

»Boss?« Rafiki konnte sein Mitgefühl nicht länger zurückhalten.

»Was?«, schrie Manu ihn an.

»*Theek hei?*«

Manu beschimpfte den Tischrechner.

»Boss?«, rief Rafiki.

»Was?«

»Kann ich helfen?«

Manu beschimpfte weiter die Maschine und hämmerte auf sie ein.

»Ich bin zur Schule gegangen, weißt du«, sagte Rafiki erklärend.

Sein Sohn lachte schallend. Rafiki warf ihm einen strengen Blick zu. Auf einmal packte Manu den Tischrechner und schleuderte ihn an die Wand. »*Banka na bibi kitu moja*«, rief er. »Banken und Frauen, ein und dasselbe Problem.«

Rafiki war geneigt zuzustimmen. Es war unmöglich, sie zufriedenzustellen.

Manu ging zum Eingang, um einen Blick auf den Vorbeiflug der Plastikbeutel zu werfen. Der verblüffte ihn immer wieder aufs Neue. »Wohin sind die alle unterwegs?«

»Dahin, woher sie kommen«, sprang Rafiki ihm bei.

Manu dachte darüber nach, drehte sich um und ging an seinen Schreibtisch zurück. Er hob den Tischrechner vom Fußboden auf, stellte ihn wieder auf den Schreibtisch und bemerkte, dass er nicht mehr funktionierte. »Rafiki?«, rief er.

»Boss?«

»Mach das wieder ganz!«

Rafiki, der sich endlich anerkannt vorkam, holte die Addiermaschine und veranstaltete ein großes Gewese darum, sie zu untersuchen. Er drückte sein Missfallen aus und schüttelte den Kopf. Es fühlte sich gut an, letztlich doch als *bona fide* Chief Appliances Engineer Anerkennung zu finden.

»Was ist?«, fragte Manu.

»Keine Ahnung, Boss«, erwiderte er. »Weißt du, das Ding ist älter als wir alle. Die Leute, die es reparieren könnten, sind längst tot.«

»Du kannst es nicht zum Laufen bringen?«

»Ich bin mir nicht sicher«, antwortete er und tat auffällig so, als dächte er darüber nach. »Ich werde mich mit meinem Assistenten beraten.« Er trug die Maschine zu seinem Sohn hinüber. »Was meinst du, Sohn?«

Sein Sohn ließ stehen, woran er gerade arbeitete, und sah sich den Tischrechner an. Er hielt ihn gegen das Licht, drehte ihn um und um und überlegte, wie alt er tatsächlich war.

»Kannst du ihn reparieren?«

Rafikison legte einen Schalter um und gab ihm den Rechner zurück. »Repariert«, sagte er.

»Nicht so schnell«, flüsterte Rafiki. »Gib dem Boss Zeit, sich zu beruhigen, und gönn Old Dude ein bisschen Frieden.«

»Rafikison?«, rief Manu ungeduldig.

»Was?«

»Kannst du ihn ganz machen?«

»Eine Woche, Boss«, rief Rafiki.

»Was?« Manu belferte so laut, dass Manish zwinkerte.

»Drei Tage, Boss«, korrigierte sich Rafiki. »In Ordnung, Sohn?«

Der Sohn zuckte die Achseln, stellte den Rechner auf den Reparaturtisch und griff zu einem Schraubenzieher. Er tat so, als schraubte er das Gerät auf, doch in dem Augenblick, da Manu wegsah, stellte er es zur Seite und setzte seine eigentliche Arbeit fort. Rafiki nahm sich den Schraubenzieher und machte sich an einem alten elektrischen Bügeleisen zu schaffen.

Sein Vorhaben, sich einen Augenblick des Friedens zu erkaufen, stellte sich als großer Fehlschlag heraus. Ohne die Rechenmaschine, die ihn beschäftigt hielt, wanderte Manu ungeduldig auf und ab, stöhnte und klagte über den Staub und den Schrott und steckte die Nase in Rafikis Angelegenheiten. Ungefähr alle fünfzehn Minuten blieb er am Reparaturtisch stehen und fragte Rafikison, wie lange es noch dauerte, bis er seinen Tischrechner zurückbekäme. Rafikison spielte das Spiel mit und griff jedes Mal zur Rechenmaschine, wenn er Manu kommen sah, stellte sie danach aber zur Seite und arbeitete weiter.

Manus Auf und Ab und sein Gestöhne wurden zu ebensolchen Markenzeichen des Ladens wie Manishs stieres Glotzen. Rafiki konnte mit all dem umgehen, doch als Manu Manish mit der Forderung belästigte, seinen Schreibtisch abzustauben, war es höchste Zeit, dass der Job getan wurde, damit wieder Frieden einkehrte. Und während sein Sohn den Tischrechner reinigte und auf die Wiedervereinigung mit seinem Besitzer vorbereitete, befasste sich Rafiki weiter mit dem alten Bügeleisen.

»Pfusch da nicht dran rum, Dad«, warnte sein Sohn.

»Wapi?«, antwortete er mit gewohnter, selbstbewusster Unwissenheit. »Ich hab schon Zeug repariert, bevor du auf die Welt gekommen bist.«

Er pfuschte weiter am Bügeleisen herum, wie er das mit all dem Kram gemacht hatte, den er sich bislang vorgenommen hatte. Er hätte schon Dinge zusammengeflickt, die mehr Respekt einflößten als ein Bügeleisen, krähte er heraus. Einmal hätte er um ein Haar die gesamte Band durch Stromschlag getötet, doch das war nur passiert, weil der Schwachkopf von Elektriker, der vor Rafiki die Bandausrüstung betreut hatte, sämtliche farbigen Drähte durch schwarze ersetzt hatte.

Er öffnete das Dampfbügeleisen, von dem er nicht wusste, dass es ein Dampfbügeleisen war, bis ihm sein Sohn die Löcher im Boden erklärt hatte, zerlegte es und stocherte – *koroga, chokora* – darin herum, bis völlig klar war, dass er noch nie mit einem solchen Haushaltgerät in Berührung gekommen war. Weil er aber ein waschechter Nanyukier war, keiner, der so leicht aufgab, tat er, wovon er glaubte, dass es als Nächstes dran war. Er setzte es wieder zusammen, schloss es an, betätigte den Schalter und »Bäng!« Es gab eine laute Explosion, das Licht ging aus, und Radio und Fernseher verstummten.

Anscheinend bemerkte es niemand. Manu saß an seinem Schreibtisch, ging alte Akten durch und kratzte sich den Kopf kahl; Manish starrte zur Tür hinaus; Rafikison hörte auf, so zu tun, als reparierte er den Tischrechner.

»Rafiki?« Manu wedelte mit einer Akte.

Rafiki legte einen Zwischenstopp am Sicherungskasten ein und schaltete den Strom wieder an.

»Geh und hol diese Dinge.« Manu übergab ihm die Papiere.

Rafiki warf einen Blick auf die Unterlagen und zögerte.

»Geh«, sagte Manu ungeduldig.

»Bist du sicher, Boss?«

»Geh und schaff es ran.«

»Aber«, er senkte die Stimme, »was soll ich seiner Frau sagen?«

»Du sagst ihr, dass ich dich geschickt habe«, antwortete Manu.

»Was wird sie dazu sagen?«

»Was sie alle sagen«, antwortete Manu. »*Aber mein Ehemann, dieser* mkora, *hat das bezahlt.*«

»Was antworte ich darauf?«

»Was du immer sagst: *Nein, hat er nicht.*«

»Dann?«

»Dann wird sie weinen und dich auch einen *mkora*, einen Herumtreiber, nennen, und mich etwas Schlimmeres, und vielleicht wirft sie sogar etwas nach dir.«

»Und dann?«

»Dann nimmst du den Kühlschrank und den Kocher und bringst beides her«, sagte Manu ungeduldig. »Geh jetzt, du verschwendest Zeit.«

Rafiki zögerte immer noch.

»Die Leute von der Bank kommen morgen her«, klärte Manu ihn auf. »Ich muss nachweisen, dass ich Waren auf Lager habe, die kein Schrott sind.«

Das ergab Sinn, aber das andere hatte überhaupt keinen Sinn.

»Rafikison?«, rief Manu.

»Was?«

»Funktioniert der Rechner wieder?«

Rafiki ging langsam zur Tür, blieb am Ausgang stehen und warf einen Blick zurück auf Manish. Manish starrte durch ihn hindurch und wartete auf ein Wunder, das niemals eintreten würde.

Ein wenig Geflunker und etwas Druck waren erforderlich, bis

Donkey Man sich bereit erklärte, Rafiki bei diesem einen Auftrag zu begleiten. So, wie er es darstellte, musste Rafiki zu einer Gnadenmission aufbrechen, um das Leben und die Ehen dreier schwer arbeitender Nanyukier zu retten, die sonst unweigerlich in finanziellen und ehelichen Leiden ertrinken würden. Und keine Frage, dass Rafiki, wie vereinbart, sofort nach Ablieferung bezahlen würde.

Am Nachmittag kamen sie vor Manus Anwesen an. Rafiki klopfte am Hintereingang. Jeder Zentimeter dieser Gassen war ihm vertraut, weil er in den Mülltonnen des ehemals als Asiatenviertel bekannten Stadtteils nach Essbarem gesucht hatte. Eine ältere Inderin mit Seifenschaum bis zu den Ellbogen öffnete ihm die Tür. »*Jambo,* Rafiki«, grüßte sie ihn.

»*Jambo, Mama*«, grüßte Rafiki.

»Hat Manish dich geschickt?«

»Manu schickt mich«, antwortete Rafiki. »Die Bank kommt morgen und prüft seine Bücher, und es sieht so aus, als hätte dein Mann deinen Kühlschrank und den Kocher nicht bezahlt.«

»Welchen Kocher und welchen Kühlschrank?«, fragte sie verwirrt.

»Ich nehme an, die, die du benutzt.«

»Aber die habe ich schon seit …«

Sie hielt inne und dachte nach. Dann fuhr sie aus der Haut, wie Manu es vorhergesagt hatte: »Du Hunde …« Sie beschimpfte ihn in Hindi und ging mit den Fäusten auf ihn los.

Er duckte sich und sprang zur Seite, knickte ab, wand sich und schaffte es, außerhalb ihrer Reichweite zu bleiben. Sie schleuderte ihre Seife nach ihm, die Wäsche, die sie wusch, und alles, was ihr in die Hände fiel, und die ganze Zeit beschimpfte sie ihn, Manu und Manish mit Worten, die teilweise dieselben waren, mit denen Manu den Tischrechner an die Wand geworfen hatte, als der nicht so funktionierte, wie er das erwartet hatte.

»Mama«, flehte Rafiki, der unter jedem Schlag, der ihn traf, zusammenzuckte. «Wenn ich die beiden Geräte nicht zurückbringe, wird die Bank sie hier abholen. Willst du das? Mit allen Nachbarn als Zeugen?«

Sie warf einen Hocker nach ihm. Er duckte sich.

»Sie werden dir alles wegnehmen, was du hast, sogar dein Haus«, drohte er.

Ihr gingen die Gegenstände aus, mit denen sie nach ihm schlagen konnte.

»Sobald sie wieder weg sind, bringe ich sie dir zurück«, versprach er.

Sie erwischte ihn mit einem Kübel Schmutzwasser, sodass er von Kopf bis Fuß klatschnass war. Dann zeigte sie in Richtung ihrer Küche. »Zum Abendessen will ich sie zurückhaben«, sagte sie.

Rafiki winkte Donkey Man von seinem Karren herunter, von wo aus dieser das Geschehen beobachtet und sich gefragt hatte, wie das Ganze ausgehen würde. Sie luden die Geräte auf den Karren und machten sich auf den Rückweg zum Laden.

»Was ist passiert?«, fragte Manu, als Rafiki nass wie ein Huhn auf seinen Schreibtisch zumarschiert kam.

»Schick mich nie wieder los, Sachen von deinen Verwandten zu beschlagnahmen«, sagte Rafiki.

Manu nickte zustimmend.

»Fahrtkosten?«, erkundigte sich Rafiki.

Manu langte in die Schublade und gab Donkey Man sein Geld. Anschließend beobachtete er neugierig, wie Rafiki dem Mann nach draußen folgte und etwas vom Geld abbekam.

»Gerechtes Geschäft, Boss?«, fragte er, als er wieder in den Laden kam. »Wo steckt Rafikison?«

Manu zuckte die Achseln. Der Junge kam und ging, wie er wollte, bat nie um Erlaubnis und erklärte nichts. Da er nicht auf der Gehaltsliste des Ladens stand, hatten weder Manu und schon gar nicht Rafiki irgendeinen Einfluss darauf.

Kapitel 31

Wieder war es ein langer Tag im Laden geworden. Rafiki hatte beschlagnahmte Haushaltgeräte hertransportiert und sie in der Reparaturecke abgeladen, wo sie der Zuwendung seines Sohnes harrten. Niemand hatte ihn beschuldigt, seine Sachen zu stehlen, und Donkey Man war gerade mit einer Ladung irreparablen Schrotts zur Wiederverwertung gefahren. Manches wurde zu Metallschrott, doch anderes wie Fernseher oder Radios gelangte auf irgendjemandes Tisch und beeindruckte zufällige Besucher, die nicht ahnten, dass dort leere Kisten standen. Aus Kühlschränken wurden Geschirrschränke, Kleiderschränke und Wandschränke. Manu war glücklich, und die Leute waren glücklich. Auch Rafiki und Donkey Man waren glücklich, wenn sie heimlich den Erlös teilten, von dem seine Arbeitgeber nichts wussten. Manu war damit beschäftigt, in den Büchern Bilanzen auszugleichen, die sich nicht ausbilanzieren ließen, während Manish nach Aliens Ausschau hielt.

»Wie geht es deiner Schwester?«, fragte Rafiki plötzlich seinen Sohn.

Seine Tochter verbrachte die Schulferien bei ihrer Großmutter in Marura und lernte, eine Frau zu sein. Ihre Großmutter hatte darauf bestanden. Rafiki hatte man wissen lassen, dass das in der Schule nicht mehr gelehrt wurde und ihn nichts anging.

»Sie ist weg, zur Schule«, verriet sein Sohn.

»Wann?«

»Oh, schon vor ewigen Wochen.«

»Und keiner hat daran gedacht, mir Bescheid zu sagen?«

»Mum war der Meinung, du hättest schon genug um die

Ohren.« Er arbeitete weiter, während er sprach, und das machte Rafiki wütend. »Großvater hat fünf seiner besten Kühe verkauft, um dafür aufzukommen«, sagte der Sohn.

Fünf weitere Gründe, mich zu hassen, dachte Rafiki. »Hast du seine Nummer?«

Der Junge zog sein Telefon hervor, drückte die Kurzwahltaste und gab es seinem Vater.

»Sei nicht albern«, sagte Rafiki. »Der denkt doch, dass ich dein Telefon gestohlen habe. Gib mir die Nummer.«

Er wählte auf seinem Telefon, wartete und wartete, klopfte nervös mit den Knöcheln auf den Tisch und dachte ein weiteres Mal laut vor sich hin. »Der alte Griesgram überlegt, ob er abnimmt oder nicht. Vielleicht berät er sich mit seiner Frau und seiner Tochter. Vielleicht ist er gestorben, und ich muss nicht mehr mit ihm reden. Vielleicht ist er ...«

Im Telefon ertönte eine harsche, vertraute Stimme.

»Hallo?«, sagte Rafiki in seinem höflichsten Ton. »Hier ist Rafiki. Nein, nicht dein *rafiki*. Der Rafiki. Dein Schwiegersohn. Nein, nicht der Arzt. Auch nicht der Rechtsanwalt oder der Ingenieur. Der Musiker. Ja, das Krokodil, das Gitarre spielt. Nein, nein. Ich habe mich nicht von deiner Tochter scheiden lassen. Ich habe sie auch nicht davongejagt. Sie ist von sich aus gegangen. Ein leeres Haus hat sie mir zurückgelassen. Nein, nein, es stand nicht leer, als ich sie geheiratet habe. Es war vollständig möbliert und gut ausgestattet. Ich sollte das wissen, es war mein Haus. Sie nahm *kila kitu* mit, alles, sogar meine Kleidung. Ist sie bei dir? Wo ist sie? Sie hat mir nicht gesagt, dass sie mich verlässt, okay? Ja, sie mag es erwähnt haben, aber ich habe gedacht, dass sie das im Zorn sagt. Du kennst die Frauen. Das Geschwätz alter Frauen. Ja, das ist etwas zwischen ihr und mir. Darf ich jetzt mit ihr sprechen? Ich habe einen Job, eine richtige Arbeit, und eine gute Arbeit außerdem. Wie viel ich verdiene?«

Er sah schnell zu Manu hinüber. Manu war mit seinem Tischrechner beschäftigt.

»Das berechnen wir noch«, sagte Rafiki. »Es geht um eine

Menge Geld. Das hängt davon ab, wie hart ich arbeite. Ich arbeite sehr hart, das weißt du. Das weißt du nicht? Deine Tochter hat dir das nie gesagt? Allen andern hat sie das erzählt. Den Nachbarn, dem Holzfäller, dem Typen, der das Elefantengras liefert, sie hat es sogar dem Hirtenjungen gesagt, bevor ich ihn gefeuert habe. Auch meine Tochter weiß, wie hart ich für sie arbeite. Ja, ja, ich werde zurückzahlen, was du an Schulgeld für sie ausgelegt hast. Deswegen rufe ich dich an. Um dir zu danken und dir zu sagen, wie sehr ich das zu schätzen weiß. Ich zahle es dir zurück, sobald ich meinen Lohn erhalten habe.«

Wieder warf er einen schnellen Blick zu Manu hinüber. Manu war damit beschäftigt, seine eigenen Sorgen zu zählen.

»Du willst was?«, fragte Rafiki seinen Schwiegervater. »Zehn Kühe? Du hast doch nur fünf Kühe verkauft. *Ati?* Was? Bist du jetzt eine Bank?« Auf einmal war er wütend und legte auf.

»Verstehst du?«, sagte er zu seinem Sohn. »Deswegen rede ich nicht mit ihm.«

»Ich glaube, dass er dich auch nicht besonders mag, Dad«, meinte sein Sohn.

Rafiki starrte ihn wütend an. Die knospenden Hörner, Überreste der Arroganz des Clans seiner Mutter, hatten sich zu winzigen *dik-dik*-Hörnern ausgewachsen, die dem erkennenden Blick seines Vaters deutlich sichtbar waren. Rafiki gefiel nicht, wie der Junge nach Belieben in den Laden stolzierte, arbeitete oder nicht, je nach Stimmung, und sich den Teufel um die Öffnungszeiten scherte.

Er hatte versucht, mit seinem Sohn darüber zu reden, ihm einen Vortrag über die Lebensnotwendigkeit der Disziplin gehalten, die Vorzüge von Bescheidenheit und wie wichtig es war, dass man sich gegenüber seinen Arbeitgebern, der Welt und vor allem seinem Vater im rechten Licht zeigte. Auch diese Unterhaltung war nicht sonderlich gut aufgenommen worden. Er arbeite für ihn, erklärte der Junge, und soweit es ihn betraf, arbeite er, um die Gitarre abzuzahlen, die er schuldete. Sobald das erledigt war, hieße es *sayonara* zu Öllappen und Schraubenziehern. Genau das waren seine Worte. Und wenn sie schon einmal dabei waren, fuhr er fort, dann wollte er genau wissen, wie viel seiner Schulden er jeden Monat abtrug.

»Sei nicht albern«, sagte Rafiki. »Du arbeitest, bis deine Schwester ihren Abschluss hat. Erst danach ziehe ich dir etwas für die Gitarre ab.«

»Und ab wann verdiene ich mein eigenes Geld?«

»Wenn du die richtige Arbeitsmoral gelernt hast.«

Der Junge murrte etwas.

»Was?«, hakte Rafiki nach.

»Ich sagte, dass ich in diesem Job nicht alt werden will«, erklärte er. »Ich werde mir eine zweite Arbeit suchen, wenn es sein muss. Ich werde bezahlen, was ich dir schulde, und meinen Weg gehen.«

Dabei hatten sie es für den Augenblick belassen, doch nun hatte Rafiki einen weiteren Grund zur Sorge. Neben dem Selbstbewusstsein und der Entschlossenheit der Mutter und einer Ehrlichkeit, die an Arroganz grenzte, entdeckte Rafiki immer deutlicher bei seinem Sohn eine Charakterschwäche, die nicht von seiner Mutter stammen konnte. Das beunruhigte ihn am meisten. Er überlegte, ob es zu spät käme oder zu gefährlich für ihn wäre, das jetzt zu korrigieren.

Nun ging ein weiterer Tag zu Ende. Die Jammerlappen und Nörgler waren gekommen und wieder gegangen, die Bittsteller und Bettler waren gekommen und wieder gegangen, und selbst die blutenden Zahler, die ihr Versprechen einhielten, Manu den halben Liter Blut, der ihm zustand, wenn nötig tropfenweise abzuliefern, waren gekommen und wieder gegangen. Lediglich die Sänger und die Blechbüchsenbettler waren nicht aufgetaucht.

»Rafiki.« Manu warf einen Blick auf seine Taschenuhr. »*Funga mlango*. Schließ die Tür ab.«

Rafiki warf einen prüfenden Blick auf die Uhr an der Wand, eine seiner nützlicheren Beschlagnahmen, die jetzt über der Tür hing.

»*Saa bado*«, sagte er. »Deine Uhr geht vor.«

»Deine Uhr ist Schrott«, stellte Manu fest. »Manish?«

»Huh?«

»Zeit, heimzugehen.«

»Huh.«

Rafikison ließ unverzüglich sein Werkzeug fallen, wischte sich die Hände ab und warf den Lappen auf den Werkzeugkasten. Er war so schnell zur Tür hinaus, dass sein Vater ihn nicht mehr fragen konnte, ob er zum Abendessen zu Hause wäre. Manu stand auf, Manish regte sich, aber Rafiki war noch nicht bereit zu gehen.

»Geh nach Hause zu deinen Hühnern«, drängte Manu Rafiki. »Oder zu deinen Ziegen oder was immer dir geblieben ist.«

»Ich habe Menschen zu Hause.« Rafiki setzte ein tapferes Gesicht auf. »Mir geht es nicht so elend, wie du glaubst.«

»Manish?« Manu wandte sich seinem Bruder zu.

»Huh?«, sagte der alte Mann.

»Komm hoch, Mann, deine Frau wartet auf dich!«

Manish hievte sich schließlich von seinem Stuhl hoch, zog den Mantel über und setzte den Hut auf. Rafiki holte sein Sakko unter der Werkbank hervor und streifte es über. Dann schloss er die Vordertür ab, verriegelte sie, und sie gingen gemeinsam zum Hinterausgang.

»*Kwaheri*, Rafiki«, sagte Manu, als die Hintertür verriegelt und mit einem Vorhängeschloss gesichert war.

»*Kwaheri*«, erwiderte Rafiki.

Er sah ihnen hinterher, wie sie die Straße hinuntergingen. Manish schleppte die Füße ein wenig nach, während Manu ihn zur Eile drängte, und er wünschte sich, er hätte auch jemanden, mit dem er gemeinsam nach Hause gehen könnte. Dann drehte er sich um und lief die Straße hinauf, um nach einer Fahrgelegenheit Ausschau zu halten.

Die Gerüchte besagten, dass Kata Kona wieder in der Stadt war, doch schien niemand zu wissen, wo er sich aufhielt. Erfolglos hatte Rafiki alle Orte in der Nähe abgesucht, vom Equator zur Liki Bridge, vom Sportsman's Arms bis Thingithu. Der einzige Ort, wo er bislang nicht nachgesehen hatte, war das Gebiet hinter dem

Supermarkt, wo Motorräder repariert wurden und die Taxifahrer mitunter Pause machten.

Er ging die Seitenstraße hinter den Läden in der Main Street in Richtung Supermarkt entlang, als er entdeckte, dass ein einsames *piki-piki*-Taxi an der hinteren Ecke des Mathai House wartete. Der Fahrer hatte den Kopf unter einer Kapuze und trug eine Sonnenbrille, aber der Helm, der an der Lenkstange hing, war mit dem vertrauten Schädel und den darunter gekreuzten Knochen bemalt und trug die roten Initialen KK.

Rafiki schlich sich an die vermummte Gestalt heran. Als er im Begriff war, auf den Sozius zu springen und wie gewöhnlich *twende* zu rufen, drehte Kata Kona sich um und entdeckte ihn. Das *piki-piki* machte einen Satz unter Rafiki weg, schoss davon, und er landete auf dem Asphalt.

Kapitel 32

Nachdem er alle alternativen Transportmittel in Erwägung gezogen hatte, wandte sich Rafiki erneut an Donkey Man, um ihm ein besseres, längerfristiges Angebot zu machen. Der Mann hörte ihn an, erwartete eine unverblümte Entschuldigung, bekam aber keine. Rafiki betonte, dass er einen geschäftlichen Abschluss wollte und keine Ehe. Sie mussten einander nicht mögen oder gar Freunde sein, um miteinander zu arbeiten und Geld zu verdienen. Sie mussten lediglich miteinander auskommen.

Donkey Man stimmte zu und bot seinerseits an, dass sie die Einnahmen fifty-fifty teilten. So gäbe es kein Hickhack mehr, wenn sie das Geld von Patel bekamen.

»Bist du verrückt?«, entgegnete Rafiki. »Das war ein einmaliges Angebot, das du mit deiner Blödheit vermasselt hast. Von jetzt an heißt es zehn für dich und kein Gerede.«

»Meinst du das ernst?«

»Fünfzehn Prozent?«

»Fifty-fifty.«

»Ich kann deinen Karren und den Esel für weniger kaufen.«

»Fein.«

»Fein.«

Rafiki stand auf. Das Problem, mit einem Taubstummen zu verhandeln, bestand darin, dass man nie sagen konnte, ob der Mann bluffte.

»Bist du sicher, dass du taub und stumm bist?« Er musste einfach fragen.

»Taub und nicht doof«, antwortete der Mann.

»Fein.«

»Fein.«

Sie gingen getrennte Wege.

Kata Kona wich ihm immer noch aus, Ero führte Knüppel und Speer mit sich, einzig dazu gedacht, sich um Rafiki zu kümmern. Rafiki probierte verschiedene Alternativen aus, auch das Rekrutieren von Kulis aus Liki Village. Er stellte fest, dass die freien Leute aus Elvis Town wie die aus Majengo, einschließlich der *mkokoteni*-Transporter, nur und nur so lange arbeiteten, wenn und wie sie Lust hatten, und das kam nicht gerade oft vor. Er probierte, die Haushaltgeräte auf seinen Schultern zu transportieren. Das war nicht nur harte Arbeit, sondern angesichts so vieler Leute, die darauf aus waren, eine Rechnung mit ihm zu begleichen, auch gefährlich.

Dann fand Rafiki heraus, dass die Verzweiflung die wahre Mutter der Erfindung ist, und nicht die Notwendigkeit. Er hielt Holzfäller auf ihrem Weg in den Wald an, wo sie Feuerholz zum Verkauf sammeln wollten, was das Gesetz untersagte, und überredete sie, etwas Legales zu tun, zum Beispiel seine Kühlschränke und Kocher in die Stadt zu tragen. Sie dachten eine Weile über den Vorschlag nach. Die Stadt war weiter weg als der Wald, und Kühlschränke wogen schwerer als Feuerholzbündel. Rafiki machte sie darauf aufmerksam, dass sie mit der Last auf dem Rücken nicht davonrennen müssten, weil niemand hinter ihnen her sein würde, und sie beschlossen, einen Versuch zu wagen.

Manu sah erstaunt auf, als sich der erste Holzfäller in den Laden quälte und unter der Last des Kühlschranks auf seinem Rücken fast zusammenbrach. Er sah fasziniert zu, wie Rafiki dem Mann zeigte, wo er ihn absetzen sollte, und ihm dabei half. Anschließend traten sie an seinen Schreibtisch.

»Mein neues Transportmittel«, erklärte Rafiki.

Manu nickte und nickte.

»Transportmittel, Boss.« Rafiki hielt die Hand auf.

»Wie viel?«, fragte Manu nach, sah den Holzfäller an und wunderte sich, wie klein er war.

»Zweihundert«, antwortete Rafiki.

Manu dachte nach, entschied, dass der Mann es verdient hatte, und gab Rafiki das Geld. Rafiki behielt die Hälfte und gab dem Holzfäller die andere.

»Den Rest morgen«, sagte er.

Der Holzfäller sah auf das Geld, schüttelte den Kopf und ging.

»Um sicherzugehen, dass er morgen zur Arbeit kommt«, erklärte Rafiki Manu.

Manu nickte und nickte, obwohl er wie immer nichts von alledem begriff.

»Vertrau mir, Boss«, versicherte Rafiki ihm. »Der würde sonst nur alles ans Bier verschwenden.«

Ob es am Bier oder an der ungerechten Behandlung lag, die Rafiki ihnen zuteilwerden ließ, die Holzfällertransporte waren nicht von langer Dauer. Fünf Holzfäller kamen jeweils nur einmal, dann verschwanden sie auf Nimmerwiedersehen. Drei hielten etwas länger durch, bevor sie Rafiki durchschauten, und einer kam mit einer Axt wieder, um seinen restlichen Lohn einzutreiben.

Rafiki fing noch einmal von vorn an. Er musste einen Weg der Zusammenarbeit mit Donkey Man finden, der nicht zu viele Gespräche erforderte. Er schluckte seinen Stolz hinunter und suchte Donkey Man auf. Er bot ihm an, seine letzte Offerte anzunehmen und fifty-fifty zu teilen. Donkey Man ließ ihn wissen, es sei ein einmaliges Angebot gewesen, das mit seiner Selbstsucht gegenstandslos geworden war. Donkey Man wollte sein ganzes Geld, die vollen einhundert Prozent, in bar und bei Lieferung.

Rafiki fing noch einmal von vorn an. Er musste sicherstellen, dass jede Lieferung ihm so viel Geld einbrachte, dass er seine Verpflichtungen gegenüber seiner Tochter, seiner Frau und seinem Schwiegervater mit der Zeit erfüllen konnte. Nun, da der Laden mehr oder weniger auf die Beine gekommen war, sah er keinen Grund, warum er bei seinen Bemühungen, den Laden vor dem Bankrott zu bewahren, nicht nebenbei ein wenig *kitu kidogo* erhalten sollte, ein kleines Etwas.

»Boss«, sagte er, als er nach der neuen Vereinbarung mit

Donkey Man die erste Ladung hereinbrachte. »Für diese Ladung musst du das Doppelte zahlen.«

»Wieso?«, wunderte sich Manu.

»Lebenshaltungskosten«, klärte Rafiki ihn auf. »Der Mann hat Familie, der Esel hat Familie, und die müssen alle essen.«

Manu tippte weiter auf seiner Rechenmaschine, schüttelte dabei den Kopf und dachte, dass er Rafiki und seine Welt niemals begreifen würde.

»Ich wäre heute fast gestorben, Boss«, erzählte ihm Rafiki. »Wo ich auch hinkomme, versuchen die Leute, mich zu töten.«

Endlich sah Manu auf.

»Manish?«, rief er.

»Huh?«

»Was meinst du?«

»Huh.«

»Wie viel ist das Doppelte?«, wandte Manu sich an Rafiki.

Rafiki stellte sich hinter Donkey Man und presste ihm die Hände auf die Ohren. »Fünfhundert«, sagte er.

»Warum tust du das?«, fragte Manu ihn.

»Er glaubt, ich wüsste nicht, dass er auch sprechen kann.«

Manu nickte und langte in seine Schublade.

»Nicht jetzt.« Rafiki stellte sich vor Donkey Man. »Für den Augenblick gibst du mir das Übliche. Der Rest ist für später.«

Manu bemühte sich, dieser Logik zu folgen, zögerte, gab dann aber Donkey Man das Geld. Der Mann verbeugte sich, salutierte und war so schnell verschwunden, dass Rafiki keine Gelegenheit hatte zu reagieren.

»*Haki wewe mtu mbaya sana*«, sagte Rafiki. »Du bist wirklich ein sehr schlechter Boss.«

Manu nickte zustimmend und arbeitete weiter. Rafiki zog sich in seinen Winkel zurück und brütete vor sich hin. Als er vorüberging, öffnete sich die Registrierkasse. Er ließ sie in Ruhe. Dann fiel sein Blick auf die Haushaltgeräte unter seinem Tresen, die nicht mehr zu reparieren waren.

»Boss«, fragte er, »wann schaffen wir diesen Schrott weg?«

»Wir?« Manu blickte hoch.

»Du und ich«, sagte Rafiki.

Manu begriff immer noch nicht. Rafiki ging zu ihm zurück und zog sich den Besucherstuhl heran. Er redete, während Manu arbeitete. Er erklärte die Bedeutung von Öffentlichkeitsarbeit, wie viel Gutes sie dem Laden bringen würde, jetzt, da die Leute ihn wiederentdeckt hatten, und wie sehr es helfen würde, den armen Menschen, die sich so geduldig angestellt hatten, um ihre Schulden zu begleichen, mit etwas Großzügigkeit entgegenzukommen. Rafiki redete lange, während Manu arbeitete, nickte und die Achseln zuckte. Zu guter Letzt hatte Manu seinem Plan, ohne dass er ihn wirklich verstand oder billigte, zugestimmt.

»Es wird nicht wehtun, den Laden mal für eine Stunde zu verlassen«, sagte Rafiki.

»Eine Stunde?«

»Nur eine Stunde.«

Ehe er es sich versah und ob er nun einverstanden war oder nicht, saß Manu auf einem Eselskarren, ohne zu wissen, wohin er unterwegs war. Als aus einer Stunde zwei wurden und ihr Ziel immer noch ein Geheimnis blieb, begann er zu murren. »Sind wir bald da?«, fragte er, während der Eselskarren im Schneckentempo dahinrollte.

»Fast, Boss«, antwortete Rafiki.

Je mehr vom Tag verging, je heißer die Sonne wurde, je stärker der Staub wehte und je länger der Weg zu den versprochenen guten Taten wurde, desto unruhiger wurde Manu. Seine Geduld wie seine Großzügigkeit schwanden, je länger der Eselskarren, seiner Ungeduld gegenüber gleichgültig, die Straße mit einer Meile in der Stunde entlangrumpelte, hin zu einem Ort, an dessen Namen er sich nicht mehr erinnern konnte und der ihm egal war.

Rafiki war ebenso ungeduldig mit dem Treiber und seinem Esel, hielt sich aber zurück. Sie hatten eine Ewigkeit gebraucht, um vom Laden auf die Straße nach Kwa Huku zu gelangen, eine Entfernung, die Kata Konas *piki-piki* in Minuten bewältigte. Er probierte es mit jeder Geste und jedem Gesichtsausdruck, damit sie die Geschwindigkeit erhöhten. Endlich sprang er ab und rannte vor dem Esel her, um ihnen zu zeigen, was er meinte. Sie beachteten ihn nicht. Die Vereinbarung zwischen Esel und Herrn enthielt keine Geschwindigkeitsklausel. Noch war dies Teil der Vereinbarung zwischen Rafiki und Donkey Man. Das Untier trottete dahin, wie es ihm gefiel, und der Besitzer döste vor sich hin, bis man ihm sagte, wo er abbiegen und wann er anhalten sollte. Und in Manu kochte es.

»Boss«, sagte Rafiki, um sich selbst vom Problem mit dem Tempo abzulenken. »Jetzt kannst du sehen, wie hart ich arbeite.«

»Eselstaxifahren?«

»Das auch, Boss.«

»Hör auf, mich Boss zu nennen«, sagte Manu gereizt.

»Du zahlst meinen Lohn.«

»Welchen Lohn?«

»Du erwartest doch nicht, dass ich umsonst arbeite, oder?«

»Alles, was du mir anschleppst, ist Schrott«, beklagte sich Manu. »Schrott und Müll, den ich nicht verkaufen kann. Müll, der nicht einmal mir gehört.«

»Den wir jetzt zu seinen Besitzern zurückbringen.«

»Kann diese Kreatur nicht schneller laufen?«

Rafiki weckte den Treiber, trieb ihn mit einer Geste an. Der Treiber antwortete mit einer Geste, schloss die Augen und schlief wieder ein.

»Was hat er gesagt?«, fragte Manu.

»Dass das ein Esel ist, Boss, kein Pferd.«

Manu warf einen Blick zum Treiber hinüber und wunderte sich.

»Warum hast du mich mitgenommen?«

»Sie sollen sehen, dass ich kein Dieb bin.«

»Du hast ihre Sachen gestohlen.«

»Für dich.«

»Ich habe dich nicht gebeten zu stehlen.« Manus Ungeduld steigerte sich langsam zur Wut. »Ich habe dich nicht gebeten, irgendetwas für mich zu tun. Du hast dich selbst eingestellt.«

»Nein, nein, Boss, tu nicht so«, erwiderte Rafiki. »Du weißt, dass du mich um Hilfe gebeten hast.«

»Du wolltest unbedingt helfen«, erwiderte Manu. »Du hast gedroht, mich umzubringen.«

»Dich aufzuschlitzen, nicht umzubringen«, berichtigte Rafiki. »Ich war verzweifelt.«

»Du hast versucht, mich auszurauben.«

»Ich sagte doch, ich war verzweifelt«, sagte Rafiki. »Können wir das jetzt vergessen?«

»Können wir nicht schneller fahren?«

Erneut sprang Rafiki vom Karren und versuchte, mit dem Esel zu reden, mit Händen und Gesten, als wäre er der Treiber. Der Esel hatte keine Ahnung, wovon er redete. Er demonstrierte Geschwindigkeit, indem er neben dem Esel herrannte. Der Esel blieb stehen, sah seinen Verrenkungen zu. Rafiki gab auf und sprang wieder auf den Karren. Der Karren setzte sich in Bewegung. Donkey Man döste. Manu war völlig verzweifelt. Rafiki ließ ihn brüten.

»Sind wir bald da?«, fragte Manu zum hundertsten Mal.

»Wenn du nicht aufhörst zu nörgeln, nehme ich dich nie wieder irgendwohin mit«, drohte Rafiki.

»Einverstanden«, erwiderte Manu. »Dann bring mich jetzt zurück, bevor Manish Hunger bekommt.«

»Mach dir keine Sorgen um Manish«, meinte Rafiki. »Rafikison wird sich gut um ihn kümmern.«

Der Karren rollte in seinem aufreizend langsamen Tempo weiter.

»Wann fahren wir zurück?«

»Bald, Boss, bald«, beruhigte Rafiki ihn. »Willst du wirklich wissen, warum du hier bist? Damit die Leute dich mal ohne deine Rechenmaschine sehen, dich so sehen, wie du bist: ein hart arbeitender Mann, jemand, der sich mehr um seine Mitmenschen kümmert als um sein Geld.«

»Das stimmt nicht«, erklärte Manu.

»Oh doch, das stimmt«, beharrte Rafiki. »So wie du dich um Manish und seine Frau kümmerst. Die Leute sollen auch diese

Seite von dir kennenlernen und begreifen, dass du sie nicht hasst, dass du das Geld nicht mehr liebst als die Menschen, dass du einfach nur das zurückhaben willst, was dir gehört. Wer weiß, vielleicht hören sie sogar damit auf, ihr Zeug zu verstecken, und fangen an, es zu bezahlen.«

Manu überlegte. Er glaubte nichts von alldem. Seine Begegnungen mit Mitmenschen hatten ihn weg von Vertrauen und Glauben und in die Fänge des Bankrotts getrieben. Jetzt schaute er Rafiki an, sah wieder auf die Straße, und es schien, als nähmen seine Augen jetzt, da er zum ersten Mal über so lange Zeit von seiner Rechenmaschine getrennt war, etwas anderes in den Blick.

»Wie lange noch, bis wir wieder zurück sind?«, fragte er.

»Mach dir um Manish keine Sorgen.«

»Wie lange noch?«

Rafiki stupste den Eselstreiber wach und gab die Frage weiter. Der Treiber stupste seinen Esel mit dem Fuß an. Der Esel trottete weiter, nicht ein bisschen schneller. Der Treiber drehte sich zu Rafiki um und zuckte die Achseln.

»Sie wissen es auch nicht«, sagte Rafiki zu Manu. »Eine Stunde oder zwei, wer weiß, wie der Esel entscheidet.«

Der Esel trottete weiter. Der Treiber schlief wieder ein, und die beiden erfreuten sich, so gut es ging, an der Umgebung. Der Berg war klar zu sehen, die Sonne blinzelte vom Schnee herunter, um die Täler und Rinnen auszuleuchten und, so schien es, ganz Laikipia. Hinter dem Gipfel aber zogen sich Wolken zusammen. Die Regenzeit war nicht mehr fern, und entlang der ganzen Straße nach Kwa Huku bereiteten Frauen und der eine oder andere Mann ihre *shambas* für die Saat vor.

»Manish ist ein guter Mensch«, sagte Manu plötzlich. »Ein guter Mensch, aber ein sehr schlechter Geschäftsmann. Unsere Mutter hat immer gesagt, dass er den Geschäftssinn eines *chapati* hat. Er glaubt, dass alle Radios brauchen und Fernseher und hübsche Sofas, auf die sie sich beim Fernsehen setzen können. Er sagt, wenn sie merken, wie freundlich wir sind, dann werden sie uns mögen und die Dinge bezahlen, die sie genommen haben. Ha!

Dadurch sind wir überhaupt erst dahin gekommen, wo wir jetzt sind.«

Er sah sich erregt um, als erwachte er aus einem Traum. »Aber was mache ich hier?« Er klang ehrlich gestresst.

»Dasselbe wie ich, Boss«, antwortete Rafiki. »Schuften für die *bibi*. Probleme und Zankereien, Boss.«

Sie brauchten den ganzen Vormittag, die vormals flüchtigen Schuldner zu finden und ihnen ihre *teevees*, ihre *jikos* und die anderen Geräte zurückzugeben, die Manu ihnen nie verkauft hatte und deren Zweck Rafiki unbekannt geblieben war. Den meisten verschlug es die Sprache, und andere fragten sich, wo der Haken war. Als sie schließlich begriffen, dass es keinen Haken gab, dass Rafiki ihnen die Dinge zurückgab, die er beschlagnahmt hatte, die Geräte, die sie niemals wiederzusehen glaubten, war für jeden in und um Kwa Huku mitten im März Weihnachten. Sie dankten ihm und Manu, schüttelten ihnen überschwänglich die Hände und konnten sich gerade noch zurückhalten, sie zu umarmen. Als die Nachricht die Runde machte, dass Patel persönlich das ganze Zeug zurückgab, das Rafiki gestohlen hatte, kamen alle möglichen Gestalten aus dem Blätterwerk hervor, weil sie hofften, ein Radio oder einen Fernseher gratis zu erhaschen. Rafiki allerdings hatte das vorausgesehen und seine Liste sowie sein Verbrecheralbum mitgebracht, um mit ihrer Hilfe die Schmarotzer auszumerzen.

Ihre Mission verlief so gut, dass Manu sich einige Wochen später zu einem zweiten Ausflug bereit erklärte, sofern Rafiki versprach, ihn zum Laden zurückzubringen, bevor Manish Hunger bekam. Die zweite Mission verlief nicht so glatt wie die erste, weil sich der Esel nach drei Stunden abseits des Asphalts und durch den Busch nicht mehr von der Stelle bewegen wollte.

»Was ist los?«, fragte Manu.

Sie hatten sich verfahren. Das war Rafiki erst wenige Male auf dem Rücksitz von Kata Konas Motorrad passiert. Er wusste nur, dass sie sich ungefähr drei Stunden westlich des Nanyuki-Timau Highways befanden und zu den Loldaiga Hills unterwegs waren. Ein Orientierungspunkt, an den er sich von seinen vorangegangenen Ausfahrten erinnerte, war nicht in Sicht. Er weckte den Eselstreiber. »Weißt du, wo wir sind?«, fragte er.

Donkey Man stellte sich auf den Karren und blickte in die Landschaft. Er schaute auf die Hügel vor ihnen und dann auf den Berg hinter ihnen und nickte. Er wüsste genau, wo sie wären, sagte er in ihrer gemeinsamen Zeichensprache. Sie befänden sich irgendwo westlich des Mount Kenya und südlich der Loldaiga Hills. Aber er hätte keine Ahnung, wohin sie unterwegs wären.

»Warum hast du uns dann hierhergebracht?«, fragte Rafiki.

»Du hast gesagt, links abbiegen«, antwortete der Mann.

»Hast du nicht gesehen, dass da keine Straße war?«

»Du hast gesagt, links abbiegen.«

Und mir nichts, dir nichts lagen sie sich wieder in den Haaren, beleidigten sich gegenseitig und drohten einander. Manu sah leidenschaftslos zu, wie sie in Zeichensprache miteinander stritten.

»Was ist los?«, fragte er verwundert.

»Keine Angst, Boss«, antwortete Rafiki. »Ich bringe dich zurück, bevor Manish vor Hunger stirbt.«

Manu hatte Angst, er könnte Manish nicht lebend wiedersehen. Er murrte etwas wie »nicht weiterfahren«, aber Rafiki wollte davon nichts wissen. Sie wären fast da, versicherte er. Er müsse nur den Deppen von Karrenführer dazubringen, den Weg zu finden.

Rafiki und der Karrentreiber stritten eine Weile und fielen dann in erbittertes Schweigen. Manu wartete darauf, dass er auf den neuesten Stand gebracht wurde. Der Esel wartete auf Wegbeschreibungen. Der Treiber wartete auf Anweisungen.

Es war erst ihr zweiter Tag von hoffentlich vielen weiteren und schien doch ihr letzter zu werden. Der Eselskarren stand auf einer Anhöhe mit Blick auf die Loldaiga Hills und das Grasland. Auf der einen Seite des Rinderpfades, der jetzt ins Nichts führte, weideten Gazellen und Kamele an den Dornbäumen. Auf der anderen Seite und weiter die Hügel hinauf beackerten Bauern den Boden in der Hoffnung, das unbezähmbare Land zu zähmen.

Rafiki wog seine Möglichkeiten ab. Er hatte Manu von seinem Schreibtisch und seinem geliebten Bruder weggezerrt, um ihm zu zeigen, wie man seinen Mitmenschen Gutes tat. Er konnte ihn jetzt nicht wieder an seinen Schreibtisch zurückschleppen, ohne dass der Zweck wenigstens teilweise erfüllt war. Er stand auf und stellte sich auf den Karren, damit er die Umgebung besser überblicken konnte. Ungefähr eine Meile entfernt befand sich, zum Teil hinter einigen Bäumen verborgen, eine Ansammlung strohgedeckter Lehmhäuser. Rafiki wies den Karrenführer auf sie hin. Der Führer seinerseits wies den Esel darauf hin, und sie setzten sich wieder in Bewegung.

»Rafiki?«, rief Manu plötzlich, während sie vor sich hin holperten. »Was ist eigentlich Sinsemilla?«

»Sinsemilla?«, fragte Rafiki nach. »In deiner Welt kennt man das als *bhangi.*«

Manu nickte nachdenklich. Der Esel trottete weiter. Rafikis Plan war jetzt ganz einfach. Zu dem Weiler gelangen und denen, die dort wohnten, ihre Haushaltgeräte aufdrücken, ob sie es wollten oder nicht. Manu brauchte nicht zu erfahren, dass das nicht die ursprünglichen Besitzer dieser Geräte waren. Danach hieß es, so schnell zum Laden zurück, wie es dem Esel beliebte.

»Rafiki?«, rief Manu.

»Was?«

»Der Mann hat versucht, mich mit *bhangi* zu bezahlen?« Manu klang entrüstet.

»Zehn Rollen Sinsemilla«, bestätigte Rafiki. »Das ist die Hauptwährung in seiner Welt.«

Erneut nickte Manu. Verstehen würde er Rafiki und seine Welt nie.

Kapitel 33

Im Laden war es heiß und stickig. Rafikison reparierte einen Tischkocher, während Rafiki Manu beobachtete, der sich mit drei Bankern in freudlosen grauen Anzügen herumschlug. Es war eine hitzige Diskussion voll wütender Gesten und manchmal erhobener Stimmen. Die Banker, zwei Inder und der dritte ein Schwarzer, möglicherweise ein waschechter Nanyukier, blieben ruhig und gefasst, erhoben nur ab und zu die Stimmen, um Manus Lautstärke zu parieren, wenn der die Geduld mit ihnen verlor. Dann wurde mit der Faust auf den Tisch geschlagen, und es kam zu Explosionen von *Nai, nai, nai und nai!* Doch so, wie es aussah, war das alles geschäftlich und nichts Persönliches.

Rafiki bekam nicht jedes Wort mit, das gesprochen wurde, aber er stellte sich vor, dass sie ihn zur Vernunft bringen, seinen Verlusten ein Ende machen, den Laden schließen und sein Auto verkaufen wollten, sein Haus und seine Frau, damit er der Bank zurückzahlen konnte, was er ihr schuldete.

»Nein, nein, nein«, sagte Manu auf Hindi zu ihnen, wie Rafiki mutmaßte. »Alles *theek hei,* alles läuft wunderbar. Hören Sie nicht auf meinen Bruder Mahesh. Mahesh hat nichts mit diesem Unternehmen zu tun. Wir haben dank der tollen Arbeit, die mein neuer Partner Rafiki und sein begabter Sohn geleistet haben, die Wende geschafft. Sie sehen doch selbst, dass jetzt Geld auf dem Konto ist. Sogar in der Ladenkasse ist Geld, sehen Sie. Bald werden wir Grund haben, auch den Safe abzuschließen. Nein, ich werde nicht schließen. *Nai, nai, nai,* nein. Gehen Sie in Ihr fades Büro zurück, und sagen Sie Ihren fadnasigen Vorgesetzten, dass sie auf ihr Geld warten sollen. Ich überweise es, sobald ich es habe, *theek hei*?«

Einer der indischen Gentlemen erhob sich, fuhr sich durch die Haare und vollführte mit Schultern und Händen die Manu-Geste, die jede Antwort umschloss, die der Frage gerecht werden konnte, griff nach seiner Aktentasche und trat vom Schreibtisch zurück. Er hatte sich leer geredet. Die anderen ebenfalls. Sie schlossen ihre Aktentaschen und standen auf. Auch Manu erhob sich.

Sie schüttelten einander rundum die Hände, lächelten, als wollten sie sagen: *Hey, das ist doch nur Geschäft,* und unterließen es gerade noch, einander zu umarmen. Dann zogen die Banker ab, nach fast zwei Stunden halsabschneiderischer Verhandlungen, die den ganzen Laden erschöpft hatten. Manu pfiff, wischte sich den Schweiß von der Stirn, stand da und schaute auf den Papierstapel hinunter, den sie zurückgelassen hatten, da es ihnen nicht gelungen war, ihn zur Unterschrift zu bewegen. Er machte sich wieder daran, den Tischrechner zu bestrafen, eine Maschine, die so alt war, dass Rafiki noch nie so eine gesehen hatte, nicht einmal auf einem Bild. Des Öfteren, wenn er glaubte, dass Manu sich in toleranter Stimmung befand, wunderte sich Rafiki laut, ob er sie von Mahatma Gandhis Rechtsanwaltskanzlei geerbt hatte. Manu sah nicht zu ihm auf.

»Boss?«, traute Rafiki sich zu fragen.

»Was?«

»*Theek hei?*«

»*Banki na bibi kitu moja*«, antwortete Manu ihm. »Banken und Frauen sind ein und dasselbe.«

»Glauben sie, dass wir Geld scheißen?«, fragte sich Rafiki.

Sein Sohn blickte erschreckt auf.

»Ich weiß«, sagte Rafiki zu ihm. »Auch sie würde das nicht gutheißen.«

Der Junge nickte und arbeitete weiter, was immer er gerade instand setzte. Rafiki lernte langsam, keine Neugierde zu zeigen oder gar so zu tun, als hätte er bei den Reparaturarbeiten noch das Sagen. Sein Sohn reparierte, was er wollte, wann er es wollte, und suchte sich Tag und Zeit selbst aus. Sie hatten so viel Kram, der instand gesetzt werden musste, dass immer genug zur Auswahl stand.

»Wann hast du sie das letzte Mal gesehen?«, fragte er ihn.

Der Junge zuckte mit den Schultern.

»Was sagt sie?«

»Wozu?«

»Zur Tatsache, dass ich einen Job habe.«

»Nichts.«

»Weiß sie, dass ich einen Job habe?«

»Dad, in Laikipia weiß jeder, dass du einen Job hast. Sie hassen dich deswegen.«

»Sie auch?«

»Soviel ich weiß, noch nicht.«

»Wann hat sie dann vor, wieder nach Hause zu kommen?«

»Warum fragst du sie nicht?«

»Sie nimmt meine Anrufe nicht an.«

»Meine schon.«

Entdeckte er darin einen Anflug von Schadenfreude? Mit dem Jungen zu reden wurde langsam ebenso schwierig, wie mit seiner Mutter zu reden.

»Wieso hat sie dein Bett nicht mitgenommen?«, fragte er. »Sie hat doch sonst alles mitgenommen.«

»Das musst du sie fragen, Dad.«

»Ich will einfach mein Bett zurück«, sagte Rafiki. »Ich habe es satt, auf dem Fußboden zu schlafen.«

»Du kannst mein Bett haben, Dad«, meinte der Junge mit jener aufreizenden Ruhe, Überheblichkeit oder Unschuld, die Rafiki nicht einordnen konnte. Sie erinnerte ihn an Joeli, der so voller innerem Frieden war, dass er glücklich auf einem Müllhaufen hauste.

»Ich kann auf dem Fußboden schlafen, Dad«, sagte der Junge.

»Ich auch«, erwiderte Rafiki.

Er tat das schon so lange, dass er vergessen hatte, wie es sich anfühlte, in einem Bett zu schlafen.

»Es macht mir nichts aus«, blieb der Sohn hartnäckig.

Rafiki war nicht sicher, ob er wütend werden oder dankbar sein sollte.

»Ehrlich«, sagte sein Sohn.

»Schluss jetzt«, bellte Rafiki ihn an. »Ich will dein Bett nicht. Ich will meins.«

Er hatte sich zwei Jutesäcke mit Stroh gefüllt und benutzte sie als Matratze. Er musste nachts sehr still liegen, andernfalls stach das Stroh durch die Säcke und piekte ihn so schmerzhaft, dass er nicht schlafen konnte.

Er rief Manu. »Boss?«

»Was?«

»Mein Sohn braucht Geld fürs Mittagessen.«

Er sagte es laut, damit sein Sohn es hörte und merkte, dass sein Vater für ihn sorgte. Rafikis Sohn schaute erschreckt auf. Er wartete ab, was geschah. Es war für ihn seit dem Weggang der Mutter das erste Mal, dass sein Vater sich um sein Essen kümmern wollte. Er hatte angenommen, dass man von ihm wie von allen mutterlosen Jungen erwartete, sich allein ins Erwachsenenalter durchzuschlagen. Es hätte ihn nicht im Mindesten überrascht, wenn sein Vater das ganze Geld einsackte, das er von seinem Boss bekam, und vergaß, es für ihn auszugeben. Manu sah von Rafiki zu dessen Sohn, dann setzte er seine Berechnungen fort.

Dann redete Manu auf einmal, wie er das oft machte, wenn Rafiki glaubte, er hätte nicht zugehört. »Rafiki?«

»Was?«

»Wenn Manishs Frau in Indien wäre«, sagte er, »wäre Manish auch in Indien.«

»Hier laufen die Dinge anders«, erklärte Rafiki ihm.

Manu zuckte mit den Schultern und widmete sich wieder seiner Rechenmaschine. In Rafiki gärte und brodelte es. Schließlich ging er zu Manu hinüber in der Absicht, ihm ebenfalls den Tag kaputtzumachen. »Boss?«

»Was?«, fragte Manu ungeduldig.

»Hast du der Bank gesagt, wie hart mein Sohn und ich für dich arbeiten?«, fragte er ihn. »Dass ich derjenige bin, der für den Aufschwung verantwortlich ist. Hast du?«

Manu schüttelte den Kopf. Rafiki ging grollend zu seinem Tresen zurück.

»*Haki, hawa watu* …Die können den Hals nicht vollkriegen …«

Rafikison sah erschreckt auf.

»Was?«, fuhr Rafiki ihn an. »Wenn ich nicht gewesen wäre, hätten sie keinen Laden mehr.« Er redete lauter, damit Manu ihn hörte. »Stimmt doch, Boss?«

Manu zuckte mit den Schultern sein »Egal« und rechnete weiter. Rafiki sah zu, wie sein Sohn und Manu arbeiteten. Nachdem Manu eingesehen und sich damit abgefunden hatte, dass Rafiki, entgegen allem äußeren Anschein und aller Erwartungen, Musiker war und nicht viel mehr, hatte er sich angewöhnt, die Waren selbst abzustauben. Rafikison war zu wertvoll, als dass man ihn ans Staubwischen verschwenden konnte, und Manish hatte seit seiner Hochzeit keinen Staubwedel mehr angefasst. Das Staubwischen blieb an dem hängen, den der Staub zu stören schien, Manu selbst. Es hing von ihm ab zu improvisieren, oder, wie Rafiki wiederholt vorgeschlagen hatte, er sollte einen Putzmann einstellen oder einmal in der Woche die *bibis* kommen lassen.

Rafikisons Telefon läutete. Es hatte einen einzigartigen und, Rafikis Meinung zufolge, nervenden Hip-Hop-Klingelton, der sich anhörte, als hätte er ihn auf einem seiner *debe* komponiert. Es dröhnte so schroff aus den Grabkammern heraus, in denen die Frauen die Männer eingesperrt hatten, dass Manish in Panik geriet, als es klingelte.

»Rafikison«, meldete sich der Junge und gab sich alle Mühe, seine Stimme so geschäftlich klingen zu lassen wie die seines Vaters. »Oh, du bist es, Mum. Rafikison? So nennen sie mich hier bei der Arbeit. Arbeit. Wie richtige Arbeit. Sie mögen mich hier, Mum. Sogar Dad glaubt, dass ich ein Genie bin. Die Schule? Ich habe dir gesagt, dass ich nicht wieder zur Schule gehe. Weil es Zeitverschwendung ist. Jedermanns Zeit, Mum. Deiner Zeit, meiner Zeit, der Zeit meiner Lehrer. Du hast gelesen, was mir der Mathelehrer ins letzte Zeugnis geschrieben hat. Nein? Ich hatte es Dad gegeben, damit er es dir zeigt. Nein, Mum, sag das nicht. Ich gehe nicht wieder zur Schule. Ich habe jetzt einen Job. Appliances Engineer.«

Sogar Manu blickte verwundert auf. Rafiki war gespannt.

»Ja, Mum, Ingenieur«, sagte der Junge und beobachtete ihre Reaktion. »Meinetwegen Techniker; ist dasselbe. Dort, wo Dad jetzt arbeitet. Du weißt, was er macht, Mum, jeder weiß das. Nein, das kannst du nicht tun, Mum. Bitte, Mum, tu das nicht.«

»Was tun?«, fragte Rafiki.

Sein Sohn deckte das Telefon ab und senkte die Stimme, weil er sehen konnte, dass Manu lauschte.

»Herkommen«, sagte er zu seinem Vater. »Sie will herkommen.«

»Sag ihr, dass sie herkommen soll«, sagte Rafiki.

»Nein.«

»Warum nicht?«, fragte Rafiki ihn gereizt. »Sie ist meine Frau.«

»Sie will ...«, wieder senkte er die Stimme. »Sie sagt, sie kommt her und verpasst uns beiden eine Tracht Prügel.«

»Lass sie kommen«, antwortete Rafiki ohne jedes Zögern. »Lass sie kommen.«

Besser, seine Frau käme her und zerfetzte ihn in der Luft als die *jinni,* die ihn, da war er sicher, von ihrem Hochsitz am Ende des Arbeitstisches her anstarrte.

»Mir wäre es lieber, sie täte das zu Hause, Dad«, sagte der Junge und wandte sich wieder dem Telefon zu. »Nein, Mum, komm nicht her. Ich komme heute Abend nach Hause.«

»Nach Hause?«, rief Rafiki aus.

»Lass uns dann darüber reden«, sagte der Junge zu seiner Mutter.

»Nach Hause?«, wunderte sich Rafiki.

»Als Redewendung, Dad«, sagte sein Sohn und deckte das Telefon ab, »nur als Redewendung. Mum, Mum, nein, das kann ich nicht. Und bitte, Mum, ich bitte dich, komm nicht hierher. Wir verlieren sonst unsere Jobs.«

»In welcher Sprache ist das Haus ihres Vaters dein *Zuhause*?« Rafiki kam nicht darüber hinweg.

»Dad!« Auch der Sohn wurde jetzt lauter. »Hör auf damit!«

Manish drehte sich aufgeschreckt um. Manu sah zu, wie sich Vater und Sohn erstmals einen heftigen Wortwechsel lieferten. Er fragte sich laut, ob das vielleicht das Ende des Dream-Teams war. Sie ignorierten ihn.

»Frag sie, wann sie nach Hause kommt«, befahl Rafiki seinem Sohn. »Ich will es unverzüglich wissen. Frag sie!«

»Warum fragst du sie nicht selbst?« Sein Sohn drückte ihm das Telefon in die Hand.

Rafiki war so erschrocken, dass er das Telefon in den Händen hielt, bevor er noch wusste, was geschah. Er hatte seinen Sohn nie so wütend erlebt. Er hatte ihn auch noch nie so erwachsen und abweisend erlebt, so sehr er selbst. Es war schockierend.

»Hallo?« Seine Stimme brach, und seine Hand war unvermittelt schweißnass. »*Sweettea?* Nein, leg nicht auf. Und bitte schrei nicht. Ja, du schreist. Ich weiß, dass du aufgebracht und wütend bist, aber ... ja, du hast Grund, aufgebracht zu sein. Aber wenn du wieder bei uns zu Hause wärst ... Ja, ja, da geb ich dir recht. Was? Nein, nicht da, da gebe ich dir nicht recht. Was? Was? Was hast du von Simon gehört? Ich habe auf ihn eingestochen? Hat er dir erzählt, wie sie versucht haben, mich umzubringen? Ich wollte dich nur sehen. Welche Nähmaschine? Du weißt, dass Simon *bhangi* raucht, oder? Was? Warum dein Sohn nicht in der Schule ist?«

Er drehte sich zu seinem Sohn um, einer Ausrede wegen. Sein Sohn war mit der Arbeit beschäftigt.

»Er hat jetzt einen Job«, sagte er zu seiner Frau. »Ich glaube nicht, dass er in die Schule möchte. Weil er nicht mag, was sie in der Schule unterrichten, deswegen. Was ist falsch daran, dass er mit mir zusammenarbeiten möchte? Männerdinge tun. Und er will auch Musik machen. Ja, wie ich. Was ist daran verkehrt?«

Er schwieg und hörte zu, während sie auf ihn einredete, wand sich unter der Tirade, die sich in sein Ohr ergoss. Dann bemerkte er, dass Manu lauschte, und richtete sich auf.

»Er will ein Mann sein«, sagte er, und seine Stimme klang fester. »Das unterrichten sie in der Schule nicht mehr. Er will sein eigener Herr sein. Ja, ein Guitar Man wie ich. Ja, wie ich. Was aus ihm werden soll, wenn er alt ist? Ein Nichtsnutz? Wie ich? Warum fragst du ihn nicht selbst?«

Er drückte das Telefon wieder seinem Sohn in die Hand. Sein Sohn schob sich das Telefon lässig zwischen Schulter und Ohr und sprach, während er arbeitete. Rafiki kochte.

»Ja, Mum«, sagte er. »Ich werde mich in der Musik durchsetzen, das weiß ich. Wie viele erfolgreiche Musiker ich kenne? Hunderte. Okay, da sind einige aus der ganzen Welt darunter. Aus Nanyuki? Die ich persönlich kenne? Snoopy Dog. Das ist ein Mann, Mum, wie der Bongo Man. Du kennst sowieso keinen von ihnen. Nein, sie gehen nicht in die Kirche, aber sie sind sehr erfolgreich. Es dreht sich nicht nur ums Geld, Mum, sondern um Kreativität und Selbstverwirklichung. Es gibt manches, was ich zu sagen habe, Mum, ich bin erwachsen.«

Er warf einen Blick zu seinem Vater hinüber. Rafiki wusste nicht, was er denken oder sagen sollte, deshalb starrte er Manu, der interessiert lauschte, wütend an.

»Mir liegt die Musik auch im Blut«, sagte sein Sohn zu seiner Mutter. »Nein, das war meine Idee, nicht Dads. Dad weiß schon, was ich mit meinem Leben anfangen will. Wann ich ihm das gesagt habe? Nichts, er wollte mich aus dem Haus jagen. Ja, aus deinem Haus. Ich verstehe, Mum. Wir sehen uns nicht besonders oft, abgesehen von der Arbeit. Ich komme von den Bandproben spät nach Hause, und er geht sehr zeitig zur Arbeit. Er kann immer noch nicht kochen, Mum. Neulich hat er sich die Hand verbrannt, als er sich etwas gekocht hat, und so essen wir halt, wo jeder gerade kann. Ich esse, Mum, mach dir darüber keine Gedanken. Wir reden beim Abendessen darüber. Du auch, Mum.«

Dann legte er auf und arbeitete weiter. Rafiki war so wütend, dass er nicht wusste, was er zu ihm sagen sollte.

»Manish?«, rief er stattdessen.

»Huh?«, antwortete Manish.

»*Bibi matata tupu*«, sagte er zu ihm. »Frauen machen nichts als Schwierigkeiten.«

»Huh?«

»Frauen.«

Manu warf einen Blick von Rafiki zu Manish und arbeitete weiter. Rafikison schloss das Haushaltgerät, das er verdrahtet hatte, während er mit seiner Mutter redete, an die Steckdose an und betätigte einen Schalter. Es gab einen lauten Knall, und das Licht ging aus. Er ging zum Sicherungskasten hinüber und schaltete die Sicherung wieder ein. Dann kehrte er zu seiner Arbeit zurück.

»Gib's zu, Dad«, sagte er, bevor er von vorn begann. »Du vermisst die Schwierigkeiten.«

Rafiki hätte ihm eine verpasst, wenn Manu nicht gewesen wäre. Und die *jinni,* die ihn vom anderen Ende des Arbeitstisches her beobachtete.

Kapitel 34

Es hatte so kommen müssen. Der Druck, den Rafiki aufgebaut hatte, und die Unterstützung, die er anscheinend ausgerechnet beim Chief von Majengo genoss, schmerzte jetzt spürbar. Sobald er auf dem Jagdzug gesichtet wurde, verbargen die Leute ihre Sachen oder sich selbst. Andere, die die Nase voll davon hatten, zu flüchten und sich zu verstecken, waren nur zu bereit, ihre Schulden, so gut sie konnten, zu begleichen und ihr Leben weiterzuleben. Manch einer glaubte sogar, er könnte Rafiki bestechen. Er bekam immer häufiger alle möglichen Zahlungsangebote, manchmal in einer moralisch unannehmbaren Währung, andere waren illegal. Rafiki akzeptierte alle Formen legaler und ordentlicher Bezahlung, solange der Umrechnungskurs ihm und seinen Arbeitgebern zum Vorteil gereichte. Manu schien das nicht zu bemerken oder zum Nachdenken zu veranlassen. Solange die Bank mit dem Ergebnis glücklich war, war er ebenfalls glücklich.

Manu tippte auf seinem Tischrechner, Manish starrte hinaus, Rafikison reparierte Geräte, wann und wenn ihm danach war, und Rafiki schleppte beschlagnahmte Geräte heran. Alle im Laden waren glücklich. Bis zu dem Tag, an dem Rafiki ohne jede Vorwarnung einen Bullen anbrachte, ein echtes, lebendiges Rind, so groß, dass es nicht durch die Tür passte. Er band es auf der gegenüberliegenden Straßenseite an einen Baum und trat durch die Ladentür.

Rafikison war wieder einmal abwesend, nur Manu und Manish hielten sich im Laden auf. Manu musste zweimal hinsehen und war völlig entgeistert. »Rafiki«, sagte er mit sorgenschwerer Stimme. »Ich hatte dich gebeten, die Nähmaschine deiner Schwiegermutter zu holen.«

»Boss«, antwortete Rafiki. »Wenn du mich tot sehen willst, dann schick mich weiter nach dieser *sherahani*. Da geht es um Familie, verstehst du.«

»Du hast Manishs Kühlschrank geholt.«

»Du hast mich geschickt.«

»Manish ist auch Familie.«

»Du hast es angeordnet.«

Manu verstand die Logik dahinter nicht, verfolgte die Sache aber nicht weiter. »Und?« Er konnte den Blick nicht von dem Tier wenden. »Was soll dieses Ding da vor meinem Laden?«

»Beruhige dich, Boss«, sagte Rafiki zu ihm. »Um die Angelegenheit von Anfang an zu klären: Erinnerst du dich an die Wohnzimmergarnitur in Mahagoni mit den Lederbezügen, nach der wir all die Monate gesucht haben?«

Manu erinnerte sich nicht, nickte aber schleunigst, um die Sache zu beschleunigen und die Marter abzukürzen.

»Das ist die Restzahlung«, erklärte Rafiki ihm.

»Eine Kuh?«

»Ein Bulle, um genau zu sein«, korrigierte Rafiki. »Erstklassiges Borana-Lebendrindfleisch.«

»Ich verkaufe keine Kühe.«

»Ein Bulle«, erwiderte Rafiki. »Glaub mir, Boss, da gibt es einen Unterschied.«

»Ich verkaufe auch keine Bullen.« Manu war sich absolut sicher. »Schaff ihn zurück, und bring mir Bargeld.«

»Oh nein, Boss«, sagte Rafiki. »Das kann ich nicht. Dir gehören nur achtzig Prozent des Tiers. Du gibst mir meine zwanzig, und ich mache mit deinem Anteil, was du willst.«

»Oh, nein, nein, *nai*, Rafiki, *nai*«, sagte Manu und zeigte auf das verstaubte Poster hinter sich. »Du nimmst deine zwanzig Prozent in Form der Kuh …«

»Bulle.«

»Bring mir für den Rest Bargeld«, sagte Manu. »Ich verkaufe nur gegen bar, *theek hei*?«

»Und der Transport?«

»Welcher Transport? Ist die Kuh auch *piki-piki* gefahren?«

»Genau wie ich.«

»Geh und hol Bargeld.«

»Nicht ganz einfach, Boss«, erklärte Rafiki. »Weißt du, von wie weit her ich das Tier gebracht habe?«

»Sollte das Tier bei dieser Hitze auf der Straße stehen?«, fragte Manu sich.

»Der ist ordentlich geparkt«, versicherte Rafiki ihm. »Und nun zum Transport ...«

»*Nai, nai, nai,* nein.«

Das war eindeutig, dachte Rafiki, unmissverständlich. Es entwickelte sich genau so, wie Rafiki es befürchtet hatte. Als er an der Registrierkasse vorbeiging, sprang sie auf, und er dachte, er hörte die *jinni* kichern. Er ignorierte sie und trat hinaus.

Da er mittlerweile über die Autorität verfügte, die Zahlungsweise und den Wechselkurs festzulegen und umzuwandeln, war es nun ebenfalls an ihm, die trügerischen Küsten der Mikrowirtschaft zu umschiffen und gleichzeitig seinen Arbeitgebern ein volles, profitables Konto zu verschaffen.

»Es war den Versuch wert«, sagte er zu dem Bullen, während sie die Main Street hinauftrotteten. »Nichts Persönliches, verstehst du, nur Geschäft. Aber ich habe eine andere Idee.«

Sie zockelten durch die Main Street, erweckten zu viel Aufmerksamkeit und vielerlei unerbetene Kommentare von Müßiggängern und Hassern.

»Rafiki«, riefen sie von der gegenüberliegenden Straßenseite. »*Kwani sasa wewe mchungaji?* Bist du jetzt Hirte?«

»*Umeiba hijo ndume wapi?*«, hatte einer sogar die Stirn zu fragen. »Wo hast du den Bullen gestohlen?«

Rafiki beschloss, diesen Kampf auf einen anderen Tag zu verschieben. »Es ist nicht so, dass dich keiner liebt«, erklärte er dem Bullen, während sie die Straße hinaufliefen. »Es ist nur so, dass die Patels Hindus sind. Hindu? Hindu heißt ... Sagen wir einfach, dass du von den Patels nichts zu befürchten hast.«

Der Bulle starrte ihn an – *yeah, in Ordnung* –, und sie trotteten weiter. Sie mussten nicht weit laufen. Von Manus *Kauf auf Raten* war es nur ein Stück die Straße hinauf bis zu Buttsons' Butchery. Rafiki band den Bullen der Fleischerei gegenüber auf der anderen Straßenseite an einen Baum, was möglicherweise eine Verletzung mehrerer Gebote des Bezirks und der Stadt darstellte, doch konnten die Buttsons ihn dort durch das Fenster deutlich sehen, und betrat den Laden. Die Fleischerei gehörte hart arbeitenden Brüdern, die bestimmt wissen würden, was mit Premiumrindfleisch zu tun war.

Der Manu dieser Familie hatte seinen freien Tag, aber der Mahesh war da, scharf wie ein Rasiermesser und schnell wie der Blitz. Er bediente die Frauen zweier britischer Armeeoffiziere und schwatzte über das für diese Jahreszeit ungewöhnlich heiße Wetter.

»*Jambo*, Rafiki«, grüßte er, als Rafiki hereinkam. »Hast du deine Frau gefunden?«

Rafiki blieb unvermittelt stehen. Die Buttsons waren ebenfalls waschechte Nanyukier, wenn auch von anderem Schlage als er, doch wie, um alles in der Welt, konnten sie wissen, dass seine Frau ihn verlassen hatte? Rafiki hielt sich zurück und wartete, bis er die Kundinnen bedient hatte.

»Ich habe gehört, dass deine Frau weggelaufen ist«, sagte der Fleischer, als die Frauen fort waren.

Weil ihm keine Erwiderung einfiel, zeigte Rafiki auf den Bullen auf der anderen Straßenseite.

»Ich verkaufe *das*«, sagte er zu ihm.

Der Mann nahm seine Brille ab und blinzelte zu dem Tier auf der anderen Straßenseite hinüber. »Was ist *das*?«, fragte er.

Die Soldatenfrauen waren vor dem Eingang stehen geblieben, starrten auf die andere Straßenseite hinüber und fragten sich genau dasselbe.

»Ein Bulle«, antwortete Rafiki.

»Das sehe ich«, erwiderte der Fleischer. »Woher hast du den?«

»Das ist eine lange Geschichte«, meinte Rafiki. »Die Kurzfassung ist, dass mein Chef möchte, dass du ihn kaufst.«

»Dein Chef schuldet mir Geld«, erwiderte der Fleischer.

»Mein Chef schuldet mir auch Geld«, erklärte Rafiki. »Aber das ist eine andere Angelegenheit. Du gibst mir fünfzigtausend, und der Borana gehört dir.«

»Ich mache normalerweise keine Türgeschäfte«, erwiderte der Fleischer. »Zu viele wollen mir Borana verkaufen, die sie auf der Solio Ranch gestohlen haben. Ich gebe dir vierzigtausend.«

Er wandte seine Aufmerksamkeit dem nächsten Kunden zu und dachte nicht mehr an Rafiki und seinen Bullen. Rafiki wartete. »Mein Chef will fünfzig«, sagte Rafiki, nachdem der Kunde gegangen war.

»Wen interessiert, was Manu will?« Gerade war ein weiterer Kunde zur Tür hereingekommen. »Nimm die vierzig, oder verschwinde.«

»Fünfundvierzig?«, versuchte es Rafiki.

»Sollte das Tier da draußen in dieser Hitze stehen?«, überlegte der Fleischer.

»Mach dir keine Sorgen um das Tier«, sagte Rafiki. »Wir haben uns auf dem Weg hierher unterhalten, und es geht ihm gut. Sagen wir zweiundvierzigtausend?«

»Verschwinde.«

»Nein, lass uns reden.«

»Ich habe zu tun.«

Der Fleischer gab seinem Kunden das Wechselgeld, wischte sich die Hände an der Schürze ab und wollte Rafiki schon stehen lassen, als sein Telefon läutete. »Buttsons«, sprach er in den Apparat. »*Wewe nilikuambia ninauza nyama, siuzi ngozi. Ati? Ngozi aina ganai?* Was? Ich sagte schon, ich verkaufe Fleisch, kein Fell.«

Er drehte sich zu Rafiki um. »Welche Farbe hat dein *ngombe,* deine Kuh?«

»*Ndume.* Es ist ein Bulle«, antwortete Rafiki.

»Welche Farbe?«

»Farbe?«

»*Rangi ya ngozi?*«, sagte der Fleischer. »Welche Farbe hat das Fell?«

Rafiki war es bis jetzt noch nicht aufgefallen. Er blinzelte zu dem Bullen auf der anderen Straßenseite hinüber. »Rot«, dachte er, »oder vielleicht Braun mit einem Stich Pink, aber was spielt das für eine Rolle, es ist ein Bulle.«

»Hast du Pink gesagt?«

»Hab ich das?«

Der Fleischer drehte sich um, um mit dem zu sprechen, der da am Telefon war. »Irgendwie rosa«, sagte er zu dem Anrufer. »Was? Wann? Wir schlachten am Mittwoch. Weil wir immer mittwochs schlachten. Ich will Bargeld sehen, wenn du herkommst. Bares. Keine Schecks.« Er legte auf, langte in die Kasse und begann das Geld vorzuzählen. »Vierzigtausend«, sagte er zu Rafiki.

»Einundvierzig?«

Plötzlich hörte der Fleischer auf zu zählen. »Das Tier ist nicht gestohlen, oder?«

»Wie lange kennst du mich schon?«, fragte Rafiki zurück.

»Ich habe in letzter Zeit unglaubliche Dinge über dich gehört.« Er zählte weiter. »Hier sind deine vierzigtausend«, sagte er und reichte Rafiki das Geld. »Vierzigtausend abzüglich der zweitausend, die mir dein Chef schuldet, macht ...«

»Achtunddreißig«, protestierte Rafiki, »für so einen großen *ndume*?«

»Bring das Tier zu meinem Gesellen«, wies ihn der Fleischer an und wandte seine Aufmerksamkeit einer weiteren Offiziersfrau zu. »Und richte Manu aus, dass ich bis zum Abend eine Quittung haben will.«

Rafiki sagte dem Bullen gerade Auf Wiedersehen, als die städtischen *askari* neben ihm auftauchten.

»Ich würde dich behalten«, sagte er zu dem Bullen, »wenn ich einen großen Hof hätte und sich jemand um dich kümmern könnte. Aber ich muss tun, was ich tun muss, und du musst tun, was du tun musst.«

»*Hii nini?*«, fragten die *askari*. »Was macht dieses Tier hier?«

Sie wollten wissen, warum der Bulle vor dem Geschäft auf der Straße stand und nicht in der Fleischerei im Kühlraum lagerte.

»*Sijui*«, antwortete Rafiki. »Ich weiß nicht.«

Das war nicht mehr sein Problem. Allerdings hatten die *askari* wie alle in der Main Street gesehen, wie er den Bullen von Manus Laden hierhergeführt hatte. Sie verlangten, dass er die Parkgebühren ausspuckte, etwas *kitu kidogo* oder was immer er in den Taschen hatte, ansonsten würden sie ihn und sein Tier verhaften. Ungeachtet der Tatsache, dass die meisten Parkplätze überhaupt nicht belegt waren, nähme das Tier wertvollen Parkraum in Anspruch, und dafür hätte jemand zu bezahlen. Der Fleischergeselle kam, um das Tier zu übernehmen, und Rafiki überließ es ihm, die Parkgebühren zu regeln.

Rafiki war ein ganzes Stück größer, als er die Straße zurückging, und fühlte sich versucht, Fremden mit der Handvoll Geld vor der Nase herumzuwedeln und zu rufen – *Das ist es, was ich tue.* Als er in den Laden kam, stand die Registrierkasse immer noch offen, und er war einen flüchtigen Augenblick lang versucht, das Geld dort hineinzustecken und dann zu sehen, was die *jinni* dazu sagte. Doch als waschechter Nanyukier wusste er, wann es genug war. Das Geld konnte spurlos verschwinden, und dann müsste er es Manu erklären, der nicht an *jinnis* glaubte. Er schob die Kasse zu und ging weiter zu Manus Schreibtisch.

Manu warf einen Blick auf das Geld, das Rafiki ihm auf den Schreibtisch warf, schob es in seine Schublade und arbeitete weiter.

»Meine Kommission?«, bat Rafiki ihn.

»Später«, antwortete er.

»Zwanzig Prozent?«

Manu nickte.

Rafiki rieb sich die Hände und ging zu seinem Arbeitstisch hinüber. Die Kasse sprang auf. Rafiki beugte sich hinüber und warf sie krachend wieder zu. »Siehst du«, sagte er zur *jinni*. »Ich habe geschafft, dass es funktioniert.«

»Rafiki«, rief Manu, »mit wem sprichst du?«

»Mit der alten Hexe.«

»Deiner Frau?«

»Dem Ding, das neben der Registrierkasse hockt«, erklärte Rafiki. »Frag Manish, der sieht es auch.«

Manu sah von ihm zu Manish hinüber. Manishs stierer Blick war leicht von der Tür zur Registrierkasse hin abgewichen, aber das besagte nicht viel. Manu schüttelte den Kopf und begab sich wieder ans Rechnen.

Rafiki überlegte, ob er etwas reparieren oder losgehen und weitere Geräte auftreiben sollte. Auf seinem Weg zum schlechten Ruf war es ihm gelungen, mit vielen Mythen aufzuräumen. Einer besagte, dass man zur Schule gegangen sein musste, um Dinge instand setzen zu können. Ein anderer war der Glaube daran, dass es in Majengo möglich war, dass ein Mensch verschwand, obwohl er noch lebte, und doch niemals wiedergefunden wurde. Rafiki fand sie nur dann nicht, wenn sie in den Häusern begraben waren. Ansonsten stöberte er dank seiner Geduld und seinem Talent als Ermittler jeden auf. Sein Geheimnis, wenn man es so nennen konnte, lag in seiner Fähigkeit, von Menschen Informationen zu erhalten, die sie ihm nicht geben mussten. Manchmal erzählten sie ihm Dinge, die er nicht wissen wollte. Doch häufig gaben sie ihm die Information, die er brauchte, bevor er danach fragte.

»*Jambo, rafiki*«, grüßte er sie.

»*Oluoch yuko choo*«, antworteten sie, ohne gedrängt zu werden. »*Oluoch anafichana kwa choo.* Oluoch versteckt sich auf der Latrine.«

Meistens stellte sich der Oluoch auf der Latrine als einer der vielen Kamaus heraus, die auf seiner Liste der Gesuchten ganz oben standen. Und infolge seines Talents, Schuldner aufzuspüren, wurde Rafiki, ungeachtet der Tatsache, dass er seine eigene Frau nicht finden konnte, aus allen Richtungen gebeten, vermisste Liebhaber, Ehemänner und Ehefrauen zu finden, im Allgemeinen Leute, die nicht gefunden werden wollten. Es ging das Gerücht, und Rafiki konnte bestätigen, dass es sich lediglich um ein Gerücht handelte, dass die Polizei um Rafikis Hilfe nachgesucht hätte, einige der gefährlichsten Verbrecher in Laikipia aufzuspüren und zu verhaften.

Es stimmte, dass ein Genie bei seinem Volk, seiner Familie, seiner Frau oder seinem Arbeitgeber nichts galt. Während sein Ruf in ganz Majengo in den Himmel und noch höher schoss, schickte Manu Rafiki immer wieder los, für Manish *bhajias* zu besorgen.

»Ich bin kein Laufbursche«, erinnerte Rafiki ihn jedes Mal. »Ich habe Besseres zu tun.«

Da Rafikison nicht da war, war es an ihm, den Reparaturladen und alles andere am Laufen zu halten. Sich selbst überlassen, teilte er seinen Tag zwischen der Jagd nach versteckten Haushaltgeräten und der Fummelei an Dingen auf, von denen er nichts verstand und die ihm auf die Nerven gingen. Indem er seinem Sohn bei der Arbeit zuschaute, hatte er das eine oder andere gelernt. Dazu gehörte, dass etwas wirklich defekt war, wenn es kaputt war und nicht zu reparieren. Weder noch so viele Gebete noch Überreden würde es wieder in Gang bringen. Und das andere war, dass man die elektrischen Pole nicht vertauschte, nur um herauszufinden, was geschah.

»Rafiki?«, rief Manu.

»Was?«

»Wo ist die Nähmaschine?«

»Ich bemühe mich«, antwortete Rafiki.

Manu arbeitete weiter.

»*Jambo,* Rafiki«, grüßte ein Kunde an der Tür.

»Dein Radio ist noch nicht fertig«, sagte Rafiki unwirsch. »Komm morgen wieder.«

Der Laden hatte sich, ohne dass es jemandem aufgefallen war, am allerwenigsten Manu und Manish, von einem Teilzahlungsladen zur Reparaturwerkstatt gewandelt. Die Leute brachten ihre defekten Haushaltgeräte, die Sachen wurden repariert, Geld kam in die Kasse und ging an die Bank, ohne weiteres Aufsehen und ohne dass sich jemand darüber Gedanken machte. Manus Buchhaltung musste erst noch zu dem gedeihenden Geschäft und Rafikis Zauberkünsten aufschließen.

»Du hattest es für heute versprochen«, beklagte sich der Kunde.

»Habe ich das?«, erwiderte Rafiki gereizt. »Siehst du all die Maschinen hier? Sie warten darauf, dass ich sie repariere, alle. Und wie du sehen kannst, habe ich nur zwei Hände.«

»Was ist mit dem jungen Mann passiert?«, wunderte sich der Kunde.

»Der ist gegangen.«

»Wohin?«

Rafiki sah von dem Ding hoch, das er gerade auseinandernahm.

»Der junge Mann führt diese Werkstatt nicht«, sagte er, eine Spur zu grob. »Komm nächste Woche wieder.«

»*Haidhuru*«, sagte der Mann, als er ging. »Dann nächste Woche.«

Verstört betrachtete Rafiki das Gerät in seiner Hand. Er konnte nicht sagen, ob man schieben oder ziehen, drehen oder es aufschrauben sollte.

»Rafiki?«, rief Manu plötzlich.

»*Nini?*«, antwortete Rafiki. »Was?«

»Wo steckt Rafikison?«

»Ich arbeite für dich, *theek hei*?«, sagte Rafiki säuerlich. »Mein Sohn arbeitet für mich.«

Manu nickte und arbeitete weiter.

Gegen Ende der Woche entstand ein Stau im Laden. Der Arbeitstisch war dermaßen mit fälligen Reparaturarbeiten beladen, dass Rafikis *jinni* am Tischende kaum noch Platz fand. Kunden standen Schlange, nur um nachzufragen, wann ihre *teevees* und Radios fertig sein würden. Es wurde so schlimm, dass Rafiki sich angewöhnte, mittags den Laden zu schließen, damit er ein wenig Luft schöpfen konnte. Doch jedes Mal, wenn er glaubte, er könnte sich eine Pause gönnen, kam etwas dazwischen.

»Rafiki?«, rief Manu herüber.

Rafiki hockte auf Händen und Knien hinter dem Tresen und stocherte in den Innereien eines defekten Fernsehers herum. »*Nini?*«, schrie er zurück.

»Nimm das Geld, und hol Manish etwas zu essen«, sagte Manu.

Einen Augenblick lang herrschte Stille. Dann tauchte Rafiki hinter dem Tresen auf. Ihm schienen die Haare zu Berge zu stehen.

»*Nimekwambia mara ngapi*. Ich bin kein Laufbursche«, sagte er. »Wie oft soll ich dir das noch sagen!«

»*Mara ya mwisho*«, antwortete Manu. »Ein letztes Mal.«

Rafiki merkte, dass er eine Pause brauchen konnte, wischte sich die Hände ab, warf das Handtuch auf den Tresen und sprang darüber.

»Ein letztes Mal«, wiederholte er und nahm das Geld.

Er war fast schon an der Tür, als ihm bewusst wurde, dass die Registrierkasse diesmal nicht aufgesprungen war, als er vorüberging. Er ging zurück, sie war geschlossen. Auch die kalte Gegenwart der *jinni* war verschwunden. Er strengte sich an, die Kasse zu öffnen, aber sie war fest verschlossen. »Nur nebenbei, Boss«, sagte er zu Manu, »leg dein Geld nicht in die Registrierkasse.«

»Warum nicht?«

»Vertrau mir einfach«, sagte er im Hinausgehen.

Er war fast schon am Eingang zur Boulangerie, dem Restaurant, in dem Manu die Snacks für Manish kaufte, als ihm etwas einfiel. Er ging am Eingang vorüber, über die Straße und zur Pivot Bar. Die Kakophonie war schon auf der anderen Straßenseite zu hören, und er folgte der falsch gespielten Musik die Treppe hinauf und eine weitere wieder hinunter, dann durch einen dunklen, dumpfen Korridor zum Seitentresen und zu der Bühne, auf der die Band probte. Der Barkeeper forderte ihn auf, einen Drink zu kaufen oder zu verschwinden. »Das ist keine kostenlose Show«, sagte er.

»Das nennst du eine Show?«, fragte Rafiki mit schwerem Herzen, während er zusah, wie sein Sohn sich abmühte. Als er es nicht länger aushielt, ging er zur Bühne. Der Junge sah ihn und spielte weiter, ohne abzusetzen.

»Wir hatten eine Abmachung«, sagte Rafiki zu ihm.

»Was?« Er quälte immer noch die Gitarrensaiten.

»Du hast es versprochen«, schrie Rafiki über die Musik hinweg.

»Was?«

Rafiki langte nach dem Stromkabel und zerrte es mit einem Ruck aus der Steckdose. Der Verstärker erstarb. Die Band schaute sich verwirrt um.

»Du hast unsere Abmachung gebrochen«, sagte Rafiki zu seinem Sohn.

»Dad«, erwiderte der Sohn aufreizend ruhig. »Ich kann nicht sieben Tage die Woche arbeiten und in der Band spielen.«

»Das nennst du spielen?« Rafiki schnappte sich die Gitarre aus seinen Händen. »Zuerst musst du lernen, wie man eine Gitarre hält.«

Geschickt nahm er die Gitarre in die rechte Hand und schlug mit der linken ein paar Akkorde, dann ging er zu der Nummer über, mit der sein Sohn sich abgemüht hatte. Die Band fiel ein. Der Barkeeper schloss den Verstärker wieder an, und die Musik dröhnte durch den ganzen Club. Sein Sohn war beeindruckt. Dann, als der Bandleader schon glauben wollte, dass er ihn wieder in der Band hatte, brach Rafiki abrupt ab und gab seinem Sohn die Gitarre zurück.

»Das nennt man spielen«, sagte er. »Ich will, dass du morgen früh um acht im Laden bist. Ansonsten ist unsere Abmachung ungültig.«

Kapitel 35

Die Zeiten änderten sich. Manu hämmerte weniger gallig auf seine Rechenmaschine ein, und selbst Manishs stierer Blick schien ein wenig milder. Zwar sagte er weiterhin nicht mehr als sein übliches einziges Wort, aber das Lächeln, wenn man es denn so nennen konnte, die Andeutung eines Lächelns, das irgendwo in seinen dunklen Gedanken immer gelauert hatte, war in seinen Augenwinkeln erkennbar geworden.

»Was stimmt denn mit Manish nicht?«, fragte Rafiki.

»Er will nicht mehr sterben«, erklärte Manu ihm.

»Warum nicht?« Die Frage, so fürchterlich sie sich anhörte, war in seinen Augen die einzig logische.

»Seine Frau verlässt ihn nicht.«

»Warum nicht?«

»Die Bank nimmt ihm sein Haus nicht weg.«

»Warum nicht?«

»Sie nimmt mir auch meins nicht weg«, berichtete Manu.

»Wie das?«

»Die Bank freut sich über uns.« Ein seltenes Lächeln zeigte sich auf seinen Lippen. »Jetzt können wir den Schmuck unserer Frauen und unsere Autos aus dem Versteck holen.«

Aus Furcht vor der Bank hatten sie den Schmuck und die Autos schon seit Ewigkeiten versteckt. Jetzt war das vorbei. Die Autos und das restliche Vermögen konnten jetzt gefahrlos nach Hause zurückkehren. Das war für sie ausreichend Grund, zu singen und zu tanzen. Doch sahen die Patel-Brüder keinen Anlass zum Feiern. Sie waren immer noch hoch verschuldet, erklärte Manu, aber inzwischen stand ihnen, dank Rafiki und seinem Sohn, das Wasser nicht mehr bis zum Hals. Die Bank freute sich, und die Brüder konnten nachts wieder ruhig schlafen.

Das ist alles gut, dachte Rafiki. Allerdings schrie etwas tief in seinem Innern auf. »*Na mimi je?* Was wird mit mir?«

»Was mit dir wird?« Manu blickte, vom Kummer in der Stimme aufgestört, hoch.

»Was wird mit mir?« fragte Rafiki ihn. »Ich habe dir und deinem Bruder Manish geholfen, das Unternehmen, eure Waren und eure Frauen zu behalten. Was springt für mich heraus?«

Manu zog die Schublade auf, um ihm zu zeigen, dass sie nach wie vor kein Geld hatten. Es war alles an die Bank gegangen.

»Boss.« Rafiki zog sich den Besucherstuhl heran und ließ sich schwer darauf niedersinken. »Hilfst du mir, dass ich mein Bett und meine Frau wiederbekomme?«

»Wie?«, fragte Manu verwundert.

»Ich denke mir etwas aus.«

»Kein Geld?«, fragte Manu zweifelnd.

Rafiki imitierte Manus Geste mit Händen und Schultern, die alles bedeuten konnte, was sie bedeuten sollte. Manu war beunruhigt. Sie waren noch nicht aus dem Gröbsten raus, und er hatte keine Ahnung, wie er Rafiki sonst helfen konnte.

»Keine Sorge, Boss«, beruhigte ihn Rafiki. »Ich will dein Geld nicht.«

Das Telefon läutete. Sie suchten nach ihren Handys. Es war Rafikis.

»Man Guitar«, meldete er sich mit seiner lauten Geschäftsstimme. »Hallo, *Mami*, schön, von dir zu hören. Was macht die Universität? Gut. Ich glaube an dich. Ich weiß, dass du es schaffen kannst. Du bist willensstark, ja, wie deine Mutter. Du kannst alles schaffen. Ich bin sehr froh darüber. *Soma kwa bidii.* Lerne fleißig. Ich möchte nicht, dass du dein Studium abbrichst. Ja, er hat mit der Schule aufgehört. Er arbeitet jetzt für mich.«

Rafikison blickte erschreckt auf. Rafiki bedeutete ihm weiterzuarbeiten.

»Mach dir seinetwegen keine Sorgen«, fuhr er fort, laut genug, dass sein Sohn ihn hörte. »Ich bringe ihm bei, ein Mann zu sein. Er lernt, Verantwortung zu übernehmen. Ja, wie ein richtiger Mann. Unter meiner Anleitung wird er es schaffen. Ja, ich muss ihm eine Menge beibringen. Nein, deine Mutter glaubt das nicht, aber wir werden es ihr zeigen. Hast du in letzter Zeit mit ihr gesprochen? Ab und zu erfahre ich etwas. Sie braucht mal Pause von der Feldarbeit. Du weißt ja, dass sie schuftet, und sie hat immer neue Ideen. Sie wollte, dass ich Kamelfleisch verkaufe. Nein, ich wollte nicht einmal wissen, woher. Du musst dir ihretwegen keine Sorgen machen. Sie hat auch gute Ideen. *Wewe soma kabisa*. Konzentrier dich auf dein Studium, und ich kümmere mich um alles Übrige. Ich habe jetzt einen Job. Du hast davon gehört? Nein, nein, du weißt, dass ich meine Musik nie völlig aufgeben würde. Im Augenblick geht es mir nur darum, sie glücklich zu machen. Ich freue mich, dass das jemand versteht. Ich hab dich auch lieb. Ich sag ihm, dass du ihn grüßt. Mach's gut.«

Der Anruf hatte ein Glimmen in seinem Herzen entfacht. »Deine Schwester lässt dich grüßen«, rief er seinem Sohn zu.

Rafikison nahm es nicht zur Kenntnis. Rafiki ging zum Arbeitstisch hinüber. »Hast du das gehört?«, fragte er ihn.

Der Junge nickte, führte die Reparatur des Radios, an dem er arbeitete, zu Ende, trug es zu Manishs Schreibtisch hinüber und stellte es dort ab, den Laden mit plärrender Hindi-Musik erfüllend. Manish schien das nicht zu stören, aber es fiel Manu so auf die Nerven, dass er hinüberging und es abschaltete.

»Übrigens«, sagte Rafikison zu seinem Vater. »Man erwartet dich am Sonnabend in Marura, ohne Wenn und Aber.«

»Wieso?«, fragte Rafiki. »Was ist los?«

»Das haben sie mir nicht gesagt«, antwortete Rafikison. «Sie haben nur gesagt: Sag deinem Vater, dass er am Sonnabend herkommen soll, ohne Wenn und Aber.«

Rafiki nickte, als verstünde er, und ging aus dem Laden, um nachzudenken. Unmittelbar vor der Tür blieb er stehen, die Hände auf dem Rücken, sorgte sich auf Manu-Art und sah den *matatus* zu, den *piki-pikis* und den Plastikbeuteln, die die Main Street heraufflogen. Die Leute grüßten ihn, und er grüßte zurück, aber er nahm niemanden richtig wahr, so sehr war er in seine Sorgen vertieft. Bis jetzt war seine größte Angst gewesen, dass es Simon und Karanja gelingen könnte, ihn zu töten, wenn er nach Marura zurückkehrte. Jetzt wollten sie ihn unbedingt sehen. Ohne Wenn und Aber? Was würde geschehen, wenn er nicht hinging?

»Wer genau hat das gesagt?«, fragte er, als er an den Arbeitstisch zurückkam. »Ohne Wenn und Aber?«

»Dein Schwiegervater«, antwortete sein Sohn.

»Der alte Griesgram?« Rafiki war nicht überrascht. »Ich wette, dass er seine zehn Kühe haben will.«

Sein Sohn zuckte die Achseln.

»Was hat deine Mutter gesagt?«

»Dad«, sagte der Junge. »Wir reden mit Mum nicht über dich.«

Hinter der Registrierkasse hervor beobachtete die *jinni* Rafiki und grinste. Er ging zum Eingang zurück und grübelte weiter. Wollte sein Schwiegervater, dass er zu einem Friedensgespräch kam oder wegen einer Tracht Prügel? Wegen einer Versöhnung oder einer endgültigen Auflösung ihrer schwierigen Beziehung? Ging es darum? War es möglich, dass sie ihn nie wiedersehen und nie wieder sprechen wollte? Dass ihre Ehe vorbei war?

Er ging zu Manu zurück und ließ sich in den Besucherstuhl fallen »Boss«, fragte er ernst, »wie steht es mit deinem Auto?«

»Mit meinem Auto?«

»Dem, das die Bank nicht mehr haben will.«

Manu zuckte die Achseln. Er hatte noch keine Gelegenheit zu einer Probefahrt gehabt, um zu überprüfen, wie gut es fuhr.

»Ich habe eine Idee«, sagte Rafiki. »Da du dein Auto jetzt nicht mehr verstecken musst, warum machst du mit Manish nicht einmal einen Ausflug aufs Land?«

Manu hielt inne, die Hand über dem Tischrechner, und versuchte herauszubekommen, was Rafiki im Schilde führte. Ihr letzter Ausflug mit dem Esel war nicht wie geplant verlaufen. Angesichts diesser Erfahrung hatten sie abgemacht, dass sie nie wieder gemeinsam auf Eselsfahrt gehen würden.

»Ich möchte dir etwas zeigen«, sagte Rafiki.

Manu dachte nach. Schon lange hatte er sich schmerzlich danach gesehnt, einmal etwas anderes zu tun und sich wieder hinter das Steuer zu setzen. Eigentlich hätte er die Frauen lieber zum Mittagessen in die Naro Moru River Lodge ausgeführt, aber vielleicht bot Rafikis Vorschlag eine gute Gelegenheit, zunächst das Auto auszuprobieren und zu sehen, ob es noch fuhr.

»Mal sehen«, sagte er und wandte sich wieder seiner Rechenmaschine zu.

Rafiki ging an seinen Arbeitsplatz zurück, nahm dieses und jenes zur Hand, aber seine Gedanken waren nicht mehr bei der Arbeit. Für die Jagd nach Haushaltgeräten war es zu spät, und so begnügte er sich damit, seinem Sohn bei der Arbeit zuzusehen.

Die Sänger und Bettler kamen vorbei, doch da Manu mit der Buchhaltung beschäftigt war und Manish zur Tür hinausstarrte, oblag es Rafiki, sich um sie zu kümmern. Manchmal erhielt er von Manu etwas Kleingeld, das er ausgeben konnte, aber wenn Manu schlechte Laune hatte oder kein Kleingeld vorhanden war, musste Rafiki die Initiative ergreifen und die Angelegenheit auf seine Weise regeln. Er gab sich alle Mühe, den Bettlern begreiflich zu machen, dass sich die Dinge verändert hatten, dass Manu mit seinem Geld Besseres vorhatte.

»*Nani anaongea na wewe?*«, sagten sie zu ihm. »Habe ich mit dir geredet?«

»Ihr könnt genauso gut mit mir reden«, erklärte er ihnen. »Der Boss hat zu tun, und *Mzee* redet nicht mehr mit Fremden, also verschwindet. *Potea.*«

Murrend zogen sie ab, und er überließ sich wieder seinen Sorgen.

Manu fragte nicht, wohin sie fuhren, bis das Auto am Ende der Straße vom Asphalt sprang, mit knochenbrecherischem Stoß auf der Schotterpiste landete und den Dol Dol Highway mit Staub überzog. »Ist es noch weit?«, fragte er und schaltete unsicher.

»Nicht sehr«, antwortete Rafiki. »Nur noch ein Stück.«

Das Stück erwies sich als weitere fünf Meilen auf der rauen, staubigen Piste, bis sie an eine Abzweigung kamen, dann noch einmal zwei holperige Meilen über alte Straßen und Viehpfade, die nirgends hinzuführen schienen. Manu begann sich um Manish zu sorgen und drohte umzukehren, als vor ihnen das Tor zum Marura Estate auftauchte.

»Dort«, zeigte Rafiki voraus. »War doch gar nicht so weit, oder?«

Als das Auto am Tor vorfuhr, standen dort plötzlich zwei Schlägertypen in ausgeblichenen Tarnjacken und Militärstiefeln, die Anstalten machten, das Tor zu öffnen. Simon und Karanja hatten sich aus Soldat und Knastbruder in Wachpersonal und Hundeführer verwandelt.

»*Jambo,* Simon«, grüßte Rafiki sie durch das Autofenster. »*Jambo,* Karanja. Seid ihr jetzt die Wachmänner?«

Die Männer reagierten drohend, die Hunde knurrten. Wäre er allein und zu Fuß oder mit einem *piki-piki* gekommen, hätten sie zweifellos die Hunde auf ihn losgelassen. Rafiki hatte an diese Möglichkeit gedacht, als er seinen Arbeitgebern den Ausflug aufs Land vorschlug.

»Was ist mit denen los?«, fragte Manu verwundert, als sie durch das Tor fuhren.

»Sie haben keine Frauen«, erklärte Rafiki.

Sie fuhren über eine gepflegte, von Bäumen gesäumte Zufahrt, die sich endlos hinzog, bevor sie in ein Anwesen mit großem Steinhaus und riesigen Blumengärten mündete.

»Was ist das?« Manu war erstaunt.

»Das Landhaus meines Schwiegervaters«, erklärte Rafiki.

Selbst Manish schien von der Größe des Anwesens beeindruckt. In der Nähe war das Geräusch redender, lachender Menschen zu hören. Eine Frau, der Rafiki nie zuvor begegnet war, nahm sie in Empfang und führte sie um das Haus herum zur Gartenseite.

Überall sah man Menschen, die aßen und tranken oder einfach nur umherwanderten, ganz offensichtlich ohne Ziel. Die Führerin ließ die drei mitten im Menschengewühl stehen und überließ es Rafiki, für sich und seine Begleiter zu sorgen. Die Einladung, die

Rafiki über seinen nun abwesenden Sohn erhalten hatte, hatte keine Hinweise auf das Programm beeinhaltet. »Sie wollen dich am Sonnabend zu Hause sehen«, war alles, was der Junge gesagt hatte. Er hatte angenommen, es ginge darum, dass er seine Frau abholen sollte. Jetzt sah es so aus, als müsste er improvisieren. Er zog seine Chefs mitten in die Menge, stellte sie Leuten vor, die zu beschäftigt waren, um darauf zu achten, und eine Sprache sprachen, die sie nicht verstanden. Manu und Manish schüttelten die ausgestreckten Hände und lächelten, da die Versammelten sie augenscheinlich zu dem begrüßten, was immer sie gerade taten.

»Wer sind all diese Leute?«, fragte Manu fassungslos.

»Das ist die Familie meiner Frau«, antwortete Rafiki. »Ich habe dir gesagt, wohin wir fahren.«

»Ein Ausflug aufs Land«, sagte Manu.

»Und hier sind wir«, erwiderte Rafiki. »Mitten auf dem Land.«

Manu hatte sich etwas anderes vorgestellt – eine entspannte Fahrt über grüne Hügel, mit weidenden Schafen und Schafhirten mit Krummstöcken und Hütehunden zu ihren Füßen. Er schaute Manish an. Manish sah entspannt aus, sogar, als fühlte er sich wohl, aber das hieß nicht, dass er hier sein wollte.

»Und was tun wir hier?«, fragte Manu Rafiki.

»Ich möchte, dass ihr die Familie meiner Frau kennenlernt.«

»Warum?«

»Das ist so Brauch«, erklärte Rafiki. »Wenn du deine Frau zurückholst, musst du deine besten Freunde mitbringen.«

Manu drehte sich zu seinem Bruder um.

»Manish?«

»Huh?«

»Hast du das gehört? Wir sind Rafikis beste Freunde.«

»Huh«, sagte Manish.

Als Rafiki sie überredete, den Laden zu schließen und ins Auto zu steigen, weil sie dank seines und seines Sohnes Genies ihre Autos nicht mehr vor der Bank verstecken mussten, hatte er ihnen nicht gesagt, dass sie zu irgendeinem Haus fahren oder irgendjemanden treffen würden, den sie nicht kannten. Manu hatte angenommen, das Etwas, das er ihnen zeigen wollte, sei etwas Schönes in der Natur, ein Berg oder ein Wasserfall, etwas, das ihre Gedanken von den Härten der letzten Monate ablenkte. Er hatte sich nicht vorgestellt, dass sie den ganzen Clan von Rafikis Verwandten treffen würden, die für seinen jüngsten Kummer mitverantwortlich waren.

»Bring uns hier raus«, sagte Manu plötzlich.

»Erst müsst ihr meine Frau kennenlernen.« Rafiki fasste sie an den Händen und führte sie zum Haus. Sie hatten sich nur ein paar Schritte von der Menge entfernt, als Simon und Karanja ihnen mit ihren Wachhunden den Weg versperrten. Rafiki sah sie nur kurz an und machte mit seinen Begleitern kehrt.

»Später vielleicht«, sagte er zu Manu und Manish, »wenn die beiden nicht in der Nähe sind.«

Als sie sich wieder der Menge anschlossen, nahm eine Frau, die Rafiki nicht erkannte, Manus Hand und hieß ihn in einer Sprache willkommen, die weder Suaheli noch Englisch oder Hindi war und von der Manu vermutete, es sei Nanyukisch. Dann geleitete sie ihn zu einem Hochstuhl neben einem mürrischen *mzee*, der nicht so aussah, als brauchte oder wollte er irgendjemandes Gesellschaft, und überließ Rafiki die Vorstellung. »*Uyu niwe munyandiki*«, sagte er zu dem alten Griesgram. »Bei ihm arbeite ich.«

Sein Schwiegervater warf einen kurzen Blick auf Manu. Dann wandte er sich von ihm ab, damit kein Zweifel aufkam, dass er nur mit Rafiki sprach. »*Niweka wega ni guka. Nyukwa akwenda sherahani njeru tondu iriandamuguriire ni yathukire and nguigwa urutaga wira kuria ciumaga. Kwoguo uthii neyo nguruumurehere ingi njeru.*«

»Mein Schwiegervater«, sagte Rafiki zu Manu, die Vorstellung fortsetzend. »Er sagt, er freut sich, dass du und Manish kommen konnten.«

»Ich habe *sherahani* gehört«, sagte Manu.

»Oh ja, die.« Rafiki hatte immer noch nicht die Nähmaschine seiner Schwiegermutter beschlagnahmt, wie Manu ihm das vor Äonen aufgetragen hatte. »Er sagt, dass die *sherahani*, die du ihm verkauft hast …«

»… die er nicht bezahlt hat …«, warf Manu ein.

»… kaputt ist«, fuhr Rafiki fort. »Weil ich dort arbeite, woher sie kommt, soll ich die alte zurückbringen und meiner Schwiegermutter eine neue liefern. Das hat er gesagt.«

Dann setzte er sich neben Manu auf einen niedrigen Hocker und wartete auf die vergifteten Pfeile. Sein Schwiegervater wandte sich an Manu und redete auf ihn ein, als ob er jedes Wort verstünde: *»Niwega muno nikuhe mudurubu uyu wira. Atuire akomete haha ta kiongei giakinyire.«*

Rafiki war in Erwartung enormer Feindseligkeiten gekommen. Er hatte sie ertragen, seit er in diese verrückte Familie eingeheiratet hatte, doch ihr jetziges Ausmaß verblüffte ihn. Auch sein Schwiegervater war ein waschechter Sohn unserer Stadt, ausgebildet an der Nanyuki High, dann an der Alliance und auch in Manchester. Wenn er wollte oder man ihm ordentlich schmeichelte, konnte er Englisch sprechen wie einer aus Yorkshire. Wenn er Rafiki als Dolmetscher benutzte, dann weil er es darauf anlegte, dass der jeden seiner Giftpfeile spürte.

»Was hat er gesagt?«, fragte Manu.

»Er freut sich, dich zu sehen«, antwortete Rafiki einfach.

Sein Schwiegervater sah verblüfft auf. Dann wandte er sich an Manu und lieferte ihm die Yorkshireenglisch-Version seiner Worte. »Sie haben gut daran getan, dass Sie diesen Wichser ans Arbeiten gebracht haben«, sagte er. »Er hat sich auf den Straßen gesonnt wie ein Krokodil im Urlaub.«

Manu drehte sich verstört zu Rafiki um. Rafiki zuckte die Achseln und lächelte ihn an, als wollte er sagen: *Siehst du, womit ich mich rumschlagen muss?* Sein Schwiegervater zog Manus Stuhl zu einer vorgeblich vertraulichen Unterhaltung näher an seinen heran, die für alle, vor allem für Rafiki, aber laut genug war, dass sie sie belauschen konnten.

»Ich wusste von dem Augenblick an, als ich ihn zum ersten Mal sah, dass er nichts taugt«, fuhr er jetzt noch hitziger fort. »Ich habe meine Tochter vor ihm gewarnt, aber … Sie wissen ja, die Frauen. Jetzt sehen Sie nur, was ihr zugestoßen ist.«

»Nichts ist ihr zugestoßen«, wagte Rafiki dagegenzuhalten. »Sie mochte nicht, dass ich kein Geld hatte. Jetzt habe ich eine bezahlte Arbeit.«

Sein Schwiegervater sah um Manu herum Rafiki an. »Auch davon haben wir erfahren«, sagte er zu Rafiki.

Er beugte sich näher an Manus Ohr heran, damit Rafiki ihn nicht hörte. »Ich weiß nicht, was ihr an dem Gauner findet«, sagte er leiser. »Er wartet nur auf die Gelegenheit, euch auszurauben.«

Manu warf Rafiki einen Blick zu, bewahrte aber die Ruhe.

»Wie Sie sehen können, besitze ich Land«, erklärte der alte Mann. »Ich habe Kühe, Ziegen und sogar Kamele. Ich wäre der bessere Geschäftspartner.«

Beunruhigt drehte sich Manu zu Rafiki um. Er winkte ihm mit dem Finger, erhob sich und ging zur Seite. Rafiki folgte ihm.

»Was hast du ihm erzählt?«, fragte Manu, als sie außer Hörweite des Alten waren.

»Er und ich reden überhaupt nicht miteinander«, sagte Rafiki. »Aber mein Sohn könnte ihm erzählt haben, was du für ein guter Arbeitgeber bist, wie sehr du deinen Bruder Manish liebst und dich um ihn kümmerst, und auch, dass ihr gute Freunde von mir seid.«

Als Manishs Name fiel, drehten sich beide instinktiv um und hielten nach ihm Ausschau. Sie hatten ihn in der Hitze der Begegnung mit Rafikis Nemesis aus den Augen verloren, doch jetzt entdeckten sie Manish aufgehoben in der Gesellschaft grauhaariger Altersgenossen, die hinter einem Bierhorn hervor das Geschehen beobachteten. Ein Triangel erklang. Ein Akkordeon fiel ein, dann eine alte Reibeisenstimme, und kurz darauf wippten die Alten mit den Füßen.

»Was hast du ihm noch erzählt?«, wandte Manu sich wieder an Rafiki.

»Worüber noch?«

»Über Geschäftspartnerschaft.«

»Das ist mir so rausgerutscht, Boss«, gab Rafiki zu. »Ich wollte den alten Teufel beeindrucken. Er kann mich nicht ausstehen, wie du erlebt hast, trotzdem freut er sich, dass ihr, Manish und du, heute hier seid. Jetzt, da ich einen Job habe, kann meine Frau nach Hause kommen.«

»Also ist alles *theek hei*?«, fragte Manu nach.

»Besser als *theek hei.*«

»Dann bist du gefeuert.«

»Weswegen?«

»Weil du deinen Schwiegervater angelogen hast.«

»Was machst du dir wegen des alten Griesgrams Gedanken?«, fragte Rafiki ehrlich erschreckt. »Er belügt mich auch. Mir sagt er, dass er fünf Kühe verkauft hat, dabei waren es nur drei, und dann hat er versucht, mir zehn anzuhängen.«

»Mich hast du auch angelogen«, tadelte Manu ihn. »Damit ich dich hierherfahre.«

»Gefällt es dir hier nicht?«

»Du bist trotzdem gefeuert.«

»Das kannst du hier nicht machen«, protestierte Rafiki lauter. »Sie glauben, dass du ein wirklich guter Mensch bist.«

»Okay, du kommst am Montag zur Arbeit«, sagte Manu. »Dann wirst du gefeuert.« Er drehte sich um und stürmte zu seinem Auto.

»Boss?« Rafiki klebte ihm an den Fersen.

»Montag.«

»Du vergisst Manish.«

Manu blieb stehen, erschrocken über sich selbst und enttäuscht von seiner Wut. Manish war tief in ein schweigendes Gespräch mit seinen Altersgenossen versunken, hielt ein Bierhorn in der einen Hand und ein gebratenes Ziegenrippchen in der anderen und sah glücklicher aus, als sie ihn in der letzten Zeit gesehen hatten.

»Der alte Kerl hat seit Monaten keinen guten Tag erlebt«, sagte Rafiki. »Soll er seine kleine Landpartie genießen, bevor du ihn wieder in sein eintöniges, altes Leben zurückbringst.«

Manu überlegte. Manish sah so glücklich aus, wie er ihn nie gesehen hatte, seit die Bank vorstellig geworden war.

»*Theek hei*«, sagte er zu Rafiki. »Aber du bist immer noch gefeuert.«

»Am Montag«, stimmte Rafiki zu und führte ihn zu dem alten Griesgram zurück. »Bier?«

»Ich trinke kein Bier.«

»Dann wirst du das hier mögen.«

Rafiki nahm einen Becher Honigwein von einem Tablett, das gerade vorbeigetragen wurde, und reichte ihn Manu.

»Der Götternektar«, verriet er ihm. »Deswegen ist Manish so glücklich.«

Manu nippte, schmeckte und nippte erneut.

»*Theek hei?*«, fragte Rafiki ihn.

Er vollführte diese Geste mit den Händen, nahm einen weiteren Schluck und noch einen. Rafiki entspannte sich langsam. Der Griesgram hatte sich in seine Muschel zurückgezogen, aus der heraus er sie jetzt beobachtete, als könnte er es nicht erwarten, dass sie gingen. Rafiki war verärgert, weil er seine Frau nicht sehen durfte, konnte sich in der Angelegenheit aber nicht an seinen Schwiegervater wenden. Dann hätte er wahrscheinlich ein Trommelfeuer aus Beleidigungen und Kritik und anderem auf sich gezogen, das er lieber nicht hören wollte.

»Es ist also alles *theek hei*?«, fragte Manu, der ihn beobachtete. »Mit der Frau und der Familie?«

»Nicht ganz.« Rafiki sprach absichtlich lauter, damit sein Schwiegervater es hörte und wusste, dass er sich darüber ärgerte. »Da gibt es eine kleine Meinungsverschiedenheit wegen des Brautpreises.«

»Also musst du sie zurückkaufen?«

»Nicht ganz.«

»Ah, ich verstehe«, sagte Manu. »Du hast auf Teilzahlung gekauft und nicht alle Raten bezahlt.«

»Boss.« Rafikis Stimme war so überspannt, dass sie fast brach. »Das wirklich Bedeutsame ist niemals abbezahlt. Worin sonst bestünde die Notwendigkeit für eine fortgesetzte Beziehung? Bei Frauen bezahlst du, bis du stirbst. Und dann bezahlt dein Sohn, wenn du das Pech hast, einen Sohn zu haben, bis er stirbt. Danach bezahlt sein Sohn. Es ist ganz so wie … wie bei einer Bank. Im

Augenblick verlangt ihr Vater zehn Kühe von mir, ihre Familie will Tausende Shilling und ihre Mutter einen Wassertank.

»Einen Wassertank?«, wunderte sich Manu.

»Versuch gar nicht erst, das zu verstehen«, sagte Rafiki. »Hörst du die Musik? Das ist nicht einfach nur Musik. Das ist eine verschlüsselte Botschaft, die allen sagt, was ich dem Clan schulde.«

Manu versuchte dennoch zu verstehen. Nicht nur die Sache mit dem Wassertank, sondern auch die Menschen, all die Bewegung und das stumme Chaos, das sich um sie herum ausgebreitet hatte. Ein Fest, das kein Hochzeitsfest war, aber Schwiegerleute einschloss, einen unglücklichen Bräutigam, Brautpreis und eine Menge glücklicher Menschen, die mit dem Bräutigam alles andere als glücklich zu sein schienen. Und die Frau-Braut hatte Manu noch nicht gesehen. Wo war sie?

»Mach dir um sie keine Sorgen«, riet Rafiki ihm. »Überhaupt, mach dir um nichts von dem Sorgen, was du heute hier siehst oder hörst.«

Manu begann sich wirklich zu sorgen, nicht unbedingt darüber, was geschehen könnte, sondern auch darüber, was hier tatsächlich vor sich ging, über seine eigene Sicherheit und vor allem die von Manish inmitten all dieser unsicheren Beziehungen.

»Bei mir bist du sicher«, versicherte Rafiki.

»Hast du dein Messer mit?«, fragte Manu.

»Das ist nicht witzig, Boss«, sagte Rafiki. »Ich bin ihr Schwiegersohn. Egal, ob sie mich mögen oder nicht, ohne dass sie es sagt, können sie uns nicht umbringen.«

Der alte Griesgram polterte in seinem Schneckenhaus, als wollte er sagen: *Sei dir nicht so sicher,* aber er bewahrte Ruhe. Inzwischen sang eine alte Reibeisenstimme krähend ein rostiges altes Lied:

Mucemanio urari Kawangware
Ndundu mugwanja cia mihuni,
Mwanake etitio ngiri ikumi
Na itangi ria mai ...

Da in Kawangware war ein großes Meeting,
Sieben Gangs von euch Männern,
Als man einen jungen Mann bat, zehntausend zu zahlen
Und einen Wassertank …

Einem alten Mädchen fiel auf, dass Manish mit langweiligen alten Männern herumsaß, und schleppte ihn auf die Tanzfläche.

»*Uka haha*«, sprach sie ihn an, was ihm völlig ungeheuerlich vorkommen musste. »*Ona wakura ta kagogo, ngukuinia urekie thuruari.*« Sie brach in Lachen aus und sagte auf Englisch: »So alt, wie du bist, werde ich dich herumwirbeln, bis dir deine Unterhosen auf den Knöcheln hängen.«

Manish tanzte, wirbelte mit dem alten Mädchen herum, während sie sich die Seele aus dem Leib lachte. Manishs Gesicht blieb versteinert wie immer. Manu sah erstaunt zu.

Rafiki stand abrupt auf. Manu blickte gespannt hinterher, wie er auf das Haus zuschritt.

Kapitel 36

Die Schlägertypen mit den Hunden waren nirgends zu sehen, als Rafiki die Haustür aufstieß. Erstaunt, dass sie nicht verriegelt war, schlüpfte er hinein, ließ aber die Tür einen Spalt offen, falls ein rascher Rückzug erforderlich wurde. Er befand sich im aufwändig möblierten Eingangskorridor, an den er sich nur zu gut erinnerte, doch war der nur schwach erleuchtet, weil die Vorhänge wie bei einem Trauerfall zugezogen waren. Er wollte in den Aufenthaltsraum gehen, als wie eine *jinni* aus der Kammer eine Amazone auftauchte und zu wissen verlangte, was er hier tat.

»Ist meine Frau hier?«

»Sie will dich nicht sehen.«

Er war der Frau noch nie begegnet und wollte nur ungern fragen, wer oder was sie war.

»Das soll sie mir selbst sagen«, sagte er.

»Ich sage es dir«, blieb sie unbeugsam. »Wenn du nicht sofort verschwindest, rufe ich Simon und Karanja.«

»Von mir aus kannst du die Armee und sogar das Überfallkommando rufen«, erwiderte er. »Ich gehe nicht, bevor ich nicht mit ihr gesprochen habe.«

»Simon!«, rief sie zur Tür hinaus.

Simon kam hereingestürmt, sah, was los war, packte Rafiki im Genick und wollte ihn hinausschleifen.

»Warte«, erklang die Stimme einer anderen Frau aus dem Schatten.

Simon ließ los. Rafiki drehte sich um und erblickte im Schatten auf dem oberen Treppenabsatz eine noch mächtigere Frau.

»Was ist los?« Ihre voluminöse Stimme kam ihm irgendwie vertraut vor, aber er konnte sich nicht erinnern, wo er sie schon einmal gehört hatte.

»Ich will wissen, ob ich immer noch eine Frau habe oder nicht«, antwortete Rafiki ihr. »Ist sie hier, oder muss ich mir langsam eine neue suchen?«

»Bei deinem Ruf?«, gab sie zurück und stieg langsam die Treppe herab. »Wer in Laikipia würde dich wollen?« Sie war eine in jeder Hinsicht gewaltige Frau, so groß, dass ihn bereits ihr bloßer Anblick nervös machte. Sie trat wie eine Königin auf, war feierlich aufgeputzt in traditionellen, mit Gold und Silber verzierten Mama-Afrika-Kleidern. Sie ließ sich Zeit, die Treppe herunterzusteigen, nahm eine Stufe nach der anderen, bis sie fast unten angekommen war und man sah, dass sie keine Absätze trug. Sie betätigte einen Schalter, und das Licht ging an. Dann stieg sie auch die unterste Stufe herab und bewegte sich auf die beiden Männer zu, die nun zwergenklein erschienen. Bedrohlich stand sie vor ihnen. »Setzen«, befahl sie. »Du auch, Simon.«

Sie taten, wie ihnen befohlen, und versanken fast im Sofa. Sie selbst wählte einen Stuhl mit hoher Lehne, keinen Zweifel daran lassend, wer das Sagen hatte. »Es ist folgendermaßen«, sagte sie zu Rafiki. »Deine Frau wird Gouverneurin.«

Simon lachte schallend.

»Was ist los?«, fragte sie. »Glaubst du etwa nicht, dass sie die Gegend hier verwalten kann? Oder glaubst du etwa nicht, dass eine Frau zur Gouverneurin taugt?«

Simon erstarrte. Rafiki gab sich ausdruckslos. Er war ein verheirateter Mann. Er wusste gut genug über Big Mamas Bescheid, um sie nicht in Wut zu versetzen.

»Mir war nicht klar, dass es ihr so ernst damit war«, gab er zu. »Ich meine, bei all dem, was sie zu mir gesagt hat, hätte ich mir nie träumen lassen, sie könnte so …«

»Ehrgeizig sein?«

»Das auch.«

»Weil sie eine Frau ist?«

»Das habe ich nicht gesagt«, machte er schleunigst einen Rückzieher. »Das hab ich nicht einmal gedacht. Ich will nur, dass sie glücklich ist und wieder nach Hause kommt. Ich möchte ihr sagen …«

»Nichts ist«, schnitt sie ihm das Wort ab. »Du sagst hier niemandem was. Du bist hier, weil du Anweisungen entgegenzunehmen hast.«

Eingeschüchtert schwieg er. Er wartete auf die Anweisungen. Sie ließ sich Zeit, erlaubte ihm, sich bewusst zu machen, wer hier Anweisungen erteilte.

»Deine Frau ist der wichtigste Mensch in deinem Leben«, erklärte sie ihm. »Sie ist der wunderbarste Mensch, den Laikipia je hervorgebracht hat. Wir alle stehen voll und ganz hinter ihr, und das wirst du ebenfalls tun. Du wirst sie mit deinem ganzen … Sein unterstützen. Mit deiner Zeit, deinem Talent, deiner Musik … allem.«

»Ich muss nicht mit der Musik aufhören?«, fragte er, nach diesem Strohhalm greifend. »Ich muss mir keinen richtigen Job besorgen und richtiges Geld verdienen wie ein richtiger Mann?«

Sie lächelte und wartete geduldig ab, entblößte einen beeindruckend glänzenden, goldenen Reißzahn.

»Wo ist der Haken?«, fragte er verwundert.

»Kein Haken«, antwortete sie. »Du musst nur mit dem aufhören, was du tust.«

»Meinem neuen Job?«, fragte er nach. »Ich mag meinen neuen Job.«

»Entweder der oder deine Frau«, teilte sie ihm unmissverständlich mit. »Eins von beiden musst du aufgeben. Wir können nicht zulassen, dass der Mann unserer Gouverneurin durch die Gegend zieht und alten Frauen die *jikos* stiehlt.«

»Ich stehle keine *jikos*«, protestierte er. »Fragen Sie meinen Boss; er sitzt dort neben dem … dem Vater meiner Frau.«

»Du hast keine andere Wahl«, sagte sie.

»Darf ich sie jetzt sehen?«

»Wenn du den Bedingungen zugestimmt hast.«

»Ich weiß nicht recht.« Er tat so, als dächte er nach, und machte eine Riesenschau daraus. Nichts von dem, was sie bislang gesagt hatte, war besonders problematisch, aber er musste etwas dagegensetzen. Er musste ihr zeigen, dass er ein Mann war und ebenfalls Ansichten hatte und dass die genauso wichtig waren wie die seiner Frau. Außerdem musste er ihr zeigen, dass seine Gene eines waschechten Nanyukiers es nicht gerade freundlich aufnahmen, wenn Amazonen, die so aussahen, als könnten sie sie zurück zu ihren Majengo-Wurzeln peitschen, ihnen Vorschriften machten. Er musste sich zur Wehr setzen, um seiner selbst willen, um der Männer von Majengo willen und für die gesamte Männerwelt Laikipias. Andererseits aber konnten seine Gene eines waschechten Nanyukiers nicht davon absehen, dass sie eine außerordentlich hübsche Frau war, jemand, der, wie seine Frau, Umarmungen verdiente und weder grobe Worte noch Stockschläge.

»Ich weiß nicht«, sagte er noch einmal und wich ihrem Hexenblick aus, indem er sich gab wie ein Mann, der tief in Gedanken versunken ist. »Ich liebe meine Frau, und ich liebe meine Kinder, aber gleichzeitig mag ich auch meinen Job. Außerdem war es zuallererst ihre Idee, dass ich mir einen Job besorge, und ich glaube, das war die beste Idee, die sie jemals hatte. Abgesehen von diesem Gouverneurstrara natürlich, obwohl ich keine Ahnung habe, wer ihr das eingeredet hat. Ich weiß wirklich nicht.«

Abrupt stand die Big Mama auf. »Komm wieder, wenn du es weißt.«

Simon erhob sich. Er konnte es kaum erwarten, ihrem Respekt einflößenden Dunstkreis zu entfliehen. Rafiki ließ sich Zeit, um zu demonstrieren, dass er noch immer sein eigener Herr war, doch als er sich schließlich auch erhob, war offensichtlich, dass sie Simon und ihn in Größe und Erscheinung turmhoch überragte. Es schien, als könnten sie nur größer wirken als sie, wenn sich der eine auf die Schultern des andern stellte. Sie war ebenso anziehend wie groß, und seine Gene eines waschechten Nanyukiers nahmen das sehr wohl wahr.

»Wer sind Sie eigentlich?« Er musste es wissen.

»Du erinnerst dich nicht an mich?« Sie lächelte auf ihn herab. Ihr Goldzahn glitzerte belustigt.

Erst in diesem Augenblick konnte er ihre Stimme zuordnen, eine Stimme, die einem ganzen Raum voll männlicher Initialenträger Achtung abverlangt hatte, als sie ihnen befahl, das Richtige zu tun.

»Die BFB?«, fragte er verwundert nach.

»Die künftige Bezirkssenatorin«, antwortete sie mit einem Lächeln.

Simon kicherte. Nur ein Exsoldat, ein Exhäftling und Trottel konnte es wagen, ihr ins Gesicht zu lachen. Andererseits war er nicht dabei gewesen, als sie mit einem einzigen Blick einen ganzen Raum männlicher Initialenträger zum Schweigen gebracht hatte.

»Lach nur«, sagte sie und lächelte ihn an, wie man einen Idioten anlächelt, »aber die Frauen von Laikipia stehen hinter uns. Die Frauen werden die Regierung von Laikipia übernehmen, ob dir das passt oder nicht. Geh jetzt und tu, was erforderlich ist. Du auch, Simon, und such dir schon mal einen richtigen Job.«

Rafiki wusste nun endlich, wer die wichtigen Frauen waren, die seinem Sohn geraten hatten, spazieren zu gehen.

»Rafiki«, sagte er sich, als er Simon aus dem Haus folgte, »wenn du glaubst, dass du *bibi*-Probleme hast, dann denk an den armen Mann, der jeden Morgen neben ihr aufwacht.«

Unmittelbar vor der Tür stand Karanja mit den Hunden, die es kaum erwarten konnten, Rafiki in Stücke zu reißen, doch ein Blick in Simons Gesicht ließ Hunde und Führer zurückweichen.

»Ist dir klar, was ihr angerichtet habt?«, fragte Rafiki Simon. »Jetzt glauben die Frauen in Laikipia schon, sie seien besser als die Männer.«

»Sind wir auch«, sagte die Türsteheramazone hinter ihnen.

Sie hatten nicht gehört, wie sie näher gekommen war.

»Ihr könnt nichts dagegen tun«, erklärte sie. »Das ist die neue Weltordnung.« Sie lachte und schlug vor ihren erschrockenen Gesichtern die Tür zu.

»Was ist passiert?« Karanja war am meisten verwirrt.

»Such dir schon mal einen richtigen Job«, riet Rafiki ihm.

»Was?«, fragte Karanja erschrocken bei Simon nach.

»*Wachana na huyu fukara*«, antwortete Simon. »Lass ihn in Ruhe.« Dann wandte er sich an Rafiki: »*Wewe kwenda ama tunyoroshe wewe.* Verschwinde, oder wir machen dich platt.«

Rafiki ging lachend davon, war aber nicht belustigt. Manu sah, wie er zurückkam und sich mit eingefrorenem Lächeln hinsetzte, und wunderte sich.

»Sag mal, Boss«, wandte sich Rafiki schließlich an Manu, »du hast das nicht ernst gemeint, mich am Montag zu feuern, oder?«

Manu lächelte.

»Das nehme ich als ein Nein«, sagte Rafiki. »Das verlangt nach mehr Wein.«

Gebannt sah Manu zu, wie Rafiki schnell zwei Horn voll *muratina*-Wein herunterkippte. Er wollte ihn schon fragen, was passiert war, als die Wächterin Rafiki abholte. Er fragte nicht, wohin sie ihn brachte. Er hatte inzwischen begriffen, dass er hier war, um Anweisungen entgegenzunehmen. Sie führte ihn um die Rinderställe herum zu den dahinterliegenden Scheunen. Dann geleitete sie ihn in eine Scheune, in der sich eine große Clique Clanfrauen, genug für einen Lynchmob, versammelt hatte. Zu seiner großen Enttäuschung war seine Frau nicht unter ihnen.

»Du begreifst es offenbar nicht«, sagte die Wächterin. In Abwesenheit der Big Mama schien sie das Sagen zu haben. »Wir werden die Verwaltung dieses Bezirks übernehmen, mit oder ohne Männer.«

Anschließend trat sie zur Seite und ließ den Mob auf ihn los. Sie machten es ihm mit dem Holzhammer und unnachgiebig klar. Er durfte keine Songs mehr komponieren, in denen Frauen nicht als Göttinnen, Schöpferinnen und Bewahrerinnen des Universums und des Bezirks dargestellt wurden. Er hatte das Lob der gesamten Weiblichkeit zu singen, wo immer diese sich zeigte, und er durfte von Frauen nicht als den Objekten einer Männerwelt singen, vielmehr hatte er sie als treibende Kraft hinter den gesellschaftlichen Belangen, der Stabilität, der Wirtschaft wie der Politik des gesamten Landes darzustellen. Er sollte die Frauen von nun an als engagierte, fähige Managerinnen zeigen, die es in jeder Beziehung mit den Männern aufnehmen konnten, von der Bosheit abgesehen. Von nun an, so erklärten sie ihm unmissverständlich, hatte er sein winziges, männlich-chauvinistisches Ego hintanzustellen und das Richtige zu tun..

Einige Frauen im Lynchmob waren ehemalige Groupies, die mehr als nur einen Grund hatten, sich an ihm zu rächen. Rafiki mied ihren Blick in der Hoffnung, dass sie ebenso viele Gründe hatten wie er, das Vergangene vergangen sein zu lassen. Jede Frau, die etwas sagen wollte, kam in einer sehr einseitigen Unterhaltung, in der Rafikis Stimme deutlich unterlegen war, zu ihrem Recht. Am Ende verkündeten sie Rafiki laut und deutlich: Er sollte für alle Sünden des männlichen Teils der Menschheit zahlen, von den Vätern bis zu den Söhnen, von den Liebhabern bis zu den Ehemännern, und vor allem für sämtliche Fehltritte sämtlicher Ehemänner allüberall.

Sie konfrontierten Rafiki damit, dass er seine Frau tiefer verletzt hatte, als es einem Mann zustand. Er hatte ihr so unverzeihlich das Herz gebrochen, dass den Clanfrauen mehr als nur ein halber Liter seines sündigen Blutes zustand. Nicht einmal eine Gallone würde ausreichen, die Schande, die Scham und die Enttäuschung fortzuspülen, die er über die gesamte Weiblichkeit gebracht hatte, als er seine Frau aus dem ehelichen Bett verstieß.

»Was?«, wagte Rafiki einzuwerfen. »Sie hat das Bett mitgenommen!«

Mehrere Dutzend feindseliger Augenpaare starrten ihn wütend an.

»Es tut mir leid«, entschuldigte er sich. »Fahrt fort.«

Sie verlangten mehr als nur eine Entschuldigung, und dazu musste er sich so weit demütigen, überhaupt eine Entschuldigung anzubieten. Sie forderten Entschädigung für all die Übergriffe, die er ihrer Einbildung nach in den Jahren, in denen sie sich wie eine Sklavin für ihn und seine Kinder abgeschuftet hatte, auf seine Frau gehäuft hatte. Auf Hände und Knie sollte er niedergehen und um Vergebung flehen. Nun, da seine Frau sich auf dem Weg ins Haus des Gouverneurs befand, würde sie sich nicht mehr mit unnötigem Ballast abschleppen. So hatten sie entschieden. Nur strahlende Sonnen, Satelliten und Mitläufer erhielten Zugang zu ihrer Umlaufbahn. Rafiki müsste langsam beweisen, dass er sie vorbehaltlos und mit allem, was ihm zur Verfügung stand, bei jedem Schritt auf ihrem Weg und auf jede erdenkliche Weise unterstützte, sonst würden sie sich von ihm trennen. Nie sollte sein Lächeln erlahmen, nie seine Stimme zittern in seinem Einsatz für ihr Fortkommen. Tag und Nacht sollte er ihren Song spielen und ihr Lob singen, bis in den Tod nach ihrer Pfeife, nach der Pfeife der gesamten Weiblichkeit tanzen.

Aha, dachte er bei sich, da gab es immerhin einen Silberstreif. Wenigstens musste er nicht von seiner größten Liebe lassen. Doch als er hörte, was die Clanfrauen noch für ihn bereithielten, erstarb das Lächeln in seinem Innern. Sie hatten beschlossen, und alle Jungen und Männer des Clans waren in diese Entscheidung miteinbezogen worden, dass Rafiki sein Enteignungsgeschäft aufgab und sich einem anderen Gewerbe, einem ehrenwerteren, widmete. Es erschien undenkbar, dass die zukünftige Mama Laikipia mit einem Mann verheiratet war, dessen Geschäft darin bestand, Frauen in Verlegenheit zu bringen und leiden zu lassen. Entweder er fand eine andere berufliche Laufbahn, oder er blieb zu Hause, molk die Ziegen und bediente seine Frau.

All diese unabänderlichen Bedingungen wurden Rafiki von einem Hexenzirkel übellauniger Clanfrauen kundgetan. Sie scherten sich wenig darum, was er davon hielt, da seine Frau ihn weder empfangen noch mit ihm reden würde, solange er sich nicht mit jeder einzelnen Bedingung einverstanden erklärte. Schon morgen wäre sie wieder bei ihm zu Hause, wenn er diesen Bedingungen ausnahmlos zustimmte, teilten sie ihm mit.

Rafiki musste darüber nachdenken, ernsthaft abwägen, ob er all ihren Forderungen gerecht werden konnte. Er hätte lieber seine Autonomie, seine Bekanntheit und seinen Ruf als Majengos moralische Geißel genossen. Leute, die ihm nie begegnet waren, beriefen sich bei ihrer eigenen Schuldeneintreibung auf seine Autorität. »Am Montag hab ich mein Geld, oder ich schicke nach Rafiki.«

Nicht nach der Polizei, nicht nach dem Chief, sondern nach Rafiki. Sein Ruf als ein kompromissloser, kaltherziger Beutejäger und Schuldeneintreiber warf einen solchen Schatten und hatte sich so weit verbreitet, dass er sogar bis nach Nairobi durchgedrungen war. Gerüchten zufolge bezahlten Politiker inzwischen ihre Schulden, und sogar die armen Polizisten arbeiteten überall hart, um ihre Raten zu tilgen. Ein anderes Gerücht besagte, dass Rafiki in Nairobi im Präsidentenpalais vom Präsidenten selbst empfangen worden war und dass sein Name auf der Liste für eine nationale Auszeichnung stand, den MBS, was immer das sein mochte, und dass infolge seines Einmannfeldzugs nun selbst der Präsident seine Schulden abzahlte. Wie berichtet wurde, zahlten außerdem einige Minister Einkommenssteuer und versprachen, bei den Einfuhrzöllen nicht mehr zu betrügen. Parlamentsmitglieder hatten zugesagt, ausnahmsweise ihre natürliche Gier zu zügeln, nicht mehr zu verlangen als das, was das Land sich leisten konnte, nicht mehr nach großen steuerfreien Autos und besonderen Privilegien zu zetern und für ihr Gehalt zu arbeiten wie andere Menschen auch. Eine Welle der Ehrlichkeit und des Verantwortungsbewusstseins, wie man sie bislang noch nie erlebt hatte, schwappte über das ganze Land, und zwar nur, weil ein kleiner Mann, lediglich mit einer alten Gitarre und einem breiten Lächeln bewaffnet, einen jeden erbarmungslos an seine moralischen Verpflichtungen und die Weisheit des Sprichworts *kula na kulipa* erinnerte. Du isst und du zahlst.

Rafiki musste keines dieser Gerüchte bestätigen oder dementieren, und er versuchte es auch nicht. Verbürgen konnte er sich aber dafür, dass Schuldner aus Marsabit und Garba Tula ebenfalls begonnen hatten, ihre Schulden zu begleichen. Das Geld, das er dabei als Kommission erhalten hatte, obwohl doch nur sein Ruf daran beteiligt gewesen war, hatte er schon ausgegeben. Doch nichts davon beeindruckte den Clan seiner Frau. Für sie war er das sonnenbadende Krokodil, das sich dem Müßiggang hingab und ein Nichts bleiben würde, solange seine Frau nicht ihre Peitsche knallen ließ. Soweit es Rafiki anging, konnte sie mit der Peitsche knallen, so viel sie wollte. Wenn sie eine so engherzige Delegation mit solch strikten Forderungen und Bedingungen zu ihm schickte, bedeutete das seiner Ansicht nach, dass sie ihn wiederhaben wollte, und auch, dass sie ihn als Mann anerkannte, als einen waschechten Mann, der letztlich, auf seine Weise und zu seiner Zeit, das Richtige tun würde.

»Geh«, befahlen sie.

Hastig erhob er sich.

»Warte«, sagte die Türsteherin. Sie war noch nicht mit ihm fertig. Als Erstes musste er schwören, dass er nie wieder eine andere Frau mit lüsternem Blick ansehen würde. Wenn sie nur wüsste, dachte Rafiki, während er pflichtschuldigst die Hand hob und schwor, seine waschechten männlichen Gene und deren Nachfahren zu kastrieren. Ihr Blick sagte ihm, dass nicht eine Einzige ihm glaubte.

»Geh«, befahlen sie.

»Warte«, sagte die Türsteherin. »Du musst uns sagen, ob du meinst, dass deine Frau Laikipia regieren kann.«

Umgeben von so vielen erbarmungslosen Frauen, die die Messer gewetzt hatten und Kastrierwerkzeuge schwenkten, blieb Rafiki nichts anderes übrig, als ihnen zu sagen, was sie hören wollten. Natürlich konnte seine Frau den Bezirk regieren, erklärte er ihnen. Sie war schließlich seine Frau. Wenn seine Frau überstanden hatte, dass sie so viele Jahre mit einem waschechten Nanyukier wie ihm verheiratet war und Kinder mit ihm großgegzogen hatte, dann bekam sie alles hin. Sie hatte die Fähigkeit, das ganze Land zu regieren.

Es war ihm klar, dass er etwas zu dick auftrug, aber er war Entertainer und konnte dem Drang nicht widerstehen, sie lächeln zu sehen. Keine lächelte, die Eisschmelze in einigen Augen aber verriet ihm, dass er das Richtige gesagt hatte. Was jetzt noch blieb, war, dass er das Richtige tat.

»Wir haben ein Auge auf dich«, sagte die Türsteherin. »Geh.«

Sie würde eine gemeine Obereinpeitscherin abgeben, sollte die Frauenregierung Laikipia übernehmen, dachte Rafiki, während er aus dem Raum floh. Als er zu den Feiernden zurückkehrte, trat er bedeutend fester auf, und als er sich neben Manu auf den Stuhl fallen ließ, hielt er sich ein wenig aufrechter. Der alte Bullenbeißer hatte seine Versuche aufgegeben, sich in Manus Unternehmen einzukaufen und Rafiki als Partner abzulösen, und sich tiefer in sein Schneckenhaus zurückgezogen.

»*Theek hei?*«, fragte Manu und starrte auf Rafikis Nase, die vor Schweiß triefte.

»*Theek hei.*« Rafiki wischte sich den Schweiß ab. »Könnte nicht besser sein.«

Doch das Lächeln war ihm im Gesicht festgefroren und konnte Manu nicht täuschen.

»Wirklich?«, fragte Manu nach.

»Mach dir keine Gedanken, Boss«, antwortete er. »Alles ist gut.« Er ließ sich von einem Serviermädchen ein Horn voll Bier geben. »Ich habe jetzt Alternativen«, verkündete er so laut, dass alle es hören konnten.

Niemanden interessierte, was das für Alternativen waren. Nur das alte Krokodil öffnete ein zynisches Auge, zwinkerte ihn einen Augenblick lang an, schaute kurz zu Manu hinüber, schüttelte den Kopf und schloss das Auge wieder. Dann rutschte der Alte noch tiefer auf seinem Stuhl zusammen und gab einen polternden Seufzer von sich. Dazu klingelte das Triangel, die Ziehharmonika klagte, und die alte Reibeisenstimme sang etwas, das sich wie Rafikis Grabgesang anhörte.

Mwanake wa kuma cukuro,
Itangi ria mai akuruta ku,
Na ng'ombe ikumi cia ngirindi,
Kaba guikara uguo …

Ein junger Mann, frisch von der Schule,
Woher nimmt er einen Wassertank
Und zehn wertvolle Kühe als Brautgeschenk,
Ich bleibe besser allein …

Das alte Mädchen tanzte mit Manish und schüttelte sich vor Lachen. Langsam kam Manish mit den Bewegungen zurecht. Er überließ sich ihnen und wurde davongetragen, wirbelte und drehte sich wie ein besessener Derwisch, während die Frau ununterbrochen redete und sich bei jedem Wort, das sie zu ihm sagte, vor Lachen ausschüttete. Manish, der kein Wort verstand, behielt wie immer seine versteinerte Miene.

Erstaunt sah Manu zu, wie sein Bruder zum ersten Mal seit seiner Hochzeit mit einer Frau tanzte und die Alte mit einer Behändigkeit schwang, die Manu ihm nie zugetraut hätte. »Rafiki«, sagte er. »Du weißt nicht, was du angerichtet hast.«

Rafiki lächelte. Er hatte ein Ungeheuer von der Leine gelassen.

»Von nun an sollte seine Frau ihn besser behandeln«, sagte er lachend. »Sonst muss sie ihm noch durch ganz Laikipia hinterherlaufen.«

Manu machte sich Sorgen. Vielleicht war es doch keine so gute Idee gewesen, Manish auf diesen Landausflug mitzunehmen. Manishs grauenvolles Stieren war fort, und Manu gefiel überhaupt nicht, was an dessen Stelle getreten war.

»Siehst du das alte Mädchen, mit dem er tanzt?«, sagte Rafiki plötzlich. »Sie hat drei Ehemänner und sieben Liebhaber überlebt, und keiner weiß wie. Bevor du dich versiehst, wird Manish sich aus dem Laden schleichen und seine *bhajias* selbst kaufen, wenn du verstehst, was ich meine.«

Während er darüber nachdachte, gestattete sich Manu ein kleines Lächeln. Als Rafiki ihn fern von seinem Tischrechner so frei lächeln sah, war dies wohl, wie er meinte, die Bemerkung wert gewesen.

»Boss«, sagte Rafiki.

»Was?«

»Du hast das mit Montag nicht ernst gemeint, oder?«

»Warten wir's ab«, antwortete Manu.

»Ich nehme das als ein Nein«, sagte Rafiki.

Er war wieder ein glücklicher Mensch. Er war durchs Feuer gegangen und unversehrt herausgekommen. *Nani kama sisi?* Wer kann uns das Wasser reichen? Trotzdem machte ihm zu schaffen, dass Manu und Manish immer noch nicht begriffen, dass ein Prominenter mit ihnen zusammenarbeitete. Er musste Manu davon abbringen, dass er, Rafiki, die Waren abstaubte. Er musste damit aufhören, Rafiki nach Manishs *bhajias* zu schicken, und stattdessen einen Boten anstellen. Eine Menge Dinge mussten sich ändern. Da Rafiki jetzt Alternativen hatte und ihn aus allen Richtungen Angebote erreichten, mussten alle Parteien, einschließlich Manu, die Clanfrauen und ihre Frauenregierung, seriöse, ehrliche Angebote auf den Verhandlungstisch legen. Klare Angebote ohne Widerhaken.

Wenn er sich gegen den DC, den Polizeichef, den CM und alle anderen wichtigen Initialenträger zur Wehr setzen konnte, dann würde er mehr aushalten als die Clanfrauen, ihre Frauenregierung und selbst die Neue Weltordnung. Er war ein waschechter Sohn unserer Stadt. Ein Nanyukier und stolz. *Nani kama sisi?*

ENDE

Lektorat: Gudrun Honke
Umschlaggestaltung: Magdalene Krumbeck
Umschlagfotos: © shutterstock
Satz: Graphium press, Wuppertal
Druck: GGP Media GmbH, Pößneck
ISBN 978-3-7795-0482-5
www.peter-hammer-verlag.de